HELGA BECKER

Domm gloffa!

»NIE IM LÄBA!« Elvira Nägele ist überzeugt, dass der Öchsle sein Leben nicht selbst in einem seiner Gärbottiche auf dem eigenen Weingut beendet hat. Das wäre ja »schad um die Maische«! Sofort wittert sie ein Kapitalverbrechen – sehr zum Leidwesen von Kommissar Lauer. Doch die schwäbische Miss Marple ist nicht zu stoppen. Mit ihrer unvergleichlichen kriminalistischen Expertise aus Funk und Fernsehen und einem sicheren Gespür für Fettnäpfchen nimmt sie sich dem Fall an. Natürlich nicht aus Neugier, rein aus Interesse! Die Spur führt schnurstracks in die »High Society« der schwäbischen Kleinstadt, in der ein dunkles Geheimnis aus der Vergangenheit schlummert. Während die Schlabbergosch versucht, das Durcheinander aus Lieb- und Seilschaften zu entwirren, tauchen weitere Leichen auf. Die Hobbyermittlerin ist mit ihren eigenwilligen Methoden und der Unterstützung ihrer skurrilen Familie dem Kommissar allerdings einen Schritt voraus, nicht nur beim Bottwartal-Marathon. Mit gefährlichen Folgen.

© becker-fotografie.de

*Helga Becker, geboren 1958 in Murr an der Murr, ist Mutter von zwei Töchtern. Mit ihrem Mann, dem Fotografen Richard Becker, lebt sie im Bottwartal, in der Nähe von Ludwigsburg. Nach dem Abitur und einer kaufmännischen Lehre war sie als Stadtarchivarin in ihrem Heimatort Steinheim an der Murr tätig. Ihre lebhafte Fantasie, ihr schwäbischer Humor und viel Lokalkolorit bilden die Grundlage für ihre Krimikomödien rund um die Hobbyermittlerin Frau Nägele. Mit ihrer Kultfigur tourt Helga Becker auch als schwäbische Kabarettistin und Sängerin durchs Ländle.
www.frau-naegele.de*

HELGA BECKER

Domm gloffa!

FRAU NÄGELE ERMITTELT

GMEINER

Personen und Handlung sind frei erfunden.
Ähnlichkeiten mit lebenden oder toten Personen
sind rein zufällig und nicht beabsichtigt.

Die automatisierte Analyse des Werkes, um daraus Informationen
insbesondere über Muster, Trends und Korrelationen gemäß § 44b UrhG
(»Text und Data Mining«) zu gewinnen, ist untersagt.

Immer informiert

Spannung pur – mit unserem Newsletter informieren wir Sie
regelmäßig über Wissenswertes aus unserer Bücherwelt.

Gefällt mir!

Facebook: @Gmeiner.Verlag
Instagram: @gmeinerverlag

Besuchen Sie uns im Internet:
www.gmeiner-verlag.de

© 2024 – Gmeiner-Verlag GmbH
Im Ehnried 5, 88605 Meßkirch
Telefon 0 75 75 / 20 95 - 0
info@gmeiner-verlag.de
Alle Rechte vorbehalten
1. Auflage 2024

Lektorat: Ricarda Dück
Herstellung: Mirjam Hecht
Umschlaggestaltung: U.O.R.G. Lutz Eberle, Stuttgart
unter Verwendung eines Fotos von: © Richard Becker
Druck: CPI books GmbH, Leck
Printed in Germany
ISBN 978-3-8392-0692-8

Für meinen geliebten Mann Richard – den BMVÄ!

PROLOG

An einem Mittwoch Ende September

»A scheener Dag. A arg scheener Dag«, murmelt der alte Festus und schaut zufrieden in die Runde. Alle, die am Ort etwas gelten oder etwas gelten wollen, waren gekommen. Manche kann er gut leiden, manche weniger und einige gar nicht. Aber das ist heute egal. Er fühlt sich wohl.

Kaffee und Kuchen haben sie schon hinter sich. Melanie, die junge Löwenwirtin, hatte ihm wie selbstverständlich seine große Bechertasse hingestellt. »Opa Festus« steht drauf. Dabei ist er nur der adoptierte Großvater von Melanies Kindern Lea, Emma und Lara. Aber das spielt keine Rolle. Es sind seine »Mädla« und die haben ihm die Tasse zum Geburtstag geschenkt. Gerührt hatte er Melanies Hand ergriffen, denn nur dank ihr kann er seinen Lebensabend hier im Gasthaus verbringen, nachdem die alte, kaltherzige Löwenwirtin letztes Jahr verstorben ist.

Nach dem Kaffee wird das Service gegen Weingläser getauscht und die Stimmung lockert sich merklich. Die Gäste unterhalten sich lebhaft, aber verstehen kann Festus das Wenigste, denn seit einiger Zeit hört er nicht mehr so gut. Da es ihm Schwierigkeiten bereitet, einzelnen Gesprächen zu folgen, richtet er den Blick nach innen und versinkt in seiner eigenen Gedankenwelt.

Ich sitze Festus, wie Wilhelm Blank von allen genannt wird, gegenüber und beobachte ihn schon einige Zeit. Er summt und murmelt leise vor sich hin.

»Festus, was singsch denn?«, erkundige ich mich und berühre ihn über den Tisch hinweg am Arm, damit er auf mich aufmerksam wird.

Der alte Mann hebt den Kopf und schaut mich verwirrt an. Es dauert eine Weile, bis er realisiert, wo er ist und wer ihn angesprochen hat. Ich wiederhole meine Frage etwas lauter und Festus lächelt.

»Am Brunnen vor dem Tore«, antwortet er und erklärt, dass man das Volkslied früher oft und gerne angestimmt hat, wenn man in der Wirtschaft oder zum Wandern zusammengekommen war. Er beklagt, dass heutzutage kaum noch gesungen wird und die Verse nicht mehr bekannt sind.

»I kenn se no gut«, sagen Vater und sein Freund Emil fast gleichzeitig.

Sie sitzen mit meiner Mutter Barbara und Alfa bei uns am Tisch. Emil war lang Mitglied im Gesangsverein und Vater, der passionierte Fußballer, erzählt, dass nach den Spielen ebenfalls immer gerne Lieder geschmettert wurden.

»Was denn zum Beispiel?«, möchte ich wissen.

»Mädle, ruck, ruck, ruck an meine grüne Seite«, trällert Festus leise und nacheinander beteiligt sich die gesamte Runde.

»Mädle, ruck, ruck, ruck an meine grüne Seite, i hab di gar so gern, i kann di leide«, gebe ich ebenfalls zum Besten, immerhin kenne ich die alten Lieder noch aus meiner Kindheit.

Mutter schlägt als Nächstes *D' Bäure hot d' Katz verlora* vor, und auch dieses Stück ist allen vertraut. Am Nebentisch spitzt jetzt der eine oder andere Gast die Ohren und stimmt vorsichtig mit ein. Immer mehr schließen sich an, und so singt schließlich die gesamte Gesellschaft nicht nur das Lied vom verschwundenen Kätzchen, sondern direkt im Anschluss *Uff dr Schwäbscha Eisabahna* und *Muss i denn zum Städtele hinaus.*

Nur Benni und David, zwei junge Kerle, sitzen etwas abseits und bleiben stumm. Sie können offensichtlich mit den althergebrachten Versen nicht viel anfangen. Zudem ist Benni kein Hiesiger. Alfa hingegen, Vaters Freund, der Anfang der Siebzigerjahre als Gastarbeiter nach Steinheim kam und blieb, möchte seinen Teil beitragen und intoniert mit einer schönen Tenorstimme ein neapolitanisches Volksstück. Andächtig lauschen alle dem Text, obwohl niemand ein Wort versteht. Dafür steigen alle gefühlvoll beim Refrain mit ein: »Santa Lucia, Santa Lucia!«

Der 85-jährige Festus blüht mit jedem Lied zusehends auf und kaum ist eins verklungen, beginnt er schon das nächste: *Rot ist der Wein, Die kleine Kneipe in unserer Straße* und *Griechischer Wein.* Der alte Mann freut sich, dass alle einstimmen. Er wächst über sich hinaus und singt, was das Zeug hält …

Als er jedoch mit leuchtenden Augen *So ein Tag, so wunderschön wie heute* schmettert, kippt die Stimmung von einer Sekunde auf die andere. Meine Güte, allen wird bewusst, dass wir uns ja nicht auf einer Geburtstagsfeier befinden, sondern auf der Beerdigung von Edmund Kraut, Wengerter und Gemeinderat am Ort!

Beschämt setzten sich alle, die zum Schunkeln aufgestanden waren, wieder hin, und Senta, Edmunds Witwe, von reichlich Wein und frohem Gesang in bester Laune, schluchzt plötzlich herzergreifend auf und hält sich schnell ein Taschentuch vor die Nase.

Festus schaut mich erschrocken an, aber ich gebe ihm mit einem Augenzwinkern und erhobenem Daumen zu verstehen: alles gut. Er antwortet mit einem kleinen Lächeln. Für ihn war es wirklich ein schöner Tag. A arg scheener Dag.

KAPITEL 1

An einem Samstag Anfang September

Ausnahmsweise habe ich den Wochenendeinkauf erledigt. Sonst macht das ja der BMVÄ, der »beschte Ma von älle«, und das ist meiner. Heute hilft der allerdings beim Standaufbau auf dem Hoffest beim Weingut Kraut. Und das geht mir gehörig gegen den Strich. Also das Einkaufen, nicht das Hoffest. Ich hasse es, wenn ich mich am Samstag durch die Läden und Marktstände quälen muss. Jetzt bin ich jedoch ziemlich stolz auf mich, denn mit einem Fünfundzwanzigkilosack Kartoffeln und fünf Hokkaidokürbissen habe ich zwei Schnäppchen gemacht. Beides war im Sonderangebot und da kann ich als Schwäbin schlecht nein sagen, auch wenn die Menge locker drei Monate reichen wird. Beim Metzger Weller habe ich noch je fünf Dosen Leber-, Schinken- und Bauernbratwurst mitgenommen. Die kann man gut lagern, hat er gesagt. Und man weiß ja nicht, ob mal unverhofft Besuch kommt. Ob sechzig Eier dann nicht doch etwas zu viel sind, frage ich mich allerdings schon. Aber der BMVÄ, der Koch im Hause Nägele, wird schon eine Verwendung dafür finden. Ansonsten springt Mutter ein, die ebenfalls eine ausgezeichnete Köchin ist und bei Familienfesten gegen ihren Schwiegersohn in den Küchenring steigt.

Meine Einkäufe müssen nun erst mal verstaut werden. Und da ich nicht nur gerne spare, sondern zudem optimiere, versuche ich, alles mit möglichst wenig Gängen vom Auto ins Haus zu tragen. Auf eine Kiste Sprudel lege ich deshalb den Kartoffelsack und darauf noch zwei der Kürbisse, merke jedoch gleich, dass ich das Gewicht maximal zwei Meter weit transportieren kann. Die Kürbisse bleiben folglich fürs Erste im Kofferraum und ich schleppe den übrig gebliebenen Stapel zur Eingangstür.

Auf halbem Weg werfe ich einen kurzen Blick zum Nachbargebäude, in dem meine Eltern wohnen. Davor entdecke ich meine Mutter Barbara, die mir mit wilden Armbewegungen zu verstehen gibt, dass ich sofort rüberkommen soll. Sie ist ganz grün im Gesicht. Und ich erkenne sofort: ein Notfall.

Vor Aufregung setze ich meine Last unsanft ab, dabei fällt der Sack von der Kiste runter, platzt auf, und fünfundzwanzig Kilo Kartoffeln kullern über die Bodenplatten. Egal jetzt, nichts wie rüber. Magen-Darm, fährt es mir durch den Kopf, und ich mache mich auf unschöne Gerüche im Haus gefasst.

Die Tür steht offen, Mutter ist allerdings verschwunden.

»Mutter?«, rufe ich durch den Flur.

Keine Reaktion. Aber wenigstens riecht es recht gut.

»Mutti?«

Immer noch nichts.

»Mutti-hi, wo bisch denn?«

Alarmiert gehe ich in die Küche, und da steht sie und verpackt in aller Ruhe Kleingebäck in Tütchen. Von wegen Magen-Darm! Sie hat eine grüne Gesichtsmaske aufgelegt. Ich bin sprachlos, und das will bei mir etwas heißen.

»Sag amol, goht's no?«, pfeife ich sie schließlich an. »I hab denkt, dass weiß Gott was mit dir los isch!«

Statt zu antworten, greift sie zu Notizzettel und Stift, weil sie mit der Maske nicht reden kann. Oder will. Sie hält mir das Papier vor die Nase. »Was soll mit mir sein?«, steht darauf. »Das Gebäck ist fertig und kann zum Kraut.«

Was? Ich fürchte, es geht um Leben und Tod, und dabei soll ich den Lieferdienst für sie übernehmen?

»Mutter, du machsch mich fertig!«

»Kannsch glei mitnemma, wenn's pressiert«, nuschelt sie und wedelt mit den Händen Richtung Tür.

»Noi, des pressiert gwiess net«, entgegne ich bestimmt. »I brauch z'erscht en Kaffee.«

Den Gedanken an die verstreuten Kartoffeln vor unserem Haus verdränge ich. Die müssen warten.

Mutter bedient die Kaffeemaschine, und ich nehme mir je ein Stückle vom süßen und vom salzigen Gebäck, das sie für das Hoffest auf dem Krauthof vorbereitet hat. Während der Kaffee läuft, verschwindet sie im Bad. Ich gieße mir eine Tasse ein und lass es mir derweil schmecken. Verdient habe ich mir das redlich.

Als sie zurückkehrt, sieht meine Barbara Lieselotte Krämer wie das blühende Leben aus. Zart geschminkt, mit rosigen Wangen, frisch getuschten Wimpern, einem Hauch von Lidschatten und sogar die Haare sind toupiert. Jetzt erst bemerke ich ihre heutige Garderobe. Sie trägt eine Schlaghose mit einem wilden Rautenmuster in poppigen Farben. Darüber ein pinkfarbenes halblanges Oberteil mit Trompetenärmeln, das ihr kleines Bäuchlein super kaschiert, ihre schlanken Beine aber »bis nuff« sehen lässt. Dazu ebenfalls pinkfarbene Pantöffelchen mit Lederriemchen und tailliertem Absatz.

Original Siebziger, denke ich.

»Original Siebziger«, sagt sie. »Passt mir noch.«

Sie mustert mich kritisch von oben bis unten.

»Ja, Mutter, ich mach wieder mehr Sport«, brumme ich, bevor sie mich mit den kleinen Fettpölsterchen um meine Hüften aufziehen kann. »Ich mach seit einiger Zeit Walking und geschtern hab ich a neue Jogginghos kauft.«

»Für dich?«, fragt sie und grinst.

»Ja, freilich für mich! Und nächscht Woch goht's los.«

»Was?«

»Mein Spezialtraining für die Walking-Tour beim Bott-wartal-Marathon.«

»Du? Beim Marathon? Ich lach mich kaputt!«, kreischt sie und bricht in helles Gelächter aus. »Do benn ich echt g'schbannt!«

Damit lässt Mutter das Thema zum Glück auf sich beruhen. Plötzlich fällt mir ein, dass die Kartoffeln noch immer vor meiner Haustür liegen, und ich springe auf.

Mutter hält mich am Arm zurück und zeigt auf den großen Wäschekorb mit den Gebäcktütchen. »Net vergässa!«

Wie könnt' ich das vergessen …

»Bis heut Obend«, fügt sie hinzu und tätschelt mir die Wange. »Flieg net na mit dem schwera Korb.«

Danke für den Tipp!

Als ich ins Freie trete, kommt gerade Simon, unser siebzehnjähriges Nesthäkchen, aus unserem Haus. Anstatt mir den schweren Korb abzunehmen, gibt er mir den Rat, auf die verstreuten Kartoffeln auf dem Boden achtzugeben, und verschwindet ums Eck, bevor ich etwas erwidern kann. Auch nett.

Da mein Kofferraum noch vom größten Teil der Einkäufe belegt ist, jongliere ich Mutters riesigen Wäschekorb zunächst zu uns hinüber. Immer darauf bedacht, nicht auf eine Kartoffel zu treten. Wenigstens hat mein Sohn die Tür offen gelassen, und ich muss nicht nach dem Schlüssel kramen. Mit letzter Kraft stelle ich die Last an der Garderobe ab. Meine Kondition ist aktuell tatsächlich nicht optimal, merke ich und weiß, dass ich unbedingt was tun muss. Allerdings nicht jetzt. Jetzt müssen vor allem die Milchprodukte gerettet werden, die schon bedenklich lange ungekühlt im Auto liegen.

Ich stürme folglich wieder hinaus, und schneller als gedacht erreiche ich den Wagen, denn ich habe trotz aller gut gemeinter Warnungen eine Sekunde lang vergessen, dass der Weg dorthin mit Kartoffeln gepflastert ist. Ein falscher Schritt, mir zieht es die Beine weg, und wie auf einem Kugellager gleite ich mit dem Allerwertesten über die Erdäpfel in Richtung Auto. Gut, gleiten ist vielleicht nicht der richtige Ausdruck, eher hoppeln, und die eine oder andere Kartoffel wird unter meinem Gewicht zerquetscht. Na ja, ein bisschen Verlust gibt es immer, aber knapp zwanzig von den ursprünglich fünfundzwanzig Kilo kann ich nach meiner unsanften Landung schließlich noch retten.

Wegen meines geprellten Steißbeins werfe ich im Bad vorsichtshalber ein paar Arnica-Globuli ein und transportiere dann die restlichen Einkäufe in homöopathischen Portionen ins Haus. Dann verpacke ich Mutters Gebäck in kleinere Kartons und bringe sie ins Auto. Danach dusche ich ausgiebig, probiere zig Outfitvarianten an und mache es mir den restlichen Nachmittag mit einem Krimi auf dem Sofa bequem, bis der BMVÄ heimkommt. Ein Piccolo leistet mir dabei Gesellschaft. Da der gute Mann mehr Zeit benötigt als gedacht, gönne ich mir ein zweites Piccolöchen und hole eine Tüte des Hoffestgebäcks aus dem Wagen wieder herein. Beides ist leer, als der BMVÄ endlich eintrifft.

Dass ich mich für den Abend auf dem Weingut schön gemacht habe, bemerkt er gar nicht, denn er sprintet gleich nach oben ins Bad. Wenig später kommt er frisch geduscht in Jeans und in seinem Lieblingshemd herunter. Mein Lieblingshemd ist das allerdings nicht, aber ich sage lieber nichts. Stattdessen mahnt er mich zur Eile. Mich, die ich schon stundenlang auf ihn und unseren Aufbruch warte! Promilletechnisch wäre es klüger, zum Weinfest zu laufen, doch ich muss ja Mutters Ware transportieren, deshalb nehmen wir das Auto.

Der Aussiedlerhof liegt eingebettet zwischen den Weinberghängen des Höpfigheimer Königsbergs, die hinter dem Gehöft ansteigen, und Streuobstwiesen, die sich zu beiden Seiten des Zufahrtssträßchens ausbreiten. In den Siebzigerjahren hatte der Senior, Eugen Kraut, hier draußen neben Ackerbau noch eine kleine Schweinemast und eine Obstbrennerei betrieben, nachdem er aus der Ortsmitte ausgesiedelt war. Als sein Sohn Edmund den Krauthof übernahm, gestaltete der gelernte Weinbautechniker ihn zum Weingut um. Mit neuen Vermarktungsstrategien, zu denen unter anderem meine Weinbergführungen als Reblaus gehören, erschloss er sich gute Absatzmöglichkeiten und etablierte das Unternehmen im hart umkämpften Winzergewerbe. Das Wohnhaus wurde in den letzten Jahren modernisiert und in einem zweistöckigen Anbau sind nun zwei hübsche Ferienappartements untergebracht.

Im großen Hof zwischen Wohngebäude und neuer Wein-Lounge wurden für das heutige Fest lange Reihen von Biertischgarnituren aufgestellt, und als wir dort eintreffen, ist schon jede Menge los. Am mobilen Probierstand stehen erste Kunden Schlange, und Tom, unser Ältester, baut mit seinen Kumpels auf der improvisierten Bühne gerade die Anlage für die Band auf. Die örtliche Prominenz hat sich auf der Terrasse vor der Lounge an runden Tischen mit bequemen Stühlen niedergelassen. Das schöne Wetter, das uns schon seit Tagen mit Temperaturen weit über zwanzig Grad verwöhnt, hat die Luft aufgeheizt und erzeugt ein angenehmes Sommerfeeling, obwohl die ersten Septembertage schon hinter uns liegen.

Der BMVÄ hilft mir, die Gebäcktüten zum Stand der Sportvereinsjugend zu tragen. Der Verkauf soll Geld in die Kasse der neuen Tanzgruppe spülen, der sich unser Simon vor Kurzem angeschlossen hat. Leider lernen die keine Standardtänze, wie ich mir das erhofft habe, sondern Hip-Hop. Na ja, immer noch besser, als den ganzen Tag am Handy oder vor der Glotze zu hängen. Ich bin gespannt, wie viele der Tütchen während des Fests verkauft und wie viele davon die jugendlichen Helfer verputzen.

Simon greift auf alle Fälle gleich mal zu, kaum dass wir den Korb abgestellt haben. »Hey, Benni, mechsch mol probiera?«, wendet er sich an einen jungen Mann, der gerade an die Theke tritt.

Der kommt der Aufforderung gerne nach. »Mmh, leiwand!«, murmelt er kauend.

»Noi, kei Leinwand, Käsefüßla!«, erklärt Simon und schüttelt den Kopf.

Im Gegensatz zu meinem Sohn ist mir der Begriff »leiwand« für etwas Gutes geläufig. Ich erkundige mich deshalb bei Simons Bekanntem, ob er aus Österreich komme, und er nickt mit vollem Mund.

»Ich komme aus Telfs, das ist in der Nähe von Innsbruck«, erläutert er, nachdem er heruntergeschluckt hat.

»Und wie gefällt es Ihnen bei uns?«, mache ich ein bisschen Small Talk.

»Gut. Ich bin seit Anfang Juli hier auf dem Hof. Wir können uns aber gerne duzen, wie man es bei uns daheim macht. Ich bin der Benni.«

»Ich bin die Elvira und des isch dr BMVÄ«, stelle ich uns Nägeles vor.

Benni schaut irritiert vom BMVÄ zu mir und zurück.

»I benn dr Elvira ihr Ma«, hilft meine bessere Hälfte.

»Dr beschte Ma von älle, BMVÄ, verschdohsch?«, füge ich hinzu und lächle meinen Gatten an.

Dem scheint das ein bisschen peinlich zu sein.

»Machsch du hier Urlaub oder schaffsch du beim Öchsle?«, erkundigt sich der BMVÄ schnell, um von sich abzulenken.

»Er meint den Edmund«, erkläre ich schnell, damit der Benni weiß, wer mit Öchsle gemeint ist. »Des leitet sich von der Maßeinheit ab, mit dem der Zuckergehalt in den Trauben gemessen wird, und weil der Edmund ...«

»... schon immer gern Wein trinkt, nennt man ihn Öchsle«, unterbricht mich Simon und schaut mich genervt an. »Der Benni weiß des schon, Mutter! Und Vatter: Ja, er schafft beim Öchsle.«

»Ja, ich schaff beim Öchsle«, wiederholt Benni und grinst. »Und über die Weinlese bleib ich auf alle Fälle. Am 1. Oktober fängt allerdings mein Studium in Stuttgart an. Dann kommt es darauf an, ob ich hier wohnen bleibe.«

»Uff was kommt's a? Uff die Mietpreise in Stuttgart?«

»Auch.«

»Uff was no?«, hake ich nach, weil es mich halt interessiert, ungeachtet dessen, dass der BMVÄ mich mit dem Ellbogen in die Seite stupst.

»Na ja, man wird sehen, wie sich die Dinge hier entwickeln«, antwortet Benni ausweichend. »Ich muss! Man sieht sich.« Er zeigt mit einer großen Geste über den Hof zum Weinprobierstand und geht mit schnellen Schritten hinüber.

Da Simon inzwischen in sein erstes Verkaufsgespräch mit einer älteren Dame verwickelt ist, ziehe ich mit dem BMVÄ weiter, um nach einem Sitzplatz zu suchen. Gerne hätte ich mich auf einem der bequemen Stühle auf der Terrasse niedergelassen, aber die High Society hat sie allesamt in Beschlag genommen. Also suchen wir die langen Reihen der Biertische ab.

»Huhu!«, höre ich einen schrillen Ruf, den ich zunächst übergehe, weil ich die Quelle sofort erkenne. »Huhu, Elvira! Bei ons gibt's Platz«, beharrt die bekannte Stimme, begleitet von wild fuchtelnden Armen, und der BMVÄ und ich können das Signal nicht mehr ignorieren, weil der halbe Hof schon zu uns herüberschaut.

»Ja, Mutter, isch gut, mir kommed jo scho.«

Begeistert bin ich nicht, dass wir bei den Senioren sitzen sollen, allerdings muss das ja nicht den gesamten Abend so bleiben.

Ungefragt werde ich zwischen meiner Mutter und ihrer Freundin Martha auf die Bank gedrückt und komme mir wieder vor wie ein Kind. Dem BMVÄ wird am anderen Tischende sein Platz neben Vater zugewiesen. Er grinst zu mir herüber und ich verdrehe die Augen. Dann will Mutter die Essensbestellung für mich aufgeben, ohne sich vorher nach meinen Wünschen zu erkundigen, aber ich lege ein entschiedenes Veto ein.

»Nein, Mutter, ich will keine Pommes mit Ketchup und ein Fanta! Ich möcht einen gegrillten Bauch mit Kartoffelsalat und a Viertele Riesling!«

»Von mir aus!« Sie dreht sich weg, richtet das Wort an Martha und lässt mich beleidigt links liegen.

Auch gut. Dadurch habe ich Zeit, die anderen Gäste zu beobachten, und merke, dass ich strategisch sogar ziemlich günstig sitze. Nahe am Weinprobierstand, mit gutem Blick auf die Terrasse vor der Lounge, denn falls dort ein Platz frei werden sollte, kann ich gleich rüber spurten. Und zu den Toiletten ist es ebenfalls nicht weit. Von meinem Standort aus kann ich zudem gut im Auge behalten, wer kommt, wer geht, wer mit wem spricht, wer wie oft an den Stand oder aufs Klo geht. Ich kriege mit, wer sich hübsch gemacht oder sogar aufgebrezelt hat.

Von meinem Kontrollpunkt sehe ich sofort meine Freundinnen Waltraud und Erika, als sie auf dem Hof eintreffen. Waltraud, die Apothekerin, ist in wallende Bioware gehüllt, um die gut zwanzig Kilo Übergewicht zu kaschieren, die sie sich im Laufe der Jahre mit Agar-Agar-Gummibärchen und Dinkelschrot-Brezelchen angefuttert hat. Ihre lockigen Haare sind frisch gefärbt, das erkenne ich sofort. Erika, ihres Zeichens Friseurmeisterin, hat diesmal wohl einen Hauch Kastanie einfließen lassen, denn in der Sonne schimmern Waltrauds Strähnen leicht rötlich. Schön eigentlich. Ja, Erika hat's drauf. Bei anderen. Sie selbst trägt aktuell eine asymmetrische Kurzhaarfrisur. Die eine Seite abrasiert und blondiert, auf der anderen Seite prangt ein pinkfarbener, stufig geschnittener Pony. Ich rümpfe unwillkürlich die Nase. Wem's g'fällt! Im Grunde einerlei, denn aus beruflichen Gründen wechselt Erika die Frisuren sowieso wie ich meine Krimilektüre. Auf alle Fälle ist sie wie immer schick angezogen. Heute trägt sie ein eng anliegendes Kleid mit großem Blumenmuster. Das modelliert nicht nur ihren Hintern, sondern auch ihren Riesenbusen. Ich bin immer wieder erstaunt, wie man zu so einer Oberweite kommen kann. Ohne Silikoneinlagen oder Brustvergrößerung, wohlgemerkt.

Die Mädels schauen sich suchend um, und jetzt bin ich diejenige, die am Seniorentisch wedelt, um die beiden auf mich aufmerksam zu machen. Da sie mich jedoch nicht bemerken, stehe ich auf und möchte gerade ein Bein über die Bierbank heben, als mich eine Hand unsanft nach unten zieht.

»Z'erscht wird gässa! Du kannsch nachher zu deine Freundinna.«

Dreimal darf man raten, wer das war.

Ich setze gerade zu einer saftigen Tirade an, da kommt die Bedienung, klemmt sich zwischen Mutter und mich und stellt mein Essen und das Viertele vor mir auf den Tisch. Ohne Worte nehme ich wieder Platz, muss jedoch ein paarmal tief durchatmen, bevor ich mich um Speis und Trank kümmern kann.

»Die Mädla laufet net weg«, sagt Mutter und beißt herzhaft in ihre Rote Wurst.

Schnell schiebe ich eine große Gabel voll Kartoffelsalat in den Mund, um nicht ausfällig zu werden. Genervt schaue ich zum anderen Ende der langen Tafel und sehe, dass der BMVÄ inzwischen mit Maultaschen in der Brühe und einem Viertele Rotwein versorgt ist. Simon hat am Gebäckstand schon wieder eins von Mutters Käsefüßchen im Mund und Tom entdecke ich mit einem Leberwurstbrot am Weinprobierstand. So weit, so gut. Alle meine Lieben sind erst mal versorgt. Wobei Leonie, unsere Tochter, fehlt. Die ist gerade mit ihrem Freund Jonas während eines Auslandssemesters in London und versäumt den jährlichen Pflichttermin auf dem Krauthof.

Eine Stunde später sind nahezu alle Plätze im Hof und auf der Terrasse besetzt. Sogar in der großen Scheune, die der Öchsle zu einem schönen Veranstaltungsraum ausgebaut hat und die in regelmäßigen Abständen als Besenwirtschaft dient, kann man nur wenige Lücken ausmachen und um den Weinprobierstand hat sich mittlerweile eine Menschentraube gebildet.

Ich durfte mit Mutters Segen inzwischen meinen Sitzplatz verlassen und stehe mit Waltraud und Erika an der Bar, die in der Lounge eingerichtet wurde. Wir schlürfen Aperol Spritz aus dicken Strohhalmen, während wir tratschen. Erika gibt Benni, der aktuell an der Bar aushilft, ein Zeichen für eine weitere Runde.

»Sofort!«, ruft der herüber. »Wir sind gerade ein bisschen knapp an Personal.«

Das liegt unter anderem an Edmunds Frau Senta – oder Checky, wie sie von allen genannt wird, weil sie immer alles checkt, vor allem im Internet. Statt zu arbeiten, hält sie hier und da ein Schwätzchen und flirtet mit den jungen Männern. Aufgetakelt flaniert sie auf dem Hof herum, als wäre sie Kandidatin bei Germany's Next Topmodel. Das regt uns richtig auf.

»Mit em Schaffa hat's die net!«, murmelt Erika.

»Der Öchsle tut mir leid.« Waltraud zieht eine Grimasse. »Dem hätte ich eine nettere Frau gegönnt. Doch woher nehmen und nicht stehlen, gell?« Sie grinst.

Ich beobachte Checky, wie sie sich gerade von ihrem Gatten am Probierstand ein Glas Weißwein einschenken lässt. Der faucht sie böse an und zeigt auf die Menschenschlange, die sich gebildet hat. Aber Checky verzieht nur das Gesicht und stolziert mit ihrem Gläschen weiter.

»Schad, dass des mit der Lissy net klappt hat«, knurre ich.

Die Mädels nicken zustimmend.

Und jetzt muss man wissen, dass die Lissy mein Bäsle ist. Also meine Cousine. Cousine zweiten Grades, um genau zu sein. Also die Nichte von meinem Großonkel Albert seiner zweiten Frau ihrer Tante. Oder so. Auf alle Fälle ist die Lissy die geschiedene Frau vom Öchsle und die Mutter seines Sohns David. Die hätte so gut auf den Hof gepasst, aber da kam ein anderer dazwischen. Dann war der Öchsle wieder solo, aber in einen Betrieb wie den Krauthof gehört halt eine Frau und da haben Öchsles Kumpels ihn mit der Checky verkuppelt, die damals ebenfalls gerade solo war.

Achtung: solo, mit Kind und zu allem Überfluss auch noch eine Hochdeutsche.

Die Checky schlendert mittlerweile mit ihrem Gläschen von Tisch zu Tisch, von der Terrasse in die Besenscheune, vom Weinprobierstand in die Lounge und lässt sich als gut gelaunte Festwirtin feiern. Sie schäkert rum, aber schaffen tut die nix. Gar nix.

Und da wir Öchsles Angetraute genau beobachten, merken wir sofort, als ihre Stimmung von einer Sekunde auf die andere kippt, und zwar als die Lissy mit ihrem neuen Mann Frank und mit David auf den Hof kommt. Der Festwirtin fällt nicht nur fast das Weinglas aus der Hand, sondern auch das Kinn herunter, und wie von der Tarantel gestochen verschwindet sie im Wohnhaus. Der Öchsle hingegen freut sich über den Besuch, und er und seine Exfrau nehmen sich sogar in den Arm, bevor sich Lissy und ihr Frank am Weinprobierstand anstellen.

»Au, au, wenn des die Checky sieht!« Erika verzieht das Gesicht. »Ich sag's euch, wo die Liebe hinfällt …!«, fügt sie verschwörerisch hinzu.

Waltraud und ich erkennen an ihrem Tonfall, dass da noch eine Geschichte auf uns wartet, und beugen uns verschwörerisch zu Erika rüber. Die erklärt daraufhin, dass sie ja vor Kurzem wegen ihrer Rückenprobleme zur Reha in Bad Urach war. Klar, die muss als Friseuse … äh … Friseurmeisterin den ganzen Tag stehen. Immer gerne auf High Heels, um die männlichen Kunden zu beeindrucken. Dabei wundere ich mich, welcher Mann sich für Schuhe interessiert, wenn er im Friseurstuhl einen Atombusen im Nacken spürt. Genützt haben ihr weder die waffenscheinverdächtigen Schuhe noch ihre tiefen Ausschnitte. Die Erika ist nach wie vor ledig … Auf alle Fälle berichtet sie uns jetzt, dass sie es sich in den Thermalquellen in Bad Urach gut gehen

hat lassen. Und dort hat sie doch tatsächlich die Rosi entdeckt, die Roswitha Leibinger, Frau vom Bankchef bei uns
am Ort, dem Jürgen Leibinger.

»Aber die hat mich nicht g'säh. Und wissed ihr, warum
nicht?«

Erika schaut uns herausfordernd an, doch Waltraud und
ich kennen die Antwort natürlich nicht und ziehen nur ratlos die Schultern nach oben.

»Die hatte bloß Auga für ihren Kurschatta!«, flüstert
sie uns zu.

»Ach was? Erzähl!«

Waltraud und ich platzen vor Neugier. Erika lässt uns eine
Weile zappeln, doch nachdem wir ihr einen weiteren Aperol in Aussicht gestellt haben, erfahren wir, dass sie die Rosi
quasi undercover beobachtet hat. Und die Ermittlungsergebnisse waren eindeutig. Die Gattin vom Bankchef hat eine
Affäre! Erika legt uns sogar Beweisfotos auf ihrem Handy
vor, auf denen Rosi und ein attraktiver Mann in einem Café
abgelichtet sind. Gegenseitig füttern sie sich mit Schwarzwälder Kirschtorte. Auf einem anderen Bild gehen sie Hand
in Hand durch das Städtchen spazieren. Sogar bis ins Kino
ist Erika den beiden gefolgt.

»Wenn des ihr Jürgen wüsst …!« Erika steckt das Telefon
wieder ein und nimmt einen großen Schluck von ihrem Aperol. Abrupt setzt sie das Glas wieder ab und reißt die Augen
auf. »Des gibt's doch net!«

Waltraud und ich folgen ihrem Blick über den Hof, sehen
jedoch nur das Menschengewimmel, das vorhin schon
geherrscht hat. Bevor wir fragen können, was los ist, eilt Erika
geduckt zum Weinprobierstand hinüber und taucht dahinter
ab. Versteckt die sich etwa? Dann sehen wir, wie ihr Riesenbusen hinter der Holzfassade der Theke hervorlugt. Also, wenn
sie unentdeckt bleiben will, ist das der falsche Weg! Allmäh-

lich schiebt sich auch der Rest von Erika um die Ecke, und wir vermuten, dass sie die Männer observiert, die in der Schlange stehen. Waltraud und ich sind etwas ratlos und beschließen, zu unserer Freundin rüberzugehen, jedoch nicht, ohne vorher unsere Gläser zu leeren. Waltraud kümmert sich gleich noch um Erikas Aperol. Nachdem wir zu unserer Freundin gestoßen sind, stellt die uns dicht nebeneinander vor sich auf, um uns offensichtlich als Sichtschutz zu nutzen.

Mit gesenktem Kopf und vorgehaltener Hand raunt sie uns etwas zu. Da wir sie nicht verstehen, beugen wir uns zu ihr hinunter, bis sich unsere Köpfe berühren.

»Des isch er!«, hören wir jetzt zwar, können mit dieser Information aber nichts anfangen.

Gleichzeitig merken wir, dass wir wohl für die umstehenden Gäste ein seltsames Bild abgeben, so mit Kopf nach unten und dem Hintern in der Luft. Deshalb richten wir uns schnell auf und blicken rundum in amüsierte Gesichter. Eins gehört meinem BMVÄ.

»Mause, was machet ihr denn?«, fragt er und kugelt sich vor Lachen.

Offenbar liegt sein Alkoholspiegel nicht mehr bei null, sonst würde er in der Öffentlichkeit nicht meinen Kosenamen benutzen. Da haben wir eine feste Abmachung. Das darf er nur, wenn wir unter uns sind. Und ja, früher hat er mich sogar »Mäusle« genannt. Aber das Tierchen ist mittlerweile ausgewachsen.

»Gymnastik, siehsch doch!«, entgegne ich gereizt. »Ond du?«

»I hab glei Dienst am Grill. Mr sieht sich!«, erwidert er grinsend und schlendert mit einem Gläschen Rotwein in der Hand in Richtung Essensausgabe.

Ich wende mich wieder Erika zu, die sich nach wie vor hinter uns in Deckung hält.

»Des isch er«, flüstert sie noch mal.

»Wer isch was?«, zische ich.

»Der dort, wo beim Öchsle grad zahlt, in der enga Jeans und dem hellgrüna T-Shirt.«

»Was ist mit dem?« Waltraud flüstert auch.

»Des isch er.«

»Mensch, Erika, des isch wer?!«

»Der Kurschatta!«

»Von dr Rosi?«

»Noi, meiner!«

»Echt jetzt?«

Erika rollt mit den Augen. »Natürlich nicht meiner! Der Rosi ihrer. Grad mach ich's Maul zu!«

Waltraud und ich sehen uns den Kerl an. Von einem Schatten kann gar keine Rede sein! Groß gewachsen, schlank. Sein T-Shirt spannt über muskulösen Oberarmen. Grau melierte Haare, gebräunte Haut. Mitte fünfzig.

»Wow!« Waltraud hat sich als Erste gefangen. »Ein Bild von einem Mann. Aber warum muss denn so ein Adonis zur Kur?«

»Heiratsschwindler!«, höre ich Erika murmeln.

Den Blick kann ich ihr nicht zuwenden, der hängt immer noch am knackigen Hintern des Kurschattens. Doch ich merke an ihrem Tonfall, dass es eher der Neid auf Rosi ist, der aus ihr spricht und weniger das Wissen um eine gut begründete Tatsache.

Wir starren noch eine Weile zu Mister Universum hinüber, da taucht plötzlich auch die Rosi auf. Mit federnden Schritten kommt sie von der Terrasse zum Stand herüber. Ihr Gang lässt keine Beschwerden erkennen, die eine Kur notwendig machen würden. Sie ist schlank und sieht sehr gut aus, das muss ihr unser Neid lassen. Zu ihrer flieder-farbenen Edeljogginghose mit Gummizügen an Bund und

Knöcheln trägt sie weiße Sneaker und einen ebenfalls weißen Hoodie. Der Kurschatten entdeckt sie gleich und winkt ihr zu. Kurz schaut Rosi zurück zur Terrasse, wo ihr Jürgen mit zwei Kumpels und deren Frauen an einem großen runden Tisch sitzt. Rosi registriert, dass ihr Mann sie wachsam im Blick behält, deshalb erwidert sie die Begrüßung von ihrem Kurschatten nicht, sondern geht stattdessen mit einem leichten Kopfnicken, aber lächelnd an ihm vorbei und bestellt bei Öchsle ein Gläschen Sauvignon. Mister Universum tritt neben sie und entscheidet sich für ein Glas Lemberger. Wie zufällig stehen sie nebeneinander und wechseln ein paar Worte.

Von Weitem wirkt das völlig unverfänglich, wir Insiderinnen wissen allerdings sofort Bescheid, was läuft. Wir stehen strategisch derart geschickt, dass wir alles beobachten und mithören können, ohne dass Rosi auf uns aufmerksam wird.

»Hallo, Achim, schön, dass du da bisch«, flötet sie.

»Achim heißt er«, erklärt Waltraud unnötigerweise.

»Hallo, meine Schöne, wie könnte ich deine Einladung ausschlagen.«

»Ein Hochdeutscher!«, wispert Erika.

»Ja, ein hochdeutscher, schmalzender Achim«, zische ich genervt zurück. »Senn doch mol ruhig!«

»Da drüben sitzt mein Mann, der im hellblauen Hemd«, erklärt Rosi ihrem Kurschatten. »Wir müssen vorsichtig sein.«

»Alles klar. Aber ein bisschen reden und auf einen schönen Abend anstoßen, wird schon drin sein, oder?«

Die Rosi nickt, und beide nehmen ihre Bestellung vom Öchsle entgegen und lassen die Gläser klirren.

»Schön hier, gell?«, säuselt Rosi, nachdem sie einen Schluck genommen hat.

»Ja, aber das Schönste bist du.« Der Achim lächelt, schaut

seine Angebetete dabei jedoch nicht an, um ihrem Mann keinen Grund zum Misstrauen zu geben.

Rosis Wangen verfärben sich rosig und sie senkt schnell den Blick. Dann trinken beide einen Schluck aus ihrem Glas. Sie tauschen weiter kleine Komplimente aus und dazwischen lässt die Rosi das eine oder andere Wort über das Weingut fallen und untermalt ihre Worte mit entsprechenden deutlichen Gesten. Die ist gewieft. Auf diese Weise kann sie ihrem Gatten nachher weismachen, dass der Schmalz-Achim sich nach dem Krauthof erkundigt hat. Wir jedoch bemerken, dass sich die beiden immer wieder wie zufällig berühren, und einmal greift ihr der Achim ganz schnell an den Po. Das hab ich genau gesehen!

Damit wir noch eine Weile observieren können, ohne aufzufallen, wollen wir Mädels uns auch Wein bestellen, allerdings kommt unser Entschluss zu spät, denn gerade sind die Fußballer eingetroffen. Nach ihrem extra für heute anberaumtem Sondertraining laufen sie geschlossen auf dem Hoffest auf. Zwei Dutzend durstige Männer müssen abgefertigt werden, und der Öchsle kommt ordentlich ins Schwitzen.

Den beiden Turteltauben wird es am Stand zu turbulent, deshalb schlendern sie zur Besenscheune hinüber, und Rosis Handbewegungen erwecken den Eindruck, als würde sie ein architektonisches Highlight erklären. Uns allerdings kann sie nicht täuschen! Und schon verschwindet das Pärchen im Gebäude. Aber nicht nur meine Mädels und ich vermuten, dass die Touristennummer eine Finte ist, auch dem Jürgen schwant etwas. Rasch steht er auf, eilt seiner Frau hinterher und betritt ebenfalls die Scheune. Kurz überlegen wir, ob wir ihnen folgen sollen. Aber wir haben genug mitgekriegt, was da läuft. Und letztlich ist das ein Problem zwischen der Rosi und ihrem Mann.

Wir starten also noch mal einen Versuch, ein Gläschen Wein zu ergattern, und haben Glück, denn die meisten Fußballer sind bereits versorgt, weil Lissy jetzt gemeinsam mit dem Öchsle tatkräftig den Weinprobierstand betreibt.

»Wo isch denn die Checky?«, frag ich sie, doch die Lissy winkt nur ab.

Während sie uns einschenkt, bemerke ich, wie nah der Öchsle bei meinem Bäsle steht und sie von der Seite anlächelt. Fast vergisst er, dass Kundschaft wartet.

»Armer Kerl«, flüstert mir Waltraud ins Ohr. »Hoffentlich ist der Frank nicht eifersüchtig, sonst gibt's heut noch mal einen Streit.« Sie deutet mit dem Kopf zuerst auf den Weingutbesitzer, danach auf die Scheune.

Kaum lassen wir uns den ausgezeichneten Riesling schmecken, kommt Benni von der Lounge herüber. »Hi, Chef, der David und der Frank helfen drüben an der Bar. Das geht sich gut aus. Ich hol mir eine Jause und füll dann die Vorräte auf.«

Der junge Mann genießt seine kleine Verschnaufpause und setzt sich mit einem Teller Pommes und einer Cola auf die Bühnenkante. Er unterhält sich mit den Musikern, die die letzten Kabel ziehen und ihre Instrumente vorbereiten. Währenddessen wandert sein Blick auffallend oft zur Terrasse, wo sich die Hautevolee des Orts an einem großen Tisch versammelt hat. Dorthin kehrt auch der Jürgen gerade zurück. Seine Rosi zieht er ruppig an der Hand hinter sich her. Während in der illustren Runde Hochstimmung herrscht, knirscht es bei den beiden gewaltig. Das kann man auf hundert Meter erkennen, unter anderem, weil der Herr Bankchef leicht derangiert aussieht.

Ich kombiniere blitzschnell und fordere die Mädels auf, mir in die Besenscheune zu folgen, um mal nach dem Kurschatten zu schauen. Als wir gerade die Tür öffnen wollen, tritt er ins Freie und rauscht über den Hof zur Einfahrt.

Hinter ihm erscheint zu meiner großen Überraschung der Kälble, unser Ortspolizist, und der verfolgt den Abgang mit Argusaugen.

»Der hat es eilig.« Waltraud grinst uns an.

Der schöne Schmalz-Achim läuft direkt an uns vorbei, deshalb sehen wir, dass sein T-Shirt am Kragen aufgerissen und seine Wange unterhalb des linken Auges rot angelaufen ist.

»Au, au, do hat's Hieb gäbba!«, nuschle ich in mein Weingläschen und die Mädels nicken.

Mein Blick schweift zum Tisch der Steinheimer High Society hinüber. Der Jürgen fixiert die Rosi so scharf, dass die sich nicht traut, ihrem Lover hinterherzuschauen. Die anderen vier haben die Köpfe zusammengesteckt, tuscheln und grinsen.

»Tisch!«, reißt mich Waltrauds Schrei plötzlich aus den Gedanken.

Am Nebentisch der Leibingers und Konsorten sind zwei ältere Ehepaare im Begriff zu gehen. Fasziniert beobachte ich, wie Waltraud den Turbo zündet und ihre gut 125 Kilo Lebendgewicht von einer Sekunde auf die andere beschleunigt, als sie unsere Chance wittert. Ich renne ebenfalls los und zerre Erika, die sich von Lissy gerade noch ein Gläschen Wein einschenken lassen wollte, hinter mir her. Auch andere Gäste haben den frei werdenden Tisch entdeckt, aber Waltraud umklammert bereits die Lehne eines Gartenstuhls und baut sich zu ihrer vollen Größe auf. Grimmig sieht sie die Konkurrenten an. Ich hechte auf den zweiten Stuhl und lege die Beine auf den dritten. Erika wirft schon von Weitem ihr Jeans-Jäckchen auf den letzten freien Platz. Damit gehört der Tisch uns!

Dass wir endlich gemütlich sitzen können, freut uns ebenso sehr wie die Tatsache, dass unser neuer Standort strategisch äußerst günstig liegt. Denn jetzt übersehen wir das Fest nicht nur von höherer Warte, sondern hören zudem zwangs- und beiläufig, was die feinen Leute am Nebentisch besprechen.

Wobei, nicht alle am Tisch erweisen sich als gesprächig. Zwischen Rosi und ihrem Mann herrscht seit einer Weile eisiges Schweigen. Aber seine Busenfreunde unterhalten sich lautstark über die bevorstehenden Kommunalwahlen. Rolf Weller, seines Zeichens der Metzgermeister, bei dem ich heute die Wurstdosen stapelweise gekauft habe, untermauert seine Absicht, Stimmenkönig und damit Vizeschultes zu werden. An den Fingern zählt er, vom Weingenuss schon leicht lispelnd, die Punkte auf, die seiner Meinung nach für ihn sprechen: Er ist bereits seit zig Jahren Mitglied im Gemeinderat, er führt am Ort eine gut gehende Metzgerei, er sponsert die örtlichen Vereine. Mit dem vierten Finger kommt seine Auflistung allerdings ins Stocken. Das könnte daran liegen, dass er keine weiteren Verdienste um seinen Heimatort aufweisen kann, oder er kann nicht über drei hinauszählen.

»Vereine!« Der Stuckateurmeister Matthias Ranzer, genannt Gips, greift den letzten Punkt seines Kumpels auf. »Das ischt das Stichwort. Do zähl ich meinerseits auf deine Unterstützung bei der Vorstandswahl vom Sportverein. Diesmol will ich den Poschta! Do kannsch du deine Kundschaft gern a bissle … einstimmen. Und wenn des klappt und ich Vorstand bin, mach i bei meinen Kunden Wahlkampf für dich.«

So läuft das also. Eine Hand wäscht die andere, nicht nur in der großen Politik, nein, auch in unserem kleinen Kaff. Die Herren der lokalen High Society versammeln in ihren Betrieben genug Kundschaft, um bei der Meinungsbildung im Ort ein entscheidendes Wörtchen mitzureden. Die beiden Kumpane lachen auf, klatschen sich ab und beschließen, ihren Deal an der Bar mit etwas Hochprozentigem zu besiegeln.

»Gohsch mit?«, fragt der Rolf noch den Jürgen, allerdings mehr pro forma.

Denn dass dem Dritten im Bunde die Lust auf einen feuchtfröhlichen Abend vergangen ist, erkennt man schon von Weitem. Der gehörnte Ehemann winkt deshalb ab, packt die Rosi wieder am Handgelenk und zieht sie Richtung Parkplatz davon.

Kopfschüttelnd schauen wir dem Bankchef und seiner Holden hinterher, bevor die Conny und die Mäggi ins Zentrum unserer Aufmerksamkeit rücken. Beide Frauen haben bislang schweigend am Tisch gesessen und den Ausführungen ihrer Männer gelauscht. Wobei, die Conny gehört ja nur noch so halb zum Gips.

»Der immer, mit seim Vizeschultes, als ob's nix Wichtigeres gäb im Läba«, hören wir Mäggi Weller über ihren Gatten sagen. Sie beschwert sich, dass sie den Laden schmeißen muss, damit der Herr Metzgermeister im Rampenlicht stehen kann.

»Selber schuld, Mäggi! Lass dir doch net älles g'falla!«, erwidert Conny. »Setz dich doch amol durch!«

»Des sagt sich so leicht«, entgegnet die Metzgersfrau und winkt ab.

»So mutig wie die Conny sind halt nicht alle«, raunt mir Waltraud zu.

Ja, die Constanze Weckerle ist schon eine Art Kolibri bei uns am Ort, da sind wir Mädels uns einig. Die junge Frau hatte früh erkannt, dass ihr der zehn Jahre ältere Matthias Ranzer einiges bieten konnte. Der Juniorchef des am Ort etablierten Stuckateurbetriebs fuhr ein Porsche-Cabrio und sein Geldbeutel war immer gut gefüllt. Das fand Conny recht anziehend. Sein gutes Aussehen und dass er gut tanzen konnte, kamen als netter Bonus obendrauf. Dass der Gips in Bezug auf das weibliche Geschlecht jedoch grundsätzlich kein Kostverächter war, erkannte sie auch. Doch irgendwie schaffte sie es, ihn mit ihren eigenen Reizen zu überzeugen, sodass Gips sie Hals über Kopf heiratete. Mit gerade einmal achtzehn Jahren wurde Constanze Weckerle-Ranzer die Juniorchefin des florierenden Betriebs und nach dem Tod des Schwiegervaters, der zwölf Jahre vergeblich auf einen Enkelsohn gewartet hat, ist sie zur Gesellschafterin und Chefin der Profi-Stuck-Ranzer GmbH aufgestiegen.

Hinter der Fassade allerdings bröckelt es. Denn Gips' Mitgliedschaften im Tennisklub, bei der Freiwilligen Feuerwehr und beim lokalen Sportverein und nicht zuletzt die Auszeiten, die er sich mit seinen Kumpels gönnt, brachten ihm seit jeher neben geschäftlichen auch einige amouröse Beziehungen ein, die Conny nicht verborgen geblieben waren. Irgendwann wusste nicht nur sie, sondern jeder im Ort, dass Matthias Ranzer kein Kostverächter war. Im Laufe der Zeit begann Conny, sich selbst Freiheiten herauszunehmen. Auf spontanen Wellness- und Schönheitswochenenden oder Shoppingtrips nach Hamburg, London und L. A. verwöhnt sie sich nicht nur mit kosmetischen Veränderungen, extravaganten Frisuren und stylischen Outfits, sondern auch mit dem einen oder anderen Liebhaber. In einem hübsch renovierten Fachwerkgebäude am Marktplatz, einer von mehreren Immobilien, die sich die Ranzers im Laufe der Jahrzehnte unter den Nagel gerissen haben, hat sie sich zudem einen kleinen Laden eingerichtet, als ein nettes Hobby. An drei Tagen in der Woche verkauft sie in »Connys Glamour« Dekoartikel, Postkarten und anderen Schnickschnack. Waltraud vermutet ja, dass das Geschäft nur als Abschreibungsobjekt dient, denn von ihrer Apotheke aus, die genau gegenüber liegt, kann sie gut beobachten, wer bei Conny ein- und ausgeht. Und Waltraud ist sich sicher, dass der Umsatz an Prosecco, den die Stuckateursgattin mit ihren Freundinnen Rosi und Checky generiert, weit über dem der Dekoartikel liegt ...

»Wenn er no net so viel trenka dät!«, reißen mich Mäggis klagende Worte aus meinen Gedanken. »Des merket sicherlich au schon die Kunda!«

Die Conny verdreht die Augen und steht genervt auf. Offenbar möchte sie den restlichen Abend nicht damit verbringen, sich Mäggis Nörgeleien anzuhören. Umso mehr, weil die konservative Metzgersfrau nicht zu ihren Freundinnen zählt.

»Tschau!«, ruft sie Mäggi kurz zu und schlendert zum Weinprobierstand, wo sie mit großem Hallo von einigen Männern der Freiwilligen Feuerwehr empfangen wird.

Die zurückgelassene Mäggi setzt sich aufrecht in ihren Stuhl und versucht zu lächeln, damit ja niemand registriert, dass sie sich wie das fünfte Rad am Wagen fühlt. Waltraud, Erika und ich merken es sehr wohl. Wir überlegen, ob wir sie an unseren Tisch einladen sollen, damit sie nicht einsam herumsitzen muss, doch in dem Moment steht sie auf, nickt uns zu, geht eilends über den Hof und macht sich allein auf den Heimweg.

»Elvira, darf ich bitten?«

Unvermittelt steht der Kälble bei uns am Tisch. Er schaut mich an. Ich schau ihn an. Er trägt keine Uniform, ist demnach nicht im Dienst. Dennoch steckt seine verspiegelte Ray-Ban-Sonnenbrillenkopie im gegelten Blondhaar, wie immer, wenn er Streife fährt und lässig einen Arm ins offene Fenster legt. Zur engen schwarzen Jeanshose trägt er heute ein tailliertes geblümtes Hemd. Die obersten Knöpfe sind geöffnet. Vor der haarlosen Brust baumelt eine dicke Panzerkette. Im Vergleich zu dem, was man sonst von ihm gewohnt ist, sieht er heute fast passabel aus. Aber halt nur fast.

Ich lehne seine Aufforderung zum Tanz mit einem entschiedenen Hinweis auf eine Fußverletzung dankend ab.

Enttäuscht wandern seine Augen kurz zu Waltraud und rücken dann schnell weiter zu Erika, vor der er sich verbeugt. »Darf ich bitten?«

Sie zögert und sieht mich hilflos an, ich allerdings grinse stumm.

»Du, Kälble …«, setzt sie an. Doch bevor sie ihm einen Korb geben kann, zieht der eine Medaille aus der Hosentasche und hält sie Erika vor die Nase. »Erster Platz beim Swing-Turnier des TC Ludwigsburg …«, liest sie vor.

»Du kannst Swing tanzen?«, erkundigt sich Waltraud skeptisch und möchte nach der Medaille greifen.

Doch Kälble zieht sie schnell zurück. »Kann ich, weil ich beweglich bin«, blafft er.

Waltraud zieht eine Augenbraue nach oben und würdigt den Polizeiobermeister keines weiteren Blicks.

»Also, Erika, wie sieht's aus?«, versucht der es noch mal.

Sie überlegt kurz, lächelt und reicht ihm die Hand. Er führt sie galant auf die Tanzfläche. Auf der Bühne nimmt derweil unser Tom mit seinen Musikerkollegen Aufstellung. In der Rockabilly-Formation, mit der er heute auftritt, spielt er den Kontrabass. Hingebungsvoll zupft er die Einleitung des ersten Stücks, und dann legen Erika und der Supercop eine Show hin, dass Waltraud und ich unseren Augen nicht trauen.

Ein paar Tanzrunden später bringt der Kälble seine Partnerin an unseren Tisch zurück, nicht ohne seine Ziegenlache laut dröhnen zu lassen. Erika lässt sich erschöpft auf einen Stuhl fallen und scheint trotzdem derart begeistert von Kälbles Tanzkünsten, dass sie ihn einlädt, bei uns Platz zu nehmen. Das muss nun gar nicht sein, finden Waltraud und ich. Bevor wir allerdings widersprechen können, hat er sich schon einen Stuhl besorgt und macht es sich neben Erika gemütlich. Plötzlich springt der zackige Polizeiobermeister wieder auf und eilt in die Wein-Lounge. Waltraud und ich schauen uns an und atmen erleichtert auf.

Doch kurz darauf kommt der Kälble mit einem kleinen Tablett und vier Gläsern zurück. »Bitte schön, die Damen!«

Er verteilt die Cocktails und wirkt dabei so glücklich, dass selbst Waltraud und ich ihn nicht mehr abwimmeln möchten. Die Flüssigkeit in unseren Gläsern sieht jedoch gewöhnungsbedürftig aus.

»Weichmacher«, erklärt Kälble.

»Weichmacher? Was ist da drin?« Waltraud ist misstrauisch.

»Keine Ahnung, des Rezept isch vom Benni. Prosit!« Der Kälble leert sein Glas in einem Zug.

Wir Mädels haben mit Cocktails und deren Wirkung schon einige Jährchen mehr Erfahrung als der Jungspund und nippen zunächst vorsichtig.

»Oho, das Zeug hat's in sich«, kommentiert Waltraud fachmännisch. »Ich tippe auf Lemberger, Wodka, Kirschlikör und, wenn ich mich nicht irre, Absinth.«

»Absinth?« Kälble schaut irritiert in die Runde.

»Absinth ist eine Spirituose, die im Zusammenspiel von einem hohen Alkoholgehalt von 55 bis 70 Volumenprozent sowie Kräutern wie Wermutkraut, Ysop und Fenchel eine anregende, euphorisierende und berauschende Wirkung zeigt«, erläutert Waltraud. »In größeren Mengen genossen kann das Getränk zu Halluzinationen und psychischen Problemen führen.«

Klar, die Apothekerin ist in ihrem Element.

Der Ortspolizist starrt hingegen entsetzt in sein leeres Glas. Dann rennt er zum Getränkestand und lässt sich eine Flasche Sprudel geben. Die trinkt er in einem Zug aus und greift gleich nach einer zweiten.

Wir Mädels grinsen uns wissend an. Ja, er ist schon speziell, unser Kälble. Noch recht jung, aber grundsätzlich nicht unansehnlich, wobei sein Modegeschmack durchaus gewöhnungsbedürftig ist. Kälble ist weder der klügste noch der schnellste Polizist auf Gottes Erdboden. Er ist reichlich begriffsstutzig, aber immer sehr bemüht. Dass er es trotz mancher Defizite dennoch bis zum Polizeiobermeister geschafft hat, ist wohl neben reichlich Vetternwirtschaft auch seinen Fähigkeiten am Computer zuzuschreiben. Denn da ist der Kälble ebenso firm wie beim Tanzen.

»Isch do tatsächlich Absinth drenn?«, frage ich Waltraud, bevor unser Ortspolizist wieder an unseren Tisch zurückkommt.

»Nein, wahrscheinlich nicht. Ich wollt den Kälble bloß erschrecken. Aber ein Hammergetränk ist das auf jeden Fall!«

»Ond der Nama bassd. Weichmacher. Do wird's mir ganz weich um d'Knia ond a bissle weiter nuff au«, meint Erika grinsend und wird ein bisschen rot.

»Uffbassa Mädla!«, mahne ich meine Freundinnen und schlage vor, vor dem weiteren Genuss des Teufelsgetränks eine ordentliche Grundlage zu schaffen.

Ich gehe rüber zum BMVÄ, der seinen Posten hinter dem Grillstand eingenommen hat, und lasse mir drei Portionen Schweinebauch mit Kartoffelsalat geben. Der begeisterte Hobbykoch schnappt sich die Zange, wendet die Fleischscheiben mit legerem Schwung, sucht für uns die besten Stücke aus, würzt nach, platziert sie auf dem Teller, legt ein paar Zwiebelringe darüber und häuft jeweils einen Berg Kartoffelsalat daneben. Da wird uns auch der Weichmacher nichts anhaben!

Vorsichtig jongliere ich meine wertvolle Fracht zurück zur Terrasse. Der Kälble hat sich ebenfalls wieder eingefunden und sieht sehnsüchtig auf unsere Teller. Da ich schon bei Mutter am Tisch etwas gegessen und ständig unsere Waage vor Augen habe, überlasse ich dem Kerl meine Portion, nehme ihm jedoch dafür die mittlerweile dritte Sprudelflasche ab, weil mir sein Kohlensäuregeblubber und ständiges Aufstoßen gehörig auf den Nerv geht.

Während er es sich schmecken lässt, nutze ich die Gelegenheit, um ihn so ganz nebenbei zu fragen, was denn in der Besenscheune mit dem Leibinger und diesem fremden Mann passiert ist. »Du als Amtsperson hasch doch sicherlich den Überblick gehabt!« Jovial klopfe ich ihm auf die Schulter.

Wie sagt Vater immer: »Schmieren und Salben hilft allenthalben.« Und es hilft.

Geschmeichelt berichtet der Kälble, dass der Leibinger anscheinend nach der Rosi gesucht und sie ungeschickterweise gerade in dem Moment gefunden hat, als sie mit dem anderen Mann vor dem Herrenklo herumknutschte. »Die henn so g'schmatzt, des hat mr durch die Tür g'hört!«, betont der Supercop und verzieht das Gesicht. »Ich war nämlich auf dem Klo, weil …«

»Ja, Kälble, so genau möchtet mir des nicht wissen«, kürze ich seine Ausführungen ab.

Er erzählt, dass er zuerst nicht wusste, wer die Turteltauben sind, dann allerdings die Stimme vom Leibinger erkannt hat, der die Rosi wüst beschimpft hat. Anschließend habe er Kampfgeräusche gehört und die Rosi rief: »Achim!«, obwohl der Jürgen doch Jürgen heißt. Das habe ihn sehr gewundert.

Uns wundert das nicht, aber wir wissen jetzt, wie der schöne Achim zu seinem blauen Veilchen gekommen ist.

»Und weiter?«, dränge ich.

Die Rosi habe der Zorn gepackt und sie hat ihren Mann mit aller Kraft gegen die Klotür geschubst. »Die hab ich aber in dem Moment uffg'macht«, ergänzt der Herr Polizist, »weil ich fertig war mit …«

»Kälble!«

»Ja, also, weil ich raus hab wella, und dann hat es den Leibinger derart ins Klo und unters Waschbecken gedonnert. Der Rosi war der Jürgen allerdings egal, die hat sich bloß um den andera Kerle gekümmert.« Kälble macht eine Pause und schaut uns überlegen an. »Und wisst ihr was? Des war wohl der Achim!«

»Ja, Kälble, des wisset mir scho!«, stöhnt Erika. »Was war weiter?«

Der Leibinger sei sofort wieder aufgesprungen und auf den anderen losgegangen, führt der Kälble schmatzend fort, nachdem er den kurzen Moment der Enttäuschung mit einem großen Bissen Schweinebauch heruntergeschluckt hatte, doch er, der Polizeiobermeister von Steinheim höchstpersönlich, habe mutig eingegriffen und Kraft seiner Autorität dafür gesorgt, dass die Streithähne auseinandergegangen sind. »Als Polizist ischt man halt eine Respektsperson!«, brüstet er sich und wird um zwei Zentimeter größer.

Nachdem wir das jedoch nicht würdigen, schrumpft er wieder auf Normalgröße und führt weiter aus, wie der Jürgen Leibinger den anderen Kerl zwar nicht mehr angerührt, allerdings weiter beschimpft und ihm mehr Schläge und Schlimmeres angedroht hat, sollte der die Finger nicht von seiner Frau lassen. Danach habe der Herr Bankchef die Rosi gepackt und hinter sich aus der Scheune gezogen.

Den Gigolo habe der Kälble noch eine Weile zurückhalten können, bevor er ihn schließlich gehen ließ und dessen Abgang verfolgte.

Meine Mädels und ich nicken nur wissend, weil wir gesehen haben, wie Rosis Liebhaber das Fest Hals über Kopf verlassen hat. Dann lobe ich den Kälble noch ausführlich für sein heldenhaftes Einschreiten. Er freut sich, wird aber gleichzeitig hibbelig, weil die Band gerade zu einer neuen Tanzrunde aufruft. Schnell verputzt er die Reste seines Schweinebauchs und fragt in die Runde, wer mit ihm tanzen möchte. Das möchte allerdings keine von uns. Den Startänzer hält es dennoch nicht mehr an seinem Platz, und kurz darauf sehen wir ihn mit einer jungen Frau aus der Tanzgarde bei gewagten Rock-'n'-Roll-Bewegungen.

»Glück g'hett!«, gurrt Erika lachend.

Wir stecken die Köpfe zusammen und diskutieren die Angelegenheit mit der Rosi und ihrem Kurschatten ebenso wie unsere Beobachtungen über die »Hajesajetie«, wie Vater die dörfliche High Society am Nebentisch nennen würde. Dann lassen wir es aber gut sein, und wir widmen uns wieder den angenehmen Seiten des Lebens. Zum Beispiel dem Aperol.

Zu weit vorgerückter Stunde, Erika und Waltraud haben sich schon kichernd verabschiedet und sind leicht schwankend den Heimweg angetreten, lädt mich der BMVÄ noch auf einen Absacker in die Bar ein. Seine Schicht am Grillstand hat er hinter sich und dafür ein Glas Whiskey vor sich. Ich nippe an einem trockenen Rieslingsekt und beobachte die wenigen Gäste, die sich um uns noch versammelt haben.

Direkt neben mir steht Rolf Weller an der Theke. Eigentlich hängt er mehr, als dass er steht. Er brabbelt so etwas wie

»… Muss jetzt ganga …«, dreht sich mit zu viel Schwung um und schlägt mir dabei fast das Glas aus der Hand.

»He, pass doch a bissle uff!«, schimpfe ich und schüttle mir die Sektspritzer von den Fingern.

»Tschulgung … I muss … D' Mäggi wartet …«, murmelt er mit schwerer Zunge und baumelndem Kopf.

»Nein, die wartet net, die isch scho lang heim«, entgegne ich.

»Was isch die?« Er hebt langsam seinen Kopf und schielt an mir vorbei.

»Ganga. Scho vor a paar Schtond.«

»Bleede Nussss!«

»Ha, du hasch se doch versetzt. Ond wenn du jetzt erscht heimkommsch, wird die sich Sorga macha.«

»Sch… mir … egal, ob die Alt sich Sorga macht! I hann au Ssssorga. Aber wenn diii …« Er stiert gerade aus, schwankt ein bisschen und holt Luft. »Also wenn dessss … desss Lu… also … egal … scho ganga isch …«, Pause und Luftholen, dann stößt er sich mit einem Ruck von der Theke ab, »… mussii jessd laufa.«

»Da wird's drauf hinhaun«, rufe ich ihm hinterher, als er durch die Tür wankt.

Oh je, die Mäggi tut mir echt leid. Kein Mitleid habe ich dagegen mit dem feisten Suffkopf. Geschieht ihm recht, wenn er heimlaufen muss.

Ich dreh mich wieder zur Bar, und jetzt habe ich freie Sicht auf Wellers Busenfreund Gips. Der macht auch keinen besseren Eindruck als sein Kumpel. Mit beiden Ellbogen auf die Theke gestützt, hält er den Kopf zwischen den Händen und starrt in ein Glas. Sein Hemdzipfel lugt aus der Hose heraus, die ihrerseits auf Halbmast hängt. Immer wieder versucht er, die Knie durchzudrücken, das will allerdings nicht gelingen.

»Schmidtchen Schleicher mit den elastischen Beinen«, singe ich spontan, aber der BMVÄ, der bemerkt hat, dass ich den Gips beobachte, knufft mich in die Seite.

»Isch doch au wohr!«, brumme ich und betrachte das Glas des Stuckateurmeisters neben mir genauer.

Da wundert mich nichts mehr. Anscheinend haben die beiden Herren ihre Seilschaften mit Bennis Weichmacher festgezurrt. Guad Nacht am sechse!

KAPITEL 2

An einem Mittwoch Mitte September

Um den Abgabetermin für den neuen Beitrag zur Heimat-
kunde zu schaffen, lasse ich es heute im Archiv ordentlich
laufen und verliere mich so in dem Thema, dass ich erst spät
auf die Uhr schaue. Sehr spät! Es ist schon zwanzig nach
eins. Schnell schließe ich die Dateien, stemple aus und fahre
den Laptop herunter. Ich lege mein Schminktäschchen auf
den Schreibtisch. Na ja, eigentlich handelt es sich mehr um
ein Köfferchen oder eher um einen Koffer.

Ich nehme zuerst den neuen Spiegel mit LED-Beleuch-
tung heraus. Beim Druck auf den Kippschalter springt das
grelle Rundlicht an, und ich kneife erschrocken die Augen
zu. Der zweite Schreck folgt unmittelbar danach, als ich vorsichtig in den Spiegel linse, denn ich sehe meine Gesichts-
haut in unerbittlicher Zehnfachvergrößerung. Ausgeleuch-
tet wie ein Bundesligastadion. Kurz überlege ich, ob ich
alles wieder einpacken soll, aber es hilft ja nichts! Ich muss
mich richten. Ich bemühe mich, den kratertiefen Poren auf
meiner Nase und dem Flaum um meine Oberlippe keine
Aufmerksamkeit zu schenken, und greife schnell zu meiner neuen getönten Seeking-Silence-Fashion-Hydrating-
Creme mit Hyaluronsäure, Detox Panthenol, Ingwerwur-
zelextrakt und Mikroalge. Die riecht nach … Brackwasser.
Doch das ist mir jetzt egal, denn die Packung verspricht
einen »Super Glow«, und ich verteile die hellbraune Paste
großzügig über das gesamte Gesicht. Allerdings verdeckt

sie weder die Krater noch lässt sie die Lippenhärchen verschwinden. Dafür kostet sie ein kleines Vermögen. Und das Einzige, was super glüht, ist meine Stirn, auf der sich hellbraune Schweißperlen bilden. Sei's drum, ich muss fertig werden. Mit einem Papiertaschentuch tupfe ich den Schweiß von der Stirn und mit dem Pinsel Rouge auf meine Wangen. Abschließend tusche ich die Wimpern nach und trage dunkelroten Lipgloss auf. Die Jeans tausche ich gegen einen kurzen dunkelblauen Rock, meine weiße Bluse gegen ein rosafarbenes T-Shirt. Darüber ein neongrünes Jäckchen mit Puschelärmeln. Untenrum noch eine farblich zum Jäckchen passende hellgrüne Strumpfhose und Joggingschuhe. Ganz oben der krönende Abschluss: ein selbstgehäkeltes Käppchen, in das ein Haarreif mit gestreiften Fühlern eingearbeitet ist. Fertig ist die Reblaus, die Rolle, in der ich heute eine Weinbergführung auf dem Krauthof mache.

Die vollständige Prozedur dauert viel länger als geplant, und ein Blick auf die Uhr verrät mir, dass es jetzt richtig pressiert. Ich schnappe mein Köfferchen, meine Handtasche und den Autoschlüssel und renne vom Keller, in dem das Archiv untergebracht ist, ins Erdgeschoss und endlich ins Freie. Ich setze mich hinters Steuer und verlasse schleunigst den Parkplatz. Nun könnte ich das Tempo erhöhen, wenn nicht ein Kleintransporter den Weg versperren würde, weil er gegen die Fahrtrichtung in die Einbahnstraße eingebogen ist. Nach einem mehrzügigen Rangiermanöver, begleitet von lauten Kommentaren aus der Dönerimbissbude nebenan, rausche ich endlich an dem Fahrzeug vorbei. Glücklicherweise erwische ich bei den beiden Ampelanlagen, die unser Ortskern aufzuweisen hat, die grüne Welle und komme dank leichter Geschwindigkeitsüberschreitung noch rechtzeitig auf dem Weingut vom Öchsle an.

Als ich vor der Wein-Lounge aus dem Auto steige, hat sich meine heutige Gruppe, der Männergesangsverein Frohsinn, bereits versammelt. An das Hoffest vor zwei Wochen erinnert nur noch der Probierwagen, der geschlossen an der Besenscheune steht. Statt der Biertischgarnituren sind jetzt auf dem Gelände allerhand landwirtschaftliche Maschinen und Gerätschaften abgestellt, die für die Weinlese gebraucht werden, die vor Kurzem begonnen hat.

Ich rücke mein Käppchen zurecht und gehe auf die Teilnehmer der Führung zu, die gerade Edmund Öchsle lauschen, der seine Philosophie des biologischen Weinbaus erklärt. Er nickt mir kurz zu, ohne seine Ausführungen zu unterbrechen. Ich habe noch ein paar Minuten Zeit, mich zu sammeln und auf die Gruppe einzustellen.

»So, des war's erscht mol von mir«, sagt er zum Schluss und zeigt auf mich. »Jetzt isch unsere Reblaus dran. Sie erzählt euch mehr über den Betrieb und nimmt euch dann mit in unsere Wengert. Anschließend sehn mir uns wieder zur Weinprobe im Keller.«

Während sein Vortrag noch beklatscht wird, verschwindet Öchsle im Küchentrakt der Lounge. Bevor ich ein Wort an die Männer richten kann, kommentieren sie belustigt meinen Aufzug, grinsen oder halten mir den erhobenen Daumen entgegen. Als sie sich endlich beruhigt haben, nehmen sie vor mir Aufstellung und stimmen *Funiculì, Funiculà* an, ein neapolitanisches Lied, das gerne in weinseliger Runde vorgetragen wird. Dass das Stück ursprünglich zur Eröffnung der Standseilbahn auf den Vesuv komponiert wurde und inhaltlich nicht ansatzweise etwas mit Rebensaft zu tun hat, weiß ich von Alfa. Mein Wissen teile ich den Sängern allerdings nicht mit, immerhin haben sie sich die Mühe gemacht, den italienischen Text auswendig zu lernen, ohne ihn zu verstehen. Während der schwungvollen

Darbietung schweifen meine Gedanken ab und ich überlege, warum all diese Herren an einem Mittwochnachmittag
Zeit für einen Ausflug haben. Bei genauerer Betrachtung
komme ich dann jedoch schnell zu der Erkenntnis, dass
vor mir dreißig Mann mit insgesamt fast 2.000 Lebensjah-
ren stehen. Da kann man unter der Woche schon mal eine
Führung mitsamt Weinprobe mitnehmen!

Da uns das Wetter einen goldenen Herbsttag beschert und
sich die Temperatur für Mitte September sommerlich zeigt,
führe ich die Gruppe auf die große Terrasse vor der Wein-
Lounge, wo heute der Empfangssekt serviert wird. Von hier
hat man eine wunderbare Aussicht auf die Landschaft. Im
Westen ragt das große Windrad in Ingersheim empor, das als
Landmarke auf einer Anhöhe steht. Etwas südlicher erhebt
sich der Hohe Asperg, in dessen Gefängniszellen nicht nur
Schubart einige Lebensjahre fristete, sondern auch RAF-
Häftlinge im Gefängniskrankenhaus behandelt wurden.
Und weiter schweift der Blick über Ludwigsburg bis zum
Stuttgarter Fernsehturm am Horizont und über den Lem-
berg bei Affalterbach bis zur Burg Lichtenberg im Osten.

Während üblicherweise die Checky die Führungsgrup-
pen bedient, tritt heute Alfa mit einem großen Tablett auf
die Terrasse.

»Was machsch denn du do?«, frage ich ihn erstaunt.

»Ische immer helfe in Autunno, Bambina, du wisse.«

Obwohl er schon fast fünfzig Jahre im Ort lebt, spricht
Alfa immer noch ein eigenwilliges deutsch-italienisches
Kauderwelsch, an das wir uns jedoch alle gewöhnt haben.
Daher verstehe ich ihn und außerdem weiß ich, dass er im
Herbst dem Öchsle immer bei der Ernte im Wengert unter
die Arme greift. Ebenso unterm Jahr, beim Schneiden oder
Ausbrechen der Reben. Dass er jedoch als Sektkellner ein-
gesetzt wird, das ist mir neu.

»La Signora nixe gute druffe«, flüstert er mir zu und deutet mit dem Kopf in Richtung Wohnhaus.

»Du meinsch die Checky?«

Alfa nickt. »Scheffe und Signora habe grosse Disputa, Streita …« Er wedelt mit einem Arm wild in der Luft herum. Das Tablett fängt bedenklich an zu wackeln, deshalb greift er schnell wieder mit beiden Händen zu. »Per molti giorni, schonna viele Tage. Mamma mia!«

»Worum geht's denn?«, wispere ich ebenfalls.

»La Signora si rifiuta di lavorare. Sie wolle nixa arbeite. So Scheffe mischa getauschta von helfe bei Lese, zu helfe mit lo Spumante.« Er hält das Tablett etwas in die Höhe und deutet auf den Sekt. »Non buono, nixa guta.«

»Doch, der Sekt vom Krauthof isch gut«, widerspreche ich, merke allerdings gleich, dass ich Alfa missverstanden habe. »Ach so, des mid dr Signora nix lavabo, nix bonno.«

»La-vo-ro non bu-o-no!«, korrigiert er mich, verdreht die Augen und geht schnell weiter, um die Gäste zu versorgen.

Im Anschluss bedeutet er mir mit einem Kopfnicken, dass ich mit meinem Vortrag beginnen kann, bleibt jedoch im Hintergrund, falls der eine oder andere Sänger noch ein weiteres Gläschen vertragen kann.

Ich starte mit einem kleinen Rückblick auf die Geschichte des Hofes. Beschreibe die Wandlung von einem bäuerlichen Anwesen zu einem modernen Weinbaubetrieb, nenne einige Zahlen, um meine Expertise zu untermauern, und will gerade näher darauf eingehen, was unter PIWI-Weinen zu verstehen ist, da dringt Gebrüll durch die offene Terrassentür aus der Küche neben der Lounge zu uns herüber. Zunächst versuche ich, das ohrenbetäubende Wortgefecht zu übertönen, doch die Aufmerksamkeit der Gesangtruppe schweift schnell zum Konfliktherd ab.

»Spinnst du?«, erkenne ich Checkys Stimme. »So viel Geld!«

»Des isch mein Geld!«, entgegnet Öchsle schreiend.

»Dann sag wenigstens, wo die Kohle geblieben ist!«

»Des goht dich nix a!«

»Ach, das geht mich nichts an? Aber zum Arbeiten bin ich gut genug! Du weißt ganz genau, dass ich das Geld für mein Projekt gebraucht hätte!«

»No guggsch selber, wo du für dein Projekt Geld her-griagsch!«

»Natürlich, lass mich nur im Stich! Eins kann ich dir allerdings verraten, wenn jetzt auch noch dein Junior auf den Hof kommt, bin ich weg, dass das klar ist!«

»Freu de doch, wenn jemand do isch, der weitermacht!«

»Und was ist mit meiner Alessia?«

»Die? Die hat doch bloß Mode ond Kerle im Kopf!«

»Ach, leck mich doch!«

Checky rauscht in den Hof und rennt wütend in Richtung Wohnhaus.

Öchsle macht ebenfalls einen Schritt ins Freie, bleibt aber mit dem Rücken zur Terrasse stehen. Er bebt vor Zorn. »S Beschte isch wohl, wenn i mi ombreng, no hasch dei Ruh ond kannsch macha, was willsch!«, brüllt er seiner Frau hinterher.

Aber Checky winkt nur ab, ohne sich umzudrehen, und verschwindet im Gebäude.

Dann beobachten die Sänger und ich, wie der Öchsle buchstäblich in sich zusammensinkt. Die Schultern fallen nach vorne, mit gesenktem Blick dreht er sich schwerfällig zu uns herum. Als er uns wahrnimmt, fährt er erschrocken auf, peinlich berührt, dass sein Ehekrach vor einem großen Publikum stattgefunden hat. Er senkt seinen Blick und geht mit schnellen Schritten zurück in die Küche.

Ziemlich betreten stehe ich mit der Gruppe auf der Terrasse, und obwohl ich sonst nicht auf den Mund gefallen bin, will mir im Moment nichts Passendes einfallen, womit ich die Stimmung auflockern könnte.

Schließlich halte ich den Männern, die sich mir mit fragenden Gesichtern wieder zugewandt haben, mein Glas entgegen. »Prost«, sage ich nur und trinke den Sekt in einem Zug aus. »Auf in dr Wengert!«

Ich marschiere los und deute der Gruppe mit einem Wink, mir zu folgen. Auf den Witz, mit dem ich üblicherweise die Führung einleite, verzichte ich und schlage stattdessen zügig den Weg in die Weinberge ein. Aus den Augenwinkeln sehe ich noch, wie sich Alfa mehrfach bekreuzigt und hinter uns die leeren Sektgläser einsammelt.

Die Führung dauert üblicherweise eineinhalb Stunden, doch ich ziehe sie um weitere dreißig Minuten hinaus, weil ich sichergehen möchte, dass sich auf dem Hof die Wogen geglättet haben, wenn wir zurückkehren. Wie gewohnt streue ich humoristische Einlagen in meinen Vortrag ein. Und da die Männer aus dem Ausland, also aus Remscheid angereist sind, bemühe ich mich um eine einigermaßen verständliche Sprache. Auf dem Weg zwischen Reben und Wald erzähle ich eine hiesige Anekdote:

»Hier, im Kälblingwald, haben der Erwin und der Fritz einmal Holz geschlagen. Alles hat gut geklappt, aber der letzte Stamm, den sie sich vorgenommen hatten, fiel nicht so wie geplant. Der Fritz konnte sich gerade noch in Sicherheit bringen, doch den Erwin hat es erwischt, und er war hin. Ein paar Wochen später hat die Frau vom Fritz die Witwe vom Erwin beim Einkaufen getroffen.

›Und, Rickele, wie geht's dir denn so?‹, hat sie mitfühlend gefragt.

›Du, soweit ganz gut. Die Versicherung hat sich nicht lumpen lassen und hat 200.000 Euro überwiesen.‹

›Waaas?‹, schreit da dem Fritz seine Frau. ›Und mein Bachl rennt davon!‹«

Die Sänger halten sich vor Lachen die Bäuche, und auch die umstehenden Lesehelfer grinsen, obwohl sie den Witz sicher schon mehrmals gehört haben.

Nach weiteren Geschichten über Land und Leute ist die Stimmung gelöst, und der Gesangsverein Frohsinn macht seinem Namen alle Ehren, indem der eine oder andere Schwank beigesteuert wird. Um noch ein bisschen Zeit herauszuschinden, hole ich meine Ausführungen über die PIWI-Trauben jetzt nach. Ich erläutere, dass man darunter pilzwiderstandsfähige Traubenzüchtungen versteht, die deutlich weniger Spritzungen im Jahr benötigen. Die Männer kommentieren das äußerst wohlwollend und haben viele Fragen, die ich ausführlicher als sonst beantworte.

Unterwegs halten wir das eine oder andere Schwätzchen mit den Lesehelfern, und ich bin erstaunt, unter ihnen meinen Vater und meine Mutter auszumachen. Normalerweise helfen sie erst in der Haupt-, nicht in der Vorlesezeit aus. Eine Erklärung erhalte ich umgehend, denn Mutter treibt ihre Neugier aus der Wengertzeile auf den Weg zu meiner heutigen Gruppe. Amüsiert sehe ich, dass sie statt der üblichen High Heels gezwungenermaßen Gummistiefel angezogen hat. Auf ein dezentes Make-up und perfekt frisierte Haare hat sie dennoch nicht verzichtet, und zu einem modischen und zugleich praktischen Hosenrock trägt sie ein eng anliegendes pinkfarbenes T-Shirt mit der Aufschrift »Forever young!«.

»Hättsch dich nicht so herrichta müssa«, bemerke ich grinsend. »Der Alfa kann heut nicht bei dr Lese helfa, der macht des Catering.«

Mutter blickt verlegen in ihren Leseeimer. Aha, hab ich sie erwischt!

Um abzulenken, erklärt sie schnell den Grund für ihren Arbeitseinsatz. Die Marianne, dem Öchsle seine Mutter, habe erst vor Kurzem eine Hüftoperation hinter sich gebracht, und ihr Mann, der Eugen, darf wegen eines Leistenbruchs nicht schwer heben. Ja, und die Checky könne man gerade vergessen und ihre Tochter, die Alessia, sowieso, das sei ja wirklich ein fauler Mensch. Bei ihr würde man gleich merken, dass sie nicht vom Öchsle ist. Mutter betont, wie leid ihr der arme Kerl tut und dass es unmöglich sei, dass man ihn mit derart viel Arbeit allein ließe. »Der isch jo sowieso a bissle …« Sie wedelt mit einer Hand vor dem Gesicht herum.

»Was, a bissle …?«, hake ich nach und wedle auch.

Konspirativ rückt Mutter näher. »Schwermütig halt. Hat der von seiner Oma. Die had sich jo au … selber … ums Eck …«

»Oh!«, erwidere ich und deute eine Schlinge um meinen Hals an.

Sie schüttelt den Kopf, formt die Hand zu einer Art Becher und führt sie wie zum Trinken an den Mund.

»Z Tod g'soffa?!«, mutmaße ich.

»Nein, E 605!«, zischt Mutter hinter vorgehaltener Hand.

»Omderälles!«

Mehr kann ich dazu nicht sagen, weil ich bemerke, dass die anderen Erntehelfer in unserer Nähe die Arbeit mittlerweile eingestellt haben und unser Pantomimenspiel mit großem Interesse verfolgen. Auch alle Augenpaare der Gesangstruppe schauen verwundert zu uns herüber.

Das ist mir etwas peinlich, deshalb bin ich froh, als Vater, der heute offensichtlich den Posten des Wengert-Capo innehat, dem allgemeinen Gestarre ein Ende setzt.

»Heilichsbimbamaberau! Weiterschaffa!«, kommandiert er, und das mit Erfolg.

Während im Weinberg wieder emsig geschafft wird, versammle ich schnell meine Sänger, und wir gehen zügig zurück zum Krauthof. Als wir ihn kurz vor fünf erreichen, herrscht Hochstimmung, zumal die Weinprobe bevorsteht. Im schönen Holzfasskeller, der von zahlreichen Kerzen beleuchtet wird, ist eine lange Tafel eingedeckt. An jedem Platz stehen zwei Gläser bereit, weil jeweils zwei Tropfen parallel verkostet werden. Natürlich liegen neben Teller, Serviette und Besteck für jeden die Preisliste und ein Kugelschreiber parat, damit Bestellungen aufgegeben werden können. Die Herren lachen und reden durcheinander, und es dauert eine ganze Weile, bis jeder ein passendes Plätzchen gefunden hat. Sie bemerken die schöne Akustik im Raum und stimmen wieder frohsinnig ein Weinlied an, kaum dass sie sich gesetzt haben.

Dann hören wir Schritte, doch statt der Winzergattin taucht erneut Alfa auf. Fragend schaue ich ihn an.

»La Signora immer noch nix wolle arbeite«, raunt er im Vorbeigehen.

Aha, denke ich, die Checky probt den Aufstand.

Gemeinsam verteilen Vaters Freund und ich Brotkörbe und Platten, auf denen verschiedene Käse- und Schinkensorten ansprechend angerichtet sind.

»Sind die vom Metzger Weller?«, erkundige ich mich bei Alfa.

Der schüttelt den Kopf, drückt sich den Zeigefinger auf die Brust und legt vor Stolz noch einen Zentimeter zu. Bei einer Körpergröße von gerade mal 1,67 Metern eine enorme Steigerung.

Auf Öchsle, der zur Verkostung im Keller dazustoßen und seine Weine besprechen wollte, warten wir vergeblich. Nicht weiter verwunderlich, denn nach solch einem Streit vor Publikum hätte wohl niemand große Lust, sich noch mal zu zeigen. Gut, dann übernehme ich die Weinbesprechung eben auch.

»Also, Männer, was du heute kannst entkorken, das verschiebe nicht auf morgen!«

Mit diesen Worten leite ich die Verkostung ein, und die Herren greifen in der Folge nicht nur beim Vesper kräftig zu, sondern lassen sich zudem gerne nachschenken. Mit jedem Tropfen wird die Zunge gelöster, die Laune ausgelassener, und schon bald steuern die Sänger weitere Liedvorträge zum fröhlichen Abend bei. Ein gewisser Frieder schert jedoch aus und wird eine Zeit lang vermisst.

»Der hat Probleme mit seiner Wasserleitung«, erklärt mir sein Nebensitzer.

»Rohrbruch?«, frage ich erschrocken und der ganze Verein lacht.

»Prostata«, raunt mir ein anderer Herr zu und zeigt grinsend auf seinen Hosenladen.

Ich merke, wie ich rot werde, und stehe schnell auf, um die nächsten zwei Weine für die Verkostung vorzubereiten.

Mit großem Hallo wird Frieder bei seiner Rückkehr auf sein Leiden angesprochen. Das ist ihm sehr peinlich, und er setzt sich schnell an seinen Platz, greift ungeschickt nach seinem Glas, stößt es dabei vom Tisch, und es zerspringt auf dem Betonboden. Die wunderbare Lemberger Spätlese spritzt in alle Richtungen. Arg schad! Doch da fast bei jeder Weinprobe ein kleines Malheur geschieht, stehen im Stahltankkeller nebenan Eimer, Schrubber und Lappen bereit.

Während der Chor ein studentisches Trinklied anstimmt, hole ich die Putzutensilien und will gerade in den Holzfasskeller zurückkehren, als ich bemerke, dass jemand zwei Gummistiefel in den Bottich mit der ersten Rotweinmaische des Jahres geworfen hat.

»Pfui Deifl, wer macht denn so was?« schimpfe ich.

Ich stelle das Putzzeug wieder ab und gehe zum großen Bottich hinüber. Beide Stiefel stecken mit dem Schaft nach unten in der Maische. Als ich daran ziehe, rühren sie sich keinen Millimeter. Ich pumpe etwas mehr Kraft in meinen Bizeps und ziehe noch mal. Nach einem festen Ruck halte ich die Stiefel schließlich in der Hand. Allerdings bleiben in der Maische zwei Socken zurück.

Erstaunt betrachte ich die bunten Comicfiguren, die darauf abgebildet sind. Spiderman oder Batman? Neugierig mustere ich die Bildchen eine Weile, bis sich ein diffuser Gedanke in meine Betrachtung mischt. Und mit einem Mal durchfährt mich das Bewusstsein, dass in den Socken noch Füße stecken könnten, an denen womöglich ein Körper hängt. Dass es sich dabei um einen männlichen handeln muss, leite ich mir blitzschnell von der Schuhgröße ab, die auf den Comicsocken aufgedruckt ist. Immerhin dürften nur wenige Frauen Größe 45 tragen.

»Jessaswilla!«

Jetzt wird mir klar, dass es pressiert. Ich packe beide Füße, zerre daran und rufe lauthals um Hilfe. Aber die Tür zum Fasskeller ist zugefallen, und dahinter dröhnt der Gesangsverein die x-te Strophe des Studentenliedes und trommelt sich offensichtlich in Trance, denn Fäuste schlagen rhythmisch auf den Tisch. Keine Chance, dass mich bei dem Lärm einer hört.

Dass meine bisherigen Anstrengungen nicht ausreichen, merke ich recht schnell. Deshalb lasse ich die Füße los und schnappe mir eine leere Weinkiste aus Plastik, die unweit vom Maischebottich steht. Ich stelle mich darauf, klemme die sockigen Füße unter meine Achseln, stecke die Hände tief in die Maische und bekomme die Hosenbeine an den Knien zu fassen. Die sind durch die Sülze der aufgebrochenen Traubenhäute glitschig, jedoch kann ich immerhin die Beine etwas aus der roten Brühe herausziehen. Aber mehr als bis zu den Waden bringe ich den Kerl nicht hoch. Ich lasse ihn wieder los, und er rutscht so weit in die Maische zurück, dass die Füße mit dem Rist auf dem Bottichrand aufliegen. Schnell renne ich an die lange Seite des Behälters und greife wieder hinein. Tatsächlich kann ich den Rücken ertasten und den Oberkörper unter den Achseln fassen. Ich reiße an ihm wie verrückt, doch der Kerl ist schwer und schlüpfrig. Seine Füße auf der Kante wirken wie ein Widerlager, und ich kriege den Kopf einfach nicht an die Oberfläche.

Da sehe ich einen Schatten an mir vorbeiflitzen. Vor Schreck lasse ich los und der Körper platscht zurück in den Bottich, wo er eine Maischewelle auslöst.

»Mädle ziag!«, ertönt ein lauter Ruf, und ich erkenne Vaters Stimme.

Sofort packe ich wieder zu. Während ich ziehe, drückt Vater die Füße vom Rand tief in die Maische hinein, und jetzt taucht der Kerl tatsächlich an der Oberfläche auf. Vater rennt auf die andere Seite, packt ihn ebenfalls unter der Achsel, und gemeinsam gelingt es uns, den Kopf und die Schultern aus der Brühe zu befördern. Wir zerren den Oberkörper aus dem Bottich und hören ein schabendes Geräusch, als Stirn und Nase über die Kante schrammen. Immerhin liegt der Mann jetzt mit der Brust auf dem Rand auf.

»Gürtel!«, kommandiert Vater.

Gleichzeitig umfassen wir den Lederriemen. »Hauruck!«, rufen wir einstimmig und wuchten die schlaffe Gestalt vollends aus dem Behälter.

Kopf und Beine klappen schlagartig nach unten. Der nasse Gürtel gleitet uns aus den Fingern und der Körper schlägt hart auf den Fliesen auf. Erschöpft lassen wir uns zu Boden sinken, und zu dritt liegen wir in einer Lache aus Rotweinmaische. Vater und mir geht es vergleichsweise gut. Dem Weintaucher eher nicht ... Reflexartig springe ich wieder auf und greife nach einem Eimer mit Wasser, der vor einem der Stahltanks abgestellt ist. Das kalte Wasser schütte ich dem Kerl über den Kopf.

Bis heute kann ich nicht sagen, ob diese Aktion meinem Hang zur Reinlichkeit geschuldet war oder dem Wunsch, mit einer kalten Dusche die Lebensgeister des Mannes zu wecken. Letzteres war nicht von Erfolg gekrönt, wie mir sofort klar wurde, und Ersteres nur insofern, als nach der Säuberung eindeutig zu erkennen war, wem der leblose Körper gehörte: dem Öchsle, dem Wengerter vom Krauthof.

Obwohl der Öchsle nicht die erste Leiche ist, der ich in meiner Laufbahn als Privatermittlerin begegnet bin, überfällt mich eine kleine Hysterie.

Ich reiße die Tür zum Fasskeller auf. »Alfaaaaa! Abbiamo un Cadavere. Chiama la Polizia!«, schreie ich Vaters Freund entgegen, der gerade mit Nachschub an Wurst und Käse die steile Kellertreppe herunterkommt.

Schockiert reißt er die Augen auf. »Eine Leiche?« Hastig stellt er die Platten auf der langen Tafel ab, bekreuzigt sich wild und rennt wie von der Tarantel gestochen wieder nach oben.

»Hab ich etwa grad Italienisch g'schwätzt?«, frage ich mich selbst und bin ziemlich verwirrt.

Allerdings habe ich keine Zeit, weiter darüber nachzudenken, denn es gilt, zu handeln und den Gesangsverein schnell zu beseitigen. Also aus dem Keller, nicht gänzlich. Tatortsicherung ist angesagt! Eine ähnliche Situation ist mir aus einem Fernsehkrimi bekannt, der im österreichischen Weinviertel spielt, deshalb weiß ich sofort, was zu tun ist.

Während Vater in der Tür zum Stahltankkeller stehen bleibt, richte ich das Wort an die weinselig dreinschauenden Männer: »Liebe Gäste, aktuell gibt es einen tödlichen Zwischenfall, der es notwendig macht, den Keller unverzüglich zu räumen. Ich darf Sie bitten, sich nach oben zu begeben, sich auf der Terrasse vor der Wein-Lounge zu versammeln und auf das Eintreffen der Polizei zu warten.«

Meine Güte, Nägele, besser hätt's der Kommissar in dem Film nicht ausdrücka könna.

Die Wirkung meiner Worte ist allerdings nicht wie erwartet. Statt den Raum unverzüglich zu verlassen, unterhalten sich die Herren angeregt und brechen schließlich in Jubelrufe aus. Verwirrt sehe ich zu Vater hinüber, doch der zuckt nur ratlos mit den Schultern.

»Raus jetzt!«, kommandiere ich schließlich und versuche, die Gruppe hinauszukomplimentieren.

Endlich setzt sich der Tross lachend und schwatzend in Bewegung.

Bevor der Dirigent seinem Sängertrupp folgt, tritt er an mich heran. »Also, liebe Frau Nägele, ich muss Ihnen ein großes Kompliment machen. Der ganze Tag mit Ihnen als Reblaus war schon ein Erlebnis. Aber dass diese wunderbare Weinprobe nun nahtlos in ein spannendes Krimi-Dinner übergeht, übertrifft unsere Erwartungen doch bei Weitem. Wir sind begeistert, und ich bin gespannt, ob wir erraten, wer das Opfer ist, und wen Sie uns als Täter präsentieren werden.« Auf den Hacken dreht er sich um und eilt seinen Mannen hinterher.

»Äh, wie meinen …? Täter? Des wenn ich selbst wüsst … erscht grad g'fonda … aber wieso …«

Doch dann geht mir ein Licht auf. Die denken tatsächlich, das sei alles nur für sie inszeniert, damit die Herren vom Männergesangsverein Frohsinn ihren Spaß haben. Da packt mich die Wut und ich rufe ihm ein paar unschöne Worte hinterher, von denen »Hutsembl« und »Allmachts- bachl« noch die harmlosesten sind. Oben ist die Tür bereits ins Schloss gefallen. Vielleicht besser so …

Vater kommt zu mir herüber und nimmt mich in den Arm. Er führt mich zur Treppe, die im gleichen Moment der Kälble herunterstolpert.

»Polizeiobermeister Kälble ischt zur Stelle!«, ruft er beflissen.

»Wieso bisch denn du scho do?«, frage ich überrascht, denn ich kann mich noch genau daran erinnern, dass er bei meinem ersten Fall nicht mit Schnelligkeit und schon gar nicht mit Kompetenz geglänzt hat.

»Weil ich die Polizei bin?«, antwortet er schnippisch.

»Hat der Alfa etwa dich a'grufa?«

»Nein, ich bin grad über den Hof g'laufa, do hab ich g'hört, wie er am Handy was von ›Commissario‹ und ›Lei- che im Keller‹ erzählt hat. Ich hab sofort eins und drei zam- mazählt, und hier bin ich, für den Fall, dass meine Exper- tinenz gebraucht wird.«

»Eins und drei?«, wiederhole ich, worauf er heftig nickt.

»Expertinenz?«

Er nickt noch mal.

Ich atme tief durch.

»So viel zu Expertinenz«, brumme ich schließlich und deute vage auf sein Outfit.

Er blickt an sich herunter. Eine Schildkappe mit dem Emblem der LABAG, ein schwarzes T-Shirt mit Heavy- Metal-Schriftzug, geblümte Bermudashorts und Frottee- socken in Wandersandalen. Alles in allem nicht gerade geeignet, sich als Polizist bei einem Gewaltverbrechen den nötigen Respekt zu verschaffen.

»Äh, also, das ischt so, ich soll dem Edmund heute beim

Traubenraspeln helfen. Und weil das ein dreckiges Geschäft ischt, hat meine Mutter gesagt, ich soll mich nicht schön anziehen.«

»Des hat allerdings klappt! Aber warum schwätsch du Hochdeutsch?«

»Weil, äh, weil …«, stottert er rum.

»Lass gut sei«, winke ich ab.

Mir ist sofort klar, dass er sich bei den anstehenden Ermittlungen wieder eher als Hindernis denn als Hilfe erweisen wird. Dennoch versuche ich, ihm eine Aufgabe zu geben.

»Kälble, erinnerst du dich an unser erstes gemeinsames Verbrechen?«

Damit er mich versteht, spreche ich auch Hochdeutsch.

»Henn mir was mitnander verbrocha?« Der Supercop starrt mich erschrocken an.

»Nein, i moin, unser erschter Fall!«, gehe ich lieber auf Schwäbisch auf Nummer sicher.

»Den mit dem ermordeten Rudi, im Wald?«

»Genau Kälble, den.«

Er freut sich, dass er richtig geraten hat.

»Was haben wir da als Erstes gemacht?«

Er muss eine Weile überlegen. »Gespuckt«, erwidert er schließlich zerknirscht.

»Bloß du hasch g'schpuckt!«, korrigiere ich mit Nachdruck.

Deutlich habe ich noch das Bild vor Augen, wie sich der Herr Polizeiobermeister beim Anblick seiner ersten Leiche im Wald übergeben musste. Doch ich will auf etwas anderes hinaus.

»Und was war danach?«

»Dann hascht du mir einen Jägermeister gegeben.«

Der Gedanke daran scheint ihn zu freuen. Mich nicht.

»Mensch, Kälble, du Bachl! Den Tatort haben wir abge-
sperrt! Und soll ich dir was verraten: Genau das machen
wir jetzt wieder. Den Tatort sichern. Und wie beim letzten
Mal brauchen wir dazu das Flatterband.«

»Genau!« ruft Kälble.

Zu handeln erwägt er allerdings nicht.

»Kälble! Du hasch doch sicher eine Rolle Flatterband
im Polizeiauto, gell?«, versuche ich es noch mal und schau
ihm eindrücklich in die Augen.

»Ja, du hasch recht.« Er nickt, aber das war's auch schon.

Meine Güte, der stellt meine Nerven auf eine harte Probe.

»Tätesch du es dann bitte holen!«, presse ich zwischen
den Zähnen hervor und spüre meinen Puls bereits an den
Schläfen pochen.

»Jetzt gleich?«

»Noi, Kälble, erscht wenn der Fall g'löst isch … du Depp!
Nadierlich jetzt glei, heiligsbayerlandaberau! Mach, dass
Boda g'wennsch, ond breng des Zeug her. Aber dalli!«

Jetzt hat es anscheinend geschnackelt, denn der Supercop startet durch und rennt die Kellertreppe nach oben.

Doch auf halbem Weg bleibt er stehen. »Habe zu melden, dass ich das Flatterband nicht holen kann.«

»Warum net?«

Gleich bekomme ich einen Schreikrampf.

»Ich bin doch mit dem Fahrrad da. Mein Polizeifahrzeug
steht vor der Wache.«

Oh Herr, lass Abend werden!

»Polizist Kälble, dann fahren Sie bitte mit Ihrem Fahrrad zum Polizeiauto und holen Sie das Flatterband«, bringe
ich mit einem letzten Rest an Geduld hervor, weil mir klar
wird, dass er mit dem Drahtesel eine Weile unterwegs sein
wird und ich so lange meine Ruhe habe.

»Jawoll! Fahrrad, Auto, Flatterband.«

Er rennt drei Stufen weiter. Bleibt wieder stehen.

»Was no?!«

»POM Kälble, bitte, Polizeiobermeister. So viel Zeit muss sei.«

Nachdem Vater nach oben gegangen ist, um den Gesangsverein und die Lesehelfer über den tragischen Vorfall zu informieren, bleibe ich auf der Treppe sitzen und lasse mir die Geschehnisse noch mal durch den Kopf gehen. Von dem Moment an, als das Glas auf dem Boden zerschellt ist, bis zur Schrecksekunde, als Vater und ich erkannt haben, wessen Leichnam vor uns liegt. Mutters Worte kommen mir wieder in den Sinn, dass der Öchsle schwermütig gewesen sein soll. Hat er seine Drohung von heute Nachmittag tatsächlich wahr gemacht und sich umgebracht? Nie im Leben! Das macht man höchstens in der Maische eines Konkurrenten, aber doch nicht in der eigenen! Des wär jo schad um den guta Tropfa! Wart no, i griag raus, wer des war!

Ich steh auf und gehe nach oben. Die Leute stehen in Grüppchen zusammen und unterhalten sich gedämpft. Alfa wuselt mit einem großen Tablett durch die Reihen und bietet Obstler an. Den können die meisten jetzt gebrauchen.

Ich nehme Mutter zur Seite, die ihre Gummistiefel gegen blaue High Heels getauscht hat und Alfa hinterhergetrippelt ist, um die leeren Gläschen wieder einzusammeln. Die Farbe der Schuhe passt perfekt zum blauen Hosenrock und ich frage mich, wie sie das immer hinkriegt.

»Du, Mutti, gehsch du mit? Man müsste die Familie informiera.«

»Was heißt ›man‹? Des machsch selber«, erwidert sie knapp. »Du hasch den arma Kerle au g'fonda. Ich muss dem Angelo helfen.« Sagt's und folgt dem Genannten wie ein Schatten.

Angelo, wenn ich das schon hör! Kann die ihn nicht Alfa nennen wie alle anderen! Aber Angelo, das klingt natürlich viel romantischer. Überhaupt, was muss die diesen Gigolo immer so anhimmeln! Ich dachte, ihr Interesse beschränkt sich auf ihre gemeinsamen Kochkünste? Immerhin haben die beiden ja ein Kochbuch herausgegeben. Aber heißt es nicht auch »Liebe geht durch den Magen«? Egal jetzt! Ich muss mich um andere Dinge kümmern.

Ich gehe zum Wohnhaus, hole tief Luft und drücke auf die Klingel von Edmund und Senta Kraut. Keine Reaktion. Ich warte eine Weile und versuche es noch mal. Nichts. Ja, dass der Öchsle jetzt nicht aufmacht, ist mir schon klar. Doch wo schwanzt denn die Checky wieder rum? Da ertrinkt ihr Mann in der Maische und die ist auf Einkaufs-bummel, oder was? Zornig drücke ich auf den Klingelknopf der Eltern des Opfers. Ebenfalls keine Reaktion.

»Die senn älle fort!«, ruft Lisbeth, eine der Lesehelferin-nen zu mir herüber. Der David habe die Großeltern über Mittag abgeholt, weil sie verschiedene Arzttermine hätten und die Checky sich geweigert habe, die Schwiegereltern zu fahren.

»Und wo isch die Checky?«, rufe ich zurück und wun-dere mich, woher die Lisbeth das alles weiß.

»Die isch mit ihrer Jonga fortg'fahra, wo mir vom Wen-gert zurückkomma senn. Des isch etwa a halbe Schtond her.«

Also in etwa zu der Zeit, als ich den Öchsle im Bottich gefunden habe. Dann war die noch auf dem Hof, als das Unglück passiert ist, kombiniere ich sofort.

»Weisch du au, wo die na isch?«

Lisbeth zuckt mit den Achseln und kippt ein Obstwäs-serchen hinunter.

Unverrichteter Dinge kehre ich zu den anderen zurück. Als Alfa an mir vorbeigeht, nehme ich mir auch einen Obstler vom Tablett. Den kann ich ebenfalls gebrauchen und stürze ihn in einem Zug hinunter. Sofort nimmt mir Mutter das leere Gläschen wieder ab und wirft mir einen tadelnden Blick zu. Wenigstens verkneift sie sich einen Kommentar. Dass von Kälble weit und breit noch nichts zu sehen ist, beruhigt mich. Mein Plan ist demnach aufgegangen, und seine nervige Ziegenlache bleibt mir erst mal erspart.

Als ich mir von Alfa, der wieder mit einem neu bestückten Tablett an mir vorbeihuscht, ein zweites Gläschen schnappen will, grätscht Mutter dazwischen. Ihr Blick lässt keinen Zweifel aufkommen: Ein Obstler ist genug!

Ich ziehe die Hand zurück und erkundige mich stattdessen: »Alfa, wo hasch denn du den Tod vom Öchsle eigentlich g'meldet? In Steinheim uffem Revier?«

»Neina, direttissima bei Commissario Lauer!«

»Wie, direttissima beim Lauer? Auf dem Präsidium?«

»Neina, mit meine Telefonino auf seine Telefonino.«

»Auf seim Handy?«

»Si, numero privato.«

»Was? Wieso hasch du dem seine private Telefonnummer?«

»Oh, Bambina, dasa ista lange Geschichte …«

Er zwinkert mir zu und ist bereits wieder zu Barbarella weitergezogen, wie er Mutter nennt. Die hat mit Argusaugen auf ihn gewartet. Mich würde allerdings schon interessieren, welche lange Geschichte den Alfa mit dem Lauer verbindet. Spielt da womöglich die Mafia eine Rolle?

Bis der Herr Kommissar jedenfalls am Tatort eintrifft, werde ich die Vorhut bilden, immerhin weiß ich wegen meiner jahrzehntelangen Krimiexpertise, wie wichtig der Zeitfaktor bei Mordermittlungen ist. Allerdings fällt mir wieder ein, dass der Lauer bei unserem ersten gemeinsamen Fall über meinen Eifer nicht glücklich war. Gar nicht glücklich war der. Und ja, gut, damals waren meine Untersuchungen, die ich als Erste am Tatort an der Leiche vorgenommen habe, vielleicht noch nicht so professionell. Aber man lernt ja im Lauf der Zeit dazu. Und deshalb drängt es mich jetzt sehr, meinen Zugewinn an Erfahrung unter Beweis zu stellen und mir den Öchsle genauer anzuschauen.

Möglichst unauffällig schleiche ich zum Keller, doch mein Vorhaben wird im Keim erstickt. Der Abgang ist plötzlich mit einem Stapel Paletten verbarrikadiert und dieser wiederum mit mehreren Kilometern Flatterband umwickelt.

Bevor ich den Verursacher dieses Übels ausmachen kann, zerreißt es mir fast das Trommelfell. »Tatortsicherung!«, dröhnt es über mir in einer Lautstärke, die mich an den Start eines Düsenjägers denken lässt.

Ich reiße den Kopf nach oben. Anstelle eines Jets sehe ich auf der obersten Palette den Steinheimer Supercop Kälble stehen, und der schreit in ein Megafon.

»Professionell, gell?«, tönt es aus dem Gerät.

Ich schwanke zwischen Flucht, Zorn und Lachkrampf. »Du, du ...«, versuche ich, eine Schimpftirade zu starten, doch mir fehlen schlicht die Worte.

Es dauert eine Weile, bis die Störgeräusche in meinen Ohren wieder abgeklungen sind. Bis dahin starre ich zum Herrn POM hinauf und kann den Blick nicht abwenden. Wie bei einem Unfall. In seinen geblümten Bermudashorts steckt jetzt ein kurzärmliges Uniformhemd, und die LABAG-Cap hat er durch seine Polizeimütze ersetzt. Die Füße zieren nach wie vor Frotteesocken in Wandersandalen, in der einen Hand hält er das Megafon, in der anderen seine Dienstwaffe, eine P2000 von Heckler & Koch, wie mein geschultes Auge sofort erkennt.

Bevor ich die Beherrschung verliere, drehe ich auf dem Absatz um und suche das Weite. »Herr, schmeiß Hirn ra ...«, höre ich mich sagen, als ich kopfschüttelnd und unverrichteter Dinge auf den Hof zurückkehre.

Lauer ist mit seinem Team immer noch nicht angerückt, aber ich muss etwas tun. Ich beschließe tatkräftig, schon mal die Daten aller Erntehelfer aufzunehmen, und bitte sie, zu Hause auf weitere Anweisungen zu warten und sich für eventuelle polizeiliche Befragungen bereitzuhalten.

Als Mutter an der Reihe ist, schaut sie mich stumm an.

»Name, Adresse?«, erkundige ich mich trotzdem, denn in einem Ermittlungsfall gibt es keine verwandtschaftlichen Extrawürste.

Sie schüttelt ungläubig den Kopf. »Goht's no? Weisch du nicht, wie ich heiß und wo ich wohn?«

»Doch Mutter, *ich* weiß das, der Kommissar allerdings nicht, und das hier ist ein amtlicher Akt. Also?«

Gepresst nennt sie ihren und Vaters Namen sowie ihre Anschrift.

»Kontaktdaten, Kontonummern?«

»Im Ernscht?«

»Natürlich!« Ich dulde keine Ausnahme.

Wütend rasselt sie ihre E-Mail-Adresse, Telefon- und Kontonummern sowie unaufgefordert die Nummer ihres Personalausweises und ihrer Rentenversicherung herunter, sodass ich mit dem Schreiben kaum nachkomme. Dann hakt sie sich bei Vater unter und stolziert mit ihm über den Hof davon.

»Ihr könnad jetzt ganga«, rufe ich ihnen hinterher, Mutter zieht Vater jedoch stumm und hocherhobenen Hauptes zum Auto.

Als ich gerade die Daten aller Herren des Gesangsvereins notiert habe, biegen schließlich hinter Lauers Limousine zwei Combis und der Kastenwagen der Spusi auf den Hof ein.

»Jetzt wird's aber Zeit!«, rufe ich dem Kommissar zu, als er mit offenem Seitenfenster an mir vorbeifährt.

»Rushhour«, redet er sich heraus.

»Um achte am Abend?«

Lauer setzt zu einem Widerspruch an, entscheidet sich jedoch dagegen. Nachdem er aus dem Auto gestiegen ist, hält er inne und betrachtet mich von oben bis unten. »Mal wieder Halloween?«, fragt er, und ein Grinsen umspielt seine Lippen.

Irritiert betrachte ich mich im Seitenspiegel seines Wagens. Das gehäkelte Käppchen ist mir weit in die Stirn gerutscht. Ein Fühler der Reblaus ist abgeknickt und hängt schlaff über meinem Ohr. Meine Wimperntusche hat sich, wie mein Lippenstift, in südlicher Richtung ausgebreitet. Schnell wische ich mit der Hand über meinen Mund und nehme das Käppchen ab, aber besser wird dadurch nichts. Ich lasse die Kopfbedeckung in der Tasche meines Hosenrocks verschwinden und bemerke jetzt erst, dass ich von oben bis unten mit getrockneten Rotweinsprenkeln und Maischeresten vollgeschmiert bin. Und zu allem Überfluss hat meine Strumpfhose ein großes Loch am linken Knie. Ganz toll!

»Saget Se jo nix!«, ermahne ich Lauer scharf. »Das war mal eine Reblaus!«

»Aha …« Mit Mühe kriegt er seine Mimik in den Griff und deutet mit einer Kopfbewegung auf die Sänger, die sich inzwischen versammelt haben, um die Heimreise anzutreten.

Ich neige mich zu ihm und murmle ihm verschwörerisch ins Ohr: »Meine heutige Gästegruppe. Männergesangsverein Frohsinn aus Remscheid. Die wared im Keller, als ich den Toten gefunden hab. Doch ich hab sie gleich rauf g'schickt. Nicht dass die Laien noch Spuren vernichten!«

Der Kommissar und ich sind uns so nah, dass ich den Duft seines angenehmen Aftershave wahrnehme und an ihm herumschnuppere.

Irritiert dreht er den Kopf zu mir, bis wir uns fast Nase an Nase in die Augen sehen. Schnell rückt er ein Stück von mir ab und räuspert sich. »Hat sich einer der Sänger verdächtig benommen?«

»Eigentlich net.«

»Und uneigentlich?«

»Ha, einen gewissen Frieder hat man eine Weile vermisst. Aber der hatte nur Probleme mit seiner Wasserleitung«, informiere ich den Chefermittler und erwarte, dass er wie ich die falsche Fährte aufnimmt und auf häuslichen Rohrbruch tippt.

Tut er nicht.

»Ah, Prostata«, murmelt er stattdessen sofort, und ich frage mich, ob er das aus eigener Erfahrung weiß. Wir gehen jedoch nicht weiter darauf ein.

Ich erkläre dem Kommissar, dass ich die Daten aller Lesehelfer bereits festgehalten und die Leute nach Hause geschickt habe, weil sie im Moment sowieso nichts zu den Ermittlungen beitragen können. Warum mich Lauer jetzt so genervt ansieht, weiß ich nicht.

»Gut, dann lasse ich noch die Personalien der Sänger aufnehmen«, sagt er und winkt einen Beamten heran.

»Scho erledigt!«, halte ich ihn zurück und reiche ihm diverse Zettel mit allen handschriftlich erhobenen Daten.

Er wirft einen Blick auf die Notizen. »Kontodaten? Wozu das denn?«

Es ist weniger eine Frage als ein Anpfiff.

»Sicher isch sicher. Aber sie könned mir meine Zettl gleich wieder gäben und alles noch mol selber machen lassen«, entgegne ich und greife nach den Papieren.

Lauer hält sie fest und sieht mich streng an. Ich schaue ebenso streng zurück. Schließlich nickt er kurz, ich lasse los, und er reicht die Daten an den Polizisten weiter, der zu uns herangetreten ist.

Der Herr Kommissar hat nun auch nichts dagegen, dass die Herren vom Gesangsverein ihre Heimreise antreten, allerdings nicht, ohne sie vorher darauf hinzuweisen, dass sie sich für eventuelle Nachfragen zur Verfügung halten sollen. Das ist völlig unnötig, denn das hab ich ja schon gemacht. Doch ich lass ihm halt die Freude. Die Sänger versichern ihm ihre Kooperationsbereitschaft und klettern danach palavernd in ihren Bus, der sich zu den Polizeifahrzeugen auf den Hof gezwängt hat. Währenddessen verstaut Alfa eine beträchtliche Menge Wein im Bauch des Reisebusses. Die Verkostung hat sich für Öchsle anscheinend gelohnt. Wobei, für ihn nicht mehr wirklich, wird mir bewusst.

»So, Frau Nägele, nun würde ich doch gerne erfahren, was passiert ist«, wendet sich Lauer an mich, nachdem ich meine Reisegruppe winkend verabschiedet habe. »Angelo hat am Telefon von ›una tragedia terribile‹ gesprochen. Weiß man bereits, wer der Tote ist, und wo wurde er gefunden?«

Ich würde gerne wissen, warum der Lauer den Alfa auch Angelo nennt und ihm darüber hinaus seine private Telefonnummer gegeben hat, allerdings habe ich das Gefühl, dass der Kommissar mir das im Moment nicht erläutern möchte. Na, ich werde es schon noch rauskriegen!

Zuerst jedoch zeige ich ihm den Weg in den Keller. Er gibt seinen Leuten von der Spurensicherung und den Technikern ein Zeichen, uns zu folgen. Trotz der weißen Overalls mache ich Kim, die Leiterin der Spusi, von Weitem in der Gruppe aus und winke ihr erfreut zu. Sie hat mir bei den letzten Ermittlungen entscheidende Hinweise gegeben. Zugegebenermaßen unter reichlich Alkoholeinfluss, aber den hatte ich nicht zu verantworten.

»Der Tote isch dr Öchsle«, erkläre ich Lauer, als wir nebeneinander über den Hof gehen, »also Edmund Kraut, der Juniorchef vom Krauthof. Den hat's voll in die Maische g'haun, seine Füß henn rausguggd, allein hab i des nicht g'schaffd. Auf älle Fälle sind auf den Socken Comicfiguren.«

Lauer blickt mich verständnislos an. »Comicfiguren?«

»Ja, so en Marvel oder Batman oder Spiderman.« Ich vollführe mit Armen und Beinen spinnenartige Bewegungen.

»Spiderman?«, wiederholt er nur, und ich habe das Gefühl, dass mich der Kommissar etwas mitleidig anschaut.

»Mann, ich hab ihm die Socka net kauft!«, verteidige ich mich, doch Lauer winkt ab.

Plötzlich hält er in der Bewegung inne. »Was ist das?«, blafft er, und jetzt klingt er doch ein bisschen ungehalten.

Ich folge seinem Blick, und sofort erkenne ich, was ihn aus der Fassung gebracht hat. Vor uns thront Polizeiobermeister Kälble in seinen blumigen Shorts auf dem Palettenstapel und winkt eifrig mit beiden Armen, als würde er dem Düsenjet von vorhin Anweisungen zur Landung geben.

»POM Kälble meldet sich zur Stelle!«, schreit er durchs Megafon. »Tatort ischt gesichert!«

Lauer hält sich unwillkürlich die Ohren zu.

»Sofort wegräumen!«, ruft er, sobald sich der Lärm gelegt hat, und eifrig springt der Steinheimer Supercop von seinem Aussichtsturm und beginnt mithilfe mehrerer Beamten, das Flatterband wegzuzerren und die Paletten zur Seite zu räumen.

Der Kommissar und ich müssen warten, bis unser Team den Weg freigemacht hat. Ich lasse Lauer den Vortritt und gehe hinter ihm die Treppe hinunter in den Fasskeller. Die lange Tafel sieht aus, als habe ein Rittergelage stattgefunden und keine Weinprobe. Ich erkläre, dass das verständlich sei, denn »der *Angelo*« habe noch keine Gelegenheit gehabt aufzuräumen. Womöglich hätte »der *Angelo*« wichtige Spuren zerstört.

Absichtlich nutze ich Alfas vollständigen Vornamen und betone ihn übertrieben, um dem Ludwigsburger Ermittler Details über ihre Männerbekanntschaft zu entlocken. Aber er reagiert nicht ansatzweise darauf.

Schließlich zeige ich auf die schwere Stahltür, die zum Stahltankkeller führt, und Lauer dirigiert die Spurensicherung hinein.

Als deren Leiterin an mir vorbeigeht, nehme ich sie zur Seite, weil ich ihr meine Entdeckung mitteilen und ihr wertvolle Tipps zum weiteren Vorgehen geben möchte.

»Also, Kim, am beschta …«, setze ich gerade an, als mich Lauer am Arm packt und unsanft zum langen Tisch zurückzieht.

»Nahocka ond Gosch halta!«, pfeift er mich an, und mein Protest fällt unter seinem scharfen Blick in sich zusammen.

Ach, jetzt kann der z'mol wieder Schwäbisch!

Der Kommissar gibt Kim Anweisungen und schließt hinter ihr die Tür zum Tatort. Er bleibt davorstehen wie der Erzengel höchstpersönlich.

»So, Frau Nägele, ich will alles wissen, der Reihe nach und ohne Abschweifungen zu Spiderman und Batman!«, blafft er. Nun wieder auf Hochdeutsch.

»Aber …«, wende ich ein, weil mir die Socken doch irgendwie auffällig vorkommen.

Doch Lauers Mimik lässt keine Einwände zu.

Gut, dann lass ich die Socka halt weg!

Ich berichte ihm, was ich gesehen habe, was ich gedacht habe, was ich zuerst gemacht habe und was ich danach gemacht habe. Was ich mit Vater zusammen gemacht habe und dass ich am Ende den Eimer genommen und dem Kerl das Wasser über den Kopf geschüttet habe.

»Und do henn mir g'säh, dass des der Öchsle isch, und der war hee«, schließe ich und ziehe meine Handkante über den Hals. »Und dann hab ich gleich den *Angelo* verständigt, er soll die Polizei anrufen, und dann hab ich die Sänger aus dem Keller g'schickt, weil Tatortsicherung, ischt ja klar. Als Profi weiß man da Bescheid.«

Dass ich mit Alfa plötzlich Italienisch sprechen konnte, behalte ich lieber für mich.

»Der Tote ist also Edmund Kraut, der Juniorchef vom Krauthof,« wiederholt Lauer unnötigerweise.

»Grad mach i 's Maul zu!«, sag ich deshalb.

»Jessaswilla!«, schreit es plötzlich hinter uns. »Des isch furchtbar, gell, Egon?«

Ich dreh mich erschrocken um. Alfa ist unbemerkt in den Fasskeller heruntergekommen, wirkt völlig aufgelöst und kann gar nicht mehr aufhören, sich zu bekreuzigen.

»Alfa, mi hai spaventata! Sei pazzo?«, schreie ich zurück und beschwere mich, dass er mich erschreckt hat und ob's bei ihm eigentlich noch geht! Und überhaupt: »Perché Egon? Wieso eigentlich Egon? Senn ihr per du?«

Lauer schaut von Alfa zu mir und wieder zurück. Alfa und ich schauen zu Lauer.

»Basta con dem ganza Blödsinn!«, schreit der jetzt, und die Verwirrung ist groß. Nicht nur sprachlich.

KAPITEL 3

An einem Donnerstag Ende September

»Ja ... noi ... scho ... doch. Glei?!«

Genervt lege ich auf. Aber ich bin vorbereitet und habe die eben so dringend angeforderten Unterlagen parat. In die E-Mail schreibe ich ein paar freundliche Floskeln, obwohl mir nicht danach ist, und leite die PDF an das zuständige Amt weiter. Danach mach ich mir erst mal einen Kaffee, bringe meinen Schreibtischstuhl in eine gemütliche Position und nehme eine Ortschronik zur Hand, die mir eine Archivkollegin aus dem Nachbarort vor Kurzem hat zukommen lassen.

Ziellos blättere ich eine Weile darin herum, bis ich an einem interessanten Beitrag hängenbleibe. Dort wird über einen hiesigen Schultheißen berichtet, der zwar wegen seines Reichtums, der für das beginnende 18. Jahrhundert beträchtlich war, Ruhm erlangt hatte, aber weder im Ruf der Redlichkeit noch der ehelichen Treue stand. Offenbar stand ihm sein Nachfolger in nichts nach. Allerdings fand dieser ein tragisches Ende, nachdem ihm seine Weibergeschichten zum Verhängnis wurden. Wegen vielfachen, zum Teil inzestuösen Ehebruchs wurde er verklagt. Für den Fall wurde eigens ein »Commissarius« abgeordnet, der eine zweimonatige Untersuchung einleitete. Der Delinquent stritt alles ab, dennoch wurde er des Amtes enthoben und sollte so lange im Rathaus festgesetzt werden, bis das Urteil der juristischen Fakultät in Tübingen, wohin der Fall weitergeleitet worden war, feststand. Es gelang ihm zu fliehen, bald jedoch stellte er sich und wurde in den Gefängnisturm nach Marbach geführt, wo er sicherer verwahrt werden konnte. In seiner Verzweiflung verletzte er sich schwer mit einem Messer, das er seltsamerweise noch bei sich trug.

»Er schnitt sich das Teil, das an seinem Unglück schuld war, beinahe ganz ab«, lese ich laut und möchte mir das Geschehen lieber nicht vorstellen. Natürlich mache ich es schließlich doch und bekomme eine Gänsehaut.

Anscheinend wurde der Gefangene allerdings einigermaßen wiederhergestellt, wie auch immer das ausgesehen haben mag. Mit dem Ergebnis oder mit der Gesamtsituation war er offenbar nicht zufrieden, denn er fand eine Gelegenheit, sich Gift zu besorgen. Die vermutlich erhoffte schnelle Wirkung ließ jedoch auf sich warten. Als der vom Herzog bestätigte schwere Schuldspruch eintraf, war er zwar angeschlagen, aber nach wie vor am Leben. Er wurde dazu verurteilt, öffentliche Kirchenbuße zu tun. Gut, das war wohl sein kleinstes Problem. Anschließend sollte er bei schwerer Strafe lebenslänglich in sein Haus verbannt, vorher jedoch auf die Folter gespannt werden. Tatsächlich erlebte er jenen Termin noch. Allerdings sei er während der Peinigung bereits derart schwach gewesen, dass man ihn stützen musste. Erst ein paar Tage nach der Marterung war sein Leiden letztlich beendet. Der Hausarrest hatte sich damit erledigt.

Ich bin hin- und hergerissen. Einerseits hatte der Mann eine Strafe sicherlich verdient. Vater würde sagen: »Selber schuld, Kerle! Mit de große Hond seicha wella ond dr Fuss net weit g'nug nuff brenga!« Andererseits war es in der Konsequenz sein Todesurteil. Und musste die Folter in seinem angeschlagenen Zustand sein?

Ich debattiere mit mir selbst über die Selbstgefälligkeit der Oberschicht, über die Justiz, über die Verantwortung jedes Einzelnen und über meine Kernkompetenz, die kriminalistische Ermittlungsarbeit. Wobei es bei Letzterem nichts zu diskutieren gibt. Schließlich stelle ich das Büchlein zurück ins Regal und schaue durch das Fensterband, das mein Archivbüro im Untergeschoss des langen Gebäudetraktes erhellt. Sehr viel mehr als den Himmel und ab und zu ein paar Beine sehe ich allerdings vom Schreibtischstuhl aus nicht.

Noch in Gedanken über den Schultes versunken, stehe ich auf, drücke den Rücken durch und mache ein paar Dehnübungen. Jetzt rückt der Parkplatz in mein Sichtfeld, und da sehe ich, wie die Rosi Leibinger auf ein Auto zugeht, aus dem gerade die Checky aussteigt. Die Frauen umarmen sich mit ernsten Mienen. Kein Wunder, denn die Checky hat gestern erst ihren Mann beerdigt. Doch die Trauer ist wohl doch nicht so groß, denn im nächsten Moment fangen die Freundinnen an, miteinander herumzualbern und zu lachen. Den Eindruck, dass sich der Kummer der Witwe in engen Grenzen hält, hatte ich zeitweilig schon bei der gestrigen Beisetzung, bei der alle, die im Ort was auf sich halten, anwesend waren.

Natürlich haben auch Waltraud, Erika und ich uns das Spektakel nicht entgehen lassen und hatten uns vor dem gusseisernen Friedhofstor verabredet. Als wir in Richtung Aussegnungshalle gingen, schien die Schlange am Kondolenzbuch schier endlos, und an einen Sitzplatz war nicht zu denken. Wir blieben deshalb im Freien stehen und waren ganz froh darüber, denn wenigstens ging hier ab und zu ein Lüftchen. Die Trauerrede des Pfarrers bekamen wir nur bruchstückhaft mit, dass er jedoch ergreifende Worte

gefunden haben muss, konnten wir den Schluchzern entnehmen, die die Checky derart laut von sich gab, dass sie
selbst draußen zu vernehmen waren. Dass sie echt waren,
daran hegten wir so unsere Zweifel.

Da ich für das Weingut Kraut immer mal wieder Gästeführungen anbiete, gehörte ich zum erlauchten Kreis, der
zum Leichenschmaus in den Löwen gebeten wurde. Waltraud und Erika gehörten nicht dazu, was sie äußerst bedau-
erten. Meine Eltern und ihre Freunde Emil und Alfa hingegen waren als treue Lesehelfer ebenso eingeladen wie der
Pfarrer und der Bürgermeister. Und selbstredend ließen sich
die Familien der Steinheimer »Hajesajetie«, unter anderem
die Ranzers, Wellers und Leibingers, die exklusive Runde
im Löwen nicht entgehen. Familie Kraut, selbst Mitglied
der Hautevolee, ließ sich nicht lumpen, und es floss reichlich Kaffee und noch reichlicher Rebensaft aus dem eigenen
Weinanbau. Nach anfänglicher pietätvoller Zurückhaltung
lockerten sich mit jedem Viertele nicht nur die Zungen, sondern zudem die Gemüter. Auch das der Witwe.

Und eine weitere Sache fiel meinem kriminalistischen
Spürsinn sofort auf: Nach Kaffee und Kuchen hatte der
Gips am Nebentisch seinen Kumpel Jürgen Leibinger auf-
gefordert, ihm in das Nebenzimmer des Gasthauses auf der
anderen Seite des Flurs zu folgen. Ha no, was hat es denn
so Wichtiges gegeben, das nicht vor den anderen besprochen werden konnte?

Mein Bauchgefühl drängte mich geradezu, da ein bisschen
mitzuhören. Schnell stand ich auf und schützte, auf Mutters
fragenden Blick hin, ein dringendes Bedürfnis vor. Natürlich musste ich nicht wirklich, sondern versteckte mich im
Treppenhaus hinter der Garderobe, die zwischen den Toiletten und dem Nebenzimmer liegt. Als guter Ermittler
kennt man eben die strategisch günstigen Observierungs-

standorte. Um sicherzugehen, nicht aus dem Hinterhalt, also von tatsächlichen WC-Besuchern, enttarnt zu werden, warf ich schnell einen Blick in die Sanitätsräume der Damen und der Herren. Die Luft war rein. Na ja, zumindest waren die Kabinen leer. Ich konnte mich vollkommen auf die Streithähne nebenan konzentrieren.

»Ich sag dir, der weiß, was damals passiert isch!«, blaffte der Gips den Leibinger an.

»Wer?«

»Ja, wer wohl? Der Öchsle hat bestimmt sei Maul net halta könna ond hat dem Kerle älles erzählt.«

»Worom denn? Der Öchsle hätt sich doch selber belaschtet.«

»Deshalb isch er jo jetzt au tot!«

»Du meinsch, der Kerle hat ihn …«

»Hasch du a bessere Idee?« Eine kurze Pause erfolgte, bevor Gips zischte: »Oder hasch du dem etwa was verrota?«

»Jetzt mach aber mal halblang! Ich? Warum denn?«

»Worom net? I will wissa, was los isch!«, schrie der Gips, und danach hörte ich nur noch ein lautes »Ah!« und »Mmpf …« und »Ächz«, begleitet vom wilden Scharren von Stuhlbeinen.

Kurz überlegte ich, ob ich dazwischengehen soll, das war allerdings nicht nötig, weil der Rolf Weller im nächsten Moment glücklicherweise ins Treppenhaus trat. Ich duckte mich tiefer hinter die leichten Mäntel, die an der Garderobe hingen, als der Metzgermeister mit entschlossenem Blick an mir vorbei ins Nebenzimmer stürmte. Vorsichtig lugte ich durch die halb offene Tür.

»Senn ihr no ganz bacha?!«, rief er und zog die beiden Männer auseinander.

Gips und Leibinger starrten sich böse an und richteten schließlich ihre Wut auf Weller. Ihm gegenüber handgreiflich zu werden, trauten sie sich allerdings nicht, denn der bullige Metzger überragt den Stuckateurmeister um ein gutes Stück und der Hänfling von einem Bankchef hätte sowieso keine Chance gegen einen der beiden.

Ich ging ebenfalls lieber wieder in Deckung, und was meine gut geschulten Ohren zu hören bekamen, war sehr interessant. Denn der Weller fragte, wer von den beiden etwas über die ominösen Zahlungen wüsste, von denen »der Kerl« gesprochen habe. Der Gips verkündete daraufhin lautstark, er habe keine Ahnung, und der Leibinger erkundigte sich seinerseits, was die anderen beiden am Hoffest spätabends in der Bar noch ausgeplaudert hätten, als er mit der Rosi längst daheim gewesen war. Er habe seine Quellen und wisse genau, dass mit allerhand alkoholischen Tricks gearbeitet worden sei.

»Meinsch du den Weichmacher?«, hörte ich mich, bevor ich denken konnte.

Nebenan wurde es augenblicklich mucksmäuschenstill.

Nägele, du blöde Kuh! Goht's no? Schnell weg!

Mit einem gewagten Sprung hechtete ich in die Damentoilette und schloss panisch ab. Mit einem Ohr an der Tür hörte ich Schritte sich nähern. Dann Stille. Dann wieder Schritte, die sich in Richtung Gastraum entfernten. Vorsichtig spähte ich durch den Türspalt. Niemand zu sehen. Ich rannte um die Garderobe herum – und direkt in Wellers stattlichen Bauch. Verdutzt blickte ich von seiner Kugel zum Nebenraum und wieder zurück. Nach oben sah ich besser nicht.

Stattdessen murmelte ich etwas von »Hoppla«, »pressiert« und »Mutter wartet …« und drückte mich an ihm vorbei.

Er grunzte mir etwas hinterher, und aus den Augenwinkeln sah ich, wie er in der Herrentoilette verschwand.

»Wo warsch denn so lang, hasch Durchfall?«, fragte Mutter grinsend, als ich leicht zerzaust wieder Platz genommen hatte. Auf eine Erklärung wartete sie erst gar nicht, sondern wandte sich gleich wieder an ihre Tischnachbarn und prostete ihnen mit ihrem Rotwein zu.

Vor mir stand ebenfalls ein Glas, ich erhob es, und während ich einen großen Schluck nahm, den ich wirklich gut gebrauchen konnte, bemerkte ich, dass sich der Leibinger und der Gips nicht mehr zu ihren Frauen gesetzt, sondern sich bei anderen Gästen niedergelassen hatten. Die Conny und die Rosi schien das allerdings nicht zu stören, sie kicherten mit der frischgebackenen Witwe um die Wette und ließen sich ein Gläschen Sekt nach dem anderen schmecken. Nur die Mäggi Weller saß wieder still am Tisch und schien auf eine Nachricht zu warten, denn ab und an schaute sie auf ihr Handy. Das steckte sie jedoch sofort weg, als ihr Mann in den Gastraum zurückkehrte. Der würdigte sie keines Blickes, stattdessen funkelte er mich böse an und setzte sich neben den Bürgermeister, mit dem er jovial plauderte und Witzchen austauschte. Eine Weile später nahm Mäggi ihre Tasche und ging.

Da ist doch irgendwas im Busch, sagte mir mein Bauchgefühl, doch bevor ich mir weitere Gedanken machen konnte, kam die Löwenwirtin an unseren Tisch und stellte eine Platte mit herrlich duftenden Butterbrezeln genau vor meiner Nase ab. Perfekt! Als dann Festus mehrere Lieder anstimmte und die gesamte Gesellschaft mitsang, war die Welt wieder in Ordnung. Die Stimmung strebte ihrem Höhepunkt zu und die Veranstaltung ihrem abrupten Ende. Die Trauergesellschaft löste sich danach sehr schnell auf.

Nur meine Eltern, Emil, Alfa und ich blieben sitzen, um im Löwen gemeinsam Abend zu essen. Gegen sieben Uhr am Abend füllte sich die Gaststube mit neuen Gästen, die die gute Küche zu schätzen wissen. Seit Melanie und nicht mehr die alte Furie die Wirtschaft führt, kehren neben den Einheimischen viele Auswärtige ein, was sowohl an der Qualität der Speisen als auch an der Gastfreundschaft der jungen Wirtin liegt.

Gerade hatte uns Melanie die Speisekarte gebracht, kam der BMVÄ zur Tür herein. Mit großem Hallo wurde er empfangen, denn nicht nur der fröhliche Gesang am späten Nachmittag, sondern auch ein paar Viertele wirkten bei uns allen nach.

»Hallo, mein Herzensschatz!«, begrüßte ich ihn überschwänglich und etwas zu laut.

Ich sprang auf, um ihn zu umarmen, stieß dabei den Stuhl um, und der kippte auf einen kleinen Beistelltisch. Die Stehlampe darauf geriet ins Wanken, und während ich beim BMVÄ ins Leere griff, fasste der nach der Lampe und rettete sie vor dem Fall auf den Boden. Die Gäste, die diese Szene beobachtet hatten, lachten und spendierten Beifall. Der BMVÄ lächelte kurz ins Publikum, stellte die Lampe wieder auf das Tischchen und den Stuhl an den Tisch, drückte mich auf den Sitz und rückte mich samt Stuhl zurecht. Weiter kommentierte er den Vorfall nicht. Er ist von seiner Frau einiges gewohnt.

»Zweimal Rostbraten mit Bratkartoffeln, einmal Linsen mit Spätzle und Saitenwürstle, einmal Wurstsalat, einen großen Salatteller mit Putenstreifen und einmal Toast Hawaii«, nahm Melanie unsere Bestellung auf und ging in die Küche.

Nach dem Essen fühlten wir uns alle wieder geerdet, und wir unterhielten uns über den Öchsle, der unter so merkwürdigen Umständen zu Tode gekommen war.

»Und dass ausgerechnet du die Leiche wieder finda musch!« Mutter schüttelte missbilligend den Kopf.

»Mutter! Des hab ich mir doch nicht ausg'sucht«, verteidigte ich mich.

Aber offensichtlich hat das Schicksal die begnadete Ermittlerin, Frau Elvira Nägele, auserkoren, auch diesen mysteriösen Fall zu lösen.

KAPITEL 4

An einem Freitag Ende September

Als ich heute Richtung Krauthof fahre, wird mir bewusst, dass wir den Öchsle erst vor zwei Tagen beerdigt haben. Und ganz wohl ist mir daher bei der Aktion nicht. Aber bei Vater ist Brenntag angesagt. Und da sowohl Emil als auch Alfa kurzfristig ausgefallen sind, wurde ich als Helferin eingeteilt und musste einen Tag Urlaub nehmen. Meine Bedenken wegen des Zeitpunkts, so kurz nach Öchsles Beerdigung, hat Vater mit drei Argumenten widerlegt. Erstens, die Kirschmaische kann nicht ewig im Fässchen bleiben, sonst wird das Zeug sauer. Zweitens ist der Brenntermin bereits beim Zoll angemeldet, und drittens braucht der Eugen jetzt Ablenkung, um nicht zu grübeln, warum sein Sohn auf grausame Weise zu Tode gekommen ist. Dem kann ich nichts entgegensetzen, also bin ich nach dem Frühstück zu meinem ersten Brenneinsatz aufgebrochen, gespannt, wie der abläuft.

Als ich auf den Hof einbiege, hat Vater sein Auto samt Anhänger schon am niedrigen Anbau, der sich mit der Brennerei an die Besenscheune anschließt, in Position gebracht. Drei blaue Maischefässchen stehen noch auf der Ladefläche, und Vater verschwindet eben durch die Tür. Gut, dann kann ich noch schnell zu Marianne rüber, um ihr den Zwetschgenkuchen zu bringen, den Mutter für sie gebacken hat.

Gerade will ich auf die Klingel drücken, als Geräusche von der Terrasse zu mir herüberdringen, die sich nach Süden hin ausrichtet. Nun weiß man, dass ich nicht neugierig bin, aber interessieren tut es mich halt. Deshalb gehe ich ein Stück das gepflasterte Wegchen entlang, das sich zwischen schönen Rabatten mit Sonnenblumen, Astern und Dahlien entlangschlängelt. Am Eck bleibe ich in Deckung, werfe jedoch einen schnellen Blick ums Haus auf die Terrasse. Dort sitzt die Checky an einem kleinen Gartentisch in der Morgensonne. Sie hat mir den Rücken zugewandt und tippt auf ihrem Laptop. Ihre Tochter tritt soeben aus dem Gebäude ins Freie. Obwohl uns das spätsommerliche Wetter verwöhnt, herrschen keinesfalls 40 Grad, die womöglich die kurzen Shorts und das großzügig bauchfreie Oberteil des Teenagers rechtfertigen würden.

»Hi, Mom, was geht?«

»Hi, Lessi«, antwortet Checky, ohne vom Bildschirm aufzusehen.

Da hat man das Mädchen Alessia getauft, was schon schlimm genug ist, weil der Name in meinen Ohren wie der einer Damenbinde klingt, aber dass die Mutter es auch noch wie den allseits bekannten Langhaarcollie aus der amerikanischen Fernsehserie ruft – da fällt mir nichts mehr ein.

Lessi beugt sich über den Laptop. »Starnberger See, Berge? Mom, das ist toooootal uncool! Wir können doch mal nach London oder L. A. und richtig abgefahrene Klamotten shoppen.«

Checky blickt kurz auf. »Musst du nicht zur Schule?«

Lessi verdreht die Augen. »Doch, aber erst zur Zweiten. Fährst du mich?«

»Nein, keine Zeit. Nimm das Rad.«

Murrend verschwindet Lessi im Inneren, und gleich darauf öffnet sich die Haustür. Bevor mich der Teenager entdecken kann, mache ich einen Schritt ums Eck in Richtung Terrasse, wo die Checky wieder konzentriert auf den Bild-

schirm des Laptops starrt. Guckt die ernsthaft nach Urlaubs-
angeboten, kaum dass der Öchsle unter der Erde isch?

Leise nähere ich mich und sehe, dass die frischgebackene
Witwe keine Seite eines Reisebüros aufgerufen hat, sondern
die einer Immobilienfirma. Interessant, denke ich und stoße
in dem Moment mit dem Fuß an einen Keramikfrosch am
Boden, der scheppernd umfällt.

Checky dreht sich abrupt um und klappt ihren Laptop
zu. »Elvira! Mensch, hast du mich erschreckt!«, faucht sie
mich an. »Stehst du schon lange da?«

»Noi, grad erscht. Eigentlich möchte ich zur Marianne,
den Kucha brenga. Isch se do?« Ich deute mit dem Kopf
in Richtung Haus.

Checky nickt, erklärt allerdings, dass der Doktor gerade
bei der Schwiegermutter ist, weil es der gar nicht gut ginge.
Sie macht ein betroffenes Gesicht, doch ich nehme ihr die
Fürsorge nicht ab.

»Gut, no komm ich andersmol wieder«, sag ich und dreh
mich um.

»Den Kuchen kannst du gern dalassen.« Checky zeigt
auf das Blech in meinen Händen, aber ich tu, als hätte ich
sie nicht gehört, und marschiere rüber zur Brennerei.

»Do bisch jo endlich!«, werde ich von Vater empfangen. »Wo warsch denn so lang?« Bevor ich antworten kann,
nimmt er mir das Blech ab, legt es auf sein Autodach und
drückt mir stattdessen eine Sackkarre in die Hand. »Auf
goht's, dr Eugen hat net ewig Zeit.«

Zu zweit hieven wir die drei Fässchen vom Anhänger
herunter. Man könnte den Eindruck haben, die seien mit
Beton gefüllt und nicht mit Kirschmaische. Als alle drei auf
dem Boden stehen, zieht Vater eins zu sich heran, damit ich
mit der Sackkarre darunter fahren kann, und schließlich
schiebe und schaukle ich das blaue Ungetüm unter großer

Kraftanstrengung in die Brennerei. Vater läuft hinterher und ist ganz aufgeregt, ob die kostbare Ware unbeschadet bei Eugen ankommt. Der steht neben dem Brennkessel und wirft gerade ein Holzscheit ins Feuer, als ich das Fässchen mit Gepolter vor ihm abstelle. Als das dritte Monstrum endlich wohlbehalten abgeliefert ist, fühle ich mich, als hätte ich ein dreistündiges Workout hinter mir. Während ich verschnaufe, betrachte ich die blauen Plastikfässer. Jedes ist mit »120 l« markiert und dem Gewicht nach bis oben hin gefüllt.

»360 Liter Kirschmaische? Babba, wie brengsch denn du bei deine paar Kirschabäumla im Garta 360 Liter zamma?«

Vater und Eugen sehen sich vielsagend an und kümmern sich dann eifrig um das Feuer im Brennkessel.

»Die Menge isch jetzt grad net wichtig, uff d' Qualität kommt's a«, erwidert Eugen endlich und öffnet die Spannringe, mit denen die schwarzen Deckel auf den Behältern befestigt sind.

Jeder von uns beugt sich über ein Fässchen, um an der Maische zu schnuppern. Ein wunderbarer Duft strömt uns entgegen, und Vater lächelt zufrieden. Mit zwei Fingern greift Eugen in die glibberige Maische und leckt sie ab. Mich schüttelt's.

»Die isch no besser wie Rotweinmaische«, erklärt er und seine Mundwinkel zucken ebenfalls glückselig nach oben.

Doch plötzlich schlägt seine Stimmung um, und er kann einen Schluchzer nicht unterdrücken. Vater und ich kapieren sofort, dass er an seinen Sohn denken muss, den ich in seiner eigenen Maische gefunden habe. Vater klopft ihm unbeholfen auf die Schulter, bevor wir hinausgehen, um dem alten Mann Zeit zu lassen, sich zu fangen.

Draußen nehme ich den Zwetschgenkuchen vom Autodach und trage ihn nach ein paar Minuten in die Brennerei. Eugen hat sich sichtlich beruhigt und ist gerade dabei, zwei Eimer bereitzustellen.

Er bittet Vater und mich, den Inhalt des ersten Fässchens in den Kessel zu kippen. »I derf no net, Bruchoperation«, entschuldigt sich der Kraut senior und zeigt auf seine Leiste.

Da noch etwas Platz ist, nachdem wir den ersten Behälter geleert haben, füllen wir den Kessel mit zwei Eimern Maische aus dem nächsten Fass auf. Schließlich muss Eugen die Klappe schnell schließen, damit nichts vom wertvollen Saft herausläuft. Es dauert nicht lange, und wir hören, wie es im Kessel anfängt zu brodeln. Gespannt warte ich darauf, dass endlich Schnaps aus dem Röhrchen läuft.

»Wie lang dauert's no?«, erkundige ich mich nach einer Weile.

»Normalerweis etwa zwanzig Minudda, bis der hochprozentige Vorlauf kommt. Aber heut goht's a bissle schneller.« Warum, erklärt er nicht.

Stattdessen rückt er zwei Stühle und einen kleinen Holztisch unter die Brennereitür und weist Vater einen Platz zu. Er selbst setzt sich so, dass er den Hof und die Zufahrt überblicken kann. Für mich hat er eine umgedrehte Plastikweinkiste vorgesehen, die er ebenfalls an den Tisch stellt. Es dauert ein paar Minuten, bis ich meine Weichteile einigermaßen bequem ins Bodengitter der Kiste gedrückt habe. Derweil schneidet Vater Mutters Kuchen mit seinem Taschenmesser an, und wir lassen es uns schmecken.

»Wie goht's euch denn so?«, frage ich Eugen nach einer Weile vorsichtig.

»'S muss halt ganga.« Er sei froh, dass heute gebrannt wird und er dadurch beschäftigt ist, aber seine Marianne sei sehr mitgenommen. Sie sei schon seit Jahren schwermütig, hätte das jedoch bisher gut im Griff gehabt. Doch nun bleibe sie an manchen Tagen einfach im Bett.

Ich kann es gut nachvollziehen, dass der Tod des einzigen Kindes die arme Frau völlig aus der Bahn geworfen hat. Glücklicherweise macht unser örtlicher Arzt noch Hausbesuche und kümmert sich um sie.

»Hilft die Checky wenigschtens im Haushalt?«, möchte ich wissen.

»Dui? Seiner Lebdag net. Die hockt bloß am Computer ond sucht Schnäppchen. Ond die Jong isch net besser!«, redet sich Eugen in Rage. »Wenn ons dr Wellers Rolf net mit Mittagstisch aus seiner Metzgerei versorga däd, müsstet mir verhungera!«

»On der jonge Kerle, der uffm Hof isch? Isch dir der a Hilfe?«, erkundigt sich mein Vater und schiebt ein großes Stück Kuchen in den Mund.

»Der Benni? Ja, Gott sei Dank!«

Eugen berichtet, dass der junge Österreicher eine der Ferienwohnungen auf dem Grundstück gemietet hat. Das war Marianne ursprünglich nicht recht, denn die Apartments sind gut nachgefragt, vor allem seit die Tourismusgemeinschaft Marbach-Bottwartal die Region offensiv vermarktet. Die Gäste bleiben zwar oft nur über ein verlängertes Wochenende oder höchstens eine Woche, doch sie zahlen gut, genießen die Weinproben auf dem Hof und nehmen meist ein paar Flaschen mit nach Hause. Trotz ihrer Bedenken hat Marianne schlussendlich an Benni vermietet, auch weil sich Checky für ihn eingesetzt hat. Womöglich habe die Schwiegertochter an dem hübschen Kerl einen Narren gefressen, überlegt der Senior.

»Lauft do was?«, setze ich nach, ohne nachzudenken.

Eugen ist zum Glück nicht beleidigt. »I glaub net, dass der Benni von derra alta Schachtel was will«, meint er und verdreht die Augen. »Aber wenn der net do wär, dät i im G'schäft versaufa.« Andererseits verhalte sich der junge

Mann oft komisch, fährt Eugen fort. Plötzlich stünde er hinter einem, ohne dass man ihn hat kommen hören. Er habe seine Ohren überall und oft sitze er im Büro und gebe vor, am Computer für sein bevorstehendes Studium zu recherchieren. Doch Eugen habe selbst beobachtet, dass Benni die Finger auch immer wieder in die Schreibtischschubladen und die Geschäftsunterlagen steckt. »Vielleicht benn i au zu misstrauisch«, schließt der Senior. »Aber sobald i do was merk, fliegt der hochkant naus!«

Er steht auf und geht zum Brennkessel hinüber. Inzwischen läuft ein ordentlicher Strahl in das Edelstahlgefäß. Eugen winkt mich heran und hält einen Finger zuerst in den Vorlauf und im Anschluss unter meine Nase. Neben einer gewissen Schärfe nehme ich ein feines Fruchtaroma wahr.

»Isch des scho dr richtige Schnaps?«, möchte ich wissen.

»Fascht, 's meischte an Vorlauf isch durch.«

Vater deutet auf die Ofentür und blickt Eugen fragend an. Der nickt und wirft noch zwei Holzscheite ins Feuer. Dann schaut er kurz über den Hof und setzt sich wieder zu uns. Anscheinend ist er froh, dass er mal mit jemandem über seine Sorgen sprechen kann. Ich reiche ihm ein weiteres Stück Zwetschgenkuchen als Seelentröster und nehme mir auch noch eins. Das reißt mir Vater allerdings sofort aus der Hand und beißt selbst herzhaft hinein.

»An eurem Hoffescht hab i den David mol widder g'säh. Des ich a hübscher Kerle worda!«, greife ich den Gesprächsfaden wieder auf und sichere mir ein Stück Kuchen.

»Ja, der Bua isch echt ein Lichtblick!«, antwortet der alte Herr seufzend. »Der Edmund hat sich gewünscht, dass der David in den Betrieb einsteigt. Er hat ja an der Hochschule in Geisenheim Weinbau studiert, wollt aber zuerscht noch ins Ausland, Erfahrung sammla. Die junge Leut meinet ja, des geht heut nimmer ohne. Aber am Fescht hat er dann plötzlich g'meint, er fängt doch gleich bei seinem Vadder an, schon im nächschten Monat. Des war a Freud!« Eugens Augen fangen verdächtig an zu schimmern. »Bloß bei dr Frau Schwiegertochter net.«

Während er spricht, steht Eugen immer wieder unruhig auf und wirft einen Blick hinaus auf den Hof. Jedes Mal schaut ihn Vater mit hochgezogenen Augenbrauen an, und der Senior erwidert die stumme Frage mit einem knappen Kopfschütteln. Hat er etwa Angst, dass Checky oder Benni uns belauschen? Immerhin hat er sehr Brisantes zu berichten …

»Jedenfalls hat die Senta daraufhin meim Edmund droht, ihn zu verlassa. Die will den David ned auf dem Hof. Aber onser Jonger hat sich ned einschüchtern lassa. Sie könne gleich ihren Koffer packen und den für die Lessi gleich mit, hat er ihr g'sagt. Und dass er zum Notar ganga dät und a paar Sachen neu regela.«

»Hat's denn au Händel wägga Geld gäbba?«, hake ich nach, weil mir natürlich sofort einfällt, dass sich der Öchsle und die Checky am Tag seines Todes vor allen Leuten um Geld gestritten haben.

»Des kannsch laut saga«, bestätigt Eugen meinen Verdacht. Sein Sohn habe Rücklagen gebildet, die dessen werte Gattin unbedingt in eine Hotelanlage am Starnberger See investieren wollte. Doch der Edmund habe das Geld in eine moderne Abfüllanlage gesteckt, die vor Kurzem auch schon geliefert worden ist. »Die Senta isch durch'dreht.« Eugen schüttelt verständnislos den Kopf.

Au, denk ich, jetzt wird's interessant! Da hat's zwischen dem Öchsle und der Checky ordentlich geknirscht. Was, wenn die Checky Angst hatte, am Ende leer auszugehen? Ob Öchsles Tod noch rechtzeitig vor dem Notartermin eingetreten ist? Sieht das nicht nach einem handfesten Tatmotiv aus? Hat die Witwe Dreck am Stecken? Fragen über Fragen. Ich muss unbedingt mit dem Lauer sprechen.

Eugen erhebt sich erneut von seinem Platz und sucht mit den Augen den Hof ab. Auch die Zufahrt beobachtet er sehr genau.

»Wartsch du auf ebber?«, kann ich mich nicht mehr zurückhalten.

»Noi, noi, älles in Ordnung.« Eugen schlendert zum Brennkessel, macht wieder den Fingertest, nickt wohlwollend und wechselt das Gefäß unter dem Rinnsal. Den zu drei Vierteln gefüllten Edelstahleimer trägt er im Anschluss hinüber zum Haus.

»Wo goht denn dr Eugen mit unserm Schnaps na?«, erkundige ich mich besorgt.

Aber Vater winkt nur ab. »Älles in Ordnung.«

Zufrieden betrachtet er das Röhrchen, aus dem inzwischen das gute Kirschwasser in einem ordentlichen Strahl weiterrinnt. Er hält ebenfalls seinen Finger hinein und leckt ihn ab. Ich tue es ihm gleich.

»A feins Stöffle, gell?«, meint er grinsend.

»Ja«, muss ich einräumen. »Gut, dass mir glei drei Fässla Maische henn.«

Vater schaut verlegen zu Boden. Eugen, der inzwischen zurückgekehrt ist und meinen letzten Satz mitbekommen hat, macht sich geschäftig an den Holzscheiten zu schaffen. Da stimmt doch was nicht!

»Was isch hier los? Raus mit dr Sproch! Ihr henn doch was am Laufa!«

Beide Herren blicken betreten drein, doch ich lasse nicht locker. Schließlich erklärt Vater, dass er als Stoffbesitzer eigentlich nur das Obst brennen darf, das auf seinem eigenen Grundbesitz wächst. Früchte zukaufen darf er also nicht, das darf nur ein Brenner. Vaters eigene Maische reichte knapp für zwei Fässchen, was letztlich rund vierzig Liter Schnaps ergeben hätte.

»Aha, und warum henn mir drei Fässla?«, hake ich nach, und Vater gesteht daraufhin stockend, dass die Nachfrage nach seinem Kirschwasser nun mal bei gut sechzig Liter liege und er daher bei der Maische etwas aufstocken musste.

»Nachfrage? Von wem?«

Vater will nicht so recht mit der Sprache rausrücken.

»Du, i kann au d' Mutti froga«, drohe ich.

»Noi, bloß net!«, lenkt er schnell ein und beichtet, dass Alfa ein paar italienische Wirte kenne, die sehr an Vaters Kirschschnaps interessiert seien. Unter der Hand versteht sich. Und da man dafür genug Maische braucht, habe Alfa diverse Kirschbaumquellen angezapft und dadurch hätten sie die Maischemenge auf rund 360 Liter erhöhen können.

»Heißt jetzt was?« Mein Geduldsfaden droht langsam zu zerreißen.

»Ja, also …«, druckst Vater rum.

»Raus mit dr Sproch!«, wende ich mich nun an Eugen.

»Ja, mir jaget jetzt halt drei statt zwei Fässla Maische durch dr Brennkessel!«, erwidert der.

»Du hasch also no a Fässla beim Zoll nochg'meldet?«

»Noi!«

»Wie noi?«

»Mann!«, schimpft Vater. »Oi Fässle goht halt … näba-nomm.«

»Schwarz?« Ich starre die zwei Senioren ungläubig an.

Beide nicken schuldbewusst und stehen wie Schulbuben mit hängenden Schultern vor mir. Ich muss mir das Lachen verkneifen.

»Also etwa zwanzig Liter näbanaus?«

Die beiden bejahen wieder mit einer Kopfbewegung.

»Macht wie viel uffem Schwarzmarkt?«

»Fenfhondert.«

»Fenfhondert Euro?!«

»Noi, fenfhondert Kilo!« Vater verdreht die Augen. »Was denksch denn du?«

»Ond zusätzlich etwa zwoehondert Euro Steuer g'schpart«, ergänzt Eugen schnell.

Ich denke an Kommissar Lauer und was der wohl dazu sagen würde, dass seine beste Ermittlerin nicht nur mit Schwarzbrennern verwandt, sondern zudem im Begriff ist, ihnen zu helfen. Ich fechte einen inneren Kampf aus, doch die Schwäbin gewinnt die Oberhand.

»Auf goht's! Uff was wartet ihr no?«, feure ich die Männer an. »Holz nochlega ond durch mit dr Maische. Aber dalli! I schtand schmiere!«

Zuerst schauen mich die alten Herren perplex an, dann kommt Bewegung in ihre steifen Glieder, und hast du nicht gesehen, verwandeln sich in fünfeinhalb Stunden dreihundertsechzig Liter Maische in sechzig Liter erstklassigen Kirschschnaps.

Dass mein Puls fast ebenso lang auf »Explosionsgefahr« stand, brauche ich nicht zu erklären. Dass der Zollbeamte an diesem Tag nicht kontrolliert hat, war Glück. Dass ich für mein Schweigen eine nette Provision ausgehandelt habe, Geschäftssinn.

»I will aber net!«

»Worom net?«

»Des tut mir weh!«

»Bloß kurz.«

»I will wieder hoim!«

»Komm, schdell de net so a!«

»I schdell me net a!«

»Mir ganged nochher au en d' Stadt, no griagsch was.«

»Was?«

»A Eis.« Ich schau zum Beifahrersitz und grinse.

»A Eis?! Schpennsch du?«, beschwert sich Mutter lautstark.

Ja, es ist Mutter, die neben mir im Auto sitzt und rummosert wie ein kleines Kind. Nachdem ich heute Morgen mit meinem Vater beim Brennen das Vergnügen hatte, darf ich am Nachmittag seine werte Gattin herumkutschieren. So viel zum Thema Urlaub … Wir sind auf dem Weg nach Ludwigsburg, zur Mammografie. Es hat mich große Überredungskunst gekostet, dass sich Mutter überhaupt einen Termin für die Vorsorgeuntersuchung hat geben lassen. Mit Händen und Füßen hat sie sich gewehrt und immer neue Ausflüchte gefunden. Aber da bin ich hart. Vorsorge ist wichtig, und da lass ich ihr nichts durchgehen. Zu guter Letzt hat mein Argument gesiegt, dass im Falle einer Brustabnahme weder Vater noch sonst einer in den Genuss ihres schönen Körperprofils kommen würde. Und Angelo schon gar nicht! Das hat gewirkt, und zehn Minuten später war der Termin vereinbart. Und der ist heute. Um sicherzugehen, dass sie ihn auch wahrnimmt, bringe ich sie höchstpersönlich hin.

»Still jetzt!«, befehle ich, als sie wieder anfangen will zu schimpfen, und fahre mit Schwung ins Parkhaus.

Direkt beim Aufzug finde ich einen freien Frauenparkplatz. Super, hier werden Frauen geparkt, denk ich jedes Mal, wenn ich das lese.

Ich drücke den Knopf für den Aufzug, doch Mutter stöckelt erhobenen Hauptes auf ihren fliederfarbenen High Heels an mir vorbei und nimmt schon die ersten Stufen. Von hinten betrachte ich ihre Absätze, die ich auf mindestens zwölf Zentimeter schätze. Ich bräuchte Krücken, um in solchen Dingern zu gehen. Sie hingegen läuft in schnellem Stakkato die Treppe hinauf.

»Pressiert's dir jetzt?«, schnaufe ich hinter ihr, aber sie antwortet nicht.

Als wir die Drehtür ins Ärztehaus passiert haben, bleibt sie plötzlich stehen. Will sie auf dem letzten Meter noch kneifen?

»Was isch?«

»I hab meinen Lipgloss vergässa!«

»Mutter! Du gehsch zur Mammografie, nicht auf eine Schönheitskonkurrenz.«

Sie verdreht die Augen, läuft jedoch weiter in die Praxis. Ich warte am Tresen, bis ihre Daten erfasst sind und sie von einer Arzthelferin in die Katakomben mitgenommen wird. Sicher ist sicher.

»Um drei im Café Luckscheiter!«, rufe ich ihr hinterher, und sie nickt kurz, bevor sie mit erhobenem Haupt davonschreitet.

Ein Blick auf die Uhr verrät mir, dass ich eine Stunde Zeit habe, das sollte für einen Abstecher aufs Präsidium reichen. Angemeldet habe ich mich nicht, aber der Herr Kommissar freut sich sicherlich über meinen Überraschungsbesuch. Und da Lauer ein Süßer ist, also essenstechnisch, gehe ich schnurstracks beim Café Luckscheiter vorbei, kaufe drei süße Stückle und reserviere für Mutter und mich einen Tisch am Fenster.

Über die Wilhelmstraße erreiche ich, vorbei am großen Kreisel mit der Schlangenskulptur, die Stuttgarter Straße und auf Höhe der Bärenwiese die Friedrichstraße, in der das Polizeipräsidium liegt. Auf dem Weg mache ich mir Gedanken, was ich eigentlich mit Lauer besprechen will. Das Wichtigste: Ich möchte von ihm wissen, ob die Todesursache vom Öchsle bereits feststeht. Bei seiner Gemütslage und der genetischen Dispersion ... äh, Disposition kann

Selbstmord wohl nicht ausgeschlossen werden. Doch ich zweifle hochgradig daran, denn welcher Wengerter würde sich in seiner eigenen Maische umbringen? Des isch doch schad om dr Wein!

Daher gehe ich fest von Mord aus. Aber wer kommt als Täter infrage? Der Benni? Dass mit dem was nicht stimmt, habe ich auf dem Hoffest schon gemerkt. Den ganzen Abend hat er die Hautevolee beobachtet, ist um den Öchsle rumgeschlichen und hatte seine Ohren überall. Gut, vielleicht hört er nur schlecht! Doch es ist schon auffällig, dass sich die Checky bei der Marianne für ihn so eingesetzt und ihm damit zur Wohnung auf dem Hof verholfen hat. Womöglich haben die beiden doch was miteinander, das führt zum Streit mit dem gehörnten Ehemann und der landet im Maischebottich. Aber hätte sich der Öchsle wegen der Checky mit dem Benni in die Haare gekriegt? Die Ehe verlief alles andere als harmonisch, und laut Eugen wäre sein Sohn froh gewesen, seine Gattin loszuwerden. Die wiederum ist ebenfalls hochgradig verdächtig, denn falls sie ein Verhältnis mit dem jungen Österreicher hat, wäre ihr der Öchsle im Weg gewesen. Außerdem ist ihr ambitioniertes Hotelprojekt seiner Abfüllanlage zum Opfer gefallen, und sie spekuliert nun vielleicht auf sein Erbe. Oder sie wollte mit dem Mord schlicht den Termin beim Notar verhindern, damit der David nicht auch noch was vom Kuchen abbekommt. Und dann sind da noch die Handgreiflichkeiten von Öchsles Kumpanen auf seiner Beerdigung. Ob eineinhalb Stunden beim Lauer reichen?

Ich melde mich an der Pforte des Präsidiums. Polizeimeister Krautter, den ich bei meinem ersten Besuch für den Hausmeister gehalten habe, ist heute nicht da. Stattdessen empfängt mich seine Kollegin Wenke, wie ich ihrem Namensschild entnehmen kann. Sie schielt auf meine Tüte mit den süßen Stückle. Eigentlich möchte ich nichts abgeben, doch mit den Portiersleuten bei der Polizei muss man sich gut stellen.

»Möchtet Se?«, frage ich und halte die geöffnete Tüte an die Glasscheibe, damit sie hineinschauen kann.

»Au ja!« Sie drückt auf den Türöffner, und kaum habe ich drei Schritte gemacht, steht sie bereits neben mir. Zu meinem Erstaunen nimmt sie nicht nur ein Stückle, sondern gleich die ganze Tüte. »Das ist lieb, ich hatte nämlich nichts zum Mittag.«

»Äh, gern«, presse ich nur hervor und gehe verdattert zur Treppe.

»Halt!«, ruft die Wenke laut hinter mir.

Ich dreh mich um. Da steht sie kerzengerade, in einer Hand die Tüte, die andere an der Waffe, die in ihrem Gürtelholster steckt.

»Senn die süße Stückla nix?«, erkundige ich mich und will nach der Tüte greifen.

Polizeimeisterin Wenke versteckt sie schnell hinter dem Rücken. »Doch, doch, aber wo wollen Sie denn überhaupt hin? Sie können hier nicht einfach reinlaufen!«

Jetzt bin ich doch ziemlich angefressen und mache sie freundlich, aber bestimmt darauf aufmerksam, dass sie diejenige war, die mir nicht schnell genug die Tür aufmachen konnte, weil sie an die süßen Stückle ran wollte.

»Ja, Entschuldigung, Sie haben recht«, lenkt sie kleinlaut ein und nimmt die Hand von ihrer Waffe. Die Tüte behält sie weiter hinter ihrem Rücken versteckt. »Zu wem wollen Sie denn?«, möchte sie nun recht freundlich wissen.

»Zum Kommissar Lauer.«

»Sind Sie angemeldet?«

»Nein, aber ich kenn den Weg. Guada Appetit!«

Polizeimeisterin Wenke zieht ein süßes Stückle aus der

Tüte und schlendert zurück in ihr Kabuff. Ich wende mich ab und überlege, ob ich den Aufzug nehmen soll, denn Lauers Büro liegt im zweiten Stock, doch ich stelle mich der Herausforderung. Immerhin absolviere ich schon bald die Walkingstrecke beim Bottwartal-Marathon.

Nach gefühlt tausend Stufen erreiche ich keuchend mein Ziel. Auf der Tür vor mir prangt das wohlbekannte Schild mit einer großen Zwölf und dem Namen Kommissar Egon Lauer. Und wieder fährt es mir unwillkürlich durch den Kopf, dass Egon nun so gar nicht sein müsste. Allerdings klingt Elvira auch nicht besser.

Ich atme tief durch, klopfe an und werde tatsächlich gleich hereingerufen.

»Ha, jetzt kann i gar nemme! D' Frau Nägele!«, empfängt mich Lauer und schaut mich mit großen Augen an.

Er ist derart überrascht, dass er vergisst, hochdeutsch zu sprechen. Zwar stammt er aus Marbach am Neckar, doch hat er mir kurz nach unserem Kennenlernen verraten, dass er der Autorität wegen im Dienst darauf verzichtet, Schwäbisch zu schwätzen. So ein Quatsch!

»Hallo, Herr Lauer, wie goht's?«, erkundige ich mich und setze mich gleich auf den Stuhl vor seinem Schreibtisch.

»Heute keine Glitzerohrringe und Plateausohlen?«, fragt er glucksend.

Kein gutes Intro, denk ich und überlege, ob ich meinerseits ein Wort über sein Hemd verlieren soll, das sich so stark über sein Bäuchlein spannt, dass man zwischen den Knöpfen sein Feinrippunterhemd sehen kann. Ich entscheide mich jedoch dagegen, weil ich seine gute Stimmung ausnutzen will, um an die erwünschten Informationen zu gelangen. Deshalb grinse ich und lache mit ihm über seinen schlechten Witz und komme mir dabei ziemlich blöd vor.

»Was führt Sie zu mir?«, möchte Lauer schließlich wissen.

»Och, ich war sowieso in Ludwigsburg und hab denkt, ich mach einfach a B'süchle.«

»Soso, a B'süchle.«

»Ja, i hab denkt, mir könned mol a bissle schwätza ...«

»Worüber denn?«

»Über den neua Fall halt.«

»Welcher neue Fall?«

»Der Öchsle.«

Lauer schaut mich nur stumm an. Hört der schlecht?

»Ja, der Fall mit dem Öchsle im Maischebottich! Man wird doch mol erfahren dürfen, was do bodda isch! Schließlich hab ich den Kerle g'fonda.«

Kann es sein, dass Lauer jetzt grinst?

»Tja, Frau Nägele, Sie wissen doch, dass ich nicht einfach interne Ermittlungsergebnisse rausgeben darf.«

Ich verdrehe die Augen. Meine Güte, macht der's heut spannend.

»Ja, allerdings sind Sie nicht der Einzige, der Ermittlungsergebnisse hat. Ich hab auch was zu verzähla und des dürfte für Sie interessant sei!«

Nun merkt er auf und zieht die Augenbrauen hoch.

»Eine Hand wäscht die andere«, lege ich nach. »Das hat sich ja bewährt. Sie saget mir, was Sie wisset, und ich Ihnen, was ich weiß.«

Lauer runzelt nachdenklich die Stirn. »Okay, dann rücken Sie mal mit Ihren Erkenntnissen raus«, fordert er mich schließlich auf.

»Noi, Sie z'erscht!«

»Nein, Sie!«

»Noi, Sie!«

»Nein, Sie!«

So geht das eine Weile hin und her, bis ich auf die Idee komme, wir könnten das Problem mit einer Runde Schnick-

Schnack-Schnuck lösen. Der Kommissar zickt ein bisschen herum, akzeptiert dann meinen Vorschlag, und wir bringen unsere Hände in Position.

»Schnick, schnack, schnuck!«

Beide zeigen wir Stein. Also eine weitere Runde.

»Schnick, schnack, schnuck!«

Diesmal zücken wir beide die Schere. Auch der dritte Versuch endet im Patt.

»Ich habe nicht ewig Zeit für solche Spielchen. Noch ein allerletztes Mal«, kommandiert der Kommissar. »Wenn's dann nicht klappt, muss ich weiterarbeiten und Sie können sich Ludwigsburg ansehen.«

Ich will mir Ludwigsburg aber nicht anschauen, ich will unbedingt mit Informationen hier rausgehen.

»Schnick, schnack, schnuck!«

Ich zögere den Bruchteil einer Sekunde, und als ich erkenne, dass Lauer seine Finger wieder zu einer Schere formt, entscheide ich mich für Papier. Damit hat er zwar gewonnen und ich muss anfangen, doch wenigstens geht's weiter.

»Also, Frau Nägele, wer sagt's denn«, brummt er jovial. »Was haben Sie denn *ermittelt*?«

Warum er das letzte Wort derart betont, erschließt sich mir nicht, doch ich überlege lieber, wo ich mit meinem Bericht anfangen soll, und schließlich rücke ich damit heraus, was ich heute Morgen von dem Senior alles über die Familie Kraut erfahren habe. Ich erzähle von Öchsles Sohn aus einer ersten Ehe mit Lissy, von dessen kompliziertem Verhältnis zu seiner Stiefmutter Checky, von deren konfliktreicher Ehe mit dem Opfer und am Ende von Benni, der einerseits sehr hilfsbereit, andererseits sehr neugierig ist.

Der Kommissar hört konzentriert zu, hin und wieder hakt er nach und macht sich Notizen. Derart ermuntert,

bringe ich auch meine Beobachtungen während der Reblausführung zur Sprache, vor allem die Szene, die die Checky dem Öchsle gemacht hat. Und da ich schon bei Ehehän-
deln bin, weihe ich den Chefermittler auch in das Verhältnis
von der Rosi und ihrem Kurschatten ein, der vom Leibinger auf dem Hoffest vor ein paar Wochen eine gedonnert bekommen hat, und von der Mäggi, dass die es nicht
leicht hat mit ihrem grobschlächtigen Metzger. Und von der
Conny, die mit dem Gips nur noch pro forma zusammen
ist. Und dass das alles doch äußerst verdächtig sei.

»Nun«, murmelt Lauer letztlich, »die Ehestreitigkeiten
des ganzen Städtchens interessieren uns nicht.«

»Mi scho!«

»Mag sein, Frau Nägele, doch die Polizei nicht, und damit
meine ich mich und mein Team.« Er schaut mich mit erhobenem Zeigefinger an, um jeglichen Einwand von mir zu
unterbinden. »Das sollen die Eheleute mal unter sich aus
machen, das gehört nicht zur Sache.«

»Des mit der Checky und dem Öchsle aber wohl!«, entgegne ich trotzig.

»Ja, die finanziellen Verhältnisse des Ehepaars Kraut
könnten relevant sein.« Lauer schreibt fleißig in sein Büchlein.

»Fraget Se au nach einer Lebensversicherung!«, erinnere
ich ihn, was er mit einer hochgezogenen Augenbraue registriert, doch immerhin macht er sich eine weitere Notiz.

»Jetzt senn Sie dran!«, fordere ich ihn auf. »Weiß mr scho,
wie der Mord passiert isch?«

»So schnell geht es nun nicht. Außerdem muss es nicht
zwingend ein Mord gewesen sein. Unsere Überlegungen
gehen in alle Richtungen.«

»Selbstmord zum Beispiel? Man munkelt ja, dass der
Öchsle suizidgefährdet war.«

Beim Wort »suizidgefährdet« blickt der Ermittler erstaunt auf.

Ja, ich beherrsche die Terminüsse der kriminalistischen Fachliteratur!

Ich erkläre ihm, dass ein Suizid durchaus möglich wäre, weil seine Mutter auch schwermütig sei und sogar seine Oma mit Depressionen zu kämpfen hatte. Aber ich lege Lauer direkt im Anschluss deutlich dar, dass ich es mir beim besten Willen nicht vorstellen kann, dass sich der Öchsle in seiner eigenen Rotweinmaische ersäuft hat. »Also ehrlich net.«

»Nein, das schließen wir aktuell ohnehin aus.«

»Ja, gell, weil des doch arg schad um die Maische wär.«

»Nein, weil die Vorgehensweise außergewöhnlich wäre.«

»Worom?«

»Nun, sich selbst zu ertränken bei einem Pegel, bei dem man problemlos stehen kann, ist im Grunde ausgeschlossen. Zudem können wir nachweisen, dass Herr Kraut nicht ertrunken ist. Zumindest nicht ausschließlich.«

»Hä?«

»Wir haben ein Loch im Hals gefunden.«

»Hä?«

Meine Gehirnleistung ist im Moment offensichtlich genauso schwach wie mein Sprachvermögen.

Diese seltene Gelegenheit nutzt der Kommissar und doziert im Folgenden wie ein Hochschulprofessor. Er berichtet, dass bereits bei der Erstbeschau der Leiche im Keller eine Verletzung am Hals festgestellt wurde, in deren Konsequenz Öchsles Schlagader durchtrennt worden ist.

»Und des Blut …?«

Mit einem Mal tauchen erschreckende Bilder vor meinem inneren Auge auf.

»War des etwa älles in der Maische?«

Beim Gedanken daran, dass ich bis zu den Achseln darin herumgewühlt habe, schüttelt es mich kräftig durch.

Lauer nickt nur, grinst und ergänzt, dass außerdem viele Blutspritzer am Rand des Bottichs und auf dem Fußboden gefunden wurden.

»Kampfspuren oder Hämatome?«, hake ich sachkundig nach, nachdem ich mich gefangen habe.

»Nein. Offensichtlich gab es keinen Körperkontakt mit einem Täter oder einer Täterin.«

»Aber wie kommt dann des Loch in den Hals?«

»Die Halswunde stammt offenbar von einem selbst gebauten Werkzeug, das Herr Kraut zur Bearbeitung der Maische eingesetzt hat. Eine Art Stempel.«

»Schtempfl«, greife ich korrigierend ein. »Maischesch-tempfl hoißt des.«

Lauer zieht beide Augenbrauen in die Höhe. »Die Hals-wunde stammt offenbar von einem selbst gebauten ›Mai-scheschtempfl‹«, wiederholt er und wieder wandern seine Brauen nach oben. »Den hat die Spusi auf dem Boden des Bottichs gefunden. Es handelt sich dabei um eine Holz-platte, an der ein dünnes Stahlrohr als Stiel befestigt war. Das Rohr war oben offen und ausgesprochen scharfkantig.«

»Ich weiß, wie ein Maischeschtempfl aussieht«, sage ich nachdrücklich, weil mein Gegenüber anscheinend nicht kapiert hat, dass ich weiß, wovon wir reden. »Aber nor-malerweise hat ein Schtempfl einen Holzstiel, wie a Bäsa.«

»Der betreffende allerdings nicht!« Seine Augenbrauen rücken noch etwas höher.

Mit dieser ständigen Augenbrauenhochzieherei macht mich der Mann noch ganz schalu.

»Mit diesem Instrument wird die Maische von Zeit zu Zeit nach unten gedrückt«, fährt er fort und erstickt erneute Widerworte meinerseits mit einer schroffen Handbewegung im Keim. »Und es ist anzunehmen, dass Herr Kraut unmittelbar vor seinem Tod damit gearbeitet hat.«

»Und des Loch im Hals?«, hake ich nach.

»Ist durch die scharfe Kante des Rohrs entstanden. Es wurden Gewebereste des Opfers am ausgefransten Rohrende gefunden.«

Er lässt seinen Blick durchs Fenster zum Gebäude gegenüber wandern, als ob dort die Erleuchtung warten würde. Gut, dann schau ich halt auch rüber, vielleicht hilft das. Doch es nützt nichts, die Wand spricht nicht zu mir. Eine Weile hängen wir auf diese Weise stumm unseren Gedanken nach, bis mich schließlich ein Geistesblitz durchzuckt.

»Jemand hat ihm den Schtempfl aus dr Hand grissa, ihm in den Hals hineingestochen, und zack war die Halsschlagader durch«, lege ich mit Eifer dar. »Danach ein Stoß mit dem Schtempfl auf den Rücken, und hinein mit dem Öchsle in die Maische. Es gibt keinen Körperkontakt, aber ein Loch im Hals.« Ich untermale meine Überlegung mit deutlichen Gesten.

Lauer schüttelt zweifelnd den Kopf. »Wenn das Absicht war, müsste der Täter mit dem Stiel schon sehr genau gezielt haben, um die Halsschlagader zu treffen.«

»Und wenn es keine Absicht war? Bei einem Kampf könnte es doch aus Versehen passiert sei«, beharre ich.

»Wir haben aber keinerlei Kampfspuren nachweisen können! Grad mach ich's Maul zu!«

»Meine Güte, dann war's halt nicht so! Aber wie sonscht?«

Ich erhalte von Lauer keine Antwort. Er schaut wieder aus dem Fenster, und ich schaue mich in seinem Büro um. Ein ganz normales Büro halt, mit Schreibtisch, Aktenschrank, Fenster zur Friedrichstraße, Schreibtischsessel und Besucherstuhl. Ich wende mich wieder Lauers Schreibtisch zu und registriere einen kleinen Schemel darunter. Echt jetzt? Der hat en Schemel zum d' Fiaß abschdella? Das reizt meine Lachmuskeln, ich reiße mich jedoch zusammen und kommentiere diesen Umstand lieber nicht.

Lauer scheint ebenfalls genug vom Fenstergucken zu haben und beginnt, in seinen Akten zu stöbern. Sagen tut er nichts. Wenn das so weitergeht, kann ich unverrichteter Dinge wieder abziehen. Doch plötzlich fällt mir eine Szene aus einem Münchner Krimi mit dem Fräulein Flierl ein, den ich erst kürzlich gesehen habe.

»Wissed Se was, Herr Lauer, mir spielet die Szene im Keller einfach nach. Des machet die in de Krimis doch au oft, zwecks Induktion und so.«

Er verdreht die Augen, was ich geflissentlich ignoriere. Stattdessen schaue ich mich nach einem langen Gegenstand um, den ich als Maischeschtempfl einsetzen kann. Ein Besen wäre gut, mir ist jedoch gleich klar, dass es eher unwahrscheinlich ist, dass im Büro eines Kommissars Putzgeräte gelagert sind.

»Was suchen Sie?«

»Äbbes Langs.«

»Wie, äbbes Langs?«

»Äbbes Langs halt, als Schtempfl.«

Lauer öffnet eine Schublade und reicht mir ein Lineal.

»Isch dreißig Zentimeter bei Ihnen lang?«, möchte ich wissen.

»Was anderes hab ich nicht. Aber was wird das jetzt?«

»Also, bassed Se uff. Der Schreibtisch wär der Maischebottich und des Lineal der Maischeschtempfl. Der war in echt wie lang?«

Lauer wirft einen Blick in die Unterlagen. »Etwa ein Meter fünfzig.«

»Okay, der Maischebottich ist etwa einen Meter hoch. Wenn der Öchsle den Schtempfl auf der Oberfläche von der

Maische ang'setzt und ihn weit oben ang'fasst hat, wäred mir bei knapp zwei Meter fünfzig.« Ich ergreife mit beiden Händen das Lineal an einem Ende, sodass es nach unten zeigt, und versuche, auf die errechnete Höhe zu hüpfen.

Lauer starrt mich irritiert an.

»Ja, gut, so goht's nicht«, murmele ich.

Da fällt mir der Schemel ein. Ich ziehe ihn hervor, was Lauer offensichtlich peinlich ist. Ich stelle den Hocker an die schmale Seite des Schreibtischs und stell mich darauf, die Schenkel an die Tischplatte gelehnt.

»Der Öchsle isch also mit Stampfen beschäftigt«, fahre ich fort.

Schwungvoll lasse ich dabei das Lineal mehrmals herabsinken. Lauer lehnt sich amüsiert in seinem Bürostuhl zurück.

Ja, eine Erkenntnis ergibt sich daraus noch nicht, das merke ich auch!

Ich stampfe mit etwas mehr Elan, und Lauer trommelt ungeduldig mit den Fingern auf die Tischplatte.

»Ermittlungen dauret halt!«, zische ich.

Jetzt bin ich leicht genervt und führe die Bewegung mit maximaler Kraft aus. Und tatsächlich kommt Bewegung in die Sache. Buchstäblich. Denn unter mir haut es den Schemel nach hinten weg und mich haut es ungebremst auf den Tisch. Das Lineal setzt hart auf die Platte auf, und das obere Ende schrammt knapp an meinem Hals vorbei. Lauer springt voller Entsetzen auf und fasst mich um die Taille. Genau in diesem Moment fährt die Bürotür auf, und Frau Wenke stürzt ins Zimmer. Für den Bruchteil einer Sekunde sehe ich vor meinem inneren Auge die Szene aus der Vogelperspektive, und das, was ich sehe, gefällt mir nicht. Gar nicht.

Erschrocken blicken der Kommissar und ich die Polizeimeisterin an. Die starrt erschrocken zurück. Dann breitet sich ein Grinsen auf ihrem Gesicht aus. Im Film müsste in dieser Situation der Satz fallen: »Das ist nicht das, wonach es aussieht!« Doch das tut er nicht.

Stattdessen lässt Lauer meine Taille los und schleudert seine Hand mit ausgestrecktem Zeigefinger in Richtung Polizistin. »Raus!«, ruft er in einer Lautstärke, dass ich meine, Frau Wenkes Haare werden vom Luftdruck nach hinten geweht.

Völlig unbeeindruckt vom Gebrüll fängt die an zu glucksen.

»Mach, dass d' nauskommsch, aber schnell!«, schreit Lauer mit Donnerhall und in reinstem Schwäbisch. »Ond 's nächscht Mol wird a'klopft, dass des klar isch!«

Jetzt dreht Frau Wenke auf dem Absatz um und beeilt sich, rauszukommen. Wohl weniger aus Angst vor dem Zorn ihres Vorgesetzten, sondern mehr, weil sie das Lachen nicht mehr zurückhalten kann. Sie zieht die Tür mit einem lauten Knall hinter sich zu. Dann ist es im Büro mucksmäuschenstill. Mir wird schlagartig bewusst, dass ich immer noch auf dem Schreibtisch liege, und weil Lauer keine Anstalten macht, mir herunterzuhelfen, rutsche ich etwas unbeholfen über die Kante, bis ich den Boden unter den Füßen spüre. Der Kommissar lässt sich auf seinen Schreibtischstuhl fallen und rückt ein gutes Stück vom Tisch ab. Ich setze mich schnell auf den Besucherstuhl.

Gott, wie peinlich, denk ich in Dauerschleife und linse vorsichtig zum Kommissar hinüber. Der fühlt sich gerade auch nicht wohl, habe ich den Eindruck. Aber keiner verliert ein Wort. Deshalb schauen wir wieder angestrengt aus dem Fenster.

»Könnt mr mol putza«, hör ich mich sagen.

»Hm.«

Pause.

Ein Gespräch will nicht mehr richtig in Gang kommen, und ermittlungsrelevante Erkenntnisse haben wir aus meiner Rekonstruktion nicht gewonnen. Daher ist es wohl das Beste, wenn ich den Rückzug antrete.

»Lang g'nug uffg'halta … Mutter wartet … I gang jetzt … Ade«, nuschle ich, klopfe mit den Fingerknöcheln dreimal auf Lauers Schreibtisch und mach mich ebenso schnell aus dem Staub wie die Wenke vorhin.

Auf die stoße ich wieder unten an der Pforte, wo sie mich wie ein Honigkuchenpferd aus ihrem Kabuff angrinst. Ich beachte sie nicht und schreite schnurstracks durch die Schiebetür ins Freie. Da fällt mir noch was ein. Ich gehe zurück und klopfe an das Fenster.

Wenke drückt daraufhin auf einen Knopf und aktiviert die Gegensprechanlage. »Ja bitte?«, fragt sie grinsend.

»Was henn Sie vorher eigentlich g'wellt? Was Dringendes?«

»Ich wollte Sie fragen, was die süßen Teilchen gekostet haben, die waren nämlich lecker!«

»Echt jetzt, des war älles?«

Ich verdreh die Augen und mach mich eilenden Schrittes davon. Die Antwort bleibe ich ihr schuldig. Zum Bossa.

An der Stuttgarter Straße blicke ich auf die Uhr. Über eine halbe Stunde zu spät! Auch das noch. Mutter wird super Laune haben. Ich verdopple meine Schrittgeschwindigkeit und überlege mir einen stichhaltigen Grund für die Verzögerung. Natürlich kann ich ihr nicht verraten, dass mich die Rekonstruktion des Tathergangs so lange aufgehalten hat, denn sie würde nachhaken, und ich möchte absolut nicht über Interna sprechen. Und schon gar nicht über das abrupte Ende der Schreibtischszene. Mir schießt das Blut wieder in die Wangen, nur wenn ich daran denke! Wobei, Lauers Hände an meiner Taille, das hatte schon was …

»Nägele, brems de!«, ermahne ich mich lautstark, und ein Passant dreht sich verwundert zu mir um.

Ich hetze mich ab, um ein paar Sekunden gutzumachen. Schon von Weitem sehe ich Mutter am reservierten Fensterplatz sitzen. Aber von wegen schlechter Laune. Sie unterhält sich angeregt mit jemandem. Ich erhöhe das Tempo, da erkenne ich, wer ihr Tischnachbar ist. Alfa! Das darf doch nicht wahr sein! Hat die sich mit dem Gigolo etwa verabredet? Hat sie sich deshalb so schick angezogen? Wart no!

Ich stürme durch das Café und setze gerade zu meiner Schimpftirade an, als mich Mutter überschwänglich begrüßt: »Hallo, Mädle, schee, dass du scho kommsch, do hock na!« Sie sieht mich strahlend an und zieht mich am Ärmel auf den Stuhl. »Guck mol, wen ich zufällig troffa hab. Den Angelo!«

Nun strahlt sie den Alfa an. Angelo! Wenn ich das schon höre.

»Mutter! Des isch dr Alfa!«, bemerke ich nachdrücklich. »Du brauchsch ihn mir auch ned vorzuschtellen. Ich kenn ihn, seit ich auf der Welt bin.«

Mutter geht nicht auf meinen Vorwurf ein. »Stell dir vor, der Angelo war ebenfalls bei der Vorsorge!«

»Bei dr Mammografie?«, erkundige ich mich dämlicherweise und erheitere die beiden damit.

»Neina«, erklärt Alfa verlegen. »Ischa ware bei Dottore für Mann.« Er wedelt mit einer Hand unter dem Tisch herum.

»Ah, Wasserleitung«, erkenne ich sofort.

Alfa und Mutter schauen sich irritiert an. Sie kennen das Synonym für Prostata anscheinend nicht, aber das kläre ich jetzt nicht auf.

»Ich hab den Angelo sehr gelobt, denn es ist wichtig, dass man die Vorsorge macht«, säuselt sie und tätschelt ihm die

Hand. »Ich geh ja auch regelmäßig. Natürlich ist es etwas unangenehm, doch wenn dann alles in Ordnung ist, freut man sich. Gell, Angelo?«

Alfa lächelt sie an und tätschelt zurück. Ich weiß nicht, was mich mehr irritiert. Die Tätschelei oder Mutters Aussage. Denn ich für meinen Teil erinnere mich allzu gut an ihr Gekeife im Auto.

»Kann ich des bitte schriftlich hann, dass die Vorsorge wichtig isch?«, möchte ich daher wissen und rufe die Kellnerin an unseren Tisch, bevor Mutter etwas erwidern kann.

Ich brauche unbedingt Zucker für meine Nerven. Deshalb bestelle ich einen Cappuccino und ein Stück Schwarzwälder Kirschtorte.

»Und a Stück Sahnetorte!«, rufe ich der Bedienung hinterher, denn ich brauche wirklich viel Zucker.

Mutter unterbricht ihr Gespräch mit Alfa und blickt mich tadelnd an.

»Was isch?«, frage ich genervt.

»Ich hab doch gar nix g'sagt«, gibt sie schnippisch zurück.

»Aber guckt hasch!«

»I hab net guckt, aber du …«

»Was i?«

»Du ziehsch dir anscheinend seit Neueschtem deine Falten mit Fett und Zucker glatt?«, zickt sie mich an und wendet sich wieder ihrem Gigolo zu.

»Besser ein paar Pölsterchen als …«, beginne ich, doch dann ziehen die zwei Tortenstücke, die soeben auf dem Tisch abgestellt werden, all meine Aufmerksamkeit auf sich. Kurz schaue ich zu Mutter, die mit hochgezogenen Augenbrauen meinen Angriff erwartet, dann wieder zurück zu den Leckereien vor mir. Und ich entscheide mich für Letztere. Man muss eben Prioritäten setzen, und außerdem droht Unterzuckerung.

Achselzuckend greife ich nach der Gabel, schiebe den ersten Bissen der Schwarzwälder Kirschtorte in den Mund und genieße das Aroma des Obstbrands auf meiner Zunge. Etwas süßer als unser Selbstgebrannter. Meine Gedanken wandern zu Vaters Kirschmaische, von dort zu Öchsles Rotweinmaische und da fällt mir etwas ein.

»Du, Alfa, an der Reblausführung, wo mir den Öchsle im Keller g'fonda henn, wo war denn do der Benni den Tag über?«

»Also morgens war er mit beim Lesa«, antwortet Mutter statt Alfa und berichtet, dass der junge Mann um zwölf auf den Hof gefahren ist, um für alle Erntehelfer das Mittagsvesper zu holen.

»Si, ma in die Nachmittage er arbeite auf Cantina«, ergänzt Alfa.

»In welcher Kantine?«

»Cantina heißt Weingut!«, erklärt Mutter.

Wieso kann die auf einmal Italienisch?

»Ich weiß, was ›Cantina‹ heißt!«, erwidere ich trotzig und wende mich wieder Alfa zu. »Ond was hat er g'macht?«

»Er bereite la Macchina für Traube.«

»Er hat die Raspel für die Trauben vorbereitet.«

»Mutter! Schaffsch du als Simultanübersetzerin, oder was?«

Sie blickt beleidigt auf die Straße hinaus.

Goht die Fenschterguckerei jetzt do weiter?

»War der Benni dr ganze Tag uffem Hof?«, möchte ich von Alfa wissen.

»Si, wenn isch vorbereite Degustazione in Keller, er komme schnella von die Treppe unten bis oben.«

Aha, nun wird's interessant!

»Er isch schnell aus em Fasskeller nach oba g'rennt?«

»Dr Angelo hat's doch grad g'sagt!«

Ich beachte Mutter nicht und hake bei Alfa nach: »Und dann?«

»Dann grande entusiasmo per Edmondo. E non so nient'altro. Isch wisse nix mehr …«

Ich blicke zu Mutter, die hat jedoch keine Zeit mehr zu übersetzen, weil sie sich um Alfa kümmern muss, der emotional angegriffen scheint und sich aufgeregt bekreuzigt. Sie schaut mich böse an. Aber ich kann mir selbst zusammenreimen, dass Alfa in dem großen Durcheinander, das Öchsles Tod angerichtet hat, nicht mehr alles auf die Reihe bringt.

Während Mutter leise auf ihn einredet und ihm immer wieder den Arm tätschelt, widme ich mich in Ruhe meinen Tortenstücken. Mein Zuckerspiegel steigt stetig, und ich fühle mich viel besser. Vielleicht kommt mir auch deshalb wieder die Schreibtischszene bei Lauer in den Sinn. Nicht nur, dass es peinlich war, auf der Holzplatte zu landen, es hat zudem ganz schön wehgetan. Als Erinnerung bleiben mir bestimmt ein paar Hämatome. Und das mit dem Lineal an meinem Hals war richtig knapp. Beim Gedanken daran, wie es Lauers Schemel unter mir weggehauen hat, muss ich allerdings lächeln. Der ist locker ein paar Meter über den Boden geschlittert und gegen die Wand geknallt. Hoffentlich ist er heil geblieben. Nicht dass der Kommissar noch Schadensersatz fordert.

Ich schiebe ein weiteres Stück Schwarzwälder in den Mund und genieße die Kombination aus Biskuitteig, Sahne, Frucht und besonders den Schuss Kirschwasser. Eine Wellnessbehandlung für meine Nerven und anscheinend ebenfalls für mein Gehirn, denn beim Gedanken an den Schemel macht es klick, und meine Synapsen melden einen Treffer.

Bevor ich den Gedanken allerdings richtig fassen kann, verkündet Mutter unseren Aufbruch: »Zahla, bitte!«

»Alles zusammen?«, fragt die heraneilende Kellnerin mit einem Blick in die Runde.

»Ja!« – »Nein!«, antworten Mutter und ich gleichzeitig.

Alfa enthält sich der Stimme und starrt geflissentlich aus dem Fenster.

»Du zahlsch! Wägga dir bin ich hier!«, blafft Mutter, und ihr Tonfall duldet keinen Widerspruch.

Ich zücke wohl oder übel den Geldbeutel. »Dann halt zamma.«

Als wir das Café verlassen, hält uns Alfa galant die Tür auf.

»Wann fährt denn dein Bus?«, erkundige ich mich, weil ich weiß, dass er kein Auto hat.

Soviel ich weiß, hat er nicht einmal einen Führerschein, ist jedoch ein bekennender Alfa-Romeo-Fan, was ihm seinen Spitznamen eingebracht hat.

Mutter schaut auf ihre Armbanduhr. »En zwanzig Minudda«, antwortet sie wieder an Alfas Stelle. »Aber natürlich nehmen wir den Angelo im Auto mit, gell, Angelo?«

»Gracie mille, Barbarella«, schmalzt Alfa zurück, bevor ich etwas sagen kann, und reicht der Barbarella seinen Arm.

Die hakt sich unter und die beiden flanieren vor mir her in Richtung Parkhaus. Sie auf ihren fliederfarbenen Waffen im passenden Kleidchen und er in schwarzer Bundfaltenhose, weißem Hemd und dunkelgrauem Sakko mit Nadelstreifen. Bonnie and Clyde.

KAPITEL 5

An einem Samstag Ende September

Endlich Wochenende! Ich sitze mit dem BMVÄ gemütlich auf der Terrasse. Das schöne Wetter hält an und wir genießen unser samstägliches Frühstück in der Morgensonne. Der BMVÄ hat beim Bäcker frische Brezeln geholt, und ich bestreiche eine davon dick mit Butter. Herrlich!

Von der Straße dringt der Knall einer zuschlagenden Autotür zu uns herüber, und kurz darauf tauchen Tom und seine Freundin Lotta um die Ecke auf.

»Au, do kommed mir grad richtig!« Unser Sohn grinst und gibt mir einen schnellen Kuss auf die Wange.

»Hallo!«, grüßt Lotta in die Runde und setzt sich neben den BMVÄ.

Tom verschwindet im Haus und kehrt mit zwei Tassen Kaffee zurück. Er und seine Freundin greifen beim Essen herzhaft zu, und der BMVÄ und ich sind froh, dass wir unsere Brezelration bereits gesichert haben. Unser Langschläfer Simon wird heute wohl leer ausgehen. Unser Ältester erklärt kauend, dass sie ein paar Sachen aus seinem Zimmer holen wollen, alles andere haben sie bereits in ihre neue Studentenbude in Stuttgart gebracht. Gemeinsam beginnen sie ein Architekturstudium und müssen in einer Vierer-WG auf engstem Raum miteinander zurechtkommen. Hoffentlich halten die beiden das aus.

»Mutti!«, reißt mich Tom aus meinen Gedanken.

»Was?«

»I hab g'frogt, wie dir unser Musik uffem Hoffescht g'falla hat.«

Ich muss erst überlegen, erinnere mich jedoch schließlich an die Tanzorgie von Kälble und Erika. Ich lobe meinen Nachwuchs, vor allem für seine Bass-Soli. Da hat sich der jahrelange Musikunterricht gelohnt, und Tom wird sich neben dem Studium mit der Musik etwas Geld verdienen können. Wir kommen auf Benni zu sprechen, den Tom auf dem Hoffest kennengelernt hat und der ebenfalls in der Landeshauptstadt ein Studium beginnen möchte.

»Wie findesch den so?«, erkundige ich mich, nicht ohne Hintergedanken.

»Okay, so weit«, antwortet Tom schmatzend und schluckt die Reste seiner dritten Brezel herunter.

Das macht mich hellhörig.

»So weit?«

Daraufhin berichtet er, dass der Benni am Hoffest schon recht fleißig gewesen sei, ihm aber komische Fragen zum Öchsle und dessen Kumpels gestellt habe, die Tom allerdings nicht beantworten konnte. Er greift nach der vierten Brezel.

Wo tut der des älles na?

Der BMVÄ bestätigt Toms Eindruck. Bei ihm habe sich der junge Mann erkundigt, ob er den Jürgen Leibinger näher kennen würde. Wie man seinen Bänker halt kennt, habe er geantwortet und dass er mit ihm zusammen sportelt. Der Benni wollte ihn weiter aushorchen, doch Öchsle habe ihn dann zum Weinprobierstand beordert.

»Henn ihr eigentlich au dem Benni sein Weichmacher probiert?« Tom schaut uns grinsend an.

Ich nicke, der BMVÄ sieht mich fragend an.

»Ein Teufelszeug!«, sag ich nur.

»Damit hat der Benni den Weller und den Gips an der Bar systematisch abg'füllt.« Tom grinst. »Kaum war ein

Glas leer, schon stand 's nächschte auf em Tresen. Die zwei henn des Zeug runterg'schüttet wie Milch!«

Wie das ausgegangen ist, habe ich selbst miterlebt.

»Ja, aber vorher hat der Benni die beiden ins Kreuzverhör genommen«, meldet sich Lotta lachend zu Wort.

Gutes Mädle! Wenn se no meh Schwäbisch schwätza dät!

»Was hat er denn wissa wella?«, hake ich nach.

»Das war etwas seltsam. Er hat sich erkundigt, was die Männer vor rund zwanzig Jahren gemacht haben, dabei stammt er doch gar nicht von hier und ist damals selbst noch in den Windeln gelegen. Die Herren waren aber so angetrunken, dass sie bereitwillig Auskunft gegeben haben.« Lotta schüttelt verständnislos den Kopf und kaut auf ihrer Brezel herum. »Sie haben sogar damit geprahlt, was für tolle Kerle sie damals alle waren, der Weller, der Gips, der Öchsle und der Leibinger. Alles, was nicht auf drei auf den Bäumen war, hätten sie vernascht.« Toms Freundin schnaubt missbilligend.

»Des kann ich mir lebhaft vorschtella, dass die jedem Rock nochg'schtiega senn«, brumme ich.

»Zumindest bis ihre Frauen ins Spiel kamen«, ergänzt Lotta. »Dann war's wohl aus mit den durchzechten Nächten in Stuttgart und Heilbronn. Aber die jährlichen Skiausfahrten inklusive Après-Ski hätten sie sich nicht nehmen lassen. Damit hat sich der Gips gebrüstet, und der Benni ist hellhörig geworden, vor allem als der Gips den Namen des Skiorts genannt hat, irgendein Kaff in den Tiroler Alpen … Axt-irgendwas.«

»Axamer Lizum vielleicht?«, rät der BMVÄ. »Da war ich als junger Kerl auch mal.«

»Ja, genau!«, bestätigt das Mädle freudig. »Dem Weller hat es offenbar gar nicht gepasst, dass der Gips so gesprächig war. Er hat seinem Kumpel mit dem Ellbogen in die

Seite gestoßen. Erst als der Weller aufs Klo verschwunden ist, hat der Gips noch erzählt, dass das alles schon ewig her sei. In seinem zweiten Ehejahr mit der Conny sei die Männerrunde dort das letzte Mal zum Skifahren gewesen.«

Das müsste etwa fünfzehn Jahre her sein, kombiniere ich messerscharf.

»Zurück von der Toilette hat der Weller mitgekriegt, dass der Gips immer noch von damals erzählt, und hat dem Gespräch ein handfestes Ende gesetzt.«

»Ja, das war eine filmreife Szene«, mischt sich nun Tom ein. »Der hat den Gips am Kragen packt und ihn anblafft, er solle endlich 's Maul halta. Der Benni wollte dann uff den Weller los, und fascht hätte es a Schlägerei gäbba, aber der Öchsle isch dazwischa. Daraufhin isch der Benni völlig ausgetickt. Er hat die drei lauthals beschimpft, sie dädet doch alle unter einer Decke stecka und sie könnten von ihm aus alle verrecka!«

»Ich glaube, der hat das nicht ernst gemeint.« Lotta blickt betreten in die Runde. »Vielleicht hat er selbst zu viel Weichmacher erwischt.«

»Denkbar«, »womöglich«, »kann sei«, murmeln wir der Reihe nach und müssen die Informationen erst mal sacken lassen.

Als Tom und Lotta ins Haus gehen, um die restlichen Sachen für ihre WG zusammenzutragen, und der BMVÄ für Simon, der endlich aufgestanden ist, noch mal zum Bäcker geht, um frische Brezeln zu holen, befülle ich die Spülmaschine und lasse Revue passieren, was ich am Frühstückstisch gehört habe. Ich kann es drehen und wenden, wie ich will, der Benni rückt in den Fokus meiner Ermittlungen. Schnell greife ich nach einem Notizzettel und halte meine Gedanken fest:

1. Benni am Hoffest auffällig, beobachtet die Männer der Hautevolee, horcht sie aus, füllt sie ab, Streit!

2. Stecken die Kumpels alle unter einer Decke? Auch Schwarzbrenner beim Kraut?

3. Haben sie sich wegen Benni an Öchsles Beerdigung in die Haare gekriegt?

4. Alfa sieht Benni am Tattag im Keller. Um wie viel Uhr? Öchsle auch unten? Streit?!

5. Hat der Benni was mit der Checky?

Ich muss unbedingt mit dem Lauer telefonieren und ihm mitteilen, dass ich ihm einen im höchsten Maße Tatverdächtigen im Mordfall Edmund Kraut präsentieren kann. In dem Moment fällt mir ein, dass ebenfalls einiges gegen die Checky spricht. Ich nehme einen neuen Zettel zur Hand und notiere:

1. Lauer an seine Aufgaben erinnern!

2. Klären, was aus Checkys Hotelprojekt wurde!

3. Klären, warum Immobiliensuche im Internet? Hat sie ein neues Projekt?

4. Klären Notartermin - wann? Testament geändert?

Zwei dringend Tatverdächtige. Womöglich haben sie das Ding gemeinsam gedreht?

Nadierlich! So wird's sei! Des muss der Lauer unbedingt wissa!

Aufgeregt greife ich zum Telefon. Doch der Herr Kommissar geht nicht ran. Kein Anrufbeantworter springt an, und zur Zentrale werde ich nicht weitergeleitet. Streiken die auf dem Präsidium, oder was? Das muss doch auch an

einem Samstag besetzt sein – von irgendjemandem! Und
Lauers Handynummer kenne ich nicht – im Gegensatz zu
Alfa! Heiligsbimbam!

KAPITEL 6

An einem Sonntag Ende September

Am folgenden Tag gibt das Wetter erneut sein Bestes und erreicht die Fünfundzwanziggradmarke. Da soll einer behaupten, es gebe keine Klimaveränderung! Den BMVÄ, ein Wanderer vor dem Herrn, hält es heute nicht im Haus. Unsere Terrasse, die ich ihm hoffnungsvoll als Alternative zu einer Tour vorgeschlagen habe, ist keine Option für ihn. Gleich nach dem Frühstück will er den Sonntag auf Schusters Rappen verbringen, und zwar an meiner Seite. Er schlägt vor, zum Feuersee im Hardtwald zu laufen. Spinnt der? Hin und zurück zwanzig Kilometer! Im Läba net! Ich handle ihn auf einen Spaziergang vom Waldparkplatz zum See herunter, und da er rumzickt, erhöhe ich um ein anschließendes Abendessen im Jägerhof. Das wird akzeptiert, und wir machen uns mit dem Auto auf den Weg.

Auf dem Parkplatz im Rohrbachtäle stehen nur wenige Fahrzeuge, das wird sich allerdings spätestens um die Mittagszeit ändern, wenn es viele Eltern zu Hause nicht mehr aushalten und mit ihren quengeligen Kindern den Hardypfad besuchen werden. Wir schlendern den geteerten Weg zwischen Waldsaum und Wiesen entlang und genießen das schöne Wetter. Eine schrille Fahrradglocke lässt uns aufschrecken, und wir haben kaum Zeit, zur Seite zu springen, bevor der Radler schon an uns vorbeischießt.

»Seckel!«, schreit ihm der BMVÄ hinterher, und ich gebe ihm völlig recht.

Doch halt! War das nicht der Benni?

Wir sind keine fünfhundert Meter weitergelaufen, als wir wieder eine Fahrradklingel hören. Diesmal schon von Weitem.

Wir bilden ein Spalier, um den Radler durchzulassen, da hören wir ihn schon rufen: »Ach, Familie Nägele! Auch unterwegs?«

»Griaß de, Jürgen!«, erwidert der BMVÄ ebenso laut, noch bevor ich den Bankchef in seinen bunten Fahrradklamotten und einem neonfarbenen Radhelm erkenne.

Leibinger hat es offenbar ebenfalls eilig und rauscht mit einem kurzen Kopfnicken zwischen uns hindurch, ohne das Tempo zu drosseln. Kurz darauf sehe ich seinen Helm rechter Hand durch die Bäume schimmern. Offensichtlich hat er den Weg zur Benninger Hütte eingeschlagen. Von dort führen allerdings nur Trampelpfade weiter und ich frage mich, wie der mit seinem Rennrad weiterkommen will. Und falls er auf ein erfrischendes Getränk dort hofft, wird er ebenfalls enttäuscht werden, denn die Hütte ist aktuell nicht bewirtschaftet. Doch das soll alles nicht meine Sorge sein.

Als wir die Abzweigung zum Benninger See erreicht haben, kommt der Revierförster mit seinem Vierbeiner durch den Wald gestapft. Ich gehe hinter dem BMVÄ in Deckung, denn ich hab's nicht so mit Hunden. Ich hoffe, wir beschränken uns auf einen kurzen Gruß und ziehen weiter, aber der BMVÄ ist ein großer Naturliebhaber und vertieft sich mit dem Fachmann in einen längeren Diskurs über Borkenkäfer, Seidenspinnerraupen und den aktuellen Wassermangel, unter denen auch unser Hardtwald zu leiden hat. Bei den Auswirkungen der globalen Erderwärmung auf unseren heimischen Forst und die Feldversuche zu geeigneten Standorten für bestimmte Baumarten steige ich schließlich aus dem Gespräch aus, bedeute dem BMVÄ mit knappen Gesten, dass ich vorlaufe und wir uns weiter oben am Feuersee treffen werden. Er nickt nur und widmet sich wieder dem Fachsimpeln.

Eigentlich führt der Weg zum Feuersee geradeaus, aber die Benninger Hütte zieht mich magisch an. Womöglich hat sich der Leibinger verfahren und ich muss ihm wieder auf den rechten Pfad helfen? Ich biege kurzerhand nach rechts ab, wo der schmale Weg dem Ufer folgt. Schon von Weitem erkenne ich Leibingers Fahrrad, das an der Hüttenwand lehnt. Am Lenker hängt der leuchtende Helm. Ein zweiter Drahtesel, der direkt danebensteht, weckt meine Aufmerksamkeit. Gehört er der Rosi? Oder hat der Bankchef womöglich auch einen Kurschatten? Das würde ich doch zu gerne wissen, deshalb versuche ich, mich unauffällig heranzupirschen.

Ich gehe hinter der Wildhecke in Deckung, die sich zwischen Weg und Seeufer entlangzieht. An deren Ende schleiche ich geduckt hinter einen Stapel Holz und äuge vorsichtig ums Eck. Leibinger sitzt auf einer Bank am Wasser. Von meinem Beobachtungspunkt aus kann ich ihn nur von hinten sehen. Eine zweite Person neben ihm wird von Riedgras verdeckt, das sich großflächig am Ufer ausgebreitet hat. Nur ab und zu blitzen violette Stofffetzen zwischen den Halmen hervor. Leider bekomme ich nicht mit, was gesprochen wird, ich muss also unbedingt näher ran. Zwischen Holzstapel und Riedgras erstrecken sich etwa zwanzig Meter Wiese, die ich unbemerkt überwinden muss. Auf Zehenspitzen tripple ich so schnell wie möglich vorwärts, was sich in Wanderschuhen nicht ganz einfach gestaltet. Meine Bemühungen finden schnell ein Ende, denn bereits nach wenigen Schritten versinke ich knöcheltief im Morast. Na super! Matschbrühe läuft ungehindert in meine Schuhe, und ich wate mühsam weiter. Hoffentlich sind die beiden Zielpersonen derart in ihr Gespräch vertieft, dass sie die kleinen Schmatzgeräusche nicht hören, die ich mit jedem Schritt verursache.

»Es hat mir einfach keine Ruhe gelassen«, höre ich nun Leibingers Stimme. »So hübsch ...«

Macht der gerade jemandem eine Liebeserklärung? In dem Fall sitzt definitiv nicht die Rosi neben ihm. Ob er sich mit einer Affäre an seiner untreuen Gattin rächen will?

Nur noch wenige Schritte, dann habe ich das hohe Ried-gras erreicht, doch plötzlich dreht sich der Leibinger um und ich hechte mit einem Sprung in Deckung. Gut, hech-ten kann man es nicht gerade nennen. Denn da meine Füße im Schlamm stecken, komme ich gar nicht erst in die Höhe. Vielmehr lass ich mich einfach auf die Wiese fallen und liege bäuchlings im Matsch. Hoffentlich gibt es hier keine Blut-egel, hoffe ich inständig, und kurz schüttele ich mich vor Ekel. Aber dann fällt mir Rocky Stallone ein, der sich in einem seiner Filme mit Nadel und Faden eine Wunde selbst zusammengeflickt hat. Da werde ich doch wohl noch ein bisschen im Schlamm rumliegen können. Mit oder ohne Blutegel!

Und mein Einsatz lohnt sich, denn von meiner jetzigen Position aus habe ich beide Zielpersonen im Blick. Von wegen Loverin! Es ist ein Lover, und zwar niemand Gerin-gerer als Benni, der smarte Österreicher, der vorhin recht rücksichtslos an uns vorbeigeprescht ist. Offenbar hatten es die beiden so eilig, weil sie hier ein Date haben. Also dass der Leibinger ... äh ... auf andere Männer ... G'schieht dr Rosi recht!

In dem Moment wird mir klar, dass der Benni dann wohl auch nichts mit der Checky am Laufen hat und ich wohl oder übel meinen Aufschrieb korrigieren muss, bevor ich mit dem Lauer spreche. Nur schade, dass ich das Gespräch nicht von Anfang an mitverfolgen konnte …

»Mit dem Öchsle hab ich ja auch schon rumg'macht«, höre ich Benni murmeln.

Was? Der Öchsle war au vom andera Ufer?

»Hast du mit ihm gestritten und ihn in seiner Maische …?« Leibinger gerät ins Stocken.

Wie jetzt, der Benni hat den Öchsle ums Eck gebracht, um der Beziehung ein Ende zu setzen? Entsetzt entfährt mir ein kleiner Schrei, und ich halte mir schnell den Mund zu. Die Matschbrühe, die ich mir dabei mit der schmutzigen Hand im Gesicht verschmiere, muss ich in Kauf nehmen.

»Wer behauptet denn so was?«, will Benni empört wissen.

Zum Glück haben die beiden Männer nichts von meinem inneren Aufruhr mitgekriegt.

»Der Gips«, antwortet der Leibinger.

»Geh, spinnt der? Des war ich doch ned! Warum sollte ich? Der Öchsle war a netter Kerl. Ich hab mich gut mit dem verstanden. Aber er wollt mit der alten G'schicht nicht rausrücken. Er hat nur g'meint, du wüsstest mehr. Und jetzt is er tot, und du tust gut dran, den Mund aufzumachen, sonst könnt's sein, dass ich a bisserl mit der Rosi red'n muss. Auf geht's, ich will wissen, wie dös war!«

Das will ich allerdings auch. Es dauert zwar eine Weile, bis der Herr Bankchef unserem Wunsch nachkommt, doch schließlich fängt er zögernd an zu berichten, dass der Weller, der Öchsle, der Gips und er seit frühester Jugend Kumpels sind. Das ist nun nichts Neues für mich, das weiß der ganze Ort. Dass sie regelmäßig beim Skifahren in der Axamer Lizum waren, ist mir ebenfalls hinlänglich bekannt. Aber dann wird es interessant, denn Leibinger erzählt von ihrem allerletzten Skiwochenende vor etwa fünfzehn Jahren. Am letzten Tag war am späten Nachmittag ein starker Eisregen niedergegangen und sie hatten auf der Piste gefroren. Wie üblich war das Quartett nach der Talabfahrt zum Après-Ski eingekehrt, wo etliche Gläschen Glühwein, Whiskey und Zirbenschnaps sie wieder aufwärmen sollten. Außerdem stand die Rückreise bevor, und der Männerurlaub musste abschließend mit ausreichend Alkohol begossen werden. Die Freunde hatten schließlich bis drei Uhr morgens gefeiert, bis sie vom Chef aus der Kneipe hinausgeworfen wurden. Öchsle sollte sie alle mit seinem Auto zurück zum Hotel fahren.

»Ihr wart's alle stockbesoffen. Warum wolltet's ihr noch fahren?«, wirft Benni ärgerlich ein.

»Weil wir gar nicht mehr laufen hätten können. Schon gar nicht bei der Eisglätte.«

Benni schüttelt missbilligend den Kopf.

Leibinger starrt auf den Boden vor sich. »Der Öchsle musste vor der Abfahrt noch aufs Klo und hat dem Rolf Weller die Schlüssel in die Hand gedrückt, damit wir uns schon in den Wagen setzen konnten. Das haben wir auch gemacht, aber weil der Öchsle so lang gebraucht hat, sind wir auf die Schnapsidee gekommen, ihm einen Streich zu spielen und ohne ihn loszufahren. Wir haben uns so darüber amüsiert, wie dumm der Öchsle dreinschauen würde, wenn wir mitsamt seinem Auto weg wären! Also hat sich der Rolf vom Beifahrersitz auf den Fahrersitz gezwängt, was bei seiner Größe nicht einfach war, das kannst du mir glauben! Und ich bin dafür von der Rückbank nach vorne gekrabbelt!«

Kerle, wen interessiert denn euere Choreografie im Auto! Mach nohre, ich lieg do in dr Pfütze!

»Der Rolf hat den Wagen ganze drei Mal abgewürgt!« Leibinger entfährt ein amüsiertes Glucksen, er besinnt sich dann aber und fährt mit einer seltsam tonlosen Stimme fort: »Schließlich ist er mit quietschenden Reifen vom Parkplatz gebraust. Wir haben trotz unseres Pegels sofort gemerkt, dass die Straße ziemlich glatt war, doch der Rolf hat sich einen Spaß draus gemacht, die Hinterräder ausbrechen zu lassen und in die Kurven zu schlittern.« Er macht eine Pause und lässt den Blick übers Wasser schweifen. »Als wir den Ort hinter uns gelassen haben, ist im Scheinwerferlicht auf dem rechten Gehweg plötzlich eine junge Frau aufgetaucht. Es war die Maria, die Bedienung aus der Après-Ski-Kneipe, die kurz vorher mit uns das Lokal verlassen hat.«

»Hast du die näher gekannt?«, fragt Benni harsch.

Oho, spür ich da negative Schwingungen zwischen den beiden aufkeimen?

»Was heißt näher? Sie hatte mehrere Jahre hintereinander in der Kneipe gearbeitet, als wir dort waren. Man hat das eine oder andere Wort gewechselt. Hübsch war sie, aber mehr hab ich mich nicht mit ihr beschäftigt …«

»Erzähl weiter!«, blafft der junge Österreicher.

Kann es sein, dass die zwei Kerle doch nichts mitnander henn?

Leibinger seufzt und erzählt mit hängenden Schultern: »Wir haben sie gleich an ihren hochgesteckten Haaren erkannt. Der Rolf wollte sie beeindrucken, hat vor der nächsten Linkskurve das Gaspedal durchgedrückt und den Motor aufheulen lassen. Die Maria hat sich erschreckt umgedreht, aber …«

»Aber was?«, schreit Benni.

Au, die liebevollschte Beziehung haben die zwei wohl nicht. Falls sie überhaupt eine haben …

»Mann, es war glatt auf der Straße! Der Eisregen. Die Karre ist mit Karacho geradeaus gerutscht … direkt auf die Maria zu.« Leibinger beginnt zu schluchzen.

Ach Herrjemine! Ich spüre, wie sich ein Kloß in meiner Kehle bildet.

»Jetzt kommt das große Elend, was?«, zischt der Benni böse.

»Nein, nicht jetzt erst. Jede Nacht sehe ich ihre aufgerissenen Augen und ihren entsetzten Blick.«

Es folgt eine unheimliche Stille, die nur ab und zu durch Leibinger unterbrochen wird, der in ein Taschentuch schnieft.

»Warum habt's ihr der Maria net g'holfen?«, will sein Gegenüber schließlich wissen.

»Das wollten wir ja!«, schluchzt Leibinger. »Doch Maria war den Abhang hinuntergeschleudert worden. Ohne Hilfsmittel wären wir bei der Glätte und in der Dunkelheit gar nicht zu ihr hinuntergelangt! Wir haben lange diskutiert, was wir tun sollen. Schließlich hat uns der Öchsle eingeholt; der hatte sich zu Fuß auf den Weg gemacht. Er bestand darauf, sofort die Polizei zu rufen. Ich hatte schon das Handy griffbereit, aber der Gips hat es mir aus der Hand geschlagen und uns angeschrien, ob uns klar wäre, was wir aufs Spiel setzen! Ich sollte gerade zum Bankchef befördert werden, der Rolf strebte einen Gemeinderatsposten an, der Öchsle sollte von seinem alten Herrn den Hof überschrieben bekommen und er, der Gips, fürchtete um den Ruf seiner Firma. Es ging um unsere Leben!«

Benni schnaubt und bedenkt seinen Sitznachbarn mit einem abschätzigen Seitenblick.

»Der Öchsle wollte trotzdem den Abhang hinunterklettern, um nach Maria zu sehen«, beeilte sich der Bankchef zu beteuern. »Der Rolf hat ihn daran gehindert. ›Weisch du, wie weit's do nonder goht? Des überlebt keiner!‹«

»Und dann seid ihr geflohen wie feige Ratten!«

»Wir haben wirklich mit uns gerungen und sogar darüber gestritten.« Leibinger schaut nachdenklich zum Horizont. »Aber ja, du hast recht. Am Ende haben wir Gips nachgegeben und sind ins Hotel gefahren.«

Mir fährt ein eiskalter Schauer über den Rücken. Ob die schreckliche Geschichte schuld daran ist oder der kalte Matsch, in dem ich liege, kann ich nicht sagen.

»Am nächsten Tag sind wir früh morgens auf dem Heimweg an der Unfallstelle vorbeigekommen. Polizeiautos, Feuerwehr, Krankenwagen … Es war verdammt viel los, wir konnten jedoch unbehelligt weiterfahren«, murmelt Leibinger. »Auch danach hat sich niemand bei uns gemeldet. Wir hatten Glück …«

»Glück?«, schreit Benni und springt auf. »Ihr habt sie getötet!«

Der Bankchef zuckt erschrocken zusammen, erwidert jedoch kein Wort. Es entsteht eine längere Gesprächspause, und ich presse meine dreckige Hand wieder auf den Mund, um meinen Drang zu unterdrücken, den herzlosen Mistkerl anzuschreien.

»Und ihr lebt euer schickes Leben und habt nicht mal einen Hauch eines schlechten Gewissens!« Benni baut sich vor Leibinger auf, die Fäuste an der Seite geballt.

Gleich springt er dem Leibinger an die Kehle, denk ich mir.

»Das stimmt nicht!«, entgegnet der, nun etwas lauter. »Ja, wir haben Stillschweigen vereinbart und wollten den Unfall ein für alle Mal vergessen. Das mag bei den anderen drei funktioniert haben, aber ich konnte es nicht vergessen! Marias entsetzte Augen haben mich verfolgt, also habe ich recherchiert.« Er starrt Benni an. »Ich hatte wirklich gehofft, dass die Maria noch lebt …«, stammelt er.

»Würde sie, wenn man sie schnell geborgen hätte!« Benni bebt vor Wut. »Wenn *ihr* ihr geholfen hättet! Ihr habt sie verletzt erfrieren lassen!«

Leibinger fängt hemmungslos an zu weinen, und Benni wendet sich angewidert ab.

»Dieses Wissen plagt mich jeden einzelnen Tag, das musst du mir glauben«, ergreift der Bankchef mit zittriger Stimme das Wort, den Blick starr auf Bennis Rücken gerichtet. »Schließlich hab ich Marias Adresse herausgefunden und erfahren, dass sie alleinerziehende Mutter eines kleinen Jungen war. Das hat mich vollends umgehauen! Ich wollte mich um das Kind kümmern, wenn ich für sie schon nichts mehr tun konnte. Ich hab für den Buben ein Treuhandkonto eingerichtet und jeden Monat was eingezahlt!«

Gugg na, der Leibinger!

»Das ist keine Absolution, aber ich rechne dir das an«, brummt Benni und dreht sich wieder Leibinger zu. »Wenigstens einem war Marias Schicksal nicht völlig gleichgültig.«

»Aber sag mal«, wundert sich der Leibinger jetzt, »wieso weißt du denn von der Geschichte? Wie hast du davon erfahren? Und was geht es dich eigentlich an?« Der Leibinger strafft den Rücken und sieht Benni herausfordernd an.

Das ist nun aber wirklich eine gute Frage! Ich gehe auf die Knie und krabble ein paar Zentimeter weiter nach vorn, um ja nichts zu verpassen.

»Woher ich von dem Konto und der Maria weiß?« Benni hält inne, und ich zapple vor Anspannung in meiner Matschsuhle herum. Schließlich fährt er fort: »Ich bin ...«

Doch bevor er den Satz beenden kann, wird er von lautem Hundegebell unterbrochen. Erschrocken schau ich mich um und entdecke den Hund des Försters. Mit großen Sätzen hetzt das Tier den Weg entlang, nimmt eine Abkürzung durch die Wildhecke und jagt wie der Zerberus mit gefletschten Zähnen direkt auf mich zu. Entsetzt springe ich auf und renne, so schnell mich die verschlammten Wanderschuhe tragen, in Richtung Benninger Hütte. Meine Deckung ist mir völlig egal. Jetzt gilt es, meine Haut zu retten!

An der Hütte angekommen, greife ich nach Leibingers neonfarbenem Fahrradhelm und wedle damit wie mit einem Leuchtsignal in der Luft herum, in der Hoffnung, den Hund damit zu blenden. Oder mir zumindest vom Leib zu halten. Da höre ich ein scharfes Kommando des Försters, und das Tier bleibt nicht nur von einer Sekunde auf die andere stehen, sondern hört sofort auf zu kläffen. Mit dem Rücken zur Wand blicke ich in lachende Gesichter. Nur der Hund lacht nicht. Ich auch nicht. Dafür rennt der BMVÄ zu mir herüber. Er weiß um meine Angst vor Hunden und nimmt mich ungeachtet meiner matschverschmierten Kleider in den Arm. Es dauert eine Weile, bis sich mein Zittern gelegt hat und der BMVÄ Leibingers Fahrradhelm aus meinen verkrampften Fingern lösen kann. Er hängt ihn zwar an den falschen Lenker zurück, aber das ist mir momentan so was von egal.

Ich ergreife seine Hand und wir gehen mit gehörigem Abstand am Förster und seinem Rauhaardackel vorbei. Leibinger und Benni haben sich von der Bank nicht wegbewegt, und ich nicke ihnen kurz zu. Das Grinsen in ihren Gesichtern weicht einem fragenden Ausdruck. Sicherlich überlegen sie krampfhaft, was die ausgezeichnete, überaus erfahrene und taktisch klug handelnde Ermittlerin Elvira Nägele unter Einsatz ihres Lebens – na ja, ihrer Kleidung – von ihrem Gespräch mitbekommen hat. Einiges, liebe Männer, einiges! Und wenn der dackelhafte Dackel vom Förster nicht dazwischen gegrätscht wäre, dann … Ja, was dann wäre, weiß ich auch nicht so recht, allerdings beschleicht mich das Gefühl, dass der letzte Satz von Benni entscheidend zu meiner Erleuchtung beigetragen hätte. Inwiefern, das wird sich noch herausstellen. Aber eins ist klar: Ein Liebespaar sind der Benni und der Leibinger nicht.

KAPITEL 7

An einem Mittwoch Anfang Oktober

Unser Mädelsabend wäre eigentlich erst am Freitag, aber Waltraud hat für heute eine Sondersitzung anberaumt. Mitten in der Woche. Und auch nicht um acht wie sonst, sondern am frühen, helllichten Abend, weil Erika anschließend noch zu einer anderen Verabredung muss. Zu welcher, hat sie Waltraud nicht gesagt. Und Waltraud wollte uns nicht verraten, warum wir uns außerhalb der Reihe treffen. Vielleicht hat es mit der pharmazeutischen Fortbildung zu tun, an der sie übers Wochenende teilgenommen hat? Womöglich hat sie endlich jemanden kennengelernt und will ihr Glück umgehend mit uns teilen?

Gerade als ich nach der Klinke greife, um das Haus zu verlassen, schellt die Klingel und ich springe vor Schreck zurück. Als ich die Tür öffne, grinst mich Benni mit österreichischem Schmäh an. Ein hübscher Kerl, denk ich im ersten Moment, ein Tatverdächtiger im zweiten.

Da wir nur uns nur anstarren, ergreife schließlich ich das Wort. »Du ... also ... do im Wald«, murmle ich ein wenig gehemmt, und das ist sonst ja nicht meine Art. »Des ... ich bin ganz zufällig ... nicht, dass ich gelauscht hätte ... eher aus Versehen ...« Schließlich reiße ich mich zusammen. »Also gut: Was isch do los, mit dir ond denne Herren Leibinger, Weller, Gips und Öchsle?«, erkundige ich mich im Ton einer ältlichen Grundschullehrerin. »Raus mit dr Sproch!«

»Ach, weißt, Elvira, das ist eine längere G'schicht, und ich möchte eigentlich nicht drüber red'n.«

»Aber ich!«

»Mir pressiert's a bisserl«, erwidert der junge Mann lässig mit einem Blick auf seine Handyuhr. »Doch eins kann ich dir sag'n, die vier Saubermänner hier am Ort haben ganz schön Dreck am Steck'n, und da g'hört einfach aufg'räumt. Wenn's sein muss auch mit drastischen Maßnahmen.«

Ich stemme mir trotzig die Hände in die Hüften. »Und wer nimmt das in die Hand? Du etwa?«

»Wenn's sein muss, ja! Aber jetzt ist erst mal der Simon dran.«

»Der Simon?« Ich bin entsetzt.

»Ja, Mutter, dein Sohn«, hör ich Simons Stimme hinter mir, bevor er sich an mir vorbei durch die Tür drückt.

»Tschüss!«, rufen die Jungs gleichzeitig und laufen zur Straße.

Mein mütterlicher Kriminalinstinkt meldet sich lautstark.

»Halt!«, schreie ich, und die zwei bleiben wie angewurzelt stehen. »Wo ganged ihr na?«

»Zum Hip-Hop. Wie jeden Mittwoch!«, blafft Simon genervt.

»Ach, der Benni au?«

»Ja, gnä' Frau«, antwortet der junge Mann keck. »Der Benni räumt nicht nur auf, er tanzt auch.«

Er und Simon grinsen sich an und suchen schnell das Weite.

»Älles klar ... bloß g'meint ... sicherheitshalber ...«, nuschle ich, schließe die Tür, hänge mein Jäckchen und meine Tasche an die Garderobe und wechsle meine Sneakers gegen meine Hausschuhe. Also dieser Benni! Ich muss unbedingt an dem dranbleiben! Vielleicht wissen meine Mädels was über ihn ... die Mädels! Natürlich! Ich war doch auf dem Weg zu unserem Treffen! Dieser Kerl hat mich so durcheinandergebracht, dass ich jetzt wieder in Hausschuhen im Flur stehe.

Schnell tausche ich sie wieder gegen die Sneakers ein, schnappe Jäckchen und Tasche vom Haken und mach mich auf den Weg zum Schwamm.

Der Schwamm ist das einzige Café am Ort und nicht ansatzweise ein Café. Waltraud, Erika und ich können uns nicht erklären, wie das Lokal zu seinem Namen gekommen ist, grundsätzlich ist es uns jedoch einerlei. Wir lieben das in die Jahre gekommene Interieur ebenso wie die schummrige Beleuchtung, die nicht von dimmbaren Leuchten herrührt, sondern von seit Jahrzehnten ungeputzten Lampenschirmen. Ja, Margit, die Wirtin, hat's nicht so mit dem Putzen. Sie ist halt auch keine Schwäbin.

Als ich den schweren, farblich undefinierbaren Vorhang zum Gastraum auseinander drücke, trällert mir Wencke Myhre ihr knallrotes Gummiboot entgegen. Und genau das ist es, warum wir Mädels dem Schwamm seit ewigen Zeiten die Treue halten: weil hier die schönsten Oldies und Schlager in Dauerschleife aus der Jukebox dröhnen.

Die Zahl der Gäste ist übersichtlich, wie an einem frühen Mittwochabend nicht anders zu erwarten. Waltraud und Erika sind noch nicht da, dafür spielen vier Rentner an einem Tisch Karten. Und in der Ecke, gleich bei der Theke, sitzt wie immer der Uhu. Er hat seinen Spitznamen vom gleichnamigen Kleber, denn, egal wann man das Lokal betritt, der Uhu klebt an seinem Platz, die Augen auf sein Weizenbierglas gerichtet.

Zielstrebig gehe ich zu unserem Stammplatz und gebe bei Margit gleich die Bestellung für eine Flasche Prosecco auf. Dafür muss ein Handzeichen reichen, denn *Marmor, Stein und Eisen bricht* aus der Jukebox übertönt alles. Während ich auf die Mädels warte, muss ich wieder daran denken, dass der höchstverdächtige Benni meinen kleinen Simon ins Schlepptau genommen hat. Na ja, so klein ist Simon zugegebenermaßen nicht mehr, immerhin besucht er die Oberstufe und wird demnächst volljährig. Ob er allerdings weiß, mit wem er sich da angefreundet hat? Nägele, ermahne ich mich umgehend. Mit wem denn eigentlich? Mit einem intelligenten jungen Mann aus Österreich. Allerdings, so ganz geheuer ist er mir doch nicht. Kommt der Arnold Schwarzenegger nicht ursprünglich auch aus Österreich? Doch, tatsächlich, aber dann wurde er zum Terminator …

Meine Überlegungen werden unterbrochen, als Margit den Prosecco an den Tisch bringt. Die Mädels hingegen lassen mich warten, deshalb bestelle ich von der mehr als übersichtlichen Speisekarte schon mal die Kartoffelpuffer. Die liefert ein Fertiggerichtanbieter, und das Apfelmus stammt aus dem Supermarkt. Man muss wissen: Margit hat es mit dem Kochen ebenso wenig wie mit dem Putzen. Die kulinarische Alternative zu den Kartoffelpuffern wären die Maultaschen, die zwar vom Metzger Weller kommen, aber es wäre jetzt das fünfte Mal in Folge, dass ich die hier esse. Und für das dritte Gericht, das Margit anbietet, den legendären »Schwamm«, ist mein Alkoholspiegel noch nicht hoch genug.

In dem Moment schießt Erika durch den Vorhang ins Lokal, rennt an mir vorbei und verschwindet in der Damentoilette.

»Das war knapp!«, seufzt sie, als sie sich kurze Zeit später neben mir auf den Stuhl fallen lässt.

Sie verdoppelt die Kartoffelpufferbestellung bei Margit und beginnt unaufgefordert, ohne Punkt und Komma von ihrem Arbeitstag zu berichten, bei dem ihr nicht einmal eine Pinkelpause vergönnt war. Erst als Margit die Teller vor uns abstellt, bietet sich die Gelegenheit, bei Erika nachzuhaken, ob sie wisse, warum Waltraud die Sondersitzung einberufen hat.

»Keine Ahnung!« Sie schaufelt eine Gabel Kartoffelpuffer nach der anderen in sich hinein.

Auch zum Essen ist Erika bislang wohl nicht gekommen, und Waschen, Schneiden und Legen macht offensichtlich hungrig.

»Hab no nix g'hett dr ganze Tag«, bestätigt meine Freundin und spült den letzten Bissen mit einem großen Schluck Prosecco runter.

Endlich bewegt sich der Vorhang wieder. Waltraud betritt den Raum und ist in allen Belangen nicht zu übersehen. Zu einem orange-rosa gemusterten Kleid trägt sie pinkfarbene Leggings, was ihr einen Hauch von Miss Piggy verleiht. Ich bin immer wieder fasziniert, was heutige Textilien alles aushalten. Zu den Klängen von *Tanze Samba mit mir* kommt sie mit tänzelnden Schritten und strahlend zu unserem Tisch.

»Neuer Lover?«, raune ich Erika zu, die zuckt jedoch nur mit den Schultern.

»Margit, bring noch ein Fläschchen Prosecco. Und Maultaschen!«, ruft Waltraud in Richtung Theke und bringt ihre Kurven auf dem Stuhl in eine bequeme Position. Das Gestell antwortet mit einem bedenklichen Quietschen. »Was haltet ihr vom Schwäbisch-Hällischen Landschwein?«, beginnt sie ohne lange Vorrede.

Da wir sie dümmlich anstarren, überdenkt sie wohl ihren unwillkürlichen Vortrag und erinnert sich daran, dass eine gelungene Abhandlung üblicherweise aus Einleitung, Hauptteil und Schluss besteht. Im Optimalfall begleitet von einem Glas Prosecco.

»Also, was ich sagen will ...«, ergänzt sie nach einem großen Schluck ihres Lieblingsgetränks. »Ich war am Wochenende in Schwäbisch Hall auf einem pharmazeutischen Fortbildungswochenende. Wie ich solche Veranstaltungen liebe!«

Das allerdings erzählt sie zum x-ten Mal, insofern ist diese Aussage wenig hilfreich.

»Nicht wegen der Informationen, die ich dort erhalte ...«, fährt sie fort.

Ich verdreh innerlich die Augen. Nadierlich, du Einserabiturientin, du weisch des älles sowieso scho.

»Vielmehr finden diese Veranstaltungen in der Regel in erstklassigen Hotels statt und das Essen ist ausgezeichnet«, betont Waltraud ein weiteres Mal.

Ihre ausführliche Schilderung der Speisekarte unterbrechen wir jedoch, weil wir auf die Liebesgeschichte gespannt sind. Vom lasierten Schweinebauch des Schwäbisch-Hällisch Landschweins an Trüffeljus schwenkt sie um auf den Bauernhof, den die Gruppe während des Rahmenprogramms besichtigt hat und auf dem neben Heilpflanzen die spezielle Schweinerasse gezüchtet wird, für die die Region bekannt ist.

»Auch schön, Waltraud. Aber wen hasch troffa?«, will ich ungeduldig wissen.

»Woher weißt du, dass ich jemanden getroffen hab?«, fragt sie irritiert.

»Intuition.«

»Natürlich, Elvira, die Superermittlerin, weiß wieder alles«, entgegnet sie pikiert. »In dem Fall brauch ich ja gar nix mehr zu sagen.« Beleidigt leert sie ihr Glas in einem Zug.

»Waltraud«, versucht Erika, die Stimmung wieder zu heben, »mir beide, die Elvira und ich, freuet uns doch, wenn du jemand troffa hasch, doch mir wissed natürlich nicht wen, und sind scho g'schpannt.«

Wir nicken Waltraud aufmunternd zu. Sie schenkt sich Prosecco nach und trinkt einen weiteren großen Schluck.

»Die Mäggi!«

Begeistert wandert ihr Blick zwischen Erika und mir hin und her. Wir teilen ihren Enthusiasmus jedoch nicht. Vielmehr entgleiten uns die Gesichtszüge. Geht denn jetzt alles drunter und drüber?

»Dem Weller sei Mäggi?« Ich schnappe nach Luft.

Waltraud nickt nachdrücklich.

Auf der Suche nach seelischer Unterstützung greife ich zur Prosecco-Flasche, aber die ist leer. Mit wilder Gestik ordere ich bei Margit Nachschub. Bis unsere Gläser wieder gefüllt sind, bleibt es still am Tisch.

»Die Mäggi und du?«, hake ich schließlich nach und forme mit den Fingern ein Herz.

Waltraud braucht eine Weile, bis sie kapiert, was ich andeute. »Äh ...«, stottert sie herum.

»Du, des isch doch völlig in Ordnung!«, sage ich schnell, um ihr unsere unerschütterliche Freundschaft zu versichern, komme, welches Geschlecht auch immer wolle. »Gell, Erika?« Ich versetze der dritten in unserem Bunde einen Stoß in die Rippen, und sie nickt schnell.

Da bricht Waltraud in helles Gelächter aus, und es dauert ziemlich lang, bis sich sie und ihr gesamter Körper wieder beruhigt haben. »Da seid ihr auf dem Holzweg«, gluckst sie und wischt sich die Tränen aus den Augenwinkeln. »Wenn ich was brauche, ist das ein Mann!«, betont sie, und ihr Blick lässt keine Zweifel zu.

»Warum erzählsch du dann von dr Mäggi?«, erkundigt sich Erika.

Endlich erfahren wir, dass Waltraud auf dem Bauernhof die Frau von Rolf Weller getroffen hat. Allerdings nicht so, wie wir denken. Ihr Körper beginnt wieder zu beben.

Ja, wir haben es nun kapiert und fordern sie zum Weiter-erzählen auf.

»Also wirklich getroffen hab ich die Mäggi nicht, aber ich hab sie auf dem Rundgang immer wieder gesehen, und ja, auch beobachtet. Und zwar unauffällig.«

»Du hasch dich ganz klein g'macht, dass mr dich net sieht, gell?«, frotzelt Erika über Waltrauds stattliche Figur, aber die zieht nur die Augenbrauen hoch.

»Die Mäggi war die ganze Zeit in Begleitung einer hüb-schen blonden Frau. Und wisst ihr, die haben so vertraut gewirkt.«

»Vielleicht kauft die Mäggi schon länger dort ein und kennt sie gut?«, bemühe ich mich um eine Erklärung.

»Den Gedanken hatte ich ebenfalls«, meint Waltraud. »Doch Händchenhalten und ein Abschiedskuss auf den Mund gehen wohl über eine Geschäftsbeziehung hinaus.«

»Ein Kuss?« Ich bin perplex.

»Ihre Schweschter?«, mutmaßt Erika.

»Nein«, mischt sich plötzlich Margit ein und stellt uns ein Schälchen Chips hin.

Irritiert blicken wir sie an. Selbst meinem ureigenen Ermittlerinstinkt ist entgangen, dass sich die Schwamm-Wirtin herangeschlichen hat.

»Die Mäggi hat keine Schwester. Hat sie mir mal auf der Intergastra in Stuttgart erzählt.«

»Wo?«

»Na, auf der Gastromesse. Da haben wir uns zufällig bei einer Kochvorführung getroffen und sind ins Gespräch gekommen«, erklärt Margit und setzt sich ungefragt zu uns. »Mäggi stammt aus 'nem Kaff bei Schwäbisch Hall. Ihre Familie hat dort einen Hof. Der Vater hat Mäggi schweren Herzens das Erbe zugestanden, nachdem sich kein weiteres Kind und schon gar kein Sohn mehr einstellen wollte. Doch als sie den Weller geheiratet hat, haben sich die Pläne zerschlagen, und nun steht die Zukunft des Hofs in den Sternen, und das macht der Mäggi arg zu schaffen. Wenn die Eltern nicht mehr können, wird wohl verkauft«, schließt Margit. »Noch ein Fläschchen?« Sie erhebt sich und geht zur Theke, um Nachschub zu holen.

Wir nicken ihr stumm hinterher und schauen uns dann verwundert an. Zwei wichtige Fragen tun sich auf. Warum ist uns das alles neu, obwohl Mäggi fast zwanzig Jahre am Ort lebt? Und ganz wichtig: Warum steht bei Margit nichts Besseres auf der Speisekarte, obwohl sie Kochvorführungen besucht?

KAPITEL 8

An einem Donnerstag Anfang Oktober

»So Barbarella, jetzt will ich aber nix meh höra, von wägga
›faul‹ und ›Machsch du jo doch net!‹« Mit einer gewissen
Genugtuung murmle ich vor mich hin, mitten im Pulk der
Sportler, die sich beim diesjährigen Bottwartal-Marathon
für die Walkingstrecke angemeldet haben. Ich habe mich
zwar erst auf den letzten Drücker entschlossen, doch ich
bin dabei! Da kann Mutter mich nicht mehr piesacken.

Der Sprecher zählt die letzten zehn Sekunden herunter,
und dann fällt der Startschuss. Mein nächster Gedanke ist,
dass es besser gewesen wäre, wenn alle Teilnehmer ihre
Walkingstöcke zu Hause gelassen hätten, denn nun findet
ein Stechen und Hauen statt, da wird's einem ganz anders.
Von allen Seiten rücken sie mir auf die Pelle, und auf dem
ersten Kilometer sehe ich keine Chance, mich in der Masse
vorzuarbeiten. Ich muss mir etwas einfallen lassen! Ganz
legal ist meine Taktik vielleicht nicht, aber effektiv. Ich setze
meine Stöcke rechts und links ziemlich weit außen an und
schlenkere sie zudem hin und her. Diejenigen, die nicht
gleich über meine Stecken stolpern, weichen vorsorglich
aus oder lassen sich zurückfallen. Diejenigen, die vor mir
laufen, muss ich, natürlich ganz versehentlich, nur mit meinen Stecken berühren, und sie sind derart irritiert, dass sie
sofort die Bahn frei machen.

Kurz vor der Ortsgrenze Steinheims, das nahtlos in die
der Nachbargemeinde Murr übergeht, habe ich mich bereits

ins erste Drittel des Teilnehmerfelds vorgearbeitet. Ich bin erstaunt, wie gut es bei mir läuft. Mein Plan, mich nicht mit starren Trainingseinheiten zu überanstrengen, trägt offensichtlich Früchte. Dass ich diese Leistung jedoch völlig ohne Trainingseinheiten erbringe, überrascht mich selbst. Ich hatte einfach keine Zeit.

Vor dem Wendepunkt in der Murrer Ortsmitte ziehe ich sogar am Feld vorbei und bringe mich auf dem fünften Platz in Position, hinter ein paar Strebern, die mir bereits wieder entgegenkommen. Nägele, drableiba!

Als kleine Nahrungsmittelergänzung friemle ich aus der Tasche meiner Laufjacke ein Stück Marmorkuchen, den ich extra als Energielieferant gebacken habe. Der Teig ist extrem süß, allerdings auch staubtrocken, und alles, was der Kuchen sofort liefert, ist eine Hustenattacke. Schnell greife ich am nächsten Versorgungsstand nach einem Becher Wasser und würge das Sandgemisch hinunter. Doch die Übermenge an Zucker, die ich verbacken habe, wirkt und ich lege einen ordentlichen Zahn zu. Der Abstand zur Läuferin vor mir verringert sich zusehends. Offenbar hört sie meine federnden Schritte, denn sie dreht sich um. Jetzt erkenne ich sie erst, eine ehemalige Klassenkameradin, die ich absolut nicht leiden konnte. Diese Aversion beflügelt mich zusätzlich, und ich walke zügig an ihr vorbei auf Platz vier. Platz Nummer drei wird mir einen Kilometer später geschenkt, weil die Läuferin über ihre eigenen Stecken gestolpert ist. Sie sitzt am Wegrand, Hände und Knie aufgeschürft und mit einer Platzwunde am Kopf. Unter normalen Umständen würde ich selbstverständlich erste Hilfe leisten. Aber Sport ist kein normaler Umstand. Sport ist Mord.

»Hilfe isch unterwegs!«, rufe ich ihr zu, als ich sie passiere, und deute vage auf das nachrückende Feld, in das meine Schulfeindin wieder frustriert zurückgefallen ist.

Zurück am Steinheimer Ortsrand habe ich inzwischen die Brücke erreicht, die über die Murr ins Stadtzentrum führt. Na ja, Stadtzentrum. Zum Marktplatz halt. Während entlang der Strecke durchs Murrer Wiesental kaum Zuschauer zu sehen waren, bricht die Brücke unter den Sportbegeisterten fast zusammen. Als ich durch ihr Spalier laufe, versuche ich, mich so leicht wie möglich zu machen, um das Bauwerk nicht zusätzlich zu belasten. Ich ziehe die Knie weit nach oben und tippe nur mit den Fußballen auf. Ein Raunen geht durch die Menge. Es gilt meinem aparten Laufstil, der weit und breit seinesgleichen sucht.

Nach der Murrbrücke kann ich einen weiteren Platz gutmachen, weil die Konkurrentin mit einem ihrer Stecken im Kopfsteinpflaster hängengeblieben ist. Während sie verzweifelt versucht, sich zu befreien, ziehe ich an ihr vorbei. Jetzt sehe ich das historische Rathaus vor mir, auf dessen Treppe unser Bürgermeister mit einem Megafon steht.

Als er erkennt, wer an zweiter Position den Marktbrunnen umrundet, skandiert er enthusiastisch: »Was wär unser Fläcka ohne – Nägele, die Sportskanone!«

Die Zuschauer stimmen lautstark mit ein, denn der Marktplatz ist ebenso dicht gedrängt bevölkert wie die Murrbrücke. Nun bleiben mir maximal fünfhundert Meter, um die letzte Läuferin vor dem Ziel einzuholen, und ich gebe alles. Aber meine Marmorkuchenenergiereserven sind aufgebraucht, und ich kann den Abstand zu ihr trotz größter Anstrengung und Anfeuerungsrufen des Publikums nicht verringern.

Da entdecke ich Mutter in der ersten Reihe der Menge am Straßenrand stehen. Sie hält mir ein großes Plakat entgegen und ich bin ganz gerührt. Als ich näher komme, kann ich lesen, was sie in großen Lettern für mich draufgeschrieben hat: »HÄTTSCH HALT MEHR TRAINIERT!«

Sternchen. Herzflimmern. Nulllinie.

In der nächsten Sekunde packt mich ein Riesenzorn! Hat die no älle Tassa im Schrank?

Ohne dass ich weiß, wie mir geschieht, zündet in meinem Körper ein Turbo. Während das Stakkato meiner Schritte immer schneller wird, sehe ich vor meinem geistigen Auge meine Beine wie Räder wirbeln, wie im Zeichentrickfilm, wenn die Römer von Asterix und Obelix in die Flucht geschlagen werden. Geradezu mühelos hefte ich mich an die Versen der Konkurrentin an der Spitze, ziehe im nächsten Augenblick auf gleiche Höhe und hechte mit einem atemberaubenden Satz vor ihr über die Ziellinie. Vor dem Sprecher lande ich hart auf dem Asphalt, und meine Knochen werden ordentlich durchgeschüttelt. Aber ich habe gewonnen!

»Mause, uffschtanda!«, höre ich und wundere mich, wieso der Kommentator mich Mause nennt.

Dennoch will ich seiner Aufforderung Folge leisten, was jedoch schwierig ist, denn ich fühle mich einer Ohnmacht nah.

»Auf geht's, sonscht kommsch du zu spät!«, feuert er mich noch mal an.

Klar, zur Siegerehrung ...!

Ich springe auf, so schnell ich kann, doch mir schießt ein heftiger Schmerz durchs Bein. Mein Blick fährt nach unten und ich erkenne, dass sich meine Kniescheibe heftig in die Ecke unseres Nachttischs bohrt. Wieso eigentlich in unseren Nachttisch?

Kurz habe ich Probleme, mich zu orientieren, als jemand meine Hand ergreift.

»Mause, so arg pressiert's jetzt au net mit dem Uffschtanda, dass du glei unser Mobiliar zertrümmern musch.«

Der BMVÄ! Er drückt mich zurück auf die Matratze, schultert seinen Rucksack mit der Fotoausrüstung und verschwindet im Treppenhaus.

Eine Weile sitze ich völlig verdattert auf der Bettkante. Mit einem Mal durchzuckt mich die bittere Erkenntnis: Der Schmerz in meinem Knie ist real, der Sieg beim Walking-Wettkampf nicht. Schad eigentlich. Arg schad. Denn dann läge die Quälerei bereits hinter mir.

Ich humple in die Küche hinunter, lege ein Kühlpad auf mein Knie und mache mir einen starken Kaffee. Die Maschine gibt ein Getöse von sich wie das Publikum in meinem Traum, kurz bevor ich ins Ziel gehechtet bin. Beziehungsweise gegen den Nachttisch. Mutters Plakat taucht wieder vor meinem inneren Auge auf. »HÄTTSCH HALT MEHR TRAINIERT!« Ha, eine Unverschämtheit! Wieder steigt maßlose Wut in mir auf, obwohl ich weiß, dass es nicht real war. Zuzutrauen wäre Mutter so eine Aktion allerdings schon, und ich will es nicht darauf ankommen lassen.

»Wart, dir zeig ich's!«, rufe ich laut, stürze den Kaffee hinunter, renne wieder ins Schlafzimmer und suche meine Sportsachen heraus.

Leider besitze ich keine neue Jogginghose, da habe ich Mutter angeschwindelt. Eine alte habe ich allerdings auch nicht, aber ich nehme mir fest vor, gleich heute eine zu bestellen, denn was mir als Ausrüstung zur Verfügung steht, ist eher dürftig: ein Schlabber-T-Shirt der Murrtal-Beats, unserer hiesigen Schlagerband, mit den 1997er-Tourdaten auf dem Rücken, und ein Perlon-Trainingsanzug unserer Show-Tanz-Gruppe aus der gleichen Ära. Wenigstens habe ich mir richtig gute Trekkingschuhe geleistet, weil ich die für meine Gästeführungen brauche. Ich schlüpfe in die Klamotten und fühl mich wie in einem Film mit Dieter Hal-

lervorden und Helga Feddersen, als ich in den Spiegel blicke. Doch das zieh ich durch! Ich fange heute mit dem
Training an, noch vor der Arbeit. Damit ich danach gleich
ins Archiv gehen kann, packe ich eine Jeans und eine Bluse
in eine Tüte und lege ein Deo dazu. Duschen kann ich im
Büro nämlich nicht.

Es ist kurz vor halb sieben, und wie immer fahre ich
mit dem Auto zum Klosterparkplatz, wo ich direkt vor
dem Archiv parke. Ich angle die Stecken vom Rücksitz
und bekämpfe den inneren Drang, gleich im Gebäude zu
verschwinden. Nein, nun wird endlich trainiert! Auch der
Verlockung von frischen Brezeln, deren verführerischer
Duft aus der Bäckerei zu mir herüberweht, widerstehe ich,
obwohl ich nicht gefrühstückt habe.

Für meine erste Trainingseinheit habe ich mir die Strecke durchs Wiesental nach Murr vorgenommen, die ich im
Traum mit Leichtigkeit bestritten habe. Um den Marktplatz mache ich jedoch lieber einen großen Bogen, denn
auf gar keinen Fall möchte ich in meinem Aufzug einem
Kollegen vom Rathaus begegnen. An der Kreuzung ignoriere ich deshalb die Ampelanlage und renne bei Rot zehn
Meter vor dem Fußgängerüberweg über die Straße, begleitet
vom Hupen eines genervten Autofahrers. Ich biege rechts
in die Blaue Pfütze ein, einen kleinen Weg, der früher auf
die Murrwiesen führte, auf denen die Weber ihre Stoffe
gebleicht haben, und dessen Name daher rührt, dass das
dabei verwendete Kupfervitriol das nasse Gras blau färbte.

Ich gehe linker Hand durch einen schmalen Durchgang
zwischen zwei hohen Fachwerkhäusern Richtung Badtorstraße. Im linken Gebäude am Ende der Gasse befindet sich
im Erdgeschoss »Connys Glamour«. Anscheinend lässt die
Conny das Haus gerade renovieren. Während meine Stöcke
rhythmisch auf dem Asphalt klackern, wandert mein Blick

das Gerüst entlang nach oben. Es erstreckt sich über die gesamte Fassade bis zum Dachtrauf. Geld g'nug henn die jo!

Ich muss den Kopf weit in den Nacken legen, um das Gebäude zu betrachten. Gleichzeitig bahne ich mir gekonnt meinen Weg zwischen Mülleimern und Gerüststangen, ohne meinen Laufrhythmus zu unterbrechen, denn ich möchte zügig vorankommen. Dass das ein Fehler ist, merke ich in der nächsten Sekunde, als ich ungebremst auf den Boden knalle. Zwar versuche ich, den Aufprall mit den Händen abzufedern, doch die stecken in den Schlaufen der Stöcke, die nun wie Propeller um mich herumwirbeln. Wie Peitschenschnüre knallen sie auf meine Haut. Aber das ist nicht mein größtes Problem. Auch nicht die Abschürfungen an meinen Händen und Knien. Vielmehr sind es die verdrehten Gliedmaßen. Also nicht meine, sondern die, die neben mir auf dem Boden liegen. Mitsamt einem seltsam verrenkten Kopf … Mühsam robbe ich heran und erkenne sofort: Gipskopf. Also Kopf von Gips. Also Matthias Ranzer, der Stuckateurmeister am Ort.

Erschrocken zucke ich zurück, doch dann reiße ich mich von Berufs wegen zusammen. Dank meiner Krimi-Expertise erkenne ich scharfsinnig, dass dem Mann nicht mehr zu helfen ist. In Sekundenbruchteilen erfasse ich die wichtigsten Details: höchstwahrscheinlich Genickbruch, am linken Ellbogen zerrissenes Hemd, abgebrochene Fingernägel an der rechten Hand. Schade, dass ich kein Fieberthermometer dabeihabe, sonst könnte ich bereits den etwaigen Todeszeitpunkt festlegen. Das kann man nämlich anhand der Körpertemperatur im Vergleich zur Umgebungstemperatur geteilt durch ein Hypotenusenquadrat … oder so ähnlich. Hat mir die Kim mal erklärt, meine Freundin von der Spusi. Mangels fachspezifischen Instrumenten lege ich dem Gips die Hand auf die Stirn. Kalt. Tot. War ja nicht anders zu erwarten. Im

selben Moment wird mir bewusst, dass nun meine Fingerabdrücke auf Gips' Haut prangen. Das wird den Lauer gar
nicht freuen! Apropos, der muss jetzt her!

Da ich mein Handy im Auto gelassen habe und nur hundert Meter von der Polizeiwache entfernt bin, rapple ich
mich auf und humple rüber ins Rathaus, wo das Steinheimer
Revier untergebracht ist. Meine Hoffnung, dass Kälbles älte-
rer Kollege Wacker Dienst schiebt, erfüllt sich leider nicht.
Der Supercop höchstpersönlich sitzt hinter dem Tresen. Seinen Schreibtisch hat er liebevoll eingedeckt mit besticktem
Platzset, Goldrandgeschirr und Stoffserviette. Neben einer
duftenden Tasse Kaffee liegen ein großes Stück Hefezopf,
ein Leberkäsweck und ein Marmeladebrot auf einem Teller. Ein gekochtes Ei thront im Eierbecher, Salz und Pfef-
fer stehen bereit. Sofort meldet sich mein Magen und ich
starre sehnsüchtig auf das Arrangement. Aber Kälble baut
sich vor mir auf, insofern das für einen schmächtiger Kerl
mit knapp siebzig Kilo überhaupt möglich ist.

»Elvira, was willsch denn du scho in aller Herrgottsfrüh?«,
erkundigt er sich genervt, weil ich ihn bei den Vorbereitungen
zu seinem ausgiebigen Frühstück gestört habe. Mit tänzelnden Schritten versucht er, den Tisch vor mir abzuschirmen.

»Was essa!«, erwidere ich, ohne nachzudenken, und Kälble hebt abwehrend die Hände. »Äh, nein Kälble, mir hättet wieder a Leich«, ergänze ich, nachdem ich mich wieder
fokussiert habe.

Sofort verliert sein Gesicht jegliche Farbe. Was für ein
Glück, dass ich ihn vor dem Frühstück erwischt habe, sonst
würde sein Magen vermutlich ähnlich unschön reagieren
wie bei unserer ersten Leiche. Wo nichts drin ist, kann auch
nichts rauskommen.

Es dauert ein paar Momente, bis Kälble sich aus seiner
Starre löst, dann allerdings geht zu meiner großen Verwun-

derung alles sehr schnell. Keine dummen Fragen, keine Verwirrung. Ein Flatterband ist sofort zur Hand, um den Tatort abzusperren, und Kälble zerrt sogar einen Sichtschutz herbei. Hat der etwa in den letzten Wochen einen Fortbildungskurs gemacht?

Leider kann ich ihm nicht helfen, die Sachen zum Tatort zu tragen, denn nach meinem Sturz habe ich guten Grund, mich auf meine Stöcke zu stützen. Kälble packt alles in einen kleinen Leiterwagen, auf dessen Rückseite von Hand »Polizeieinsatzwägele« draufgepinselt worden ist. Ich kann über die hochprofessionelle Ausstattung der örtlichen Polizei nur staunen.

Gemeinsam eilen beziehungsweise humpeln wir zum toten Gips, wo der Supercop alle Utensilien fachmännisch aufstellt und das Absperrband befestigt, wie immer recht großräumig, und mir die Rolle des Wachpostens zuteilt, was mich ziemlich nervt. Doch in Anbetracht der jüngsten Ereignisse akzeptiere ich seine Anweisung. Während ich an der Badtorstraße Unbefugte mit meinen Stöcken am Betreten des Tatorts hindern soll, übernimmt Kälble die Seite zur Blauen Pfütze.

»Ja, Herr Lauer. Alles klar, Herr Lauer«, höre ich ihn lautstark ins Telefon rufen.

Fehlt nur noch, dass er salutiert. Dass ausgerechnet der Kälble den Kommissar über den neuen Leichenfund unterrichtet, ärgert mich sehr, denn es ist ja eigentlich meine Leiche.

»Kommissar Lauer ist gleich da!«, schreit Kälble zu mir herüber.

Na ja, gleich bestimmt nicht, so wie ich den Lauer kenne. Ich stelle mich lieber mal auf eine Stunde Wartezeit ein. Auf die Walkingstöcke gestützt schaue ich in Richtung Murrbrücke, über die mich meine Tour eigentlich geführt hätte. Jetzt wird es wieder nichts mit dem Training. Schad, arg schad ... Mein schlechtes Gewissen hält sich allerdings in Grenzen. Gibt es eine bessere Entschuldigung als einen Mordfall? Da kann selbst Mutter nichts dagegen einwenden. Gewollt hätte ich ja, aber gekonnt habe ich halt nicht.

Plötzlich packt mich eine Hand von hinten an der Schulter und ich dreh mich pfeilschnell um, die Stöcke zur Abwehr erhoben. »Kälble, du Seckel, wieso erschricksch ... äh ... Herr Lauer?«

Warum ist der denn schon am Tatort?

Doch der feine Herr Kommissar erklärt sich nicht, stattdessen schwärmen seine Leute aus, und das übliche Prozedere beginnt, mit Spurensicherung, Beweismitteltütchen, Tatortfotos, Zeugenbefragung und was man halt sonst so als Krimifan kennt. Die Kim ist auch wieder im Einsatz, bevor ich sie jedoch persönlich begrüßen kann, führt mich der Lauer vor Waltrauds Apotheke und setzt sich mit mir auf die Bank neben dem Eingang. Meine Freundin steht bereits in der Ladentür, und ich gebe ihr gestenreich zu verstehen, dass ich aktuell keine Zeit für sie habe, sondern Wichtiges mit der Polizei besprechen muss.

»Haben Sie eigentlich ein Abo zum Aufspüren von Leichen?«, will Lauer kopfschüttelnd wissen, bevor ich ihn mit meinen neuesten Erkenntnissen versorgen kann. »Und ein Faible für derangierte Kostümierungen?« Er blickt mich von oben bis unten an.

»Goddamorga, Herr Lauer, Sie mich au!«, entgegne ich patzig und verschränke eingeschnappt die Arme vor der Brust, was dazu führt, dass meine Walkingstöcke, die immer noch an meinen Handgelenken baumeln, wieder herumgeschleudert werden und Lauer einen heftigen Schlag aufs Knie versetzen.

Kurz zuckt er zusammen, aber einen Schmerzenslaut verkneift er sich. Genauso wie ich die Schadenfreude, die in meinem Hals kitzelt.

»Jetzt, Frau Nägele, nichts für ungut«, greift er schließlich den Fall auf. »Ich stelle fest, dass Sie, sagen wir mal als ›Amateurfachfrau‹ …«, er setzt Gänsefüßchen in die Luft, »als Erste am Tatort waren.«

»Ob ich die Erste am Tatort war, lässt sich noch nicht mit Bestimmtheit sagen, aber dass ich den Toten als Erste gemeldet habe, das entspricht den Tatsachen.«

Lauer schaut mich verwundert an. Ob wegen des Wahrheitsgehalts meiner Aussage oder wegen derer perfekten Formulierung bleibt offen. Da ich meine amateurfachfraulichen Ausführungen nicht fortsetze, entsteht eine Gesprächspause, die ich mit gelangweilter Inspizierung der Umgebung überbrücke.

»Also, dann erzählen Sie halt«, fordert mich der Kommissar schließlich brüsk auf.

Ich ziere mich mit Absicht ein bisschen, lang halte ich das allerdings nicht aus, weil mein Wissen ans Licht der Öffentlichkeit drängt. Ich gebe einen sachkundigen Bericht zur Auffindung der Leiche, in den ich meine Beobachtungen von Öchsles Beerdigung mit einfließen lasse. Bei meinem Besuch auf dem Präsidium hat sich bedauerlicherweise nach der Einlage auf dem Schreibtisch nicht mehr die richtige Gelegenheit ergeben, diese zu erwähnen. Deshalb schildere ich nun den Streit der drei Männer im Nebenraum im Löwen, vergesse zudem nicht darzulegen, dass die Mäggi bei den Schwäbisch-Hällischen Landschweinen womöglich was am Laufen hat, und betone meine Irritation, dass die Margit trotz Gastromesse keine besseren Kochkünste aufweisen kann. Letzteres kommentiert Lauer allerdings nur mit einem tiefen Atemzug und Augenrollen. Ungeachtet dessen erzähle ich im Folgenden von Bennis Interesse an den Skiausfahrten der Schickimicki-Herren, vom Konsum seiner Weichmacher und der Auseinandersetzung an der Bar beim Hoffest. Mein Wissen um den Tod dieser Maria halte ich jedoch zurück, denn ich will Lauer nicht mit Informationen überfordern, deren Stichhaltigkeit ich noch nicht selbst überprüft habe. Dennoch stelle ich eine erste These auf: nämlich, dass die beiden Morde zusammenhängen und der Österreicher Benni damit ins Visier meiner Ermittlungen gerückt ist.

»Ins Visier *Ihrer* Ermittlungen?« Lauer starrt mich aus zusammengekniffenen Augen an.

Vielleicht benötigt er eine Sehhilfe?

»Ja«, erwidere ich, »laut *Ihrem* Freund Alfa war der Benni an dem Nachmittag im Keller, als Öchsle umkomma isch.«

»Der junge Mann arbeitet auf dem Hof, da kann er sich ja mal im Keller aufhalten.«

Ich sehe großzügig über den Einwand hinweg. »Und für einen österreichischen Bergmenschen wie den Benni wäre es ein Leichtes, auf des Gerüscht zu klettern und den Gips runterzustoßen.«

»Ein Bergmensch? Womöglich der Yeti?« Lauer lacht.

Ich nicht. Ich wedle mit meinen Stöcken, der Kommissar bringt seine Knie in Sicherheit und zieht wieder eine ernste Miene.

»Welches Motiv hätte er?«, hakt er nach.

»Ja, also ... alte Geschichte ... Glatteis ... Unfall ...«, murmle ich vage, weil ich ja noch nichts Konkretes über die Geschichte mit Maria sagen kann und will.

»Frau Nägele! Glatteis können wir bei den aktuellen Temperaturen wohl eher ausschließen.« Er schüttelt seufzend den Kopf. »Unfall ist allerdings das richtige Stichwort. Denn erstens war es für Herrn Gips, äh, Herrn Ranzer, ebenfalls kein Problem, auf das Gerüst zu steigen. Dazu muss man kein Yeti sein, Stuckateur reicht. Und zweitens: Wer behauptet, dass es sich um einen Mord handelt? Er könnte ohne Fremdeinwirkung heruntergefallen sein. Also verunglückt.«

»Und was macht der mitte in der Nacht auf dem Gerüscht?«

»Das weiß ich jetzt noch nicht, aber es könnte ein Unfall gewesen sein.«

»Also, Herr Lauer. Mit Trotz kommed mir net weiter. Und im Übrigen: En Schäferhond könnt au en Elefant sei, wenn er einen Rüssel hätt«, informiere ich ihn und bringe damit unseren Diskurs zum Abschluss. »Man wird sehen, wer recht hat.«

Wir stehen von unserem Schwätzbänkchen auf, und während der Kommissar zum Tatort zurückkehrt, gehe ich zu Waltraud hinein, damit sie mich verarzten kann. Ihre Apotheke bietet zufälligerweise einen Logenplatz auf das Polizeigeschehen rund um »Connys Glamour«.

Bis die Apotheke um neun öffnet, bleibt uns noch fast eine Stunde Zeit, und Waltraud lädt mich ein, gemeinsam zu frühstücken. Glücklicherweise verzichtet sie auf ihr übliches Birchermüsli mit Weizenkeimen, Quinoasamen und Stevia, sondern geht schnell hinüber zum Bäcker. Und wenn ich »schnell« sage, meine ich tatsächlich schnell, denn ich wundere mich, wie leichtfüßig sie den Marktplatz überquert. Na ja, nicht unbedingt wie eine Gazelle, eher wie ein junger Rottweiler, aber kaum fünf Minuten später ist sie zurückgekehrt und drapiert Butterbrezeln und einen Pappteller mit Bienenstich auf einem kleinen Tisch.

»Ha, du bisch fit! Du könntesch direkt beim Marathon mitlaufa!«, lobe ich.

Waltraud blickt mich erstaunt an und winkt schließlich lachend ab.

»Ich wollt jo beim Walkinglauf mitmacha, aber des wird wohl leider nix«, klage ich und deute theatralisch auf meine geschundenen Gliedmaßen.

»Ja, sehr schade!«, erwidert Waltraud im gleichen Tonfall und grinst mich an. »Domm gloffa!«

Wir kichern wie Teenager und greifen nach den Backwaren, zu denen Waltraud einen hervorragenden Cappuccino serviert. Durch das große Schaufenster beobachten wir, wie der Kälble und sein Kollege Wacker von Haus zu Haus gehen und die Anwohner befragen.

Plötzlich taucht Erika in unserem Blickfeld auf. Waltraud springt auf und winkt sie zu uns herein.

»Schaffsch du heut net?«, erkundige ich mich, als sie die Apotheke betritt.

»Ich hab einen TÜV-Termin und anschließend möcht ich ins Einkaufszentrum, weil ich kaum mehr was zum Anzieha hab!«, antwortet Erika, während sie einen Stuhl zum Tischchen heranzieht. »Deshalb bleibt der Salon heute zu.«

Natürlich bedauern wir ihren mageren Kleiderfundus, wohlwissend, dass der als Spenden für mehrere Entwicklungsländer reichen würde.

»Für a kleins Frühstück reicht's aber no«, fährt Erika unbeirrt fort und legt zwei Leberkäsweckle, zwei Paar Saiten und einen großen Becher Kartoffelsalat vom Metzger Weller auf den Tisch.

Während Waltraud erneut den Kaffeevollautomaten arbeiten lässt, behalten Erika und ich die Leute von der Spusi im Blick. In ihren weißen Ganzkörperanzügen wirken sie wie überdimensionierte Maden, die sich auf allen Ebenen des Gerüstes verteilt haben. Fachmännisch erkläre ich den Freundinnen, dass Kims Leute dort mit Pinseln und Abziehklebeband nach Fingerabdrücken suchen. Spezialleuchten sollen Blutspuren aufdecken und kleine pyramidenförmige Aufsteller markieren besondere Fundorte.

»Dass mr die Conny gar net sieht«, wundert sich Erika und beißt in ein Leberkäsweckle.

»Ich glaube, die ist gar nicht da«, mutmaßt Waltraud und stellt die Kaffeetassen auf den Tisch. »Gestern Nachmittag hab ich gesehen, dass die Rosi bei ihr im Laden war, obwohl Conny gar nicht geöffnet hatte. Prosecco-Vernichtung sag ich nur. Nach einer Weile haben sie sich vor der Tür mit Küsschen-Küsschen verabschiedet, und Conny ist mit einem Reiseköfferchen Richtung Parkplatz auf der Murrinsel gestakst.«

»Die wird wieder mol wellnessen«, vermute ich.

»Damit wird es gleich ein Ende haben, wenn sie vom Tod ihres Mannes erfährt.« Waltraud greift sich eine zweite Butterbrezel.

»Womöglich kommt ihr des grad recht …« Erika lächelt süffisant.

Wir drehen unsere Köpfe zu ihr und warten auf eine Erklärung.

»Ja, meine Güte! Mir wissed doch älle, dass es bei denne scho lang klemmt. Und finanziell braucht die Conny den Gips nicht mehr.«

»Wieso ist sie dann nicht schon längst auf und davon?«, überlegt Waltraud.

»Die hat hier alles, was sie braucht. Ihre Freundinnen, ihren Laden, ihre Freiheiten.«

Ich höre den Mädels zu und irgendwie rührt sich ein Gefühl in meiner Magengegend. »Und wenn die Conny den Gips …« Mit den Händen deutete ich einen Schubs an.

»Elvira!«, rufen meine Freundinnen gleichzeitig. »Die

Conny den Gips? Warum denn?« Beide starren mich aus aufgerissenen Augen an.

»Vielleicht gibt's ja was … in der Vergangenheit …«, eiere ich herum, um nicht zu viel von dem verheerenden Unfall mit der Maria zu verraten.

»Einen Ex-Lover?« Waltraud schaut mich fragend an.

Ich schüttle den Kopf.

»Eine Karriere als Mafiabraut?« Erika bricht in schallendes Gelächter aus. »Alles andere wär für dein Ermittlerinstinkt zu einfach, gell, Elvira?«

»Ha, ha, ha!«, maule ich. »Eventuell hat der Gips ja mal was angestellt und die Conny hat des erfahren und …«

»… und nimmt jetzt Rache? Wie Zorro?« Waltraud verzieht das Gesicht und deutet mit einer Armbewegung einen Degenschlag an.

»Ach, ihr senn doch blöd!«, fauche ich.

Wenn ihr wüsstet, was ich weiß!

»Elvira, möchtest du noch ein Stück Bienenstich?«, lenkt Waltraud ein, und da Zucker bei mir immer hilft, greife ich zu.

»Hasch du eigentlich heut Nacht was Ungewöhnliches bemerkt?«, erkundige ich mich bei ihr und ärgere mich, dass ich das nicht schon früher gemacht habe. Schließlich wohnt Waltraud über ihrer Apotheke.

Sie überlegt eine Weile. »Nein, eigentlich nicht.«

Ich bin enttäuscht und schiebe zum Trost ein großes Stück Kuchen in den Mund.

»Allerdings …«, setzt Waltraud wieder an.

»Allerdings?«

»Allerdings hab ich die Rosi noch mal gesehen, als ich abends abgeschlossen hab.«

»Des war wann?«

»Um sieben.«

»Und wo war die Rosi?«

»Die hat drüben bei der Conny die Ladentür aufgemacht. ›Achtung, Polizei!‹, habe ich spaßeshalber gerufen, und sie ist total erschrocken. Ich hab ihr mitgeteilt, dass die Conny nicht zu Hause ist. Das wusste sie schon und hat was von ›Housekeeping-Service‹ gesagt. Conny hätte vergessen, irgendwas auszuschalten. Dann ist sie im Geschäft verschwunden, und ich hab mich nicht weiter darum gekümmert.«

Erika und ich wundern uns nicht, dass Rosi für Connys Laden einen Schlüssel besitzt. Gute Freundinnen helfen einander schließlich, das würden wir ebenfalls so machen.

»Vielleicht hat die Rosi was bemerkt, solang sie im Haus war. Weisch du, wann die wieder ganga isch?

»Denkst du, ich lauere an der Tür und spioniere andere Leute aus?«, entgegnet Waltraud empört.

»Nadierlich!«, antworten Erika und ich unisono und brechen in schallendes Gelächter aus.

Waltraud schließt sich uns an, verschwindet schließlich im Nebenraum und kehrt mit einem Fläschchen gekühltem Prosecco und drei Gläsern zurück. Gemeinsam stoßen wir auf unsere Freundschaft an. Danach wollen Waltraud und ich von Erika wissen, was für einen wichtigen Termin sie gestern Abend im Anschluss an unser Treffen im Schwamm hatte.

»Tja, drei Mol dürfed ihr raten, wo ich war und mit wem?«, erwidert sie grinsend.

»Hast du einen neuen Lover?«, hakt Waltraud nach, und sie klingt ein bisschen neidisch.

»Nein! Man kann auch mit einem Mann ausgehen, ohne dass man mit ihm liiert isch.«

»Also, es war uff älle Fäll a Mann«, kombiniere ich blitzschnell.

»Das war jetzt eine kriminalistische Meisterleistung«, kommentiert Waltraud spitz, und ich kneife sie in den Arm.

»In deinem Alter? Jünger? Älter?«, hakt Waltraud nach. Erika lächelt nur.

»Mit dem Kälble!«, rufe ich die unwahrscheinlichste Erklärung in den Raum, um Erika aus der Reserve zu locken.

Da fällt ihre Kinnlade hinunter. »Woher weisch du des jetzt wieder?«

Ich bin überrascht. »Kriminalistische Intuition«, murmle ich nur, und freue mich, richtig gelegen zu haben. Jetzt ist es an mir, zu lächeln.

»Und wo waren wir?«, möchte Erika von mir wissen, in einem Tonfall, als habe sie die Eine-Million-Euro-Frage gestellt.

»Tanzen!«, rufen Waltraud und ich und haben damit Erikas Geheimnis innerhalb weniger Minuten gelüftet.

Uns wäre auch nichts anderes eingefallen, was man freiwillig mit Kälble hätte tun wollen. Erika ist etwas eingeschnappt, dass die Spannung dahin ist. Schließlich verrät sie dennoch auf unser Drängen hin, dass der Kälble vor ein paar Tagen ihren Salon besucht und sie während des Haarescheidens zu einem Tanzabend nach Ludwigsburg eingeladen hat. Nicht dass sie sich darum gerissen hätte, ausgerechnet mit ihm auszugehen, zumal er ja ihr Sohn sein könnte. Doch gerade der Altersunterschied und zudem die Aussicht auf einen beschwingten Abend habe sie gereizt. Letztlich haben sie sich tatsächlich verabredet, und um halb acht abends stand der Kälble wie vereinbart vor ihrer Tür.

»Kurz hab ich mir überlegt, ob ich doch daheim bleiba soll, als ich seine Aufmachung g'säh hab. Aber ich war halt schon g'richtet. Und ich hab es nicht bereut. Es war wunderbar, und ich hab auch mit andere Mannsleut tanzt, die durchaus in mein Beuteschema passed!«

Besonders ein gewisser Dietmar taucht immer wieder in ihrem Bericht auf, doch Erika hält sich bedeckt. Wir erfahren jedoch, dass Dietmar sie am Ende nach Hause fahren wollte, was Erika dankend angenommen hätte, wenn Kälble nicht sein entschiedenes Veto eingelegt hätte. Schließlich sei er die Polizei und damit ihr Freund und Helfer. Immerhin konnte sie mit Dietmar die Telefonnummern austauschen.

Erika strahlt wie ein junges Mädchen und ich freue mich mit ihr. Ein schneller Blick zu Waltraud verrät mir, dass sie die Freude nicht uneingeschränkt teilt. Trotzdem stoßen wir mit Erika auf ihre Eroberung an.

Ich wende mich wieder dem Polizeigeschehen bei »Connys Glamour« zu, gerade rechtzeitig, um zu sehen, wie der Benni über den Marktplatz zum Tatort schlendert und genau beobachtet, was sich dort tut. Der scho wieder! Der hat doch überall sei Nas drin!

»Ach, guck, der Benni scho wieder«, spricht Erika im selben Moment meinen Gedanken aus.

»Warum schon wieder?« Waltraud schaut ebenfalls zum jungen Österreicher hinüber.

»Der war heut Nacht scho hier uffem Marktplatz. Hat der hier übernachtet?« Erika wendet sich uns zu. Als sie in unsere fragenden Gesichter blickt, fährt sie fort: »Ha, uffm Rückweg vom Tanz sind der Kälble und ich die Marktstroß entlangg'fahra, und um den Brunnen rum war ein Trupp jonge Leut versammelt, die ziemlich rumg'rölt henn. Der Kälble hat sofort g'halta, schließlich isch er die verantwortliche Instanz am Ort. Er hat instinktiv seine Supercop-Sonnenbrille aufg'setzt, hat se dann aber in Anbetracht der herrschenden Dunkelheit in seine Hoor g'schoben.« Erika kichert hinter vorgehaltener Hand. »Mir hat er den Befehl erteilt, im Auto zu bleiba. Er, Polizeiobermeister Kälble, würde das regeln. Natürlich bin ich ausg'stiega. Ich lass mir doch von so ma jonga Spritzer nicht sagen, was ich zu macha hab!« Zusammen seien sie zu der Clique hinübergegangen, wobei sich der Kälble schützend vor Erika gestellt habe, doch die wurde freundlich mit großem Hallo begrüßt und ihr wurde sogar ein Gläschen Sekt angeboten. Der Supercop wurde indes ignoriert. »Die Hip-Hopper-Gruppe vom Verein hat em Marvin sein Geburtstag g'feiert«, erklärt Erika. »Übrigens, euer Simon war au dorbei.«

»Wann war des?«

»Um halb eins etwa.«

»Und du bisch dir sicher, dass um die Zeit unser Simon no dabei war?« Ich bin entsetzt.

»Nadierlich! Ich kenn doch euern Bua!«

Mitte in der Woch treibt der sich nachts uffem Marktplatz rum. Das wird ein Nachspiel geben!

»Und dann?«

»Dann isch der Kälble beleidigt abzoga, und ich hab no a bissle mitg'feiert. Aber nur kurz. Uff ein, zwei, drei Gläsla Sekt halt.«

»Und was war mit dem Benni?«, hake ich nach.

»Der war irgendwann plötzlich weg. Wo i am ois ganga benn, hab ich den Kerle uff de Stufa vor ›Connys Glamour‹ hocka säh. Zuerst hab ich ihn nicht bemerkt, weil es stockdunkel war, aber sein Handy hat bimmelt, und ich bin z' Tod erschrocken. Er hat den Anruf weggedrückt, sich entschuldigt und i bin weiter. Und do frog ich mich halt, ob der immer noch hier rumschwanzt oder schon wieder«, schließt Erika ihren Bericht und leert ihr Glas. »Ich muss jetzt auf alle Fälle nach Marbach, der TÜV wartet.«

»Der TÜV ist doch in Ludwigsburg«, wirft Waltraud ein.

Erika und ich grinsen uns an. Schließlich fällt auch bei Waltraud der Groschen und sie verzieht die Mundwinkel nach oben. Termin beim Frauenarzt.

»Tschüss, Mädels!«

Als ich mich von Waltraud verabschiede, nehme ich das letzte Stückchen Bienenstich an mich, damit ich gut über den Arbeitstag komme, denn ich muss endlich ins Archiv. Waltraud hat mich so gut verarztet, dass ich mich ohne Einschränkungen fortbewegen kann, und selbst die Schürfungen an den Händen spür ich kaum mehr. Schad eigentlich, denn in dem Zustand ist nicht mit Mitleid zu Hause zu rechnen.

Bevor ich den Weg ins Büro einschlage, gehe ich schnell rüber zum Tatort, um Lauer von Erikas und Waltrauds Beobachtungen in der Nacht zu berichten, für den Fall, dass er das noch nicht weiß. Aber der Kommissar ist nicht mehr da. Dafür treffe ich auf meine Freundin Kim. Auch gut oder fast besser.

»Griass de, gibt's was Neus?«, begrüße ich sie.

Entgegen meinen Erwartungen druckst sie herum. Vermutlich hat ihr Lauer Redeverbot erteilt. Deshalb verzichte ich schweren Herzens auf den Bienenstich und drück Kim das Tellerchen in die Hand. Sie weiß die freundliche Geste sofort zu schätzen und zieht mich zur Seite. Ich wünsche ihr einen guten Appetit, und während sie sich den Kuchen schmatzend schmecken lässt, erzählt sie hinter vorgehaltener Hand, dass ihr Team zahlreiche Fingerabdrücke auf dem Gerüst gefunden habe, womit allerdings zu rechnen war.

»Aber mr kann scho von Mord ausganga, oder?«, insistiere ich.

Kim steckt ein weiteres Stück in den Mund, möchte meine Annahme jedoch nicht bestätigen. Einige Merkmale deuten aber darauf hin. Die abgebrochenen Fingernägel an der rechten Hand oder das zerrissene Hemd etwa ließen auf einen Kampf schließen. Allerdings könnte beides auch vom Versuch herrühren, sich beim Sturz irgendwo festzuhalten. Gestorben sei das Opfer vermutlich an einem Genickbruch beim Aufprall auf das Kopfsteinpflaster, doch da müsse man das Obduktionsergebnis abwarten. Ebenso sei noch unklar, ob die Schädelverletzung eine Folge des Sturzes war oder dem Opfer vorher zugefügt worden ist.

»Und was zeigt dein Thermometer? Kannsch du scho was zum Todeszeitpunkt saga?«

»Ich würde den Todeszeitraum zwischen gestern Abend halb zwölf und halb drei morgens eingrenzen.«

»Dann isch dein Thermometer aber ziemlich ungenau.«

Kim blickt mich irritiert an, und ich erkläre daraufhin, dass der Mord nicht vor ein Uhr nachts passiert sein kann, weil der Marktplatz bis dahin mit jungen Leuten bevölkert war, die einen Streit oder Kampf auf dem Gerüst bestimmt mitbekommen hätten.

»Woher weißt du das?«

»Ermittlungen«, entgegne ich, nicht ohne eine Spur von Stolz in der Stimme. »Der junge Österreicher vom Kraut-hof, woesch, wo mir des andere Opfer g'fonden henn, war übrigens mittadrenn«, prahle ich mit meinen Fähigkeiten. »Do gucksch, gell?«

Tatsächlich sieht mich die Kim aus großen Augen an, allerdings zuckt ihre Augenbraue kurz in die Höhe. Glaubt die mir etwa nicht?

»Wenn das Opfer ohne Fremdeinwirkung oder Kampf-lärm hinuntergestürzt ist, hätte eine Menge feiernder Men-schen auch nichts hören können«, gibt sie zu bedenken.

Ich wiege meinen Kopf unschlüssig hin und her und muss ihr recht geben. Ich gebe es aber nicht zu.

»Gut«, lenkt sie seufzend ein, »gehen wir von einem Zeitfenster zwischen ein Uhr und halb drei aus. In der Pathologie kann ich den Todeszeitpunkt sicherlich eingrenzen.«

»Sonscht no was?«, erkundige ich mich und ermuntere sie zu einem weiteren Bissen.

»Am Gerüst hing ein kleiner Stofffetzen, der zweifelsfrei dem Hemd des Opfers zugeordnet werden kann«, murmelt sie mampfend. »Außerdem haben wir am Gerüst rosafarbene Fasern sichergestellt, die nicht zur Kleidung der Leiche passen.«

Des dät mich au schwer wundern, wenn der Gips Rosa tragen würde!

»Das Material muss im Labor genauer untersucht werden«, schließt Kim und legt sich zum Abschied den Zeigefinger an den Mund.

Nichts zu Lauer! Das versteht sich ja wohl von selbst! Ich nicke und erwidere mit ernster Miene die Geste.

An geregelte Arbeit ist heute nicht zu denken, viel zu viel schwirrt mir im Kopf herum. Ich starte zwar den Versuch, einen geschichtlichen Beitrag über die Hyperinflation im Jahr 1923 zu schreiben, gebe jedoch nach einer halben Stunde genervt auf. Das wird nichts. Ich muss erst mal meine Gedanken sortieren. Schade, dass keine Glaswand in meinem Büro steht, an die ich Fotos und Zettel heften könnte, wie die Polizisten in den Fernsehkrimis. Ist eigentlich außer mir schon jemandem aufgefallen, dass bei denen die Bilder ohne Klebestreifen am Glas hängen bleiben? Wie machen die das?

Ich benutze auf alle Fälle Klebestreifen, um ein großes weißes Stück Papier an der Bürotür zu befestigen. Eine gefühlte Ewigkeit stehe ich ratlos davor, weil ich keinen Ansatzpunkt finde.

»Fang doch vorna a!«, rede ich mir gut zu, und bevor ich weiterdenken kann, steht »Schöpfung« in der Mitte des Blattes.

Gut, Nägele, des isch jetzt doch a bissle arg weit vorna.

Doch Sekunden später bin ich über eine unerklärliche Gedankenkette von der Schöpfung über Natur und Wein beim Öchsle gelandet. Genau! Dr Öchsle! Mit dem hat es angefangen.

»Schöpfung« streiche ich wieder durch und schreibe den Namen des ersten Opfers darüber. Und dann geht alles ganz schnell. Ich ordne Öchsles Familienmitglieder um ihn herum, danach die Kumpels Gips, Weller und Leibinger mitsamt Anhang. Mit farbigen Strichen markiere ich die unterschiedlich starken und weniger starken, die guten und die problematischen Beziehungen der Personen zueinander, und innerhalb kürzester Zeit entsteht ein Bild von Verflechtungen, Abneigungen und Abhängigkeiten. Das ist alles sehr interessant! Dass die beiden Morde zusammenhängen, ist für mich so sicher wie das Amen in der Kirche. Meine Hoffnung, durch diese Skizze dem Mörder von Öchsle und Gips auf die Schliche zu kommen, erfüllt sich allerdings nicht.

Ich starre eine Weile auf mein Kunstwerk und versuche den Blick in die Tiefe zu lenken, wie bei diesen 3-D-Bildern, bei denen das Motiv erst aus einem diffusen Farbrauschen auftaucht, wenn man bereits anfängt zu schielen. Ich verdrehe die Augäpfel bis an die Schmerzgrenze, doch es hilft nichts. Enttäuscht wende ich mich ab. Da durchfährt mich ein Geistesblitz: Benni! Ich habe Benni vergessen. Wie von selbst weist ihm meine Hand den Platz zwischen Öchsle und Gips zu, und ein rotes Netzwerk erstreckt sich von ihm zu fast allen anderen Personen auf meiner Zeichnung. Rot! Das steht in meiner Farblegende für eine äußerst konfliktreiche Beziehung. Also der Benni! Der hat Dreck am Stecken. Ich muss sofort mit dem Lauer sprechen.

Als ich nach dem Hörer greifen will, klingelt das Telefon. Eine Ludwigsburger Vorwahl. Der Lauer. Gedankenübertragung.

»Hallo, Herr Lauer«, ergreife ich ohne langes Rumgeplänkel das Wort. »Es gibt eindeutige Beweise, dass der Benni im Zentrum der Verbrechen steht. Der war nicht gut uff den Öchsle zu sprechen und, wie scho erwähnt, war der am Tattag im Keller und den Weller und den Gips hat der am Hoffest ausg'frogt und dann senn die uff einander los und Schuld isch die Vergangenheit, die schlägt jetzt zu. Und ich sag Ihne: Wenn Sie den Kerle ins Kreuzverhör nehmen, bricht der ein und gesteht. Das hab ich im Urin.«

Offensichtlich ist der Kommissar sprachlos ob meiner bahnbrechenden Ermittlungsergebnisse, denn es bleibt mucksmäuschenstill am anderen Ende der Leitung.

»Äh, Entschuldigung, spreche ich mit Frau Nägele? Elvira Nägele?«, höre ich schließlich eine Frauenstimme.

»Äh, ja. Und mit wem sprech ich?«

»Mammografiepraxis Ludwigsburg, Frau Kizibel.«

»Hä?«

»Hier spricht Frau Kizibel. Mammografiepraxis.«

»Ja, ich bin nicht taub!«, entgegne ich pampig und ärgere mich, dass ich meine Ermittlungsergebnisse völlig umsonst heruntergebetet habe und dann auch noch gegenüber einer Außenstehenden.

Doch sofort schwingt mein Gemütszustand um. Was, wenn bei Mutters Untersuchung was Auffälliges festgestellt wurde? Schließlich hatte ich mit der Praxis den Termin für sie vereinbart.

»Sie, es tut mir jetzt echt leid«, lenke ich ein, »aber ein negatives Ergebnis, das kann ich meiner Mutter nicht mitteilen, das bricht mir das Herz. Des müssen Sie selbst machen, und gell, es gibt ja heute gute Therapiemöglichkeiten, weil meine Mutter isch ... also ... sie isch ... nämlich ...« Mir bricht die Stimme.

»Äh, Frau Nägele, machen Sie sich bitte keine Sorgen. Mit Ihrer Mutter ist alles bestens«, beeilt sich Frau Kizibel zu beteuern, und ich atme tief durch.

»Ihre Mutter meinte nur, ich solle mit Ihnen am besten auch gleich einen Termin zur Mammografie ausmachen, Sie wären mit Vorsorgeuntersuchungen etwas ... schludrig.«

»Was? Ich schludrig? So eine Beiszang!«

»Ich verbiete mir jegliche Beleidigung!«, empört sich Frau Kizibel.

»I meine nicht Sie, ich schwätz von meiner Mutter. Mir haut es gleich den Zeiger hinaus! Ich bin es doch, die meine Frau Mutter zu den Vorsorgeuntersuchungen hindeffeln muss, nicht umgekehrt!«

Ich erwarte Gegenwehr, doch Frau Kizibel geht nicht weiter auf meine Tirade ein.

»Wie wäre es am Donnerstag um 15.20 Uhr?«, schlägt sie stattdessen vor.

Ich bin derart perplex, dass ich einfach zusage, auflege und eine Weile auf das Telefon starre. Mit Mutter werde ich ein Wörtchen reden müssen!

Gerade habe ich mich wieder beruhigt, als das Telefon wieder klingelt. Wieder die Ludwigsburger Vorwahl.

»Was noch? Soll ich meine Mutter gleich mitbringen?«, frage ich Frau Kizibel angesäuert.

»Wohin?«, erwidert eine Männerstimme.

Der Lauer. Ich nehme einen weiteren tiefen Atemzug, finde allerdings im ersten Moment keine Worte.

»Frau Nägele, sind Sie noch dran?«

»Ja, älles gut, goddamorga, Herr Lauer. Grad wollt ich

Sie arufa. Ich hab nämlich neue Ermittlungsergebnisse, erzielt durch Beobachtung, Induktion und Mindmapping uffm Whiteboard, wie mr des heut halt so macht. Uff älle Fälle, was ich sagen will: Es gibt eindeutige Beweise, dass der …«

Bevor ich meinen Text ein weiteres Mal abspulen kann, fällt mir Lauer ins Wort: »Ich grüße Sie ebenfalls, Frau Nägele, und möchte mich bei Ihnen bedanken.«

Bedanken? Das kann nicht der Lauer sein, deshalb frage ich lieber noch mal nach, mit wem ich spreche.

»Ja, natürlich bin ich der Lauer, wer denn sonst?«

»Die Mammografie zum Beispiel«, will ich gerade erwidern, als der Kommissar mich erneut unterbricht.

»Also, Frau Nägele, Ihre akrobatische Einlage auf meinem Schreibtisch war nicht nur ein humoristisches Highlight …« Er gluckst.

Und ich merke, wie Wut in mir aufsteigt. Was fällt denn dem ei? Ich denk an dem seine Händ an meiner Taille und der …

»Humoristisches Highlight?«, platzt es aus mir heraus.

»Ja, nicht nur das, sondern auch der zündende Funke.«

»Funke?«

»Ja, Sie hatten recht, es war der Schemel!«

Wie meinen? Schemel? Ich versteh nur Bahnhof und sag mal gar nichts dazu. Plötzlich zündet jedoch mein Gehirn wieder, und der Gedanke, den ich an jenem Nachmittag im Café Luckscheiter verloren habe, weil Mutter zum Aufbruch gerufen hat, taucht aus der Versenkung auf.

»Nadierlich, der Schemel!«, rufe ich aufgeregt. »Odder vielmehr …«

»… die Weinkiste«, beendet Lauer meinen Satz. »Folgender Hergang: Herr Kraut hat seine Maische mit dem Schtempfl bearbeitet.« Lauer betont das »Sch« und kichert.

»Um den langen Stiel besser handhaben zu können, hat er sich auf eine umgedrehte Weinkiste gestellt. Vielleicht war er wütend wegen des vorausgegangenen Streits mit seiner Frau und hat das Werkzeug mit voller Wucht in die Maische gestoßen. Dabei ist die Kiste unter ihm auf dem glatten Boden nach hinten weggerutscht.«

»Wie bei mir der Schemel!«

»Genau! Herr Kraut ist nach vorne gestürzt, der Schtempfl ist mit der Holzplatte auf dem Boden des Bottichs aufgeschlagen ...«

»... und den Öchsle hat es oben auf die scharfe Kante von dem Schtiel g'schmissa!« Ich mache es Lauer nach und betone jedes einzelne »Sch«. »Der Schtiel isch ihm in dr Hals gefahren, wie mir fast des Lineal, und hat ihm die Halsschlagader abg'rissen ...«

»Er wurde durch den extremen Blutverlust sofort ohnmächtig und ist schlussendlich in der Rotweinmaische ertrunken.«

»Jetzt hemmer's!«, rufe ich begeistert und würde Lauer am liebsten abklatschen.

Im nächsten Moment überfällt mich allerdings eine tiefe Enttäuschung. Schlagartig wird mir klar, was das bedeutet: Der Fall mit dem Öchsle ist gar kein Fall. Weder der Benni noch die Checky haben Dreck am Stecken, auch wenn sie sich verdächtig benommen haben. Der Öchsle ist einfach durch die Verkettung unglücklicher Umstände zu Tode gekommen. Arg schad. Ja, um den Öchsle, aber halt auch um meine Ermittlungskompetenz, die ich jetzt gar nicht beweisen kann.

»Frau Kraut und der junge Österreicher sind damit entlastet«, fasst der Kommissar meine Gedanken in Worte. »Und Sie, Frau Nägele, können sich getrost wieder Ihren Alltagsaufgaben widmen.«

Höre ich da etwa eine gewisse Erleichterung heraus? Das gönne ich dem Lauer nicht!

»Und der Gips? Des war doch aller Wahrscheinlichkeit nach ein Mord! Des sagt auch ...«

Sofort beiß ich mir auf die Zähne. Nägele, ka mr so blöd sei!

»Wer?«, hör ich Lauers scharfe Stimme.

»Äh ... mein Bauchgefühl. Des schwätzt manchmol mit mir.«

Nägele! Halt doch die Klapp!

»Soso, das schwätzt mit Ihnen. Sagen Sie Ihrem ›Bauchgefühl‹ einen schönen Gruß, und wenn ich noch mal mitkriege, wie meine Leute polizeiinterne Informationen an dritte weitergeben, dann ...« Der Herr Kommissar echauffiert sich nun richtig.

Deshalb lenke ich ein: »Aber, Herr Lauer, Sie kennen mich doch. Ich bin doch nicht die Dritte. Ich bin mindestens die Zweite. Nach Ihnen, versteht sich. Und wie Sie wissed, schweige ich wie ein ...«

Ein Stöhnen dringt durch den Hörer, bevor Lauer ohne ein weiteres Wort auflegt.

»... Grab!«, sage ich noch und lege ebenfalls auf.

Och, Mann! Das mit dem Gips wird doch nicht auch ein Unfall gewesen sein? Das will ich wirklich nicht hoffen! Doch meine These von einem gepflegten Doppelmord ist gerade eben in sich zusammengefallen.

Wenn es einen Montagsblues gibt, dann hab ich ihn heute und ich kann mich einfach nicht konzentrieren. Immer wieder wird mir bewusst, dass ich mein Ziel, als Ermittlerin Seite an Seite mit Lauer zu arbeiten, natürlich nicht erreichen kann, wenn die Leute durch Unfälle ums Leben kommen. Aber extra jemanden umbringen, um mich zu profilieren, ist ja auch keine Lösung. Ich starre lustlos auf meinen Computerbildschirm, blättere ziellos in alten Akten rum, spüle ein paar Kaffeetassen und stemple endlich aus.

Als ich zu Hause aus dem Auto steige, fährt Alfa auf seinem Rad samt Anhänger die Straße entlang.

»Wie, Alfa, gosch uffs Stückle zum Schaffa?«, rufe ich ihm zu.

»Ciao, Bambina«, erwidert er und hält vor mir an.

Seit Kindertagen nennt er mich Bambina und weigert sich bis heute, mich bei meinem Vornamen zu nennen. Das kann ich durchaus verstehen. Wer will schon Elvira heißen.

»Sono fertig«, erklärt Alfa. Denn wer ein guter Schwabe sei, würde möglichst gleich morgens alles wegschaffen. Und ein guter Schwabe sei er ja mittlerweile, nach fast fünfzig Jahren im Ländle. Nun käme er zum angenehmen Teil des Tages, denn da Vater und Emil heute in Stuttgart sind, haben sie ihm den Auftrag erteilt, auf dem Krauthof den fertigen Schnaps abzuholen.

»Mit dem Radanhänger?«, frage ich zweifelnd und zeige auf sein selbst gebasteltes Gefährt.

»Si! Sono curioso auf Schnapsa.«

Ja, ich bin allerdings ebenfalls gespannt auf den Schnaps, denn schließlich ist er unter meiner Mitwirkung entstanden. Deshalb beschließe ich kurzerhand, die kostbare Ware selbst abzuholen und mir gleich meinen hart erzitterten Anteil abzuzweigen. Alfa ist von meiner Idee nicht begeistert und versucht, mich von meiner Schnapsfahrt abzuhalten, indem er mir zu verstehen gibt, dass er wohl wisse, dass ich maßgeblich zur illegalen Brennaktion beigetragen habe. Das würde seinen Freund Egon Lauer sicherlich interessieren.

Wie jetzt? Will der mich erpressen?

»Du, Alfa«, entgegne ich leise und beuge mich zu ihm vor. »Falls dein Freund Egon etwas davon erfahren sollte, könnte es gut sein, dass die Barbarella ganz zufällig von deinen Machenschaften in Sachen illegale Alkohollieferungen an einschlägig bekannte italienische Gastwirte erfährt …«

Er schaut mich aus zusammengekniffenen Augen an. Ich schaue zurück.

»Capito!«, erwidert er nach einer Weile und nickt. Ziemlich widerwillig wendet er und macht sich auf den Rückweg, ohne sich zu verabschieden.

Gerade als ich ins Auto einsteigen will, bemerke ich Mutter in ihrer Haustür, die Alfa zu sich heranwinkt. Keinesfalls widerwillig, sondern wieselflink biegt Alfa ab und parkt Fahrrad samt Hänger vor Vaters Garage. Ich überlege, ob ich bei den beiden nach dem Rechten sehen soll, lasse es aber bleiben, als ich an den Schnaps denke. Vater werde ich später auf alle Fälle erzählen, dass Alfa der Barbarella in seiner Abwesenheit einen Besuch abgestattet hat.

Ich fahre auf den Krauthof und klingle wieder alle Knöpfe durch. Ohne Erfolg. Auch in der Brennerei treffe ich niemanden an, doch auf dem Boden neben dem Brennkessel stehen drei große Schnapskolben, die mit Vaters Namen beschriftet sind. Ich schnappe die Sackkarre neben der Tür und bugsiere den ersten zum Auto. Bloß net ronterschmeißa!

Schweißgebadet, aber ohne Zwischenfall verfrachte ich alle drei Kolben in den Kofferraum und atme auf. Nicht auszudenken, wenn ich den guten Brand verschüttet hätte. Sicherlich würden Alfas Mafiakumpane, die auf die Lieferung warten, nicht gut auf mich zu sprechen sein!

Der Ordnung halber möchte ich mit dem Schnaps nicht ungesehen verschwinden, sondern mich bei Eugen erkundigen, was wir ihm fürs Brennen und den Zoll schuldig sind. Da entdecke ich in der Wein-Lounge Licht und gehe hinüber. Durch die bodentiefen Fenster sehe ich die Rosi und die Conny. Nanu, ist die von ihrer Reise schon wieder zurück?

Wie in einem Kleinkunsttheater sitzen die beiden Frauen an einem kleinen Tischchen, auf dem eine Flasche Sekt und drei Gläser abgestellt sind. Obwohl sie mir den Rücken zukehren, erkenn ich die beiden sofort. Conny an ihrem extravaganten Haarschnitt. Und die Rosi an der Kombination aus Edel-Jogginghose mit Hoodie, die sie auch heute wieder trägt. Offensichtlich ist das ihr Lieblingsoutfit. Die Frage, warum drei Gläser auf dem Tischchen stehen, stellt sich nur vorübergehend, denn im nächsten Moment kommt die Checky aus der Küche in die Wein-Lounge. Schnell ducke ich mich hinter einen Strauch. Warum ich nicht möchte, dass sie mich entdeckt, weiß ich allerdings nicht. Intuition?

In einem langen Abendkleid, dessen Strasssteine derart funkeln, dass ich fast die Augen zukneifen muss, schreitet die Checky durch den Raum. Sie dreht sich wie ein Mannequin, was die beiden Freundinnen frenetisch beklatschen. Dann halten sie Nummerntäfelchen in die Höhe und Checky verschwindet wieder in der Küche. Rosi und Conny greifen nach Zetteln, notieren etwas darauf und diskutieren dabei offensichtlich über das Outfit. Leider kann ich nicht hören, was sie besprechen. Es dauert nicht lange, dann kommt Checky in einem grünen Hosenanzug herein, und das Spiel beginnt von vorne. Danach ist ein eng anliegendes Kostüm dran. Offensichtlich veranstalten sie eine Modenschau, und wenn mich mein Eindruck nicht täuscht, mit äußerst hochwertigen Klamotten. Die Rosi und die Conny sollen wohl die Jurorinnen sein. Also, dass die Conny da mitmacht, wo sie doch erst vor kurzem ihren Mann verloren hat? Eine trauernde Witwe ist sie jedenfalls nicht!

Nun würde es mich doch sehr interessieren, wie die beiden die Modelle bewertet haben. Und während sich Checky in der nächsten Kreation dreht und wendet, schleiche ich an der Wand entlang zur Tür, die vom Hof in die Küche führt. Sie ist nur angelehnt und ich drücke sie vorsichtig auf. Keine Sekunde zu früh gehe ich hinter dem Küchenblock in der Mitte des Raums in Deckung, denn in dem Moment kehrt Checky aus der Wein-Lounge zurück. Durch die Schwingtür vernehme ich die Kommentare der beiden Freundinnen, die sich recht unterschiedlich zu einem eng anliegenden Schlauchkleid äußern. Ich höre auch Checky, die sich jenseits des Küchenblocks keuchend aus den engen Klamotten schält. Hoffentlich kommt die jetzt nicht ums Eck, ich wüsst nicht, wie ich erklära könnte, warum ich hier uffem Küchaboda lieg!

Sie kommt glücklicherweise nicht, dafür höre ich ein Quietschen. Ich luge vorsichtig auf Höhe der Sockelleisten ums Eck. Checky trägt jetzt weder Armani noch Chanel oder Dior, sondern Schlabberlook von Tchibo. Das nervtötende Geräusch verursacht ein mobiler Kleiderständer, den sie hinter sich her durch die Schwingtür in die Wein-Lounge zieht. Auf der circa 1,50 Meter langen Stange hängen so viele Kleidungsstücke, dass sie sich bedenklich durchbiegt. Mit Begeisterungsrufen wird Checky von ihrer Clique empfangen, zu der Mäggi offensichtlich nicht gehört.

Das Knallen eines Sektkorkens und Gläserklirren dringt zu mir in die Küche, im Anschluss werden nebenan lauthals Punkte zusammengerechnet, und schließlich verkündet Conny im Tonfall eines Boxkommentators: »The winner iiiiis – number twenty-one!«

Was? So viele Kleidungsstücke oder gar mehr hat die vorgeführt? Warum? Henn die Weiber nix anders zom doa? Meine Gedanken werden von einem Jubelsturm unterbrochen. Man könnte meinen, man hätte es mit einer Horde Wilder zu tun.

Ich überlege wieder, was es wohl mit den ganzen Klamotten auf sich hat, als Rosi fragt: »Und du hasch des tatsächlich alles kauft? Des koschtet doch ein Vermögen!«

»Ja, das kann ich mir jetzt endlich leisten«, triumphiert die Checky. »Ich musste schon viel zu lange drauf warten.«

Nun wird es interessant, denke ich, robbe hinter dem Küchenblock hervor und drücke mich an die Wand neben der Schwingtür, um nichts zu verpassen.

»Da es kein Testament gibt, gehört mir mindestens die Hälfte vom Hof. David kann mir meinen Anteil gerne abkaufen. Außerdem hat Edmund bei unserer Hochzeit eine Lebensversicherung zu meinen Gunsten abgeschlossen, da ist ein siebenstelliges Sümmchen fällig, und damit kauf ich mir meine Traumimmobilie am Starnberger See.«

Ein Raunen geht durch den Raum.

»Du Glückspilz!«, meint die Rosi, und da schwingt ordentlich Neid mit.

»Und wenn er doch ein Testament gemacht hat?«, gibt Conny zu bedenken.

»Hat er nicht. Den Notartermin hat er nicht mehr erlebt.«

»Hasch du etwa nachg'holfa?« Rosi lacht, aber ein ernsthafter Ton liegt unterschwellig in ihrer Frage.

Die Checky fällt ins Gelächter mit ein, und auch die Conny schließt sich an, jedoch wesentlich verhaltener als ihre Freundin.

»Würde bei Mord die Lebensversicherung überhaupt ausgezahlt?«, hakt Conny erneut nach.

Also entweder sind die beiden Frauen Spielverderberinnen oder sie bezweifeln, dass die Checky eine reine Weste hat ...

»Nur wenn der Mörder nicht gleichzeitig der Bezugsberechtigte isch«, doziert Rosi.

»Ach, woher weißt du das denn?«, erkundigt sich die Checky erstaunt. Als die Rosi rumdruckst, fährt sie selbst fort: »Du hast recht! Wenn ich den Edmund ermordet hätte, würde ich leer ausgehen. Was eigentlich auch in Ordnung wäre, oder?«

Die Mädels stimmen zu.

»Aber wenn ein Dritter ihn ermordet hätte, würde mir als Bezugsberechtigte das Geld dennoch zustehen. Außer, ich hätte die Tat beauftragt.« Sie lacht schrill, und es klingt aufgesetzt. »Hab ich allerdings nicht. Die Versicherung muss zahlen, und das ist mehr als fair.«

Die anderen Frauen teilen wieder ihre Meinung.

»Trotzdem hab ich bis heute Morgen echt gebibbert, weil ich mir die Klamotten in einer Art Befreiungsschlag schon kurz nach Edmunds Tod bestellt habe, obwohl ich nicht wusste, ob alles mit der Versicherung klappt. Doch jetzt steht es fest: Das Geld kommt.«

»Warum?«, fragen Rosi und Conny gleichzeitig.

»Es war kein Mord.«

»Wie bitte?«

»Der Kommissar hat mich heute Morgen angerufen. Es war eindeutig ein Unfall und damit zahlt die Versicherung! Yippie!«

Ich nutze den Lärm, um mich unbemerkt in eine andere Kauerstellung zu bringen, denn inzwischen sind mir meine Beine eingeschlafen, und luge vorsichtig durch den Glaseinsatz der Schwingtür. Ich beobachte einen konspirativen Blick, den sich die Rosi und die Conny zuwerfen. Hinter Checkys Rücken, die gerade die Sektflasche ansetzt und gierig trinkt, tuscheln sie. Obwohl mein Gehör als legendär bekannt ist, verstehe ich nicht, was sie sich zuraunen. Schließlich lassen sich die zwei Frauen von Checkys guter Laune anstecken. Jede schnappt sich eine eigene Sektflasche, sie lassen die Korken knallen und trinken um die Wette. Die Endvierzigerinnen benehmen sich wie sechzehnjährige Groupies einer Rockband. Es dauert eine geraume Zeit, bis sie sich wieder einkriegen.

»Du Glückspilz«, wiederholt sich Rosi. »I würd sofort mit dir tauscha! Dann könnt ich mein eigenes Sportstudio aufmacha. Des wär toll!«

Ach du meine Güte, womöglich mit dem Schmalz-Achim?

»Mit meinem Achim«, sagt sie gleich drauf.

Ihre Mädels äußern sich lobend über Rosis Kurschatten. Geheim ist die Affäre demnach nicht.

»Aber du und dein Mann, ihr nagt doch auch nicht am Hungertuch«, formuliert Checky meinen nächsten Gedanken.

»Er nicht, ich schon. Der Geizkragen lässt mich am langa Arm verhongra. Geld- und gefühlsmäßig.«

Ich drücke mein Ohr fester ans lackierte Holz, aber die Schwingtür gibt etwas nach und ich falle nach vorn. Schnell drücke ich mich wieder an die Wand und hoffe inständig, dass die drei Frauen nichts bemerkt haben. Ich habe Glück, denn Rosi fährt in ihrer Erzählung fort und jammert darüber, dass der Leibinger von Anfang an die Kontrolle über ihre Finanzen in die Hand genommen hat und keinen Cent ohne hinreichende Begründung rausrückt. Typisch Banker halt.

»Ich soll doch froh sein, dass ich nicht arbeiten muss, sondern meinen Hobbys nachgehen kann. Dass ich liebend gern schaffa dät, am liebsten als Trainerin in einem Studio, interessiert den nicht. Aber schließlich habe ich Sport studiert!« Sie macht eine Pause, dann äfft sie ihren Ehemann nach: »Wie kommt denn das bei den Leuten an, wenn die Frau des Bankchefs am Ort arbeiten geht!« Zornig ergänzt sie: »Dabei geht's ihm net um die Leut. Der will mich bloß kontrolliera!«

»Wie ist der denn drauf?«, empört sich Checky.

Offensichtlich war die Freundschaft zwischen ihr und Rosi bislang doch nicht so eng, dass sie diese kleinen, aber feinen Details nicht wusste.

»Verzähl au des mit dem Konto!«, fordert indes Conny ihre Freundin auf.

Aha, die woiß besser Bescheid!

Rosi zögert, doch der Alkohol tut offenbar seine Wirkung, und sie berichtet, sie habe vor Kurzem zufällig rausgefunden, dass der Leibinger seit Jahren monatlich einen festen Betrag auf ein fremdes Konto überweist. Da sei inzwischen ein ganz schöner Batzen zusammengekommen. Zuerst habe sie gehofft, er hätte das Geld für sie zurückgelegt, damit sie sich ihren großen Traum vom eigenen Studio erfüllen könnte, und wolle sie damit überraschen. Als sie ihn jedoch darauf angesprochen habe, sei er förmlich ausgeflippt. Das ginge sie gar nichts an, habe er geschrien, sie solle die Finger von seinen Angelegenheiten lassen und im Übrigen käme sie sowieso nicht an die Kohle ran.

Mir dämmert, dass es sich um die Angelegenheit handelt, die der Leibinger und der Benni am See besprochen haben. Und ich frage mich, warum der Benni das mit der Maria gewusst hat.

»Und seit dem Hoffescht beim Kraut herrscht bei uns Funkstille.« Rosi fängt an zu schluchzen und die Freundinnen trösten sie.

»Ja, jede von uns hat wohl ihr Päckle zu traga«, resümiert die Conny letztlich und klingt dabei wie ihre eigene Großmutter.

»Du doch net«, widerspricht Rosi. »Du hasch doch g'nug Geld!«

»Des scho, aber des isch net älles im Läba. Des hab ich dir scho oft erklärt.«

»Was willst du denn sonst?«, erkundigt sich die Checky.

»A Kind«, antwortet Rosi statt der Freundin. »Der Gips, der Egoischt, der verdammte, hat allerdings einfach Tatsacha g'schaffa, gell, Conny?«

»Komm, erzähl!«, bittet die Checky neugierig.

»Ich wollt scho immer Kender, aber der Gips net«, beginnt die Conny seufzend. Sie erzählt, dass ihr Mann immer wichtigere Dinge vorgeschoben hat. Den Betrieb, mangelnde Zeit. Aber er habe Kinder einfach nicht leiden können.

»Ich war mir aber sicher, dass sich des ändert, sobald mir eigene Kinder henn. Deshalb hab ich die Pille abg'setzt. Aber es hat einfach nicht funktioniert. Bei mir sei alles in Ordnung, hat der Arzt g'sagt, deshalb hab ich den Gips auch zur Untersuchung g'schickt.«

»Und? Lag es an ihm?«, hakt Checky nach.

»Nein, auch bei ihm sei alles in Ordnung, hat er mir versichert, aber so oft mir's au probiert henn, es hat net klappt.«

»Dann verliert man ja auch die Lust, es immer wieder zu versuchen, oder?«, fragt Checky mitfühlend nach.

»Des kannsch laut saga! Deshalb hab ich a Adoption vorg'schlaga. Aber des hat mein Herr Gemahl vehement abg'lehnt. Er dät sich doch kein Kuckuckskind in sei Firma holla, vorher dät er lieber älles selber verprassa!«

Die Checky keucht auf, und auch ich bin empört!

Sie erzählt, dass sie über die Jahre Mittel und Wege gefunden habe, Geld auf die Seite zu schaffen, ohne dass er es gemerkt hat. Der Gips habe sich nie um die Buchhaltung gekümmert, und nach dem Tod vom Schwiegervater hatte sie völlig freie Hand. Aber Geld sei einfach nicht alles. Selbst die tollsten Reisen in den schicksten Hotels und alle Wellnessanwendungen dieser Welt würden da nicht helfen.

»Aber was meint Rosi damit, dass der Gips Tatsachen geschaffen hat?«, möchte die Checky wissen.

»Ha! Den Termin beim Urologen, zu dem ich ihn damals drängt hab, hat der dazu g'nutzt, sich sterilisiera zu lassa. Ohne ein Wort davon zu erzähla.« Conny schluchzt, und die Rosi tröstet sie murmelnd.

»Was?« Die Checky kann es gar nicht fassen.

Und woher weiß die Conny des jetzt?

Kaum habe ich den Gedanken zu Ende gebracht, spricht Checky ihn aus: »Und woher weißt du das jetzt?«

»Von der Svenja«, muss die Rosi an Connys Stelle antworten, denn die schnäuzt erst mal ins Taschentuch.

Schniefend erzählt Conny schließlich, dass sie vor zwei Wochen wegen Blasenbeschwerden zum Urologen musste. Demselben, bei dem auch Gips gewesen ist. Seit einem Jahr arbeite dort Svenja, eine gute Bekannte von ihr aus dem Tennisklub, als Sprechstundenhilfe. Conny hätte lang warten müssen, und da hätte Svenja sie auf einen Kaffee ins Nebenzimmer eingeladen. Sie hätte über ihren Familienalltag geklagt, mit Mann und den drei Kindern. Conny erklärte Svenja, dass sie den Stress gerne in Kauf nehmen würde, wenn es bei ihr und Gips nur endlich klappen würde. Dann habe Svenja kurzerhand die Patientenakte geholt und nach dem Untersuchungsergebnis von Gips gesehen. Dort stand es schwarz auf weiß.

Die Conny fängt wieder das Schnäuzen an. »Ich war so fertig, dass ich sofort aus der Praxis g'rennt bin. I bin heimg'fahra und hab den Gips sofort zur Rede g'schtellt. Aber der hat bloß g'lacht!«

»Nein!«, rufen die Rosi und die Checky gleichzeitig.

»›Was sollet mir denn mit so ra Teppichratta!‹, hat er verächtlich g'meint. Ich solle froh sein, dass ich älle Freiheita hab, die sich a Frau wünscha ka! Am liebschta hätt ich den uff dr Schtell ombrocht!«

Eine Weile herrscht Stille, und ich habe keine Gelegenheit, mein taubes linkes Bein zu bewegen.

Schließlich höre ich die Checky: »Und das hast du dann umgesetzt und …«

Das interessiert mich jetzt brennend und ich schiebe mich wieder etwas weiter vor Richtung Schwingtür, bleibe allerdings mit meinem schlaffen linken Bein an einem Besen hängen, der an der Wand lehnt und jetzt scheppernd umfällt. Ich greife schnell nach dem Stiel, springe auf, so gut das eben geht, und humple Richtung Tür zum Hof.

»Elvira?«, ruft Checky in meinem Rücken. »Was machst du denn hier?«

Angewurzelt bleibe ich stehen, und wie von selbst bewegt sich der Besen in meiner Hand über den Fliesenboden. »Äh, ich hab Schnaps abg'holt und den Eugen g'sucht und dann g'säh, dass hier … äh … Sach uffem Boda rumliegt, und hab mir denkt, ich kehr mol a bissle.«

Was Blöderes fällt mir gerade nicht ein!

Ich schiele über meine Schulter zur Checky, hinter der die Türe zur Wein-Lounge hin- und herschwingt.

»Aha.«

Checky kann auch nichts Sinnvolleres zur Unterhaltung beitragen.

»Gut, i gang mol widder. Du kannsch dr Kehrwisch ond a Kudderschaufel holla ond des Häufle zammakehra«, schlage ich vor, stelle den Besen ins Eck und verschwinde durch die Tür ins Freie.

»Welches Häufle?«, ruft mir die Checky hinterher, doch diese Frage kann ich ihr auch nicht beantworten.

Am Auto angekommen, werfe ich einen Blick zur Wein-Lounge, wo die Rosi, die Checky und die Conny mich hinterm Fenster kopfschüttelnd beobachten. Wahrscheinlich halten sie mich für ausgesprochen sonderlich.

»Emil, do kommt se grad!«, höre ich Vater, als ich zu Hause aus dem Wagen steige. Er läuft ums Fahrzeug herum und reißt den Kofferraum auf, ohne mich zu beachten. »Dem Schnaps isch doch hoffentlich nix passiert?«

Noch bevor ich zu einer Antwort ansetzen kann, kommt Emil durch den Garten gerannt. Er nickt mir wenigstens kurz zu, läuft allerdings ebenfalls gleich zum Heck, um nach dem Rechten zu sehen. »Älles gut ganga?«, erkundigt er sich, doch angesichts der unversehrten Kolben kann ich ihm eine Erklärung schuldig bleiben.

Die beiden alten Herren strahlen sich glücklich an, und es tut mir im Herzen weh, dass ich Vater gleich über Alfas Besuch bei Barbarella in Kenntnis setzen muss. Das wird ihm gar nicht gefallen …

»Wo dr Emil ond i heimkomma senn, war dr Alfa da«, sagt er seelenruhig und ist mir einen Schritt voraus. »Deshalb weiß i, dass du den Schnaps g'holld hasch.«

»Wie, dr Alfa war bei dr Mutti? Oifach so?«

»Nein, net oifach so. Die henn a neues Rezept für einen Sauerkrautauflauf ausprobiert.«

»Sauerkrautauflauf.«

»Oder Blaukrautauflauf, was weiß denn ich. Emil, lang na, der Schnaps muss ins Paradies.« Mit diesen Worten drückt er dem Freund einen der Kolben in die Arme und greift sich einen zweiten.

Verwundert blicke ich den beiden Herren hinterher, als sie sich und die kostbare Ladung in die Gartenhütte mit dem himmlischen Namen schleppen. Ihr eigenes gelobtes Reich, in dem sie gemeinsam mit Alfa so manch feucht-fröhlichen Abend feiern. Im Gegensatz zu mir hat der Vater offenbar keine Probleme damit, dass sein Kumpel die Barbarella in seiner Abwesenheit aufsucht. Hauptsache Schnaps! Wenn die allerdings glauben, dass ich ihnen den dritten Kolben hinterhertrage, haben sie sich geschnitten!

»Ciao, Bambina!«, höre ich Alfas Stimme, als ich den Kofferraumdeckel zumachen will.

Wo kommt der denn plötzlich her?

Er streckt mir einen Teller entgegen. »Tanti saluti von die Barbarella. Haben wir gemacht aufgelaufenes Sauerkraut. Schmecke excellente. Du probiere?«

Echt jetzt, henn die wirklich Sauerkrautauflauf g'macht? An denne ihrer Stell wüsst ich wirklich was Besseres!

Im nächsten Moment tadle ich mich für meine Gedanken. Ich kann doch froh sein, wenn sich das Interesse von Alfa und seiner Barbarella auf Kochrezepte beschränkt! Gerne nehme ich den Teller entgegen und schiebe ein großes Stück vom Auflauf in den Mund. Er schmeckt tatsächlich exzellent, ist jedoch noch so heiß, dass ich hektisch Luft einziehen muss, um mir nicht die Gurgel zu verbrennen. Meine positive Beurteilung kann ich deshalb nur mit erhobenem Daumen vermitteln.

Alfa freut sich über mein Feedback, greift nach dem dritten Kolben, aber der ist für den schmächtigen Italiener offensichtlich zu schwer. »Bambina, ti prego ...« Er deutet auf das Gefäß und schaut mich flehend an. Und zwar so eindringlich, dass ich ihm seine Bitte nicht abschlagen kann.

Beladen mit dem dritten Schnapskolben mache ich mich also doch auf den Weg ins Paradies und nehme mir vor, bei der Gelegenheit gleich den aktuellen Vorrat der dort üblicherweise eingelagerten Spirituosen zu inspizieren. Ich bin auf alles gefasst, aber als ich die Hütte betrete, erfasst mich blankes Staunen. Im Paradies herrschen geradezu himmlische Zustände, und das ist eher ungewöhnlich. Alles ist aufgeräumt. Sogar die Spinnweben, die sonst in den Ecken hängen, sind nicht mehr zu sehen. Die Regale, auf denen Spirituosen aus aller Herren Länder lagern, sind leer gefegt, ebenso der Kühlschrank, in dem üblicherweise ein Dreißig-Liter-Bierfass gelagert wird, das an die mobile Zapfanlage daneben angeschlossen werden kann. Ich bin fast erleichtert, als ich wenigstens in Omas altem Küchenbuffet einen ansehnlichen Vorrat an baden-württembergischen und italienischen Weinen finde.

»So, senn ihr wieder auf dem Pfad der Tugend?«, erkundige ich mich bei der Boygroup.

»Nadierlich!« – »Klar!« – »Ma certo!«, antworten sie wie aus einem Munde und unterstreichen ihre Aussage mit heftigem Kopfnicken.

Ich spare deshalb nicht mit Lob, bin mir jedoch sicher, dass sie nur aufgeräumt haben, um der nächsten Lieferung Platz zu machen.

»Wie isch der Schnaps?«, erkundige ich mich, denn Vater hat den ersten Kolben schon mit einem dünnen Gummischlauch angezapft.

»Super!« Er reicht mir schnell ein Gläschen, froh, das Thema wechseln zu können.

Das Kirschwasser ist tatsächlich ausgezeichnet, und ich freue mich mit den dreien über das gute Ergebnis der Brennaktion. Ich deute an, dass auch ich einen Teil dazu beigetragen habe, und den würde ich jetzt gerne mitnehmen. Zuerst verstehen sie mich nicht – oder wollen mich nicht verstehen –, daher hole ich unmissverständlich einen leeren Zehnliterglaskolben aus der alten Kommode und stelle ihn auf den Tisch.

Es dauert eine Weile, bis einer der Männer reagiert, doch

letztlich beginnt Emil, der ehemalige Bänker, zu rechnen. »Zehn Prozent aus sechzig Litern macht sechs Liter.« Er nickt Vater zu.

Der greift nach einem Messbecher, misst einen Liter ab und gießt das Kirschwasser durch einen Trichter in den kleinen Kolben. Nach fünf Wiederholungen drückt er den Korken auf das Gefäß. Als ich nicht reagiere, blickt er mich fragend an. Ich erwähne, nur so nebenbei, meine guten beziehungsweise sehr guten Kontakte zur Polizei und die enge Zusammenarbeit mit Kommissar Lauer. Die Freunde schauen sich an, nicken einander zu, der Korken wird noch mal abgezogen und der Kolben, ohne abzumessen, bis zum Rand gefüllt. So isch's recht!

Auch die Schnapsgläschen erhalten eine zweite Füllung, und wir stoßen auf unseren Deal an. Alfa greift schließlich nach einer Flasche Barolo aus Omas Küchenschrank und läutet damit eine gemütliche Vorabendrunde im Paradies ein. Wir unterhalten uns über dies und das. Über den tragischen Unfall vom Öchsle und den ungeklärten Sturz von Gips sowie über den bevorstehenden Bottwartal-Marathon. Darüber weiß Emil einiges zu berichten, denn er ist nicht nur selbst passionierter Sportler, sondern darüber hinaus seit Jahren im Organisationsteam der weit über die regionalen Grenzen hinweg bekannten Sportveranstaltung.

Ich erkläre seufzend, dass ich auf der Walkingstrecke mitgelaufen wäre, aber durch den neuerlichen Leichenfund derart in Trainingsverzug geraten bin, dass ich das Vorhaben schweren Herzens auf das nächste Jahr verschieben muss. Die Herren bedauern das gebührend, zwinkern sich jedoch dabei schelmisch zu.

»Ja, was? Was gibt's do zu grinsa? Mich hat's so über dem Gips seine Füß neig'schmissa, dass ich unmöglich mitlaufa kann!«

»Nadierlich!« – »Klar!« – »Ma certo!«, ertönt es wieder unisono.

Als ich entnervt in die Runde schaue, lenkt Vater ein: »Du, Mädle …«

»Also, Elvira …«, stimmt Emil mit ein.

»Amore mio …«, schmalzt mich jetzt auch noch der Alfa an.

Ich werde hellhörig. Wollen die was von mir?

Emil legt mit blumigen Worten dar, dass es womöglich so kommen musste. Man wisse nie, was das Schicksal bereithält, und jeder Rückschlag sei auch ein Schritt nach vorne.

Ich spare mir einen Kommentar.

»Bei so einem Großereignis«, setzt er wieder an, »gibt's ja nicht nur Teilnehmer, sondern es wird jede helfende Hand braucht. Aber in letschter Zeit isch des immer schwieriger worda, ehrenamtliche Mitarbeiter zum fenda.«

Diese Erkenntnis lasse ich mal im Raum stehen.

Emil wendet sich hilfesuchend seinen Freunden zu, doch die blicken andächtig in ihre Weingläser.

Ja, und deshalb, fährt Emil zögernd fort, könnten sie sich – er deutet auf die anderen beiden Herren –, also der Helmes – Vater schaut kurz auf – und der Alfa – der nickt mir zu – und er sich sehr gut vorstellen, dass verhinderte Sportler dafür eventuell hinter den Kulissen, backstage sozusagen, mithelfen könnten.

Aha, langsam rieche ich den Braten, aber ich lass die drei noch zappeln.

»Ma Bella«, beteiligt sich nun Alfa am Gespräch. Er mimt den smarten Italiener und unterstreicht seine Aussagen lebhaft mit Gesten. »Du disch kenna aus perfetto sul posto.«

»Ich kenn mich auf dr Post aus?«

»Ma no! In …« Er sucht nach den richtigen Worten.

»In der Umgebung. Uff dr Strecke!«, springt Vater ein. »Mensch, Mädle, dr Emil sucht dringend no Helfer, und weil du ja, wie wir wissen, grad körperlich behindert bisch, äh, aktuell gehandicapt, könntesch du doch gut eine der Verpflegungsstationa betreua!«

»Könnt ich, will ich aber nicht!«, entgegne ich umgehend und mit Nachdruck, damit keinerlei Zweifel an meiner Ablehnung aufkommen.

»Jetzt komm, stell de doch net so a.«

»Vatter, ich stell mich nicht a! Aber wenn ich bei dem Event dabei bin, dann isch mein Platz doch wohl unter de Sportler!«

»Du wärsch doch unter de Sportler, nur ned unter de aktive.«

»Du meinsch, ich soll meine Läuferkarriere dem Ehrenamt opfern? Seiner Lebtag net!«

Irgendwie hab ich mich derart in die Opposition geredet, dass ich, wie im Bundestag, nicht mehr von meinem Standpunkt runterkomme, selbst wenn ich es wollte. Denn eigentlich wäre ich durchaus froh, wenn ich mein bedauerliches Fehlen im Teilnehmerfeld nicht nur mit meinem körperlichen Handicap, sondern zudem mit einem dringenden Arbeitseinsatz erklären könnte. Vor allem Mutter gegenüber, die mich in den letzten Tagen genug gehänselt hat. Ich hoffe, dass die drei alten Herren einen Trumpf im Ärmel haben, mit dem sie mich ködern können. Aber die haben ihr Pulver anscheinend verschossen. Und genug Lebenserfahrung, dass sie wissen: Wenn eine Frau Nein sagt, bedeutet das auch Nein.

Statt weiterer Überredungsversuche folgt eine weitere Runde Barolo, und wir wenden uns anderen Themen zu. Bevor jedoch das zweite Fläschchen geöffnet wird, verabschiede ich mich und lass die in die Jahre gekommene Boygroup allein weiterfeiern. Inzwischen ist es kurz vor sechs und ich beginne, das Vesper vorzubereiten. Beim Gurkenschnippeln kommen mir, warum auch immer, der Leibinger und das geheime Konto wieder in den Sinn. Ob das wohl bei der Volksbank liegt oder doch bei einer Schweizer Bank? Dreht der Leibinger krumme Dinger und muss Schwarzgeld waschen? Und wenn ja, woher stammt die Kohle? Ich muss unbedingt einen Banker fragen, der sich mit solchen Dingen auskennt, doch der einzige, den ich persönlich kenne, ist der Leibinger selbst. Diese Informationsquelle schließe ich daher gleich wieder aus.

Als ich den Gurkensalat auf den Tisch stelle, entdecke ich Emil, der vor dem Fenster vorbei Richtung Straße geht. Offensichtlich ist der Umtrunk im Paradies beendet. Er schaut zu mir herein, und wir winken uns zu. Da fällt es mir wie Schuppen von den Augen. Natürlich! Der Emil ist auch Banker! Ex-Banker. Jahrzehntelang hat er die hiesige Volksbank geleitet, bevor er in den Ruhestand gegangen und der Leibinger ihm nachgefolgt ist.

Schnell renne ich zur Tür und kann ihn rechtzeitig abfangen, bevor er mit seinem Motorroller davontuckert. Ich bitte ihn herein, führe ihn zum Esstisch, wo das Vesper angerichtet ist, rücke ihm den Stuhl zurecht und lade ihn freundlich ein, mit uns zu Abend zu essen.

»Elvira, was isch los? Was willsch?«, erkundigt er sich ohne Umschweife.

Gut, in dem Fall brauch auch ich nicht um den heißen Brei herumzureden.

»Informationen.«

»Über was?«

Ansatzweise verrate ich ihm, was ich über die Geldtransfers erfahren habe, als ich den Leibinger und den Benni – und ja, okay, auch die Conny, die Rosi und die Checky –

belauscht habe. Allerdings erzähle ich nichts von Marias tödlichem Unfall, sondern lediglich, dass der Leibinger über Jahre monatlich einen fixen Betrag auf ein fremdes Konto eingezahlt hat und ich mich nun schon frage, wohin das Geld gegangen ist und an wen überhaupt!

»Hängt des mit dem Gips zamma?«

»Könnt sein.«

»Und von wem genau weisch du des mit dem Konto?«, hakt er nach.

»Informantenschutz«, erwidere ich knapp.

Prüfend mustert er mich von oben bis unten. Will er an meinen Kleidern den Wahrheitsgehalt meiner Aussage ablesen? Schließlich erklärt er mir, nach einem kleinen Exkurs über das Bankgeheimnis, dass er zwar dreiundvierzig Jahre auf der Bank gearbeitet hat, seit seinem Ruhestand jedoch keinen Zugriff mehr auf irgendwelche Konten habe, sein eigenes ausgenommen. Er könne mir daher nicht weiterhelfen, selbst wenn er wollte.

Enttäuscht greife ich nach einem Saitenwürstle, denn neben Zucker beruhigt Fett meine Nerven ungemein. Meinem Gehirn hilft es jedoch nicht, denn mir will auf die Schnelle kein Plan B einfallen.

»Allerdings ...«, Emil beugt sich etwas zu mir herüber, »allerdings könnt uns der Alex womöglich weiterhelfen.«

»Nadierlich!«

Emils Enkel hat die berufliche Tradition in der Familie weitergeführt, sehr zur Freude des Großvaters, aber zu dessen Bedauern bei der Konkurrenz, also der Kreissparkasse, wobei er vor einem knappen Jahr zur Volksbank gewechselt ist wie sein Opa. Erst vor ein paar Monaten hat der Alex in der örtlichen Filiale begonnen, die von Leibinger geleitet wird. Emil bietet an, seinen Enkel eventuell unter gewissen Umständen mit ins Boot zu holen.

»Unter welchen Umständen?«

»Versorgungsstand beim Marathon.«

Ein paar Sekunden stieren wir uns aus Augenschlitzen an wie zwei Cowboys beim Duell. Dann gebe ich nach.

»Deal?«

»Deal!«

KAPITEL 9

An einem Dienstag Mitte Oktober

Es ist 6.59 Uhr, als ich mich im Archiv einstemple und beginne, meine E-Mails abzuarbeiten. Im Anschluss spaziere ich hinüber ins Rathaus, um nach meiner Post zu sehen. Vorher mache ich jedoch einen kleinen Schlenker zu »Connys Glamour«. Am Tatort wird gearbeitet, allerdings sind die Spusi-Maden anderen Menschen in Einheitskleidung gewichen. Männer und Frauen in Arbeitshosen mit einem Straußvogel als Emblem tummeln sich auf dem Gerüst. Um gar nicht erst die Frage aufkommen zu lassen, zu welcher Truppe sie gehören, tragen sie zudem T-Shirts mit dem Aufdruck: »Profi-Stuck-Ranzer GmbH«.

Und damit gleich jeder kapiert, wer jetzt im Unternehmen das Sagen hat, steht die Conny vor ihrem Dekogeschäft und gibt den Handwerkern lautstark Anweisungen. Die Fenster müssen besser abgeklebt werden, die Gefache sind nicht richtig ausgebessert und welcher Idiot hat die falsche Farbe für das Fachwerk bestellt? Offensichtlich kann es niemand der Chefin recht machen. Aber sie muss den Betrieb jetzt halt auch ganz allein schmeißen. Da kann man schon verstehen, dass sie mal die Nerven verliert.

»Hi, Conny«, grüß ich und trete hinter sie.

Sie fährt herum. »Ach, Elvira. Mensch, hasch du mich erschreckt!«

»Sorry, des hanne net wella. Wie goht's dir denn?«

»Soso, lala.«

»Sei froh, dass du net dorbei warsch, wo dr Gips vom G'rüscht g'falla isch«, bemerke ich wenig taktvoll, allerdings mit kriminalistischem Spürsinn, und merke, dass Conny unsicher wird.

»Äh, ich war a paar Tag in Hamburg, des hat der Kommissar scho überprüft. Mein Alibi isch in Ordnung«, verteidigt sie sich umgehend, und das ist schon sehr verdächtig.

»Soso«, entgegne ich nur, und das schürt ihre Unsicherheit weiter.

Wohl um abzulenken, erzählt sie ungefragt, dass sie jetzt enorm viel in der Firma um die Ohren hat und gleichzeitig die Renovierung des in die Jahre gekommenen Fachwerkhauses ansteht.

»Hätt des net a bissle warta könna?«

»Noi. Immerhin war des Gerüscht scho uffg'schtellt«, antwortet sie und wendet sich wieder den Handwerkern zu.

»Und die Koschtenseite wird für dich kein Problem sei, gell?«

»Wie meinsch des?«

Ich erzähle ihr den Witz, den ich bei der Reblausführung immer einfließen lasse. Den mit dem Waldarbeiter, dessen Versicherung schnell die Witwe ausbezahlt hat, und ich muss herzlich lachen.

Die Conny nicht. Überhaupt nicht.

»Erschtens«, zischt sie wütend, »gibt es keine Versicherung. Zweitens brauch ich die au ned, ich hab Geld g'nug, und drittens ...« Sie macht eine Pause und fixiert mich scharf. »Drittens: Wie lang bisch du scho bei dr Checky in dr Küche g'schtanda und hasch ›gekehrt‹?« Sie schwingt einen imaginären Besen hin und her.

»Lang g'nug.«

Connys Blick flackert.

»Und ich hab den Eindruck, dass hier im Flecka bei manche Leut ordentlich rauskehrt werda müsst!«, ergänze ich und lass sie damit stehen.

Soll sie ruhig ein schlechtes Gewissen plagen, trotz Alibi. Das werde ich allerdings bei Lauer nachprüfen.

Ich setze meinen Weg ins Rathaus fort, dessen Fassade durchaus ebenfalls einen neuen Anstrich nötig hätte. Im Vorbeigehen entdecke ich Waltraud, die in ihrer Apotheke am Tresen steht und Eugen Kraut eine Packung Medikamente reicht. Als sie mich erblickt, winkt sie mich herein, und da meine Post noch ein bisschen warten kann, folge ich ihrem Wunsch. Ich nehme die wenigen Stufen hinauf zum Laden, als Eugen die Tür von innen öffnet und ins Freie tritt. Ich lasse ihn vorbei und beschließe, ein kleines Schwätzchen mit ihm zu halten, weil Waltraud ohnehin noch eine andere Kundin bedienen muss.

Öchsles Vater berichtet, dass mit seiner Leiste fast wieder alles in Ordnung sei. Auch seiner Marianne gehe es den Umständen entsprechend besser. Und seit dem ersten Oktober sei der David mit auf dem Hof. Endlich. Er sei erst mal in die zweite Ferienwohnung eingezogen, bis die Nachfolge vollends geklärt sei. Außerdem verstünde er sich mit dem Benni wirklich gut, und obwohl dessen Studium in Stuttgart bereits begonnen habe, würde der junge Österreicher vorerst nicht ausziehen und Eugens Enkel bei der Arbeit helfen. Der Benni sei technisch äußerst geschickt und fleißig, und der David kenne sich dafür im Weinausbau hervorragend aus. Das passe also gut zusammen.

»Und was sagt die Checky dazu?«, möchte ich wissen.

»Die sagt grad gar nix meh. Die isch überg'schnappt.«

»Verzähl!«

»Die hat den Familienrat einberufen!« Eugen tippt sich mit dem Finger an die Stirn. »Familienrat!«, wiederholt er schnaubend. »Vorgeschtern hat se älle nach Feierabend in der Wein-Lounge versammelt, um zu verkünda, dass sie und die Lessi ausziehed.«

Wieder muss ich unwillkürlich an den Fernsehhund aus Kindertagen denken. Ich staune, dass die Checky ihre Pläne derart zügig in die Tat umsetzt. Eugen verrat ich nicht, dass ich bereits was läuten gehört habe.

»Die hat vom David verlangt, dass er ihr die Hälfte vom Hof abkauft. Mit welchem Geld denn, hat der Kerle zu Recht g'frogt. Dann sagt die allen Ernschtes, er solle halt zum Leibinger ganga und einen Kredit uffnemma! Elvira, kannsch du dir des vorstella! Sie hätte scho mit der Rosi drüber g'schwätzt, die dät bei ihrem Ma a gutes Wort für dr David eilega.«

Wie wenn die Rosi beim Leibinger grad auf offene Ohra stoßa dät!

»Was will die mit dem Geld macha?«, erkundige ich mich der Form halber, denn ich kann ja eins und eins zusammenzählen.

Eugen bestätigt, dass die Checky hochnäsig verkündet hat, dass sie ihren Plan, ein Hotel zu eröffnen, aufgegeben hat. Stattdessen hätte sie bereits eine Option auf ein Penthouse in Tutzing am Starnberger See erworben, wohin sie mit Lessi ziehen wolle. Und ein Jobangebot als Filialleiterin in einer Nobelboutique hätte sie ebenfalls. Sobald die Lebensversicherung ausbezahlt sei, würde sie mit ihrer Tochter das Weite suchen. »I glaub, i schpenn!«, schließt der alte Kraut kopfschüttelnd.

»Senn froh, wenn ihr die Schendmärra los senn«, brumme ich zum Abschied und lasse viele Grüße an die Marianne ausrichten.

Als ich die Apotheke betrete und die Kundin den Laden verlassen hat, ergreift Waltraud sofort das Wort: »Mir ist noch was eingefallen!«

»Goddamorga, Waltraud«, erwidere ich und lächle sie an.

»Ja, guten Morgen, Elvira, sorry! Ich bin etwas im Stress. Heute geben sich die Kunden die Klinke in die Hand.«

»Willsch du mir was zum Eugen saga?«

»Zu Eugen?«

»Ja, Eugen Kraut.«

»Nein, da ist alles so weit in Ordnung.«

Wenn du wüsstesch ...

»Um was goht's dann?«

»Nicht, dass ich die Nachbarschaft ausspionieren würde ...«

»Nicht?« Ich muss grinsen.

»Elvira! Natürlich nicht! Aber die Sache mit dem Gips, die Untersuchungen der Spusi, die Fragen der Polizei und jetzt die Renovierungsarbeiten bei Conny, das lässt mir keine Ruhe! Daher schau ich gelegentlich rüber ...«

»Öfters als sonscht?«

»Mensch, Elvira! Gleich erzähl ich gar nichts mehr.«

»Isch jo gut, i benn still.«

»Also, mir ist aufgefallen, dass die Rosi fast jeden Tag bei der Conny drüben im Laden ist.«

»Die wird die Conny halt tröschta. Isch die Checky au dorbei?«

»Nein, die hab ich eine Weile nicht mehr gesehen. Nur die Rosi und die Conny.«

»Prosecco?«

»Nein, es sieht eher nach konspirativen Treffen aus.«

»Wie kommsch do drauf? Zu viel Krimis? Und siehsch du des überhaupt von hier aus?«

»Nein, nicht wirklich, aber zufällig haben mich verschiedene Besorgungen mehrmals direkt an Connys Ladenfenster vorbeigeführt. Und ja, Elvira, nicht nur du kannst Nachforschungen anstellen, auch ich habe ein Näschen dafür, wenn etwas nicht stimmt.« Sie schlägt die Arme übereinander und starrt mich herausfordernd an.

»Isch ja gut. Und was henn deine Nachforschungen ergäba?«

»Einmal habe ich beobachtet, wie die beiden sich über eine Landkarte gebeugt und eine Strecke reingezeichnet haben. Ein anderes Mal saß jede mit einem Buch am Tisch. Es sah aus, als ob sie verschiedene Stellen darin markiert und sich anschließend darüber unterhalten hätten.

»Und des siehsch du alles im Vorbeilaufa?«

»Das nicht, allerdings weiß ich ebenfalls, wie man unauffällig rumsteht, vorgibt, sich mit anderen Passanten zu unterhalten und dabei unbemerkt Observierungen durchführt. Auch ich gucke *Tatort* und auch ich lese Krimis.«

»Super, dass du so gut mitdenksch«, lobe ich Waltrauds ehrenwerten, wenn auch nutzlosen Beobachtungen. Denn mir, als erfahrene Ermittlerin, ist sofort klar, dass mich die keinen Millimeter weiterbringen.

Sie freut sich über meine Anerkennung und will wissen, welche Schlüsse ich daraus ziehe. Keine. Aber das sage ich ihr nicht.

»Vielleicht möchtet se verreisen?«, mutmaße ich stattdessen.

»Vielleicht.«

»Danke auf alle Fälle, für die super Info, doch ich muss …« Ich zeige vage Richtung Rathaus, und Waltraud wendet sich der nächsten Kundin zu, die eben die Apotheke betreten hat.

Nachdem ich die Post eingesammelt habe, gelingt es mir nach meiner Rückkehr ins Archiv tatsächlich, meinen Inflationsartikel zu Ende zu schreiben. Die meisten Bilder sind ebenfalls bearbeitet, und ich bin ziemlich zufrieden mit mir. Morgen werde ich alles überarbeiten, und dann weg damit zum Druck. Bis zum Feierabend bleibt mir eine Viertelstunde, da lohnt es sich definitiv nicht, was Neues anzufangen. Stattdessen könnte ich bei Kim in der Pathologie anrufen, kommt mir in den Sinn. Einfach nur so, um mich zu erkundigen, wie es ihr geht. Von Freundin zu Freundin …

Gedacht, getan. Im Gegensatz zu Lauer hat sie mir nämlich ihre private Handynummer ohne Weiteres gegeben. Sie befindet sich in der Mittagspause, als ich durchklingle, und das ist prima, denn in dem Fall muss sie nicht parallel an einer Leiche herumschnippeln, was ein Gespräch immer etwas schwierig macht.

Wir unterhalten uns über dies und das, bis mich Kim schließlich auffordert, endlich auf den Punkt zu kommen. »Ich weiß doch, dass dir was unter den Nägeln brennt«, meint sie lachend, und ich bin froh, dass sie das locker sieht.

Natürlich interessieren mich die Untersuchungsergebnisse! Und Kim ist bereit zu liefern, allerdings nicht, ohne mich darauf hinzuweisen, dass sie sich einsalzen lassen kann, wenn der Lauer wieder davon erfährt. Ich verspreche, diesmal wirklich nichts zu verraten, und bin mehr als gespannt, was sie mir zu sagen hat.

Wie nicht anders zu erwarten, stehe ich in der Schlange. Über die Mittagszeit ist in der Metzgerei Weller der Teufel los, und ich stehe mir vor der Theke die Beine in den Bauch. Kurz überlege ich, ob ich auf die Rouladen verzichten soll, die der BMVÄ als Abendessen in Aussicht gestellt hat, wenn ich das Fleisch dafür besorge. Ich könnte stattdessen bei Giovanni eine Familienpizza bestellen. Andererseits läuft mir beim Gedanken an die Rouladen mit breiten Nudeln, Soße und Kartoffelsalat das Wasser im Mund zusammen. Durchhalta!

Nach einer gefühlten Ewigkeit bin ich endlich an der Reihe. Fast. Nur noch ein Kunde ist vor mir und verlangt ein Leberkäsweckle. Jetzt sollte es vollends schnell gehen, freue ich mich. Tut es jedoch nicht. Und ich merke sofort, warum. Mandy, der Fleschereifachverkäuferinnenlehrling, war anscheinend auf einem Fortbildungskurs. Folgende Szene spielt sich in quälender Länge ab:

»Mandy, ich hätt gern en Leberkäsweck. Aber mir pressiert's a bissle.«

»Gerne, Herr Bäuerle. Im Baguette, im Dinkelkracherle, im Kamutlaible oder im Blätterteigmantel?«

»Äh, noi, im Laugaweckle, wie sonscht au.«

»Gerne. Und der Leberkäse? Mit Paprikawürfeln, Käseraspeln, Asiagewürz oder im Pfefferminzsud?«

»Nein, einfach einen Leberkäse. Mit Leber. Und mir pressiert's a bissle.«

»Natürlich. Als Topping habe ich heute Apfel-, Birnenoder Holundersenf, süß oder scharf, natürlich auch Mayo und Ketchup und ganz neu: Wasabi-Soße.«

»Nein, Mandy! Ich will keine Wasabi-Soße auf meinem Leberkäs. Ich will einen Leber-Leberkäs in einem Laugen-Laugenbrötle mit Senf-Senf!!« Der Herr Bäuerle scheint ziemlich entnervt und Mandy jetzt ziemlich verunsichert.

»Gerne. Zum hier Essen oder zum Mitnehmen?«, erkundigt sie sich dennoch, wie erlernt, wenn auch zaghaft.

»Zum Mitnemma! Hab ich scho jemols hier in der Metzgerei a Leberkäsweckle gässa?«

Nur mit Mühe kann Herr Bäuerle sich noch beherrschen. Doch Mandy hält bis zur letzten Frage durch, so wie man es ihr beigebracht hat.

»Im Knuspertütle oder auf der kleinen Servierplatte?«, wispert sie.

»Mensch, gib des Deng her!«, schreit Herr Bäuerle aus Leibeskräften und reißt ihr das Weckle aus der Hand. »Ich hab en Leberkäsweck b'schtellt und keine Doktorarbeit. Was fällt denn dir eigentlich ein, du Brochquatt?«

Nun gibt Mandy auf und rennt heulend aus dem Laden. Der Kunde schüttelt den Kopf, legt einen Fünfer auf die Theke und eilt an mir vorbei zur Tür.

»Die jonge Leut heid vertraget gar nix meh«, raunt er mir zu. »Dorbei hab ich's doch bloß im Guta g'sagt.«

Die Tür fällt scheppernd ins Schloss. Dann ist es plötzlich ganz still. Was in erster Linie daran liegt, dass ich völlig allein bin. Die Mandy ist weg und will anscheinend auch nicht zurückkommen.

Soll ich mich etwa selber bediena, oder was?

In dem Moment kommt glücklicherweise die Mäggi durch die Ladentür. Was schlampert die denn im Flecken rum, wenn hier die Hütte brennt? Ich berichte ihr, was vorgefallen ist und dass man vielleicht mal nach der Mandy schauen sollte.

»Die soll sich net so anschtella! Bei mir fragt au niemand, wie's mir geht!«

Oha, da liegen wohl überall die Nerven blank.

Mäggi schließt die Tür ab und antwortet auf meinen irritierten Blick hin: »Mittagspause!«

Ich weiß nicht so recht, ob sie mich als Geisel nehmen oder nur ihre Ruhe haben will, und steh ziemlich hilflos im Laden rum.

»Was darf's denn sein, Elvira?«, erkundigt sie sich versöhnlich.

Ich äußere meine Wünsche, und wir unterhalten uns, während sie die Bestellung vorbereitet. Dass sich die Gelegenheit ergibt, unter vier Augen zu reden, kommt mir nicht ungelegen. Schließlich teile ich ihr mit, dass Waltraud sie auf dem Hof im Hohenlohischen gesehen hat. Sie zuckt kurz zusammen, lässt sich jedoch weiter nichts anmerken und erklärt, dass sie dort immer ihre Schwäbisch-Hällischen Schweine einkaufen.

»Die Waltraud hat g'sagt, die Besitzerin sei a hübsche blonde Frau?«, meine ich beiläufig, behalte Mäggi allerdings genau im Auge.

»Ja, do hat se absolut recht.« Mäggi lächelt beseelt und schaut dann schnell hinunter zur Wursttheke, als sie meinen Blick bemerkt.

»Kennsch du die scho länger?«

»Seit fünf Johr. So lang kaufet mir dort ein.«

»Wie oft bisch du denn uff dem Hof?«

»Net oft g'nug«, rutscht es ihr heraus, und ich ziehe fragend meine Brauen nach oben.

»Äh, also, mir brauchet so viel von dem Schweinefleisch, do müsst ich viel öfters nommfahra und einkaufa«, versucht sie, eine Kurve zu fliegen.

Aber mir geht die Um-den-Brei-Rederei langsam auf den Keks.

»Hasch du was mit derra Blonda?«, frage ich deshalb direkt, und von einem zum anderen Moment kippt die Stimmung.

Mäggi schleudert die Roulade wieder in den kleinen Edelstahlbehälter zurück, aus dem sie sie gerade herausgehoben hat, hält die großen Fleischgabel drohend in der Hand und rennt damit hinter der Theke vor. Ich reiße sofort die Fäuste in die Höhe, wie Cassius Clay in seinen besten Zeiten, um ihren Angriff abzuwehren. Doch die Furie stoppt, die Gabel fällt auf den Boden, und Mäggi sinkt auf einem Bistrostuhl in der Ecke zusammen. Sie fängt hemmungslos an zu schluchzen, und ich meine, aus ihrem Nuscheln ein »Tschuldigung« herauszuhören.

Ich setze mich neben sie und reiche ihr mein letztes Tempotaschentuch, merke aber gleich, dass das für die Tränenflut nicht reichen wird. Glücklicherweise trägt Mäggi eine Schürze, die sie auch gleich zum Einsatz bringt und heftig hineinschnäuzt. In diesem Zustand möchte ich sie nicht allein lassen, und außerdem habe ich jetzt schon so viel Zeit investiert, dass ich auch meine Rouladen mit nach Hause nehmen möchte. Ich hoffe inständig, dass sich die Mäggi schnell beruhigt. Aber das dauert. Ich rede ihr gut zu und biete ihr meine Schulter zum Ausheulen an. Immerhin hat sie sich ja die Nase geputzt.

Schniefend erzählt sie mir eine Langfassung der Geschichte, die Margit an unserem Mädelsabend zum Besten gegeben hat. Und dann erfahre ich zu meiner Freude endlich, wie die Mäggi die blonde Bäuerin kennen- und lieben gelernt hat. Sie wirkt so glücklich, während sie von ihrer Hermine spricht, da kommen mir vor Rührung fast die Tränen.

»Und dr Rolf?«, erkundige ich mich vorsichtig, während ich ihre Schulter tätschele.

»Ach der ...«, seufzt Mäggi niedergeschlagen. »Der gibt nach außa dr erfolgreiche G'schäftsmann und aufopfernden Ehemann und Vater. Dorbei schmeiß i den Laden so gut wie alloi, weil der an dr Flascha hangt. An manchen Täg kannsch gar nix mit dem afanga, weil er scho in äller Früh in der Wurschtküche romtorkelt. Glücklicherweis henn mir en guta Metzgergsell ond der hält dicht. Die letscht Verkäuferin hat der Rolf jo nausg'ekelt und die Mandy muss erscht no vollends eing'arbeitet werda.«

»Und warum gehsch du net einfach?«

»So oifach isch des halt net«, erklärt sie. »Erschtens gibt's do a geschäftliches Konstrukt, aus dem i net so leicht rauskomm, solang der Rolf was zum Sagen hat. Zweitens benn i so erzoga worda, dass mr net oifach dorvolauft, und drittens: Was werded denn die Leut saga! ›Die Mäggi hat a Freundin!‹ Des isch so schnell rom em Flecka, so schnell drehsch koi Fleisch durch dr Wolf!«

»Ja, und?«

»Ich trau mich einfach net. Noch net.«

»Was sagt denn d' Sabine dorzu?«

Mäggi erschrickt. »Halt bloß mei Tochter do raus! Die weiß des net! Die soll in Ruhe ihre Ausbildung zur Goldschmiedin fertig macha. I benn froh, dass i mi wenigschtens do durchg'setzt und ihr den Ausbildungsplatz in Schwäbisch Gmünd b'sorgt hab. Dr Rolf hätt se jo lieber hender dr Ladatheke g'säh.

»Weiß der Rolf von der Hermine?«

»Noi, der dät mi totschlaga!« Sie greift wieder zum Schurz und schnäuzt sich heftig.

»Kann ich dir irgendwie helfa?«

»Mir isch net zum Helfa. Wenn i mi scheida lassa dät, wär ich arm wie a Kirchamaus. Des hat dr Rolf scho bei onsrer Hochzeit g'regelt und ich hab des domols net kapiert. Ond dass der sich scheida lasst? Des kannsch vergässa.« Sie legt eine Hand auf meinen Arm. »Des isch jetzt schlemm, was i sag, aber manchmal frog i mi, worom's den Öchsle und den Gips troffa hat und net mein Seggl ...«

Was nicht isch, kann ja noch werden, denke ich und nicke nur.

Sagen tu ich ihr das natürlich nicht. Stattdessen erinnere ich Mäggi vorsichtig an meine Rouladen. Sie greift schnell nach der Gabel, und ich kann meinen Einkauf ohne weitere Attacke abschließen.

Zu Hause verstaue ich meinen Einkauf im Kühlschrank und klebe mein kriminalistisches Mindmap, das ich aus dem Archiv mitgenommen habe, an unsere Terrassentür. Ich lege Farbstifte auf dem Couchtisch zurecht, setze mich mit einer Tasse Kaffee aufs Sofa und betrachte das Konstrukt eindringlich. Meine Aufgabe ist es, die Informationen, die ich heute erhalten habe, einfließen zu lassen. Da muss mir doch die Erleuchtung kommen, wer den Gips auf dem Gewissen hat!

Neben den Namen von Öchsle vermerke ich ein Kreuz und ein »U« für Unfall und neben Gips ebenfalls ein Kreuz, allerdings ein »M« für Mord. Denn dass ein Kapitalverbrechen vorliegt, ist von Kims Seite aus gesichert, wie ich seit unserem Telefonat heute Mittag weiß. Bei der Obduktion wurden Hämatome auf seinem Brustkorb gefunden. In Kombination mit den Schädelverletzungen am Hinterkopf gehen wir davon aus, dass er gestoßen und rückwärts über das Gerüst geschleudert worden ist. Nichts anderes habe ich erwartet. Von Anfang an habe ich einen Unfall ausgeschlossen – ebenso wie einen Selbstmord. Wer würde sich aus gerade einmal sechseinhalb Metern Höhe in die Tiefe stürzen. Wenn schon, dann hätte sich einer wie der Gips vom Viadukt in Bietigheim oder von der Kochertalbrücke gestürzt. Oder sich demonstrativ am Gerüst aufgehängt. Als Fanal. Deshalb eindeutig: Mord. Endlich habe ich offiziell eine richtige Leiche und damit einen Fall!

Neben Checkys Namen füge ich »Notar« und »Lebensversicherung« hinzu, jeweils mit einem Fragezeichen. Ich muss den Lauer noch mal ansprechen, ob der da schon etwas weiß, denn es interessiert mich sehr, was die sich jetzt alles unter den Nagel reißen kann.

Conny erhält ein »A« für Alibi, weil sie in Hamburg war, doch das muss der Lauer mir erst mal bestätigen, deshalb auch hier ein Fragezeichen. Bei Rolf Weller male ich eine Schnapsflasche und bei Mäggi einen kleinen Regenbogen.

Ansonsten kann ich die beiden vorerst an den Rand meiner Ermittlungen schieben. Unter Rosis Namen vermerke ich ein »K« für Kurschatten und ein »S« für ihren Wunsch nach einem eigenen Sportstudio. Aber auch sie rückt auf einen Nebenschauplatz. Ihren Mann, den Leibinger, setze ich hingegen näher an Gips heran. Nicht räumlich, aber im Beziehungsgeflecht auf meiner Zeichnung. Neben seinen Namen male ich einen Geldsack mit einem Dollarzeichen und einen Blitz, der den Zusammenprall mit Maria darstellen soll. Beides sieht aus wie bei einer Comiczeichnung. Komisch finde ich das allerdings alles nicht. Schließlich ziehe ich zwei weitere dicke rote Striche. Einer führt von Leibinger zu Gips, der andere zu Benni. Und von Benni pinsle ich eine vierspurige Autobahn zu Gips und wieder zurück. Denn – und das ist jetzt der Knaller – der Gips ist Bennis Vater!

Ja, das hat mich ebenfalls umgehauen, als Kim heute die Bombe hat platzen lassen! Im Zuge der Ermittlungen zu Öchsles Tod wurden nämlich bei allen auf dem Krauthof sowohl die Fingerabdrücke genommen als auch Gentests durchgeführt, nachdem man am Maischestempfl Gewebepartikel gefunden hatte. Als sich herausstellte, dass die ausschließlich von Öchsle selbst stammen, wurden die Tests nicht weiter beachtet. Als Kim allerdings gestern von mir erfahren hat, dass der Benni sich am Abend von Gips' Tod am Tatort herumgetrieben hat, wurden die Proben des jungen Österreichers in Absprache mit dem Lauer wieder hervorgeholt. Kim wollte sie mit den Hautpartikeln abgleichen, die unter Gips' Fingernägeln gefunden worden sind. Leider kam dabei kein Treffer raus, allerdings stimmte zur Überraschung aller das Genmaterial des jungen Mannes mit dem des Mordopfers zu 97 Prozent überein. Eindeutig Vater und Sohn.

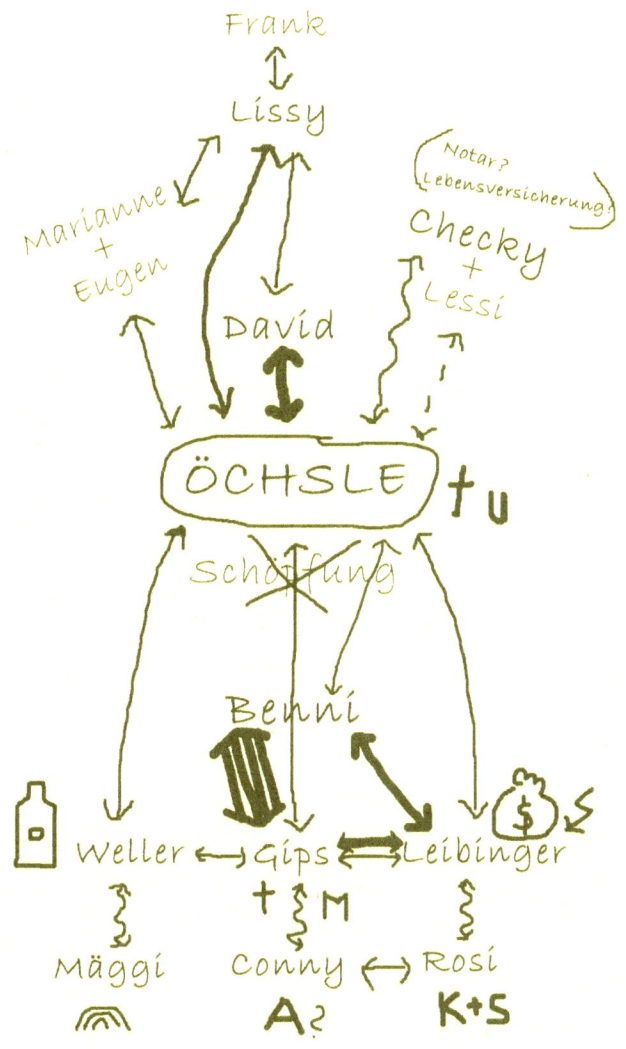

Schon wieder hat der Benni die Finger im Spiel. Deshalb habe ich direkt bei Kim nachgefragt, ob der Benni bei Gips als Täter definitiv ausgeschlossen werden könnte. Doch sie blieb vage und meinte, dass er als Verdächtiger trotzdem infrage käme. Vielleicht jetzt sogar noch mehr, nach dieser unerwarteten Wendung des Falls.

Mir drängt sich da die Frage auf, ob der junge Mann von der Vaterschaft wusste. Stellte er Gips zur Rede? Der weigert sich, Verantwortung zu übernehmen, es kommt zum Streit, und zack, stößt der Benni seinen Erzeuger in die Tiefe? Warum sollten sich die beiden jedoch ausgerechnet mitten in der Nacht über ihre verkorkste Beziehung austauschen? Und das noch auf einem Gerüst? ... Heiligsbimbamaberau! Der Gips dem Benni sein Vatter! Wenn des die Conny mitkriegt! Wie isch des denn passiert?

»Nägele, also des muss man dir doch wohl nicht erklära, oder?«, höre ich mich sagen.

Nein, muss man nicht. Aber gerne, wann und wo!

Wenn Benni von der ganzen Sache wusste, dann bestimmt doch erst seit Kurzem, sonst hätte er am Hoffest nicht alle über den Gips ausgefragt. Oder hat er es gerade deswegen getan? Womöglich hat er bereits etwas geahnt? Aber wieso setzt sich dann der Benni am Ende mit dem Leibinger auseinander? Wie hängt da der Bankchef mit drin?

Mir schwirrt der Kopf von den Seilschaften der Hautevolee, doch letzten Endes drehen sich meine Gedanken vor allem um eine Sache, die mir seit meinem Gespräch mit Kim keine Ruhe lässt. Der Lauer hat die Telefonverbindungen von Benni überprüfen lassen, und sein letzter Anruf an dem Tatabend, der in das fragliche Zeitfenster des Mordes fällt, ging an Simon. Unseren Simon! Mir stehen die Haare zu Berge! Und apropos Haare, da fällt mir die Erika ein, und die Erika, die hat wiederum den Benni mit dem Handy vor »Connys Glamour« herumlungern sehen. Das muss genau zu der Zeit gewesen sein! In welche Sache ist da unser Jüngster um Himmels willen hineingeraten!

Mit dünnem Bleistiftstrich schreibe ich »Simon« neben Bennis Namen. Das muss so schnell wie möglich geklärt werden. Sonscht schnapp ich nomm!

Und letztlich kommt mir noch eine Kleinigkeit in den Sinn, die die Kim erwähnt hat, nämlich dass die vermeintlich rosafarbene Faser, die man am Gerüst gefunden hat, in Wirklichkeit einen fliederfarbenen Ton aufweist. Schön zu wissen, aber so eine pathologische Pfipfelscheißerei ist aktuell nicht relevant. Dennoch vermerke ich dieses Detail neben dem Namen von Gips. Ordnung muss scho sei!

Ich betrachte meine messerscharfen Gedankengänge auf dem Papier und mir wird schwindelig vor lauter Strichen und blutroten Markierungen! Ich brauche erst mal ein Stückchen Schokolade. Fast unterzuckert eile ich in die Küche und greife in unsere Süßigkeitenschublade. Mit Schrecken stelle ich fest, dass ich dringend Nachschub besorgen muss. In der letzten Ecke finde ich Gott sei Dank eine letzte Tafel Vollmilch-Nuss. Ich breche ein Rippchen ab und gehe zurück ins Wohnzimmer, um die Ermittlungen wieder aufzugreifen.

Kurz darauf unterbrechen Geräusche aus der Küche meine Überlegung, und eine Stimme ruft: »Hey, Mutti, wieso isch denn unser Schleckschublada leer? Mir henn doch no a Vollmilch-Nuss g'hett.« Simon streckt den Kopf zur Tür herein, entdeckt das inzwischen leere Stanniolpapier auf dem Tisch und tritt umgehend den Rückzug an. »Älles wegfressa!«, höre ich ihn im Flur schimpfen, und bevor ich ihn zurückhalten und auf das Telefongespräch mit Benni ansprechen kann, fällt die Haustür bereits krachend ins Schloss.

Ich will ihm hinterherrennen, merke allerdings, dass meine geistigen Kapazitäten aktuell keine Auseinandersetzung mit meinem Sohn zulassen. Vielmehr muss ich mir zunächst eine Strategie zurechtlegen, wie ich im Fall Gips an weitere Informationen kommen kann.

Ob ich Benni direkt ansprechen soll? Wenn der allerdings doch nichts von Gips' Vaterschaft weiß, möchte ich nicht diejenige sein, die ihn in Kenntnis setzt. Das soll der Lauer schön selbst machen. Doch wo soll ich sonst weitermachen?

Schließlich fängt die Schokolade an, in meinem Gehirn zu arbeiten. Also eigentlich am anderen Ende des Körpers, aber man weiß ja, dass Darm und Gehirn eng zusammenarbeiten. Auf alle Fälle verhilft mir der Zucker zu einer Eingebung. Vorhin blitzte sie nur kurz in meinem Kopf auf, doch jetzt hab ich die Szene am Benninger See deutlich vor meinem inneren Auge, als ich den Leibinger und den Benni belauscht habe. Es kann kein Zufall sein, dass ein Quartett Dreck am Stecken hat und zwei davon innerhalb kürzester Zeit ums Leben kommen, Unfall im Maischebottich hin oder her. Die anderen zwei müssen etwas wissen, vielleicht sogar über die geheime Vaterschaft von ihrem Kumpel?

KAPITEL 10

An einem Donnerstag Mitte Oktober

Frau Kizibel schaut mich über ihre Brille hinweg streng an, als ich meinen Namen nenne, sagt aber nichts. Ich muss ein Formular ausfüllen und soll mich eine Weile ins Wartezimmer setzen. Das sei den Gang entlang und dann gleich rechts. Als ob ich das nicht wüsste, schließlich bin ich nicht zum ersten Mal hier! Da einer der Stühle im Gang unbesetzt ist, beschließe ich trotzig, dort zu warten, bis ich aufgerufen werde.

Kaum habe ich Platz genommen, vernehme ich die Stimme der Sprechstundenhilfe: »Ja, hier ist Frau Kizibel von der Mammografiepraxis. Ja, genau. Wie besprochen, möchte ich Bescheid geben, dass Frau Nägele gerade eingetroffen ist. Ja, genau, Elvira Nägele. Ja, sie hat den Termin tatsächlich wahrgenommen. Gerne. Tschüss!«

Was war denn des?

Ich springe auf und renne ums Eck zur Empfangstheke. »Saget Sie mol! Henn Sie scho was von Datenschutz g'hört? Wieso meldet Sie, dass ich da bin? Und wem überhaupt!?«

Ich bin jetzt richtig in Rage.

Frau Kizibel druckst herum und stammelt was von »Mutter« ... »in Sorge« ...

»Wie Mutter. Mei Mutter?!«

Sie nickt.

»Die hat Meldung verlangt, ob ich den Termin eing'halta hab?«, hak ich nach.

Sie nickt wieder und greift mit einer entschuldigenden Geste zum Telefon, das in dem Moment klingelt. Ich bleib am Tresen stehen, falls meine Mutter am anderen Ende der Leitung ist. Der würde ich sofort den Marsch blasen. Doch Frau Kizibel spricht offensichtlich mit der Krankenkasse, und ich trotte ums Eck zu meinem Stuhl.

Brauch ich des? Wart no, wenn i heimkomm!

Gerade fange ich an, im Geist eine gesalzene Strafpredigt zu formulieren, als ich ins Behandlungszimmer gerufen werde, und ich lege den Text ad acta. Vorerst.

Nach der unangenehmen Untersuchung habe ich mir wie Mutter eine Belohnung verdient und freue mich auf eine Schwarzwälder Kirschtorte im Café Luckscheiter. Zufällig ist wieder der Tisch am Fenster frei, und ich genieße sowohl die Aussicht auf das Stadtgewimmel als auch mein Zuckerbömbchen. Gerade als ich einen Nachschlag in Form einer Käsesahnetorte und einen zweiten Cappuccino bestellt habe, entdecke ich den Lauer auf der Straße. Ich springe auf und trommle an die Scheibe, um auf mich aufmerksam zu machen. Dabei kippt der kleine Bistrotisch gegen das Fenster, und Torte samt Cappuccino landen auf dem Boden. Die anderen Gäste werfen mir tadelnde Blicke zu, und ich wünsche mir sofort, dass der Kommissar mich nicht bemerkt hat.

Aber schon kommt der lauthals lachend durch das Café auf mich zu. Es entsteht ein kleiner Tumult, weil die Bedienung ebenfalls herbeieilt, um die Bescherung mit Lappen und Eimer zu beseitigen. Aus Platzmangel drücke ich mich eng an Lauer und erkenne sein Aftershave wieder. Er versteift sich, als ich an ihm schnuppere, und kaum verschwindet die Mitarbeiterin mitsamt dem Putzzeug hinter der Theke, drückt er mich auf einen Stuhl, setzt sich auf den anderen und starrt stumm aus dem Fenster. Auch mir ist das jetzt alles ein bisschen peinlich, und ich schaue ebenfalls hinaus. Just in dem Moment stakst eine Frau schnellen Schrittes auf High Heels an uns vorbei.

»Mutter?«, rufe ich und will aufspringen, doch Lauer zerrt mich am Ärmel wieder hinunter.

»Da war grad meine Mutter und mit der hab ich ein ...«

Der Kommissar zieht die Augenbrauen hoch.

»Äh, nix, andere Baustelle«, beeile ich mich zu sagen.

Die Bedienung bringt mir ein neues Stück Torte und einen Cappuccino, und Lauer bestellt eine Herrentorte und einen Espresso.

»Warum der Aufstand vorhin?«, fragt er ohne Umschweife, als wir wieder allein sind. »Möchten Sie mir etwas mitteilen?«

»Ich denke, es ischt an der Zeit, dass wir mol wieder unsere Ermittlungsergebnisse austauschen. Und wie es des Schicksal so will ... Ich hätte und möchte Informationen.«

»Soso, Sie hätten und möchten.«

»Japp!«

»Dann fangen Sie mal an.«

Ich zögere, aber Schnick-Schnack-Schnuck können wir hier im Café schlecht durchziehen, das ist mir schon klar, und einen Disput möchte ich nicht riskieren! Nachher lässt der mich am langen Arm verhungern!

Ich setze ihn also über alle Informationen in Kenntnis, die ich in den Gesprächen mit Tom und Lotta, mit Waltraud und Erika, mit Mäggi und der Conny zusammengetragen habe. Manches hört Lauer zum wiederholten Mal, doch ich denke, doppelt genäht hält besser. Das Wissen, das Kim mit mir geteilt hat, halte ich wohlweislich zurück. Das soll mir der Lauer ruhig selbst erzählen. Und ich ringe mit mir, ob ich ihm schon vom Gespräch zwischen Benni und Leibinger am Benninger See berichten soll, weil ich mir selbst keinen Reim darauf machen kann. Schließlich entscheide ich mich dafür und deute an, dass der Mord an Gips vielleicht damit zu tun hat, dass die vier Männer vor vielen Jahren etwas verbrochen haben.

Doch der Lauer beißt sich an einem Detail fest. »Woher wissen Sie, dass Herr Ranzer ermordet wurde? Hat Ihnen die Pathologin wieder Interna verraten?« Er schaut wieder streng.

»Nein, natürlich nicht! Des sagt mir einfach meine kriminalistische Intuition.«

»Das will ich hoffen!«

»Außerdem sind ja Sie der Chef, und von wem könnte ich zuverlässigere Informationen erhalten als von Ihnen?«, schmalze ich.

Lauer lässt sich eine Weile bitten, als ich allerdings meine Bereitschaft signalisiere, die Kosten für seinen Verzehr zu übernehmen, bestellt er noch einen Zwetschgenkuchen und einen weiteren Espresso und lässt es sich erst mal schmecken. Er genießt es offenbar, mich ein bisschen zu quälen, merke ich genervt, doch letztlich setzt er mich gnädig über die Ermittlungsergebnisse in Kenntnis, die ich bereits von Kim erfahren habe, und zwar durchaus ausführlicher. Als Schwäbin tun mir die Ausgaben sehr weh, die ich für etwas leisten muss, was ich schon weiß, aber immerhin ist mein Wissen nun amtlich, und ich kann die Informationen in meinen weiteren Ermittlungen verwenden. Simon hat der Kommissar mit keiner Silbe erwähnt. Das ist doch ein gutes Zeichen!

Immer wieder werfe ich einen Blick durchs Fenster, denn es könnte sein, dass Mutter wieder vorbeistolziert. Aber ich entdecke sie nirgends. Dafür sehe ich direkt vor meiner Nase eine andere Person, die in die gleiche Richtung davoneilt wie vorhin Mutter. Alfa! Henn die etwa eine Verabredung? Hinter meinem Rücka? Also, da hört sich doch älles auf! Des isch … des isch …

»Frau Nägele, hallo, Frau Nägele, hören Sie mich?«

Ich wende mich wieder dem Kommissar zu, der mir besorgt den Arm tätschelt.

»Entschuldigung, ich war g'schwind abgelenkt, was henn Se g'sagt?«

Lauer wiederholt, dass er heute auf den Krauthof fahren wird, um mit Benni über seinen Erzeuger zu reden. Und er verspricht, in der alten Sache mit der Maria bei den Kollegen in Österreich nachzuhaken. Denn ein Unfall mit Todesfolge mit Fahrerflucht ist kein Kavaliersdelikt, sondern fahrlässige Tötung, auch wenn die Tat mittlerweile verjährt sein müsste.

»Aber gell, Sie gäbbad mir Bescheid, wenn Sie do was Näheres wisset!«, versichere ich mich.

»Melde gehorsamst, dass ja!«, zitiert er den Hauptmann von Köpenick und grinst.

»Richtet Se auf dem Krauthof viele Grüße von mir aus«, bitte ich, als wir ins Freie treten. »Der Checky allerdings nicht. Ich finde des unmöglich, dass die die Familie hänga lässt und einfach mit dem Geld abhaut!«

»Mit welchem Geld?«

»Ja, mit dem, was ihr der David für den Hof zahla muss, und mit der Lebensversicherung.«

»Da irrt sich Frau Kraut allerdings«, entgegnet der Kommissar zu meinem Erstaunen. »Wir wissen, dass Herr Kraut sein Testament geändert hat, bevor er verunglückt ist. Unser Stand ist, dass er seine Frau mehr oder weniger enterbt hat. Als Witwe erhält sie natürlich den Pflichtteil, aber große Sprünge wird sie damit nicht machen können.«

Dann hat's der doch noch zum Notar g'schafft!

»Und die Lebensversicherung?«, hake ich nach.

»Die hat Edmund Kraut bereits vor einem halben Jahr auf seinen Sohn umschreiben lassen.«

»Was? Die Checky goht leer aus! Des isch jo ein Ding! Des gönn ich derra!«

Fast falle ich Lauer vor Begeisterung um den Hals, reiße mich jedoch zusammen, weil ich den Gästen im Café heute schon genug Spektakel geboten habe.

Lauer und ich verabschieden uns und ich kehre zum Parkhaus zurück. Guter Mann, der Herr Kommissar! Meine neuen Erkenntnisse muss ich unbedingt morgen mit Erika und Waltraud besprechen, da ist wieder unser regulärer Mädelsabend. Zunächst aber muss ich zu Hause bei Mutter Rabatz machen!

Als ich das Auto aufschließe, merke ich, dass ich vergessen hab, die Parkgebühr zu bezahlen. Ich mache kehrt und gehe in Richtung Automaten, als mein Blick ausgerechnet auf meine Mutter fällt, die an ihrem Wagen steht. Ach guck, jetzt wartet die auf den Alfa und chauffiert ihn au no heim!

Schnell duck ich mich hinter einen Renault Alpin und hoffe, die beiden in flagranti zu erwischen. Und gleichzeitig hoffe ich, dass Mutters Gigolo bald auftaucht, denn die gebückte Haltung hinter dem niedrigen Sportwägelchen kann ich nicht ewig aushalten. Was macht der denn so lang? Isch der uffem Klo?

Als meine Beine anfangen zu zittern, beschließe ich wohl oder übel, mir zuerst Mutter unter vier Augen vorzuknöpfen.

»Hasch was verlora?«, ertönt eine hohe Stimme hinter mir, gerade in dem Moment, in dem ich mich aufrichten will, und ich mache vor Schreck einen Satz.

Eilig dreh ich mich um, und vor mir steht Kälbles Mutter.

»Äh, Martha …«, stottere ich verdattert. »Was machsch denn du do?«

»Ich hab heut mit deiner Mutter en Stadtbummel g'macht und jetzt senn mir auf em Heimweg.«

»Dr ganze Tag? Ihr zwei?«

»Ja.«

»Mit dem Alfa?«

»Wieso mit dem Alfa?«

»Den hab ich ... äh ... nix, nix.«

»Suchsch du was?«, fragt sie erneut.

»Nein, nein, i hab bloß vergässa zum Zahla und muss nomml z'rück zum Automat.« Ich eile davon, doch da fällt mir noch etwas ein. »Ach, Martha!«, rufe ich ihr so laut hinterher, dass auch meine Mutter meine Anwesenheit bemerkt: »Wenn du meine Mutter siehsch, richte ihr bitte äbbes aus: Kontrolle isch gut, Vertrauen isch besser!«

KAPITEL 11

An einem Freitag Mitte Oktober

In unserer glorreichen Laufbahn ist es nur sehr selten vorgekommen, dass ein Mädelsabend abgesagt werden musste. Heute ist eines dieser wenigen Male. Waltraud hat sich gerade über unsere WhatsApp-Gruppe entschuldigt. Sie hätte einen wichtigen Termin und könne es beim besten Willen nicht schaffen. Was soll die denn für einen wichtigen Termin haben? Kein Mann, keine Kinder. Vielleicht doch ein Lover? Hat die etwa ein Date?

Das Klingeln meines Handys reißt mich aus den Gedanken.

»Du, hat die Waltraud ein Date?«, posaunt Erika, ohne sich mit einer Begrüßung aufzuhalten, und wir tauschen Vermutungen aus, wer wohl der Auserkorene unserer Freundin sein könnte.

Aus dem beruflichen Umfeld kommt eigentlich nur jemand infrage, den sie bei einer Fortbildung oder einem Kollegentreffen kennengelernt hat. Vielleicht war in Schwäbisch Hall doch was? Oder ist eventuell ein ehemaliger Kommilitone aufgetaucht? Hobbys hat sie unseres Wissens keine, und beim Sport kann sie niemanden getroffen haben, denn eine Walküre treibt keinen Sport. Eventuell könnte sie neuerdings auf einschlägigen Partnerschaftsportalen unterwegs sein. Das werden wir genauer im Auge behalten müssen, nicht dass sie sich in etwas verrennt.

Wir tratschen eine Weile über unsere Freundin im Allgemeinen und im Besonderen und schließlich erkundigt sich

Erika, ob wir beide uns statt im Café Schwamm bei ihr im Salon treffen möchten. Die letzte Kundin habe ihren Termin abgesagt, den könnte ich gerne haben. Erika würde mir die Haare mal wieder schön machen, und ein paar Fläschchen Prosecco würden ebenfalls im Kühlschrank warten.

Warum eigentlich nicht? Alle Fakten sprechen dafür.

Bis es so weit ist, mache ich es mir auf dem Sofa gemütlich und greife nach meinem neuen Schwaben-Krimi, der im Remstal spielt, gleich ums Eck. Da höre ich jemanden in der Küche rumoren, und gleich darauf betritt Simon mit einer großen Packung Gummibärchen das Zimmer. Offenbar hat er bereits bemerkt, dass ich die Schleckschublade aufgefüllt habe. Mit Schwung wirft er sich in einen Sessel, greift nach der Fernbedienung und fängt an zu zappen.

Ich nehme ihm die Fernbedienung wieder aus der Hand. Ebenso die Süßigkeiten. Er sieht mich entrüstet an.

»Hi, Simon«, komme ich einer Schimpftirade zuvor. »Schee, dass mr dich au mol widder sieht. Älles okay?«

Er entspannt sich etwas und versucht ein Lächeln. »Hi, Mutti, goht so.«

»Was heißt ›goht so‹?«

Er druckst herum, sucht nach den richtigen Worten und platzt schließlich mit der Wahrheit heraus: »Die Polizei hat gestern beim Benni ang'rufa. Die verdächtiget uns, dass mir was mit dem Tod vom Gips zu tun henn.«

»Wen uns?«, frage ich alarmiert.

»Den Benni und mich.«

Mir fährt der Schreck in die Glieder! Doch kein guter Mann, der Lauer.

»Warum denn dich?«

»Keine Ahnung.«

»Was heißt keine Ahnung? Raus mit dr Sproch? Henn ihr im Fall Gips eure Finger im Spiel?«

»Natürlich nicht!« Simon greift empört nach den Gummibärchen.

Nicht dass ich eine andere Antwort erwartet hätte.

Ich hake dennoch nach: »Aber telefoniert henn ihr an dem Abend. Darf ich wissen, warum?«

»Darf ich wissen, warum du des scho weisch?«

»Erstens bin ich eine ausgezeichnete Ermittlerin, wie dir bekannt sein dürfte« – er rollt mit den Augen – »und zweitens bin ich deine Mutter, und Mütter wisset alles.«

Er stöhnt auf und rutscht auf dem Sessel weiter nach unten.

Damit kommt er mir allerdings nicht davon. Ich beschließe, auf die Standpauke zu verzichten, weil er sich mitten in der Woche nachts auf dem Marktplatz herumgetrieben hat, und erkundige mich stattdessen ruhig, was an jenem Abend an Marvins Geburtstagsfeier und danach geschehen ist. Brummend erzählt Simon von dem Treffen, und ich gleiche seine Darstellung mit den Informationen ab, die ich von Erika und Lauer erhalten habe. Das meiste deckt sich.

»Und wo war der Benni?«, hake ich nach.

Simon erzählt, dass der eine Weile verschwunden war, weil er sich bei der Feier über Marvin geärgert hat. Simon hat sich zuerst nicht weiter um ihn gekümmert, sondern mit Erika und den anderen noch eine Weile am Brunnen gefeiert. Später habe er Benni angerufen, weil er wissen wollte, was los ist und wo er sei, wurde jedoch weggedrückt. Als er ihn auf dem Heimweg schließlich vor dem Schnick-Schnack-Laden entdeckt habe, sei er direkt zu ihm hinübergegangen und gemeinsam hätten sie den Heimweg angetreten.

»Hasch du an dem Abend sonscht was Verdächtiges auf em Marktplatz ond dromrom bemerkt?«

»Nein, gar nix. Mir henn halt g'feiert. Der Mord muss passiert sei, wo der Benni und i scho weg wared.«

»Und du hasch do deine Finger wirklich net dren?«, frage ich sicherheitshalber noch mal nach.

»Mutti, echt jetzt?« Simon steht auf, schnappt sich die Tüte Gummibärchen und gibt mir einen schnellen Kuss auf die Wange. »Du musch dir wirklich koine Sorga macha. I gang jetzt. Tschüss.«

»Wo willsch na?«

»Zum Benni. Dem goht's grad net so gut.«

»Worom?«

»Stell dir vor, der hat geschtern Obend von deim Kommissar erfahra, dass der Gips sein Vatter war. Den hat der so lang g'sucht, ond jetzt isch der tot. Krass, oder?«

Ich nicke stumm.

Simon starrt mich aus zusammengekniffenen Augen an. »Des mit dem Vatter hasch du au scho g'wisst, gell?«

Ich nicke wieder.

»Mütter wisset halt älles«, meint er grinsend und zieht die Tür leise hinter sich zu.

Zur verabredeten Zeit treffe ich in Erikas Salon ein, muss jedoch eine Weile warten. Ich setze mich auf das kleine Sofa in der Warteecke, lese in einer Frauenzeitschrift und wundere mich wieder einmal, mit welchen Themen sich meine Geschlechtsgenossinnen angeblich gerne beschäftigen. Als der Herr, der vor mir dran war, gezahlt hat, bittet mich Erika schließlich zum Waschbecken. Während sie von ihrem Tag berichtet, muss ich immer wieder nach dem Handtuch greifen, das sie mir umgelegt hat, um die Fluten aufzuhalten, die mir den Hals hinunterrinnen. Warum hat noch niemand ein Friseurwaschbecken erfunden, bei dem das nicht passiert. Das kann doch nicht so schwierig sein!

Mit dem üblichen Turban auf dem Kopf setzte ich mich endlich in den Friseurstuhl. Nicht ohne Erika vorher ermahnt zu haben, dass ich keine Experimente dulde, allerdings am Ende mindestens zwanzig Jahre jünger aussehen möchte. Sie verspricht es, stellt zwei Gläschen Prosecco auf die Ablage und macht sich an die Arbeit. Im Spiegel beobachte ich sie genau und sehe hinter ihr das Fenster zum Marktplatz. Plötzlich nehme ich eine vertraute Gestalt wahr. Mit Schwung drehe ich den Stuhl zum Fenster, und Erika kann ihre Schere nur mit Müh und Not von meinem Gesicht wegziehen.

»Schpinnsch du! Nochher benn i schuld, wenn dei Nasa weg isch!«, kreischt sie.

Ich gehe nicht darauf ein, sondern renne zur Scheibe.

Meine Freundin eilt mir hinterher und schaut ebenfalls hinaus. »Hasch du en Geischt g'säh?«

»Noi, d' Waltraud.«

»Onser Waltraud?«

»Ja, im Jogginga'zug.«

Erika bricht in helles Gelächter aus. »Also doch ein Geischt. Des glaubsch jo selber net, dass die nur ansatzweise Sport macht, und scho gar nicht, dass die sich in Sportklamotta in der Öffentlichkeit zeigt.«

Nein, das glaube ich tatsächlich nicht.

»Und außerdem hat die heut doch ihr Date.«

Auch wieder wahr. Wir inspizieren den Marktplatz, doch außer Rosi und Conny, die lachend und schwatzend vorüberschlendern, können wir niemanden sehen.

»Conny, die luschtige Witwe!« Erika zieht mich wieder auf den Friseurstuhl zurück.

Ich frage sie, ob sie ebenfalls die konspirativen Treffen der befreundeten Frauen beobachtet habe, wie die Waltraud.

»Noi, für so was hab i gar koi Zeit, aber vor Kurzem war die Rosi bei mir zum Schneida und Färba, wieder in Jogginghose und Hoodie. Ich hab g'frogt, wo sie des her hat. Es sei aus Bad Urach, hat se g'meint. Mit ihrem Lieblingsoutfit dät sie so schöne Erinnerungen verbinda ...« Erika schaut mich erwartungsvoll an und wackelt mit den Augenbrauen.

»Schmalz-Achim«, posaunen wir gleichzeitig und müssen lachen.

Erika legt die Schere beiseite und hält mir einen Handspiegel hin, damit ich ihr Werk begutachten kann. Nun bin ich keine Fachfrau und kann aus nassen Haaren keine Frisur ablesen, deshalb bleibe ich bei meinen Äußerungen vage. Erika verdreht die Augen, pumpt ein Gel in ihre Handfläche, verteilt es auf meinem Kopf und fängt an zu föhnen.

Über den Lärm hinweg schreie ich ihr zu, dass ich gestern zufällig den Lauer in Ludwigsburg getroffen habe.

»Zufällig?«, schreit sie zurück und ich ermahne sie lautstark, nicht so süffisant zu lächeln.

Sie föhnt und grinst weiter.

Als ich ihr die Ermittlungsergebnisse der Polizei zurufe, bricht sie in Gelächter aus, weil ich von »meiner Truppe« rede. Das ignoriere ich jedoch und teile ihr mit, dass sich meine These eines Kapitalverbrechens bestätigt hat, und merke zugleich, dass ich vergessen habe, mich beim Lauer nach Connys Alibi zu erkundigen. Das muss ich unbedingt nachholen. Erika verrate ich noch, dass die Checky nach Öchsles Tod nahezu leer ausgehen wird und ihre hochtrabenden Pläne begraben muss.

Sie lässt vor Staunen den Föhn sinken. »Des g'schieht derra hochdeutscha Ragall recht!« Erika tänzelt schadenfroh durch den Salon.

Doch der absolute Höhepunkt meiner Geschichte kommt erst noch. Als ich Erika von Benni und seinem leiblichen Vater erzähle, fällt ihr nicht nur der Föhn aus der Hand, sondern auch die Kinnlade runter.

Sie greift nach ihrem Prosecco und lässt sich in den Stuhl neben mir sinken. »Im Ernst?« Sie leert das Glas in einem Zug.

Ich lass ihr Zeit, um die Nachricht zu verdauen. Das passiert offensichtlich, denn immer wieder klingen kleine Rülpser zu mir herüber.

»Tja«, ergreife ich erneut das Wort, »da frage ich mich natürlich, seit wann der Kerle wirklich von seinem Vater weiß und ob er den Gips nicht …« Ich deute mit beiden Händen einen heftigen Schubser an.

»Du meinsch, der Gips wollte von der Vaterschaft nichts wissa, es hat Streit gäbba und …« Erika stößt ebenfalls die Hände durch die Luft. »Hat mr denn Spura vom Benni am Gips g'fonda? Was sagt denn die Pathologin?«

Überrascht stelle ich fest, dass die Erika eine kriminalistische Denkweise entwickelt. Allerdings schaut sie auf meinen Rat hin auch jede Menge Krimis, und da erwirbt man sich schon eine gewisse Expertise. Nicht in dem Maße wie ich, für Laien dennoch ganz okay.

»Nein, hat mr net. Glücklicherweise au net vom Simon.«

Erika starrt mich erstaunt an, winkt jedoch im nächsten Moment ab. »Der doch net. In hundert Johr net. Au wenn der am Marktbronna dorbei war.«

Ich werfe ihr einen dankbaren Blick zu. Eben doch eine richtige Freundin.

Bevor ich rührselig werde, mache ich sie mit einer kleinen Handbewegung auf unsere leeren Gläser aufmerksam und erinnere an meine Frisur. Der Prosecco wird nachgefüllt, und während sie mit dem Föhn weiter an meiner Verschönerung arbeitet, erwähne ich der Vollständigkeit halber die fliederfarbene Faser, die am Gerüst sichergestellt wurde. Dieser Information misst Erika verständlicherweise ebenso wenig Bedeutung zu wie ich, und ich gehe gleich zum nächsten großen Thema über: dem Bottwartal-Marathon am Wochenende.

KAPITEL 12

An einem Sonntag Mitte Oktober

Bereits mehrere Tage zuvor wurden wir Helfer in der Sport-
halle zusammengerufen und über den Ablauf unseres jewei-
ligen Arbeitseinsatzes beim Bottwartal-Marathon informiert. Man muss wissen, dass der Bottwartal-Marathon
nicht einfach einer unter vielen ist, sondern dass dieses
Sportevent über sieben Jahre hinweg zum »Marathon des
Jahres« gewählt wurde und damit weit über die Grenzen
Baden-Württembergs hinaus bekannt ist. Deshalb haben
sich dieses Jahr über 2.400 Läufer für die insgesamt fünf
Disziplinen angemeldet. Und bei einem derart populären
Großereignis müssen die rund 600 Helfer rechtzeitig instru-
iert werden. Allein 350 sorgen als Streckenposten für einen
reibungslosen Ablauf des Großevents. Ich bin eine davon.

Die Organisatoren wurden von den Anmeldungen zum
»Run & Fun Day«, der von der Lokalzeitung gesponsert
wird, förmlich überrannt. 2.000 Kinder und Jugendliche
nehmen am Samstag daran teil. Da wimmelt es in der ganzen
Stadt von eifrigen Heranwachsenden, aufgeregten Eltern
und stolzen Omas und Opas. Ich bin froh, dass mir dieser
Rummel erspart bleibt und ich erst am Sonntag eingesetzt
werde. An dem Tag können Anfänger oder Kurzentschlos-
sene beim neuen Fünfkilometerlauf Wettkampfbedingun-
gen ausprobieren. Für die Strecke, die ich mir ursprünglich vorgenommen hatte, die zehn Kilometer, haben sich
mehr als 500 Läufer und Nordic-Walking-Athleten ange-

meldet. Ich bin aus den bekannten Gründen leider, leider nicht dabei …

Die meisten der Anmeldungen, rund 1.300, erfolgten für den Halbmarathon, und 227 Teilnehmer werden den Marathon antreten, der auf einem Rundkurs durch alle Bottwartalgemeinden führt, mit Start und Ziel in Steinheim. Neu ist auch eine Marathonstaffel, bei der sich bis zu sieben Läufer die Strecke aufteilen können. Und schlussendlich gibt es die ganz Harten, die Masochisten, die sich den Ultramarathon über 50 Kilometer antun. Allein beim Gedanken daran bleibt mir die Luft weg, zumal zudem 900 Höhenmeter bewältigt werden müssen.

Also wenn eins klar ist, dann die Tatsache, dass man mich beim Ultramarathon niemals, ich betone, niemals erleben wird. Und, wenn ich mir es recht überlege, ebenso wenig bei den anderen Langstrecken. Das mit den zehn Kilometern Walken werde ich besser auch noch einmal überdenken. Eventuell starte ich meine Karriere mit den fünf Kilometern. Oder ich verzichte ganz auf eine Sportlerlaufbahn und unterstütze stattdessen die Organisatoren an einem Verpflegungsstand. Muss man auf sich zukommen lassen.

Heute bin ich am frühen Morgen auf dem Schul- und Sportgelände eingeteilt, wo sich die Läufer treffen, um ihre Startnummern entgegenzunehmen oder sich nachzumelden. Ihre Rucksäcke und Taschen werden mit derselben Startnummer versehen und in zwei Sprinter verladen, die sie zu einem Platz nahe dem Bahnhof bringen. Dort werden die Habseligkeiten auf Bierbänken gelagert, wo sie von ihren Eigentümern nach dem Zieleinlauf wieder abgeholt werden. Die Transporter mit der Aufschrift »Profi-Stuck-Ranzer GmbH« wurden von Conny eigens für diesen Zweck zur Verfügung gestellt. Sie sind während des Anmeldeprozederes derart günstig platziert, dass sie gezwungenermaßen mit abgelichtet werden, wenn Journalisten die zum Teil namhaften Sportler fotografieren wollen.

Ich schleppe zusammen mit anderen Helfern die Sachen zu den zwei Fahrzeugen. In einem sitzt Conny hinter dem Steuer. Sie hat sich großzügigerweise angeboten, eines höchstpersönlich zu lenken. Sie hat ja jetzt Zeit. So ohne Mann.

Es tät dir kein Zacken aus der Krone brecha, wenn du au mitschleppa dätsch!

Aber Conny daddelt stattdessen auf ihrem Handy herum.

Die Fahrt zum Bahnhof geht mich nichts mehr an, denn auf mich wartet ein Posten entlang der Strecke. Da das gesamte Bottwartal für das Event quasi von der Außenwelt abgeschnitten wird, kann ich meinen Einsatzort allerdings nicht mit dem Auto erreichen, was mich schon ein bisschen nervt. Stattdessen muss ich mit dem Drahtesel auf Feldwegen zu einem Verpflegungsstand zwischen dem Steinheimer Ortsteil Kleinbottwar und der Nachbargemeinde Großbottwar gelangen. Bereits auf halber Strecke fühle ich, dass ich an diesem Tag nicht ohne Muskelkater heimgehen werde. Ich tröste mich damit, dass ich dieses Schicksal mit den anderen Sportlern teilen werde ...

Sportler, Nägele, Sportler, nicht untrainierte Radfahrer!

Am Ziel endlich angekommen, haben andere Helfer schon einen Biertisch, Becher, Wasserflaschen, Limo und Bananen deponiert. Ich baue schnell den Tisch auf und platziere die Verpflegung darauf, damit sich die Läufer entweder selbst bedienen oder von mir etwas reichen lassen können. Kaum habe ich die letzte Flasche abgestellt, sehe ich bereits die ersten Teilnehmer der Fünfkilometerstrecke, die in Richtung Steinheim unterwegs sind. Die meisten passieren meinen Posten, ohne sich um den Stand zu kümmern. Das schreibe ich der kurzen Strecke, ihrem Ehrgeiz und der kühlen Witterung zu, mit der niemand gerechnet hat. Fast zehn Grad Unterschied sind es zu den sommerlichen Temperaturen der letzten Tage. Doch später, bei den längeren Strecken, steigt die Nachfrage nach Getränken und Obst deutlich, und ich habe ordentlich zu tun. Immer wieder muss ich den Tisch neu bestücken, aber die Organisatoren haben vorgesorgt und ausreichend Verpflegung bereitgestellt.

Während das Feld an mir vorbeizieht, wundere ich mich das eine oder andere Mal, wer alles bei diesem anstrengenden Wettbewerb freiwillig mitmacht. Ich entdecke zwei Kollegen aus der Verwaltung, die Verkäuferin vom Supermarkt, Jochen Bauer, der Chef vom Jägerhof, und sogar Polizeimeister Krautter, den ich von der Pforte beim Ludwigsburger Präsidium kenne.

»En Gruß an dr Lauer!«, rufe ich ihm zu und drücke ihm eine Banane in die Hand.

Ich fülle die entstandenen Lücken auf meinem Tischchen wieder auf, und als ich einen kurzen Blick auf die nächsten Sportler werfe, traue ich meinen Augen nicht. Kommt da etwa … Nein, das kann nicht sein!

Ich reibe mir die Augen und blinzle. »Waltraud?«

Tatsächlich, sie ist es. In einem weit geschnittenen, neongrünen Oberteil und einer fliederfarbenen Jogginghose, die ihre strammen Beine nicht gerade vorteilhaft betont. Das spielt jetzt allerdings keine Rolle, denn die Waltraud läuft mit! Unsere Waltraud! Do bisch von de Socka!

Gut, ihr Laufstil ist nicht gerade der einer Feder. Aber sie läuft und läuft und läuft. Schon von Weitem winkt sie mir zu, aber vor Staunen vergesse ich völlig, ein Getränk bereitzuhalten. Als sie den Stand erreicht, greift Waltraud daher selbst nach einer Wasserflasche.

»Da staunst du, gell?«, keucht sie, und schon ist sie wieder weg.

Meine Waltraud! Halbmarathon. Ich fass es nicht! Ungläubig blicke ich ihr nach, bis sie hinter einer Kurve verschwunden ist.

Mittlerweile bevölkern die Zuschauer nicht nur die Ortschaften, in denen die Vereine alles geben, um die Gäste und die Sportler gut zu unterhalten. Auch entlang der Strecke haben sie sich versammelt, bewaffnet mit Fähnchen und Tröten. Vielfach werden Namen gerufen und teilnehmende Freunde und Verwandte beklatscht. Kostümierte Läufer wie der König mit Umhang, Zepter und Krone oder die Frau im Tutu werden mit einem Sonderapplaus belohnt. Einige aus dem Publikum rennen ein paar Meter neben ihren Heldinnen und Helden her, ohne ernsthaften Versuch mitzuhalten, sondern mehr, um anzuspornen.

Gespannt lasse ich meinen Blick zu den nächsten Läufern wandern, da staune ich schon wieder. Nebeneinander traben doch tatsächlich Benni und Simon daher. Fünf, sechs Kilometer vor dem Ziel sehen sie nicht mehr ganz frisch aus, aber immerhin sind sie noch so fit, dass sie sich das eine oder andere Wort zuwerfen können. Mein Simon! Wie macht der Kerle des? Wann hat der trainiert?

Vor Begeisterung renne ich Simon entgegen und will ihn in die Arme schließen, aber er schlägt einen Haken, und ich greife ins Leere.

»Mutter!«, zischt er mir zu und zieht kopfschüttelnd vorüber, ohne mich weiter zu beachten, während sich Benni noch mal umdreht und mich immerhin anlächelt.

Ich eile zurück zu meinem Posten, und die beiden Jungs setzen ihren Lauf Richtung Kleinbottwar fort. Stolz schaue ich meinem Jüngsten hinterher.

Mir ist jetzt ziemlich kalt und ich wünschte, ich hätte einen Tee mitgenommen oder am Verpflegungsstand würde wenigstens Rotwein ausgeschenkt, wie beim legendären *Medoc Marathon* in Frankreich. Dort erhalten die überwiegend kostümierten Teilnehmer neben Wasser, Trockenobst und Glukosegetränken auch Kuchen, Bratenfleisch, Bier, Eis, Schinken, Austern, Champagner und Wein. Viel Wein.

Ein paar der Zuschauer haben mitgedacht und reichen »ihren« Sportlern warme Getränke. Dass sich in dem einen oder anderen Thermobecher Glühwein befindet, schließe ich eher aus. Manche Aktive führen eigene Flaschen mit sich und füllen diese an meinem Stand wieder auf, jedoch gezwungenermaßen mit Kaltgetränken. Ich beschließe, beim Helferfest, das am nächsten Wochenende stattfinden soll, den Vorschlag zu machen, dass beim Bottwartal-Marathon künftig Wein ausgeschenkt werden soll. Denn immerhin gibt es in der Region eine bekannte Winzergenossenschaft, und außerdem ist die Dichte an ausgezeichneten Weingütern im Bottwartal legendär.

Gerade entwickle ich vor meinem geistigen Auge eine entsprechende Werbekampagne, als ich hinter einer Läufergruppe, die in gleiche T-Shirts mit dem Emblem einer örtlichen Physiotherapiepraxis gekleidet ist, von einem weiteren bekannten Gesicht überrascht werde. Der Leibinger! Also wirklich, wer hätte das gedacht! Vielleicht möchte er seiner sportlichen Frau in nichts nachstehen, denn ein gewisser Ehrgeiz scheint ihn gepackt zu haben. Er fuchtelt mit den Armen, als ob er mit aller Kraft den Anschluss zur Truppe vor sich nicht abreißen lassen wolle. In einer Hand hält er eine neongrüne Thermosflasche und im Geiste lobe ich die Rosi, die offensichtlich mitgedacht und ihm etwas Warmes mitgegeben hat. Die Physios ziehen an mir vorüber und geben die Sicht auf den Leibinger frei. Dass der sie noch einholen wird, halte ich für mehr als unwahrscheinlich, denn je näher der Bankchef kommt, desto mehr erkenne ich, dass er ziemlich fertig ist. Ich renne mit einer Flasche Limo auf ihn zu. Als er mich sieht, streckt er mir seine Thermosflasche entgegen. Offensichtlich denkt er das Gleiche wie ich. Im Laufen öffne ich die Limoflasche, damit alles schnell geht, und das tut es dann auch. Allerdings anders, als ich mir das vorgestellt hatte.

Bevor ich den Leibinger erreiche, bricht der unter dem Aufschrei des Publikums zusammen. Mit letzter Kraft rollt er sich auf den Rücken, und als ich mich über ihn beuge, hält er mir immer noch seine Flasche hin. Dass die Limo nicht mehr viel helfen wird, weiß ich sofort, als ich ihm ins Gesicht schaue. Ich geh neben ihm auf die Knie und fühle seinen Puls am Hals. Der rast wie ein ICE. Sofort bildet sich eine Menschentraube um uns, und einige zücken ihr Handy. Das regt mich unglaublich auf, aber darum kann ich mich jetzt nicht kümmern. Einem der Handyzücker gebe ich den Befehl, sofort den Notruf zu wählen, was der kopfnickend befolgt. Ich verpasse dem Leibinger derweil Backpfeifen, natürlich nicht mit voller Wucht, nur so viel, dass er bei Bewusstsein bleibt. Er will mir offensichtlich etwas sagen, deshalb beuge ich mich tief hinunter und lege mein Ohr an seinen Mund.

»Rosi«, murmelt er ziemlich schwach, aber deutlich, und ich bin gerührt, dass er trotz aller Widrigkeiten in diesem Moment an seine Frau denkt.

Und im nächsten kippt mir der Leibinger auch schon weg. Seine erhobene Hand sinkt zu Boden und die Thermosflasche kullert scheppernd über den Asphalt. Weit rollt sie nicht, denn eine Wand aus Beinen rückt immer näher. Hektisch beginne ich mit der Herzdruckmassage und vergewissere mich, dass der Notruf tatsächlich abgesetzt wurde.

Eine gefühlte Ewigkeit pumpe und pumpe ich auf Leibingers Brustkorb herum, wie ich es bei einem Rotkreuz-Training vor ein paar Monaten gelernt habe.

Erschöpft frage ich ziellos in die Menge, ob mich jemand ablösen könnte, als eine vertraute Stimme ruft: »Weg do! Auseinander! Machet, dass ihr fortkommet! Himmelherrgott!«

Die Menschenmauer öffnet sich und ich sehe, wie der BMVÄ von seinem Rad springt und mir zu Hilfe eilt. Ohne ein weiteres Wort übernimmt er die Herzdruckmassage, und ich kann ein bisschen aufatmen. Mit wedelnden Handbewegungen fordere ich die Leute auf, sich an den Straßenrand wegzuscheren, was sie widerwillig machen und sich über meine harsche Wortwahl beschweren. Doch unter diesen Umständen sind mir Höflichkeitsfloskeln ziemlich wurscht.

Endlich höre ich die Sirene des Krankenwagens, und gleich darauf kümmern sich die Sanitäter um den Leibinger. Nach einer ersten schnellen Untersuchung wird er in den Krankenwagen verfrachtet und hinter verschlossenen Türen behandelt. Der Notarzt trifft nur wenige Minuten später ein.

Die Stimmung unter den Zuschauern ist jetzt ziemlich gedrückt, und die Läufer werden nur noch mit halb so viel Enthusiasmus angefeuert wie zuvor. Hinter dem Verpflegungsstand bezieht der BMVÄ Stellung, während ich mich in der Nähe des Krankenwagens herumdrücke, weil ich eine erste Einschätzung der Lage haben möchte, bevor der Leibinger abtransportiert wird. Als die Minuten verstreichen, ohne dass sich das Fahrzeug bewegt, beschleicht mich ein ungutes Gefühl, und als der Notarzt endlich aussteigt, sehe ich ihm sofort an, dass er keine guten Nachrichten hat. Der Leibinger ist tot.

Bevor der Krankenwagen abfährt, gebe ich dem Notarzt meine Personalien. Danach würde ich am liebsten abbauen, aber der Marathon geht weiter. Der BMVÄ unterstützt mich nach Kräften, und es dauert nicht lange, bis Waltraud und Erika herbeistürmen. Die Nachricht von Leibingers Zusammenbruch und meinem tatkräftigen Einsatz hat sich schnell herumgesprochen. Sofort wussten beide, dass ich moralischen und praktischen Beistand benötige, also haben sie den Fahrer der Streckenkontrolle mit zwei Flaschen Wein bestochen, damit er sie zu meinem Stand bringt. Gut, wenn man solche Freundinnen hat.

Gemeinsam ärgern wir uns, dass das Event nach Bekanntwerden von Leibingers Ableben nicht abgesagt wird. Doch zum einen sind größere Summen und Sponsorenverträge im Spiel, und zum anderen lässt eine offizielle Stellungnahme zum Tod des Bankchefs auf sich warten. Nicht dass ich die benötigen würde!

Erika beschließt, dass mir nun Ablenkung guttun würde, angelt eine Thermoskanne aus ihrem Rucksack und stellt ein paar Portionsfläschchen Rum auf den Tisch. »Du friersch bestimmt«, sagt sie und greift sich drei von den Pappbechern, die für die Sportler zur Verfügung stehen, nachdem der BMVÄ dankend abgelehnt hat.

Ich rücke näher und rieche, dass aus der Thermoskanne kein Tee läuft, sondern Glühwein. Und als Erika abschließend in jeden Becher ein Fläschchen Rum kippt, weiß ich sofort, dass es mir schnell warm werden wird. Wir stoßen an und loben Waltraud. Ihre Überraschung ist wahrhaftig gelungen, und sie genießt unser Staunen und unsere Lobreden. Für ihren Vorsatz, im nächsten Jahr wieder mitzumachen, erhält sie unsere volle Unterstützung. Ihre an uns gerichtete Aufforderung, ebenfalls mitzulaufen, führt bei Erika und mir zu spontanen Hustenanfällen und Schnappatmung. Ich höre den BMVÄ lachen und fordere ihn auf, seinen eigentlichen Job zu Ende zu bringen und entlang der Strecke und später bei der Siegerehrung Fotos zu machen. Zunächst zögert er, doch die Mädels beteuern mit erhobenen Pappbechern, ich sei in guten Händen, und als er davonradelt, schaue ich ihm dankbar hinterher.

Als ich mich Erika und Waltraud wieder zuwende, fällt mein Blick auf Leibingers Thermosflasche, die verlassen auf dem Asphalt liegt. Ich stecke sie in meinen Rucksack, um sie Rosi zu überbringen. Zusammen mit der Nachricht, dass das letzte Wort ihres Mannes ihr galt.

Nachdem ich den Mädels von diesem romantischen, wenn auch tragischen Ende Leibingers erzählt habe, äußert Waltraud die These, dass drei Todesfälle innerhalb eines Freundesquartetts kein Zufall sein können, zumal in der kurzen Zeit.

Ich halte dagegen, dass der Öchsle eindeutig einem Unfall und keinem Zufall erlegen ist. »Do vertrau ich dem Lauer hundertprozentig«, betone ich. »Des isch a Käpsele in seim Fach.«

»Pfff …«, lässt Waltraud verlauten, und ich wundere mich, denn sonst reagiert sie nur auf die Kim derart eifersüchtig.

»Und der Gips?«, erkundigt sich Erika.

»Eindeutig Mord. Des hab ich aber doch alles scho erzählt!«

»Mir nicht«, mault Waltraud.

Erika und ich bringen sie aufs Laufende.

»Und jetzt? Beim Leibinger?« Erika nimmt einen vorsichtigen Schluck ihres »Glüh-Grogs«, wie sie das heiße, starke Gebräu nennt.

»Da däte ich spontan sagen: Midlife-Crisis«, beginne ich mit meiner Ausführung. »Die Rosi hat einen anderen, des weiß der Leibinger. Das kratzt an seinem männlichen

Schtolz, also will er beweisen, dass er noch was draufhat. Er meldet sich, ohne ausreichend trainiert zum hann, zum Marathon an und – zack! Hee.«

Erika nickt, Waltraud wiegt zweifelnd den Kopf hin und her.

»Weisch du was, was ich nicht weiß?«, frage ich misstrauisch.

»Also, erstens«, erklärt Waltraud, »sind der Jürgen und ich nicht die Marathon- sondern die Halbmarathonstrecke gelaufen …«

»Ach, der Jürgen«, fällt ihr Erika süffisant ins Wort, Waltraud übergeht ihren Einwurf jedoch.

»Und zweitens haben wir seit Monaten gemeinsam für das Ereignis trainiert. Völlig unvorbereitet war er nicht.«

»Seit Monaten?«

»Miteinander?«

Erika und ich schauen uns überrascht an.

»Ja, Mädels, also mit einer einzigen Trainingseinheit kann man höchstens einen Walkinglauf absolvieren, mit viel Optimismus und ohne Hoffnung auf eine passable Platzierung.« Waltraud sieht mich mit hochgezogenen Augenbrauen an.

»Aber …«, setze ich zu meiner Verteidigung an, doch sie fährt mir in die Parade.

»Nix aber. Man muss schon einige Vorbereitungsläufe absolvieren. Ich habe mich einer Trainingsgruppe angeschlossen, zu der auch der Jürgen gehört hat. Und natürlich haben wir da miteinander trainiert. Ich muss sagen, der Jürgen war wirklich gut in Form, und ich hätte nie im Leben gedacht, dass der hinter mir zurückbleibt, und schon gar nicht, dass er von jetzt auf nachher zusammenbricht. Im Gegenteil, beim Start hat er gleich losgelegt wie eine Rakete. Nach ein paar Kilometern allerdings habe ich ihn wieder

vor mir gesehen. Wir sind eine kurze Zeit nebeneinander-
hergelaufen, doch ich hab schnell gemerkt, dass er nicht mit
mir Schritt halten konnte. Mit mir!« Waltraud macht eine
dramatische Pause. »Einer absoluten Anfängerin, die gut
30 Kilo mehr auf die Waage bringt als der Jürgen.«

»Du, des sieht mr dir aber net a«, versuche ich, ein Kompliment zu machen, das sie mit Kopfschütteln und Augenrollen beantwortet.

»Auf alle Fälle hat er geächzt, ich solle keine Rücksicht
auf ihn nehmen und lieber zulaufen, ich würde das schon
schaffen. Das habe ich dann gemacht, so gut ich konnte,
und bin tatsächlich durchs Ziel gelaufen, wenn auch als
eine der Letzten.«

Wir loben sie erneut, wobei ich der Meinung bin, dass
einmal ausreicht.

»Wenn ich allerdings gewusst hätte, dass das die letzten Worte waren, die ich mit dem Jürgen jemals wechseln
würde …« Waltraud zieht ein Taschentuch aus ihrer dicken
Outdoorjacke, die sie über ihren Laufdress gezogen hat,
und schnäuzt lautstark hinein. Also ins Taschentuch.

Erika und ich loben sie daher zum dritten Mal, um sie
moralisch aufzubauen, aber das muss jetzt definitiv reichen.
Ich schenke ihr vom ausgezeichneten Glüh-Grog nach und
reiche ihr den Becher.

»Dein Simon und der Benni sind übrigens ebenfalls in
unserer Trainingsgruppe!«, sagt sie und trinkt einen großen Schluck.

Ich horche auf, und vor meinem geistigen Auge ziehe ich
einen weiteren roten Strich von Benni zu Leibinger. Der
verschwindet jedoch in der nächsten Sekunde, weil Erika
erneut die Thermoskanne zückt.

Nach dem zweiten Becher lenke ich bewusst das
Gespräch von den Todesopfern auf deren lustige Witwen.

Keine Ahnung, warum die Mädels mich entsetzt anstarren, als ich die Schickimicki-Frauen so nenne. Stimmt doch. Braucht mir keiner zu erzählen, dass die drei in Trauer versinken. Gut, die Checky jetzt vielleicht schon, wenn sie erfährt, dass sie in Zukunft ihr Geld mit eigenen Händen verdienen muss.

»Die Conny hingegen ist finanziell abgesichert und braucht den Gips nicht«, erklärt Waltraud und nimmt die Thermoskanne zur Hand, bevor sie bemerkt, dass ihr Becher bereits gefüllt ist.

»Und für die Rosi ischt nun der Weg frei, gemäß der Devise vom Arbeitgeber ihres Mannes«, ergänze ich sachkundig, aber die Mädels schauen mich verständnislos an. »›Wir machen den Weg frei‹. Alter Werbespruch von der Volksbank«, helfe ich den Mädels auf die Sprünge, doch sie springen nicht.

Woran das liegt, weiß ich nicht genau, aber das ist auch egal, denn endlich kommt der Lumpensammler angefahren. Das Fahrzeug begleitet die letzten Läufer ins Ziel und verkündet das Ende des diesjährigen Bottwartal-Marathons und damit auch meines Arbeitseinsatzes.

KAPITEL 13

An einem Montag Mitte Oktober

»Och noi! Echt jetzt?!«

Wie an jedem Arbeitstag sehe ich die digitalen Ausgaben der beiden Regionalzeitungen und von unserem Lokalblatt durch, um Artikel, die im weitesten Sinn unsere Stadt betreffen, zu archivieren. Das große Ereignis, das heute alle aufgreifen, ist natürlich der Bottwartal-Marathon. Doch während die beiden regionalen Medien Aufnahmen von der Siegerehrung oder von bekannten Sportlern beim Zieleinlauf veröffentlicht haben, fällt mir fast die Kaffeetasse aus der Hand, als ich den *Steinheimer Morgen* öffne. Das halbseitige Titelfoto zeigt mich! Von hinten, wie ich mit hochgestrecktem Hintern neben Leibinger knie und mich tief zu ihm hinunterbeuge. Im Hintergrund bilden zig Beine eine dichte Wand, vor der Leibingers Hand mit der Thermosflasche nahezu triumphal emporragt. Es ist der Moment, in dem er mir den Namen seiner Frau zu gehaucht hat, allerdings entsteht der Eindruck, ich würde den Leibinger küssen. Ich. Den Leibinger. Igitt!

Mich schüttelt es und im nächsten Augenblick packt mich die Wut. Welcher Idiot hat dieses Foto gemacht? Ich werfe einen schnellen Blick auf die Bildsignatur und wundere mich nicht mehr. Olaf Graf, der schlechteste Journalist aller Zeiten. Betitelt ist der Artikel mit »Todes-Marathon im Bottwartal« und, wie nicht anders zu erwarten, folgen im Text sinnfreie Ausführungen zum Sport im Allgemeinen, Grafs persönliche Befindlichkeiten im Besonderen und der Hinweis, dass in Kürze Einzelheiten zum tragischen Ende des Steinheimer Bankchefs Jürgen Leibinger veröffentlicht werden.

Meine Nackenmuskeln verspannen, meine Lungenflügel pumpen hektisch Frischluft in ihre Bläschen, und dann haue ich eine Schimpfworttirade heraus, die sich gewaschen hat. Gerhard Raff und der Schwäbische Mundartverein hätten ihre helle Freude an mir. Eine Viertelstunde später ist der größte Druck abgelassen und ich versuche, durch aneinandergelegte Handflächen und Ohm-Ohm-Rezitationen vollends mein inneres Gleichgewicht zu erreichen. Das funktioniert jedoch nicht, deshalb versuche ich es mit dem mantraartigen Aufsagen von »Spätzla-mit-Soß-Spätzla-mit-Soß-Spätzla-mit-Soß«. Und tatsächlich, mein Puls beruhigt sich, mein Blutdruck kehrt annähernd auf Normalmaß zurück und ich erreiche immerhin den Faktor zwei auf meiner zehnstufigen Wohlfühlskala.

Innerhalb einer Sekunde werde ich allerdings auf minus acht hinuntergezerrt, als das Telefon klingelt und sich der Anrufer meldet: Olaf Graf. Sofort bin ich versucht aufzulegen, doch meine Hand schafft es nicht, sich von meinem Ohr wegzubewegen. Nervenblockade. Stattdessen mache ich meinem Ärger ein weiteres Mal Luft und hoffe darauf, dass der Aasgeier seinerseits auflegt. Aber der Kerl ist so was von imprägniert! Ich vernehme am anderen Ende der Leitung »hm« und »ähm« und Tastengeklapper. Wieso Tastengeklapper? Lässt der mich schimpfen und macht nebenher was anderes?

Augenblicklich bin ich still, das Geklapper setzt sich kurz fort, bevor es abrupt abreißt. Stille auf beiden Seiten.

»Frau Nägele?«, höre ich Graf dann.

Ich antworte nicht.

»Frau Nägele, sind Sie noch dran?«

Fest presse ich die Lippen aufeinander.

»Ja, also, Frau Nägele, eigentlich wollte ich mich erkundigen, ob Sie für ein Exklusivinterview im *Steinheimer Morgen* zur Verfügung stehen würden. Schließlich waren Sie gestern an vorderster Front, wenn man das so sagen darf.«

Vorderste Front? Hält der sich für einen Kriegsreporter, oder was?

Dass ich allerdings im Zentrum des Geschehens war, damit hat er recht. Ich schweige dennoch eisern weiter.

»Nun, Frau Nägele, wer könnte gezielter Auskunft erteilen als Sie mit Ihrer bemerkenswerten Expertise in Sachen Tod?«

Ich fühle mich geschmeichelt, frage mich jedoch gleichzeitig, worauf er hinauswill.

»Ich meine, es kann doch kein Zufall sein, dass Sie die Leichen von Herrn Kraut und Herrn Ranzer gefunden haben und jetzt bei Herrn Leibingers Ableben zugegen waren. Verfügen Sie womöglich über ein Gen, das Sie für Verbrechen oder merkwürdige Todesumstände sensibilisiert?«

»Des hab ich absolut!«, platze ich heraus, bevor ich nachdenken kann.

Damit sind alle Dämme gebrochen. Und obwohl ich natürlich merke, dass mir der Graf Honig ums Maul schmiert, lecke ich gerne daran. Ich lasse mich ein bisschen bauchtätscheln, also im übertragenen Sinn natürlich, und stimme schließlich, unter gewissen Vorbehalten, aber im Sinne des allgemeinen Interesses einem Exklusivinterview zu. Auch weil ich nicht zuletzt die Chance sehe, aus der Öffentlichkeit wegweisende Informationen für meine Ermittlungen zu erhalten. Also zum Mord vom Gips zumindest, denn die beiden anderen Herren sind meiner Meinung nach definitiv keinem Verbrechen zum Opfer gefallen.

Bezüglich des Interviews stelle ich Forderungen. »Ich mach des nur, wenn Sie im Artikel auch schreiben, dass sich Zeugen wie bei *Aktenzeichen XY* melden können. Aber statt beim Rudi Cerne dann bei mir. Ich geb Ihnen zu diesem Zweck die Nummer von meinem Hinweistelefon.«

»Äh, natürlich.« Mehr fällt dem Graf nicht ein.

Vermutlich hat er dieses Maß an Professionalität nicht erwartet. Ich mache es deshalb kurz und weise ihn an, in einer halben Stunde ins Archiv zu kommen.

»Alles Weitere später«, beende ich das Gespräch.

Meine Nervenblockade ist weg. Ich lege auf.

Schnell greife ich nach einem Stift, um mir Notizen zu den wichtigsten Dingen zu machen, die ich beim Interview erzählen will. Es folgt eine separate To-do-Liste für den Superjournalisten, damit der weiß, in welche Richtung er recherchieren und was er bei den Lesern abfragen muss, damit ich hilfreiche Hinweise erhalte. Das zehnseitige Werk lege ich in einer Klarsichthülle bereit, und dann fällt mir siedend heiß ein, dass Graf für den Artikel sicherlich ein Porträtfoto von mir machen möchte. Glücklicherweise war ich kürzlich erst bei Erika, und meine Haare sind frisch gewaschen. Ich wuschle sie nur auf. Vor dem Toilettenspiegel trage ich eine neue Schicht Mascara auf und ziehe meine Lippen mit brombeerfarbenem Labello nach. Die Kleiderfrage gestaltet sich schwieriger, denn ich konnte ja nicht wissen, dass ich heute derart in das Zentrum des öffentlichen Interesses gerückt werde. Zu meiner klein geblümten Hose mit Bequembund trage ich leider ein nicht dazu passendes rotweiß gestreiftes Oberteil, das ich vor vielen Jahren bei einem Kurztrip nach Venedig erstanden habe. Für die staubige Archivarbeit reicht dieses Ensemble, für einen Starauftritt im *Steinheimer Morgen* ist es fraglich, das weiß ich natürlich. Ich zieh lieber meine kuschlig dicke, selbst gestrickte

Jacke drüber, und der Graf muss mich hinter dem Besprechungstisch sitzend fotografieren, und zwar so, dass meine Hose nicht zu sehen ist. Dann geht das schon.

Kaum habe ich meine Vorbereitungen abgeschlossen, klopft der Lohnschreiber an der Tür. Ich bitte ihn herein, aber er bleibt wie angewurzelt im Türrahmen stehen und mustert mich grinsend von oben bis unten. Kein guter Start für ein Interview, Kerle!

Ich verkneife mir jedoch einen Kommentar und inspiziere ihn ebenfalls von Kopf bis Fuß. Was ich sehe, bringt mich ebenfalls zum Grinsen. Braun gefärbte Haare. Sieht aus wie Berlusconi einst. Trotz trübem Regenwetter steckt in den kurzen dauergewellten Locken eine getönte Sonnenbrille. Isch der mit dem Kälble verwandt? Über einem lindgrünen Polo-Shirt mit Krokodil am Kragen, sicherlich ein gefälschtes Mitbringsel aus dem letzten Türkeiurlaub, trägt er ein zerknittertes hellblaues Sakko. Dazu Bundfaltenhosen, deren Karomuster einem schottischen Clan zur Ehre gereicht hätten. Und ganz unten rote Chucks. Alles in allem brauche ich mich angesichts dessen für mein eigenes Outfit nicht zu schämen.

Die gegenseitige Grinserei nimmt ein Ende, und wir setzen uns an den Besprechungstisch im Besucherzimmer. Den Umstand, dass mir meine dicke Strickjacke nach wenigen Minuten Schweißperlen auf der Stirn und Schweißflecken unter den Achseln beschert, ertrage ich stoisch. Dass der Graf kaum etwas zur Unterhaltung beiträgt, ist mir recht, denn dann kann er auch keine dummen Fragen stellen. Allerdings wundere ich mich, dass seine handschriftlichen Aufzeichnungen nach meinem einstündigen Bericht nicht über eine halbe DIN-A4-Seite hinausreichen. Aber ich nehme an, dass man sich als Journalist das Wesentliche einfach merken kann.

»So, jetzt brauchet mir nur noch ein Foto«, schließe ich meinen Vortrag ab.

Der Graf springt auf und zückt seine Kamera. Ich deichsle ihn in die richtige Position und er drückt ab. Es ertönt ein Geräusch wie bei einem Maschinengewehr. Offensichtlich arbeitet der Superjournalist mit einem Schnellauslöser, der zig Fotos in Serie macht. Ich bitte ihn abschließend, einen Moment zu warten, und hole seine To-do-Liste aus dem Archivbüro. Als wir uns kurz vor eins verabschieden, macht Graf einen leicht erschöpften Eindruck.

Ich drücke hinter ihm die Türe ins Schloss, zufrieden mit mir und meiner Leistung, und freue mich auf das Interview, das bereits am Folgetag erscheinen soll. In bester Stimmung stemple ich aus und bringe noch schnell ein kleines Päckchen für die Kim zur Post, per Eilkurier versteht sich.

KAPITEL 14

An einem Dienstag Mitte Oktober

Es ist wie verhext, aber ich bin noch nicht dazu gekommen, mein Interview im *Steinheimer Morgen* zu lesen. Unmittelbar nach Arbeitsantritt hat mich der Bürgermeister zu einer Besprechung ins Rathaus einbestellt, weil eine Begehung der gemeindeeigenen Immobilien ansteht und ich der Dame vom Planungsbüro Einblicke in die Geschichte einiger der mehr als dreihundert Jahre alten Fachwerkhäuser geben soll. Kein Problem, das mache ich mit links, doch der Termin zieht sich, und ich werde erst kurz vor zwölf Uhr erlöst.

Als ich über den Marktplatz in Richtung Archiv eile, läuft mir Erika entgegen und wedelt schon von Weitem mit einer Zeitung. »Des isch net dei Ernscht, oder?«, ruft sie mir zu, und ich kann an ihrem Tonfall nicht erkennen, ob das vorwurfsvoll oder anerkennend gemeint ist.

Ich entscheide mich für Letzteres und gehe freudestrahlend auf sie zu. Ohne ein weiteres Wort schnappt sie mich am Arm, dreht mich in ihre Laufrichtung und zerrt mich hinter sich her zur Apotheke. Sie wolle sowieso zu Waltraud, erklärt Erika wutschnaubend, um mit ihr diesen Allmachtsblödsinn zu besprechen, der heute in der Zeitung steht, da könne ich gleich mitkommen.

Jetzt beschleicht mich doch ein ungutes Gefühl, aber ich bin mir sicher, dass mit »Allmachtsblödsinn« nicht mein Interview gemeint sein kann, und greife gedanklich nach

einem Rettungsring. Ich greife daneben, wie ich im nächsten Augenblick an Waltrauds Gesicht ablesen kann, die
uns bereits am Eingang erwartet. Stumm zieht sie mich in
ihren Laden, von hinten schiebt Erika nach, als ob die beiden eine zentnerschwere Elefantendame bewegen müssten.
Waltraud verriegelt hinter uns die Tür, und das Einrasten des
Schlüssels im Schloss legt bei mir endlich einen Schalter um.

»Saget amol! Senn ihr no ganz bacha? Was isch eigentlich los?«, schimpfe ich und lasse mich mit vor der Brust
gekreuzten Armen auf einen Stuhl am Diabetes-Tischchen
fallen.

Mit den Händen in den Hüften steht Waltraud vor mir
wie die Brunhild im Ring der Nibelungen. Stumm wirft
Erika die aktuelle Ausgabe des *Steinheimer Morgen* auf den
Tisch. Aufgeschreckt, aber auch gespannt greife ich nach
dem Blatt und falle fast vom Stuhl. Über einem halbseiti-
gen Foto steht die Schlagzeile:

Sein Ende fand am Glühweinstand
Bankchef Jürgen Leibinger

Auf dem großen Bild darunter sind Waltraud, Erika und
ich zu sehen, wie wir uns mit dem dampfenden Glüh-Grog
zuprosten. Ich schließe die Augen und möchte im Erdboden versinken. Oder unter Waltrauds hellblauem Laminat.
Egal, Hauptsache, dass. Als ich die Augen wieder öffne,
sitze ich allerdings am selben Platz und die Mädels verhar-
ren in derselben Position wie vorhin.

»Lies vor!«, kommandiert Waltraud.

»Wie die hervorragend vernetzte Stadtarchivarin Elvira
Nägele mitteilt, ist der Tod des örtlichen Bankchefs Jürgen
Leibinger aller Wahrscheinlichkeit nach auf einen harten
Konkurrenzkampf unter den Marathonläufern zurückzu-

führen. Nägele wurde zugetragen, dass beim Bottwartal-Marathon insgeheim Wetten abgeschlossen werden, die über ein großes Wettbüro in München abgewickelt werden. Der in finanzielle Schwierigkeiten geratene Bankchef, so hört man, habe sich gute Chancen ausgerechnet, auf der Halbmarathonstrecke einen der vorderen Plätze zu belegen. Er habe selbst einen hohen Betrag auf seine eigene Startnummer gesetzt, in der Hoffnung, eine entsprechend hohe Gewinnsumme einzuspielen.«

Ungläubig schaue ich die Mädels an.

»Weiterläsa!«, befiehlt Erika.

»Leibingers Plan ging nicht auf. Auf der Strecke zwischen Groß- und Kleinbottwar kam es zu einem unvorhergesehenen Leistungseinbruch. Der schwer angeschlagene Bankchef konnte sich bis zu einem Verpflegungsposten schleppen, brach dort jedoch unter den Augen der Öffentlichkeit zusammen. Die Todesursache wird auf den Missbrauch von Dopingmitteln zurückgeführt, so Nägele. Zeugen auf der Marathonstrecke und am Verpflegungsstand vor den Toren Kleinbottwars werden dringend gebeten, sich zu melden.«

Die folgende Durchwahl ist zwar eine Handynummer, allerdings nicht meine. Ich möchte nicht wissen, wer jetzt von einem Ansturm von Anrufen belästigt wird! Mit letzter Kraft werfe ich einen Blick auf ein kleineres Foto am Ende des Artikels. Im Hintergrund ist unscharf der Krankenwagen zu erkennen und davor, gestochen scharf, eine Ecke des Verpflegungstisches, auf dem sechs leere Rumfläschchen aufgereiht stehen.

Ich lasse die Zeitung erschöpft heruntersinken. Und während Waltraud und Erika auf eine Reaktion von mir warten, hole ich tief Luft. Und noch mal, und noch mal. Ich kann gar nicht genug Luft in mich hineinsaugen und sehe bereits Sternchen. Waltraud rennt hinter die Ladentheke, kehrt mit einer kleinen Papiertüte zurück, rafft die Öffnung zusammen und drückt sie mir auf den Mund.

»Was hat se denn?«, fragt Erika besorgt.

»Hyperventilation«, erklärt Waltraud und klopft mir beruhigend auf den Rücken wie einem erschrockenen alten Ross. Dann träufelt sie mir Rescue-Tröpfchen in die Handkuhle und ich lecke sie gierig weg. So schnell sich meine Atmung in der Folge beruhigt, so schnell schießt Wut durch meine Adern. Ich könnte diesen Idioten von Graf in der Luft zerreißen. Die Mädels erleben eine Schimpftirade, die sich gewaschen hat.

»I glaub, dr Elvira goht's wieder besser«, raunt Erika Waltraud zu.

Den beiden dämmert, dass sie mir mit ihren Vorhaltungen unnötig Stress beschert haben und dieser schwachsinnige Artikel nicht auf meinem Mist gewachsen ist. Sie umsorgen mich rührend, und Waltraud hält mir aufmunternd das große Glas hin, in dem sie immer Vitaminbonbons für die Kinder bereithält. Beherzt greife ich zu und sichere mir eine Handvoll. Waltraud stellt das Glas nicht auf die Theke zurück, sondern verstaut es kopfschüttelnd in einem Nebenraum. Schließlich erkläre ich den Freundinnen, welche sachkundigen Informationen ich dem Schreiberling tatsächlich gegeben habe. Uns ist klar, dass wir die Sache nicht auf sich beruhen lassen können, und gemeinsam entwickeln wir einen Plan. Trotz meiner Bitte rückt Waltraud keinen Prosecco raus, um meinen Blutdruck zu stabilisieren. Deshalb verabschieden wir uns schon kurze Zeit später und ich gehe ins Archiv.

Als ich wieder am Schreibtisch sitze und den Computer hochgefahren habe, klingelt mein Telefon. Ohne das Display zu beachten, nehme ich ab und gerate in eine rechte Gerade.

»Woher haben Sie meine private Handynummer, und was fällt Ihnen ein, die auch noch in der Zeitung abdrucken zu lassen!«, wird mir entgegengebrüllt, sodass ich fast einen Hörsturz erleide.

Es ist genau das eingetroffen, was ich vorhergesehen habe: Der Besitzer der veröffentlichten Telefondurchwahl ist nicht erfreut. Gar nicht erfreut ist der! Was ich jedoch nicht vorhergesehen habe, ist, dass es die Nummer von Lauer ist. Ja, von meinem Lauer. Ich bin entsetzt! Nicht so sehr, weil er der Betroffene ist, schon gar nicht, weil er herumschreit, das kenne ich ja von ihm. Aber dass nicht nur der Alfa, sondern auch dieser Bleistifthalter von Graf die private Nummer von *meinem* Kommissar kennt, ich aber nicht, das macht mich fertig! Ich strecke das Telefon am langen Arm von mir, damit mein Trommelfell keinen gesundheitlichen Schaden davonträgt, und lasse Lauer beleidigt weiterschimpfen. Er braucht ziemlich lange, doch das macht mir nichts, denn während seines Wortschwalls wird mir klar, dass ich nun ebenfalls seine Handynummer habe! Japp!

Während ich den Hörer auf dem Schreibtisch ablege und mein Vesperbrot auspacke, teilt mir Lauer verärgert mit, welch irrsinnige Zeugenaussagen bisher bei ihm eingegangen sind. Ein Mann will beobachtet haben, wie der Leibinger mit einer Waffe verfolgt wurde. Ein anderer vermutet, dass es gar nicht der Bankchef war, der zu Tode gekommen ist, sondern ein Doppelgänger, und der richtige Leibinger würde jetzt eine Privatbank in Neapel leiten. Eine Frau hat sich die Seele aus dem Leib geheult, weil sie den Leibinger so süß fand. Weiteres konnte sie zum Geschehen beim Marathon jedoch nicht beitragen, weil sie nicht vor Ort war.

»Von Verschwörungstheorien bis Außerirdischen war alles dabei!«, keucht Lauer ins Telefon, dann herrscht Stille.

Ich würde ihm gerne etwas Beruhigendes sagen, hab aber gerade den Mund voll, und es dauert, bis ich das letzte Stück von meinem Leberkäsweckle heruntergeschluckt habe.

»Gibt's Ergebnisse aus der Pathologie?«, erkundige ich mich schließlich. »Henn ihr euch die Leiche überhaupt aguckt?«

Dass das nicht der beste Einstieg in ein erfolgreiches Gespräch ist, merke ich an Lauers Schnappatmung. Ich versuch's also noch mal.

»Also, Herr Lauer, dass es nicht meine Schuld ischt, dass Ihre private Handynummer im *Steinheimer Morgen* veröffentlicht worden ischt, des liegt ja wohl auf der Hand. Schließlich haben Sie bisher nicht die Güte besessen, sie mir anzuvertrauen. Allerdings kennt sie neben unserem gemeinsamen Freund Alfa offensichtlich auch der Superjournalist Graf. Und da muss ich schon sagen: Selber schuld, Herr Kommissar! Sie müsset besser aufpassa, wem Sie Ihre Kontaktdaten preisgeben. Mir müsset Sie keinen Vorwurf machen. Wenn Sie allerdings Informationen zu Leibingers Tod aus erster Hand brauchen, dann stehe ich Ihnen natürlich zur Verfügung. Sie kennen ja meine Qualitäten. Was wellad Se wissa?«

Hektische Schnappatmung. Kurz vor Hyperventilation. Da kenn ich mich mittlerweile aus.

»Herr Lauer, goht's? Hebat Se am beschta a Gückle vors Maul ond schnaufet Se nei. Des hilft!«

Klick.

Hat der jetzt uffg'legt?

»Herr Kommissar?«

Ich schüttle das Telefon und lege es wieder ans Ohr. Nichts.

Die Zeit, die ich mit Erika und Waltraud in der Apotheke vertrödelt habe, muss ich wieder reinarbeiten und mache deshalb eine Stunde später Feierabend. Das passt prima, denn die Mittagspause bei der Metzgerei Weller ist jetzt auch vorbei und auf dem Heimweg kann ich dort gleich meine Einkäufe erledigen. Der Chef steht heute selbst hinter der Ladentheke.

Als ich meine Bestellung aufgeben möchte, zupft mich jemand am Ärmel, und die Gutenbergers Marie trippelt an mir vorbei. »Du, gell, i derf doch g'schwend vor. Weisch, mei Ma isch allein daheim ond do weisch du nie, was passiert. Und außerdem kann i nemme so lang schtanda. Dank schee, dass i vor derf.«

Bevor ich Einspruch erheben kann, legt sie ihre Tasche auf die Ablage an der Theke und überlegt laut, was sie heute kochen könnte. Letzte Woche gab es bei ihr schon dreimal saure Nierla. Dabei mag ihr Mann die gar nicht. Ein viertes Mal könne sie die also nicht machen. »Sonscht schnappt der nomm.« Auch Tafelspitz und Kutteln seien keine Alternative.

Der Weller gibt sein Bestes, aber er hat heute nicht seinen besten Tag. Unruhig läuft er hinter der Theke hin und her, verhaspelt sich bei seinen Bemühungen, der Marie zu einer Entscheidung zu verhelfen, und ist schließlich erleichtert, als sie sich nach langem hin und her für ein kaltes Vesper entscheidet und fünfzig Gramm Gelbwurst sowie ein Paar Saitenwürstchen ordert.

»Musch du heut dr Lada schmeißa?«, erkundige ich mich, als ich endlich dran bin.

»Die Mandy hat sich krankg'meldet und die Mäggi isch wieder ins Hohenlohische g'fahra. Es ist jo schön und gut, wenn man sich um seine Lieferanta kümmert, aber so oft, wie die do nomm fahrt, des verstand i net. Ich glaub, die zieht die Säu bald no von Hand uff!« Er stützt sich mit beiden Händen auf der Theke ab und schüttelt den Kopf.

»Do hat se halt ihr Herz verlora«, erwidere ich bewusst zweideutig.

Doch der Weller reagiert gar nicht drauf. »Was darf's denn sei?«, fragt er stattdessen.

Da ich, wie allgemein bekannt, keine sonderliche Gabe fürs Kochen habe, bestelle ich Leberkäse, den ich im Ofen backen kann, und Kartoffelsalat dazu. In Gedanken versunken füllt der Metzgermeister zwei der Kastenformen aus Alu, die für Leberkäse bestimmt sind, mit dem Salat. Nun habe ich generell nichts gegen eine gewisse Übermenge beim Einkaufen, doch die abgefüllte Menge an Kartoffelsalat schätze ich auf zwei Kilogramm, und das ist nun doch reichlich viel.

»Äh, Rolf, ein Kilo Kartoffelsalat tät mir langa.«

»Jessaswilla, i glaub, i dreh no durch!«, ruft Weller und leert hektisch den gesamten Kartoffelsalat zurück in die große Schüssel.

»Wägga dr Mäggi?«

Weiß er doch etwas von der Beziehung seiner Frau?

»Wieso wägga dr Mäggi?« Er schaut mich verständnislos an.

»Wägga was dann?«

»Z'erschd dr Öchsle, no dr Gips, geschtern dr Leibinger!« Wellers Stimme bricht und seine Hände zittern. »Des macht mich fertig.«

»Fehlt no einer im Quartett«, murmle ich in meiner berühmt-berüchtigt diplomatischen Art.

Der Metzger reißt die Augen auf und das Zittern verstärkt sich. Nägele, denk doch, bevor du schwätsch! Den Kerle haut's glei om! Aber jetzt isch's scho haussa.

»Moinsch, do hat's jemand auf ons abg'säh? Ein Mörder etwa?«

Wellers Gesicht ist nun weiß wie die gekachelten Wände in seinem Schlachthaus. Da ich messerscharf erkenne, dass er in diesem Zustand in absehbarer Zeit nicht zu einem geregelten Verkaufsgespräch zurückkehren wird, gehe ich hinter den Tresen und drücke ihn auf einen Hocker. Er fängt hemmungslos an zu schluchzen, und ich hoffe für ihn, dass in der nächsten Viertelstunde kein weiterer Kunde den Laden betritt. Einerseits tut mir das Häuflein Elend vor mir fast leid, andererseits kann ich den aufgeblasenen Geschäftsmann, den Weller sonst raushängt, nicht leiden. Außerdem weht mir eine Alkoholfahne entgegen, dass es Gott erbarmt.

Aber ich wäre nicht Frau Nägele, würde ich mir diese Gelegenheit entgehen lassen, also nutze ich seine desolate Verfassung und bohre in seiner Vergangenheit. »Hat des was mit der Axamer Lizum zu tun?«, konfrontiere ich ihn.

Er hebt den Kopf und in seinen Augen schimmert neben leichter Panik auch großes Staunen.

»Privatermittlerin halt«, beantworte ich seine ungestellte Frage.

Weller nickt stumm, wiegt den Kopf hin und her, überlegt offenbar, mit was er rausrücken will und mit was nicht.

»Raus mit der Sproch!«, ermutige ich ihn. »Die andere könnet sowieso nix mehr dorgega saga.«

»Hasch recht«, erwidert er und knetet unschlüssig seine Hände, doch schließlich sprudelt es aus ihm heraus. Ein Befreiungsschlag, der ihn immer offener sprechen lässt. So bestätigt er letztlich nicht nur die Unfallgeschichte, bei der die junge Maria ums Leben gekommen ist, sondern auch, dass er damals hinter dem Steuer gesessen hat. »Ob die Maria en Freund g'hett hat und der will sich an uns rächa?«

»Woher sollte der wissa, dass ihr des waret?«, gebe ich zu bedenken. »Ond worom kommt die Rache so spät?«

Weller zuckt mit den Achseln und verfällt in lethargisches Grübeln, während ich selbst ein Kilogramm Kartoffelsalat abwiege und einen Laib Leberkäse aus dem Kühlfach nehme.

»Außerdem isch gar net bewiesa, dass euch äbber ombrenga will. Der Öchsle ist eindeutig bei ma Unfall geschtorba, für den niemand verantwortlich ist außer er selber. Und der Leibinger hat sich mit dem Marathon oifach übernomma!«

»Und dr Gips?«, hakt Weller nach. »Der fällt net einfach so vom G'rüscht!«

»Der Gips ... des isch ... a bissle komplizierter. Also mein Team untersuchet no ... Des isch womöglich au ganz harmlos.«

»Dein Team. Harmlos.« Der Metzgermeister steht schwerfällig auf und blickt mich zweifelnd an. Dann gibt er sich einen Ruck und möchte wissen, ob ich ihn wegen der alten Geschichte anzeige.

»Nein, des mach i net«, beruhige ich ihn. »I benn mir sicher, dass des sowieso scho längscht verjährt isch.«

Dass ich von dem Unfall mit Todesfolge bereits wusste und mit dem Lauer auch schon darüber gesprochen habe, verrate ich ihm nicht, sonst kippt der mir noch um.

»Allerdings«, ergänze ich mit erhobenem Zeigefinger, »wenn i g'frogt werd, muss ich scho saga, was ich weiß. Des isch dir klar, oder?«

Er nickt bedrückt. »Derf's no äbbes sei?«, fragt er unvermittelt und schiebt mich wieder vor die Ladentheke.

Ich entscheide mich für Schwartenmagen, Bauernbratwürste und Aufschnitt, und Weller hat sich wieder so weit im Griff, dass er die Bestellung ohne weitere Panne über die Bühne kriegt und abkassiert.

»Mach's gut«, wünsche ich beim Verlassen des Geschäfts. »Und bass uff de uff!«

Er erschrickt kurz, widmet sich dann aber schnell der nächsten Kundin, der ich die Klinke in die Hand gebe.

Ganz in Gedanken an das Gespräch mit Weller jongliere ich zuhause meine Einkäufe zur Haustür und krame mühselig in meiner Hosentasche nach dem Schlüssel.

»Na endlich!«, ruft jemand hinter mir.

Ich zucke zusammen und lasse beinahe meine Tüten fallen. Mürrisch drehe ich mich um. »Herr Lauer? Henn Sie was an dr Waffl? Sie könnet mich doch net so erschrecka!«

Der Kommissar unternimmt nicht ansatzweise den Versuch einer Entschuldigung. Stumm nimmt er mir die Tüten ab und deutet mit dem Kopf zur Tür. Ich sperre auf und mache meinerseits keinerlei Anstalten, ihn hereinzubitten. Das ist auch nicht nötig, denn noch bevor ich den Schlüssel ans Brett gehängt habe, ist er mit den Einkäufen in der Küche verschwunden. Ich weiß jetzt nicht, ob das ein gutes Zeichen ist oder nicht, und bleibe erst mal im Flur.

»Falls man mir einen Kaffee anbieten möchte, würde ich nicht nein sagen«, höre ich Lauer eine Weile später.

»›Möchten‹ isch vielleicht a bissle übertrieben, aber tun täte ich es schon.«

Mit diesen Worten und starr nach vorne gerichtetem Blick gehe ich in die Küche. Ich fordere Lauer mit einer Handbewegung auf, Platz zu nehmen, allerdings sitzt er schon. Ich presse fest meine Lippen aufeinander und unterdrücke einen Kommentar. Mir ist sofort bewusst, dass der weitere Verlauf unserer gemeinsamen Ermittlungsarbeit entscheidend von dem folgenden Gespräch abhängt. Deshalb werfe ich schweigend die Kaffeemaschine an, deponiere die Metzgertüten im Kühlschrank, stelle Geschirr und ein Viertel von Mutters Frankfurter Kranz auf den Tisch, verschwinde im Bad und übe vor

dem Spiegel ein freundliches, einnehmendes und sympa-
thisches Lächeln. Mit einer Variante, mit der ich zufrieden
bin, kehre ich an den Esstisch zurück.

Lauer schaut mich an. »Haben Sie Zahnschmerzen?«

Meine Mundwinkel fallen auf Alltagsposition zurück.
Hopfa und Malz verlora!

»Also, was gibt's?«, entgegne ich knapp und gieße Kaffee ein.

Mit keiner Silbe geht er auf seinen Tobsuchtsanfall am
Morgen ein, sondern möchte postwendend wissen: »Warum
schon wieder Sie?«

Ich weiß gleich, dass er den Leibinger meint, der mir
buchstäblich in die Hände gefallen ist. Aber seine Frage
kann ich beim besten Willen nicht beantworten. Dafür
kann ich ihm allerhand Informationen liefern. Lauer
scheint sich damit vorerst zufriedenzugeben, hört konzentriert zu, hakt ab und an nach, macht sich immer wieder Notizen und lässt hin und wieder ein »Aha« oder sogar
ein »Gut« einfließen.

Eventuell hat Mutters ausgezeichneter Frankfurter
Kranz eine positive Wirkung auf Lauers Gemütszustand.
Insgesamt verläuft unser Gespräch unter Kollegen durchaus
erfreulich, und ich habe den Eindruck, dass ich dem Kommissar weiterhelfen kann. Was auch sonst. Diese Meinung
teilt er offensichtlich, denn ohne Aufforderung gewährt er
mir einen Einblick in die Ergebnisse von Leibingers patho-
logischer Untersuchung. Zu meiner Überraschung erfahre
ich, dass es nicht selbstverständlich ist, dass ein Sportler, der
bei einem Wettkampf tot zusammenbricht, pathologisch
untersucht wird. Aber im Hinblick auf die enge Beziehung
der Herren Kraut, Ranzer und Leibinger, die nun alle tot
sind, schien es Lauer ratsam, den Tod des Bankchefs näher
untersuchen zu lassen.

»Zunächst hat alles darauf hingedeutet, dass sich Herr Leibinger beim Lauf übernommen und einen Herzinfarkt erlitten hätte«, erklärt der Kommissar. »Aber …«

»Aber laut meiner Freundin Waltraud war der Leibinger im einem top Trainingszustand. Das hat mich stutzig g'macht!«

»Genau! Daher war es eine ausgezeichnete Idee, der Pathologin Leibingers Trinkflasche per Eilbote zuzuschicken.«

Hat mich der Lauer grad g'lobt?

»Ähm, danke«, erwidere ich verlegen. »Und, was isch rauskomma?«

»Tja …« Lauer macht es spannend.

»Tja, was?«

»Tja, man hat tatsächlich geringe Mengen von Aconitum festgestellt!«

»Aconitum?«

»Eisenhut«, erläutert der Kommissar. »Eine der giftigsten Pflanzen in Europa.«

»Mord! Ich hab's g'wisst!«, rufe ich begeistert, doch Lauers strenger Blick signalisiert mir, dass meine Freude recht unpassend ist.

»Der arme Leibinger isch ermordet worda«, korrigiere ich mich deshalb, mit angemessener Erschütterung in der Stimme, und finde Gnade beim Kommissar.

»So wie es aussieht, ja.«

»Wer isch der Mörder und warum?«

»Ja, Frau Nägele, das sind in einem Mordfall generell die entscheidenden Fragen.«

Als ob ich des net wüsst!

»Und was sagt die Rosi zu denne Ergebnisse?«

»Frau Leibinger haben wir leider noch nicht erreicht. Laut Aussagen der Nachbarin ist sie bereits am Freitagnachmittag zu einem Kurzurlaub auf die Schwäbische Alb aufgebrochen. Die Dame konnte sogar den Namen des Hotels nennen, in dem Frau Leibinger abgestiegen sein soll. Unter vorgehaltener Hand hat sie meinen Leuten noch anvertraut, dass es am Tag vor Frau Leibingers Abreise noch zu einer lautstarken Auseinandersetzung mit ihrem Mann gekommen sein soll. Leider haben wir sie telefonisch bisher noch nicht erreicht.«

»Bleibet Se dra!«

»Machen wir.«

»Ansonschten wendet Se sich an die Conny Ranzer, des isch ja die beschte Freundin von der Frau Leibinger. Vielleicht kommet Se do weiter.«

»Wird gemacht.« Lauer notiert sich alles, doch dann schaut er irritiert auf. »Frau Nägele! Dass des klar isch, ich bin hier die Polizei und gebe die Anweisungen und nicht Sie! Heideneiaberau!«

»Ich hab nichts anderes behauptet, Herr Lauer«, schnurre ich und muss mich schnell wegdrehen, weil ich ein Grinsen nicht zurückhalten kann.

Als ich meine Mimik wieder in den Griff bekommen habe, erkundige ich mich nach dem Stand im Fall Gips. Nun zickt der Herr Kommissar ein bisschen und möchte sich nicht mehr so recht am Austausch beteiligen, daher brühe ich nochmals Kaffee auf und hole ein weiteres Stück des Frankfurter Kranzes.

Nachdem er die Hälfte genüsslich verdrückt hat, rückt er endlich mit der Sprache heraus: »Die Befragungen des näheren Umfelds haben wir abgeschlossen, allerdings keine neuen Erkenntnisse erhalten. Neider hatte Matthias Ranzer als Geschäftsmann natürlich, doch niemand kann sich vorstellen, dass er Feinde hatte, die ihm nach dem Leben getrachtet hätten. Es gibt auch keine Hinweise auf Drohungen oder Erpressungsversuche, deshalb tappen wir weitestgehend im Dunkeln. Das Einzige, was ans Licht kam, ist die Vaterschaft von Herrn Ranzer.«

»Wie hat der Benni die Neuigkeit uffg'nomma?«

»Überrascht, schockiert, aber auch irgendwie erleichtert. Jetzt hat er wenigstens die Gewissheit, wer sein Vater war, nach dem er lang gesucht hat …« Lauer schiebt sich einen weiteren Bissen Frankfurter Kranz in den Mund, bevor er seufzend fortfährt: »Lassen Sie mich offen sprechen, Frau Nägele. Der junge Mann ist mein Hauptverdächtiger. Mein einziger, um ehrlich zu sein. Er hat sich nachgewiesenermaßen am Tatabend in der Nähe des Tatorts herumgetrieben, wo sein Erzeuger, dessen Vaterschaft nicht offiziell bekannt war, umgebracht worden ist. Da ist doch was faul, meinen Sie nicht?«

Ich brumme eine Art Zustimmung, kann aber Lauers Formulierungen nicht recht folgen.

Der Kommissar macht unbeirrt weiter. »Doch von allen Menschen auf diesem gottverlassenen Globus muss ausgerechnet Ihr Sohn« – er deutet mit der gefährlich spitzen Kuchengabel in meine Richtung – »meinem Hauptverdächtigen ein Alibi geben.«

»Ähm, des tut mir jetzt aber leid«, stammle ich und setze eine betretene Miene auf.

In Wirklichkeit triumphiere ich innerlich. Bedeutet das, dass der Simon aus dem Schneider ist?

»Allerdings …«, zerschlägt der Lauer all meine Hoffnung. »Allerdings ist das Alibi nicht wasserdicht. Mehrere Mitglieder der Tanzgruppe, die sich an dem Abend an dem Marktbrunnen getroffen hat und zu der auch Ihr Sohn gehört, können zwar bezeugen, dass der junge Österreicher verschwunden ist, während Ihr Sohn noch bei den anderen geblieben ist. Doch auch Ihr Sohn ist vorzeitig gegangen, und nicht selten sind Komplizen …«

»Henn Se wägga dem Unfall in Öschterreich nochg'hokt?«, falle ich dem Kommissar ins Wort, fest entschlossen, das Thema zu wechseln.

Kann der Lauer jetzt amol den Simon in Ruh lassa, Herrschaftszeita!

»Noch nicht, Frau Nägele, wie Sie wissen, muss ich mich um ein paar Morde kümmern!«

»Gut, aber was gibt's sonscht no in Sachen Gips?«, lasse ich nicht locker.

»Sie meinen Herrn Ranzer?«

»Noi, Baumaterial ...«, sage ich genervt, aber Lauer übergeht meine Anmerkung.

»Die rosafarbene Faser, die wir am Tatort sichern konnten«, kommt er auf meine Frage zurück.

»Fliederfarben«, korrigiere ich und werde prompt mit einer hochgezogenen Augenbraue bedacht.

»Wie auch immer, wir kommen damit nicht weiter. Wir haben alles abgesucht, die Wohnung, die Büroräume, Lager, Werkstatt. Nichts.«

»Und was isch mit der Conny, seiner Frau?«

»Auch den Laden von Frau Weckerle-Ranzer haben wir genauestens unter die Lupe gekommen. Keine Spur. Ohnehin würde das Motiv fehlen. Finanziell ist sie großzügig aufgestellt, und dass das Paar jahrelang eine recht offene Beziehung geführt hat, daran haben sich offenbar weder die Eheleute noch ihr Umfeld gestört.«

»Und a Kind?«

Irritiert schaut Lauer vom Kuchenteller auf. »Kind? Hatten die beiden nicht. Also zumindest er nicht mit ihr.«

»Eben!«

»Wie, eben?«

»Ein unerfüllter Kinderwunsch wär doch ein Motiv!«

Lauer runzelt die Stirn, woraufhin ich ihm berichte, was

ich bei der Observierung der Frauen-Clique in der Wein-Lounge mitgehört habe, nämlich dass sich Gips heimlich sterilisieren hat lassen, während seine Frau eine Schwangerschaft herbeigesehnt hat.

»Und jetzt hat der sogar einen unehelichen Sohn von ra andera!«, schließe ich meinen Bericht!

»Und warum erzählen Sie mir das erst jetzt?«, hebt Lauer die Stimme. Er wirkt leicht angefressen.

»Man schwätzt halt nicht einfach so über so heikle Frauenthemen. Und außerdem nemmet Sie sich äußerscht selten so viel Zeit für mich wie heut. Sonscht könntet Sie des scho lang wissa!«, gehe ich sofort in Verteidigungsstellung.

Doch Lauer greift nicht an. Im Gegenteil. Er greift nach einem weiteren Stück Frankfurter Kranz und überlegt eine Weile. »Solch ein Betrug wäre schon ein Motiv. Manche Frau würde das als Verrat werten. Ob Frau Weckerle-Ranzer allerdings weiß, dass ihr Mann bereits ein Kind gezeugt hat, bezweifle ich. Von uns jedenfalls nicht; dazu haben wir keine Veranlassung gesehen, immerhin ist sie erst kürzlich Witwe geworden. Und …«

»Und …?«

»Frau Ranzer hat ein wasserdichtes Alibi. Das haben wir überprüft.«

»Des mit Hamburg?«

»Ja.«

»Schad, arg schad. Dann kommet mir zwoi in dem Fall aktuell nicht weiter.«

»*Wir* kommen nicht weiter, Frau Nägele, wir, die Polizei«, rückt er die Zuständigkeiten nochmals gerade – also die nach seinem Verständnis.

»Genau, Herr Kommissar. Und deshalb brauchet Sie mich!«

Lauer verschluckt sich fast an einem Stück Kuchen.

»Müssen Sie immer das letzte Wort haben?«

»Ja!«

Damit sind die Dinge für mich wieder im Lot.

KAPITEL 15

An einem Mittwoch Mitte Oktober

»Elvira, hasch du scho Zeitung g'läsa?« Mutter steht nebenan in der Tür und wedelt mit der heutigen Ausgabe, als ich das Haus verlasse.

»Nein, hab ich nicht. Des mach ich doch immer erscht im Büro!«

Als ob sie das nicht wüsste!

Ich will mich so früh am Morgen auf keine Diskussion mit ihr einlassen, deshalb schlüpfe ich schnell ins Auto, drehe mich nach hinten, um den Verkehr auf der Straße im Auge zu behalten, und fahre rückwärts aus unserer Einfahrt. Ich lege den ersten Gang ein und will gerade aufs Gaspedal treten, als ich durch die Vorderscheibe schaue und es mir durch Mark und Bein fährt. Mutter!

In einem zartgrünen zweiteiligen Hausanzug, Sneakern mit Plateausohle im gleichen Farbton und einem passenden Turban auf dem Kopf steht sie vor dem Wagen und trommelt auf die Motorhaube. Wie kommt denn die so schnell do her?

Ich öffne das Seitenfenster und strecke den Kopf hinaus. »Mutter! Fascht hätt ich dich überfahra!«

»Des sieht dir gleich!« Kopfschüttelnd tritt sie an die Fahrertür.

Bin ich schuld, wenn die wie ein Geist vor mir auftaucht?

»Was isch?«, frag ich kurz angebunden.

Statt einer Antwort hält sie mir den *Steinheimer Morgen* vor die Nase. Meine Augen werden immer größer. Schließlich reiße ich Mutter die Zeitung aus der Hand und werfe sie auf den Beifahrersitz. Mit einem beherzten Sprung bringt sich Mutter in Sicherheit. Im Rückspiegel sehe ich, dass sie mir mit erhobenen Armen nachschaut. Hat sie etwa an einer Hand einen unguten Finger erhoben?

Ich schnappe nach Luft, aber ich darf mich nicht ablenken lassen, denn ich habe etwas zu erledigen. Und zwar dringend!

So schnell ich kann, manövriere ich mich und meinen Wagen durch den Morgenverkehr und komme endlich vor dem Archiv zum Stehen. Zuerst renne ich zu Waltraud in die Apotheke. Der Laden ist noch geschlossen, deshalb klingle ich Sturm. Nach einer gefühlten Ewigkeit trottet meine Freundin in einem wallenden Morgenmantel zur Tür. Ich drücke den Artikel gegen die Scheibe, und jetzt gibt sie Gas. Sie schließt auf, zerrt mich hinein, wirft einen raschen Blick auf den Titel, greift zum Telefon, beordert Erika in die Apotheke und eine gekühlte Flasche Prosecco und drei Gläser auf den Diabetiker-Tisch.

Erika braucht keine fünf Minuten, bis sie schwungvoll die Apotheke betritt und wir zur Feier des Tages anstoßen! Immerhin hat der Blindgänger Graf in der heutigen Ausgabe seine Darstellung vom Bottwartal-Marathon richtiggestellt, und zwar in dem genauen Wortlaut, den ich ihm gestern Abend sehr gerne in die Feder diktiert habe. Im Übrigen auf seine Bitte hin.

Abwechselnd lesen wir uns laut den Artikel vor und gönnen uns zwischendurch den einen oder anderen Schluck Proseccöchen. Gerade als ich den letzten Satz beendet habe, geht die Ladentür auf und der Kälble steht vor uns. Wie üblich trägt er trotz wolkenverhangenem Himmel eine Sonnenbrille auf der Nase.

»Was darf es sein?«, erkundigt sich Waltraud, bleibt jedoch am Diabetiker-Tischchen sitzen.

»Ich möchte euch warnen!« Der Supercop hebt den Zeigefinger in die Höhe, und wir bekommen umgehend ein schlechtes Gewissen.

Allerdings gilt sein alarmierender Weckruf nicht unserem Alkoholkonsum am frühen Morgen.

»Im Flecka geht ein gefährliches Trio um. Nicht dass ihr überfallen werdet, wenn ihr abends allein auf der Straße rumlaufet.« Er zieht ein ernstes Gesicht. »Der Olaf Graf, der Journalist des *Steinheimer Morgen,* isch gestern Nacht von drei vermummten Gestalten bedroht worden.«

Wir keuchen demonstrativ auf, und jetzt hat's der Kälble ganz wichtig. Drei Personen in unterschiedlichen Gewichtsklassen, schwarz gekleidet und mit schwarzen Sturmhauben über dem Kopf, hätten dem armen Mann an der eigenen Haustür aufgelauert.

»Woher weißt du das?«, möchte Waltraud wissen und schaut Kälble aus zusammengekniffenen Augen an.

»Ich hab die Geschtalten gesähen!«

»Du?«

»Ja!«

Auf dem Heimweg vom Stammtisch im Löwen habe er schon von Weitem die drei Vermummten bemerkt und das Szenario aus sicherer Entfernung beobachtet. Um die korrekte Alarmstufe auslösen zu können, habe er daraufhin versucht, die Geschehnisse auf einer Skala von eins bis drei einzuordnen, also von Scherz über Raubüberfall bis zu Terrorangriff, was die Anforderung des SEK zur Folge gehabt hätte.

»Und was hasch dann g'macht?«, fragt Erika etwas angespannt.

»Äh, i benn heim.«

»Und hasch von dort aus den Vorfall gemeldet?«

»Nein.«

»Worom net?«

»Weil meine Mutter gemeint hat, ich hätte des älles nur geträumt.«

»So wird's g'wäsa sei!«, teile ich lautstark Marthas Einschätzung und werfe den Mädels erleichtert einen Blick zu.

Denn wir wissen genau, dass der Kälble nicht geträumt hat. Wir kennen die drei vermummten Gestalten nur zu gut und sind genaustens im Bilde, dass sie letzte Nacht dem Graf ein Angebot unterbreitet haben, das der nicht ablehnen konnte. Das verraten wir dem Supercop natürlich nicht.

Der legt uns derweil ans Herz, besonders nach Anbruch der Dunkelheit vorsichtig zu sein und uns beim geringsten Verdacht an die Polizei zu wenden, deinem Freund und Helfer. »In dem Fall an mich!« Kälble drückt den Rücken durch, schiebt seine Brille in die Haare und verlässt die Apotheke.

Mit Müh und Not können wir an uns halten, bis die Tür hinter ihm ins Schloss fällt. Doch dann brechen wir in ein Gelächter aus, das uns zwei Tage Bauchmuskelkater bescheren wird.

Während ich im Archiv kurz vor Dienstschluss eine Anfrage zu einem Familienstammbaum bearbeite, überlege ich, ob ich den Lauer anrufen soll, auf seiner privaten Handynummer, einfach weil ich kann. Ich verwerfe jedoch den Gedanken, nicht dass sich der noch einbildet, ich hätte ein Interesse an ihm, das über unsere berufliche Zusammenarbeit hinausginge. Gut, hätt ich vielleicht schon ...

»Nägele! Reiß de zamma! Du hasch dr BMVÄ!«

»Ja, man wird jo wohl no a bissle denka dürfa!«

»Nein, derf mr net! Nicht in die Richtung!«

Schluss jetzt mit den Selbstgesprächen!

Ich stemple aus und trete den Heimweg an. Irgendwie hab ich ein schlechtes Gewissen, aber nicht im Ansatz wegen unser Nacht-und-Nebel-Aktion, sondern wegen meinem BMVÄ.

Als der am Abend nach Hause kommt, habe ich bereits die Hecke geschnitten, das Häckselgut im Anhänger verstaut, jede Menge Nüsse vom großen Walnussbaum im Garten zusammengelesen und das kleine Gemüsebeet abgeräumt. Er lobt meinen Arbeitseinsatz und verspricht, für mich etwas Gutes zu kochen. Als ich eine halbe Stunde später in die Küche gehe, duftet es köstlich nach Sauerkraut, gebratenen Rippchen und Kartoffelpüree. Halt doch der beschte Ma von älle!

Erneut schäme ich mich für meine Gedanken an Lauer und gebe dem BMVÄ einen dicken Kuss. Erstaunt blickt er mich an, drückt mir den Topf mit Sauerkraut in die Hand und ruft Simon zu Tisch. Wir lassen es uns schmecken, und ich spare nicht mit Lob für den Koch. Ich erzähle von Grafs korrigiertem Artikel, ohne jedoch die Hintergründe für seine Kehrtwende zu nennen. Dass heute ein Glückstag sein muss, bestätigt sich, als Simon nach dem Essen ohne Aufforderung nicht nur den Tisch abräumt, sondern zudem die wenigen Reste in Tupperschüsseln in den Kühlschrank und das schmutzige Geschirr in der Spülmaschine verstaut. Ich warte gespannt, ob er dafür eine Gegenleistung verlangt, aber nach getaner Arbeit verabschiedet er sich mit einem fröhlichen »See you!« und bricht zu seiner Hip-Hop-Stunde auf.

Der BMVÄ hat inzwischen seinen Laptop aufgeklappt und zeigt mir seine Fotos vom Marathon. Es sind unglaublich viele, deshalb klickt er die Serie schnell durch. Er hat Eindrücke vom Morgen bei der Anmeldung an der Halle eingefangen, vom Startschuss am Bahnhof, vom Tross auf

der ersten Etappe, Stimmungsbilder der Ortschaften entlang der Strecke sowie einzelne Läuferinnen und Läufer
zwischen Zuschauerspalieren oder allein vor idyllischer
Landschaft, und Schnappschüsse beim Zieleinlauf und der
Siegerehrung.

Ich bitte ihn, mir die Aufnahmen zu schicken, auf denen
Waltraud zu sehen ist, damit ich ein kleines Erinnerungsal-
bum für sie zusammenstellen kann. Er brummt etwas von
»später«, holt sich ein Bier aus dem Kühlschrank und setzt
sich damit vor den Fernseher, um die Nachrichten nicht zu
verpassen. Deshalb klicke ich mich selbst noch mal durch,
um ausgewählte Fotos auf meinen USB-Stick zu ziehen.

»Sag mol«, rufe ich aus einer Eingebung heraus ins
Wohnzimmer hinüber. »Senn die Transporter für die Rucksäcke scho immer vom Ranzer zur Verfügung g'schtellt
worda?«

»Nein. Vom Emil weiß ich, dass sich die Conny dies
Johr ziemlich uff'drängt hat. Werbemaßnahme vielleicht.«

Das glaube ich aufs Wort. Clever war sie ja schon immer.

Ich finde drei Fotos, auf denen Waltraud abgelichtet ist.
Eins wurde in der Altstadt von Großbottwar aufgenommen, als sie gerade den Leibinger überholt hat. Ich zoome
die zwei heran und betrachte sie genau. Waltraud ist rot wie
eine Tomate, und Schweißperlen stehen ihr auf der Stirn.
Aber sie fährt die Ellenbogen aus und müht sich an ihrem
Trainingspartner vorbei. Der verzieht das Gesicht und ist
im Gegensatz zu Waltraud ziemlich fahl. Trotz der kühlen Witterung an jenem Tag läuft er in T-Shirt, natürlich
mit Volksbank-Emblem, und in kurzen, eng anliegenden
Hosen. Für sein Alter hat er eine Topfigur, das muss ich
schon sagen. Oder vielmehr hatte er. Kein Gramm Fett um
die Hüften, muskulöse Schenkel und gut definierte Arme.
Ich frage mich schon, warum die Rosi da einen anderen

braucht. In einer Hand hält er die Trinkflasche. Dass er bei seiner körperlichen Fitness die Waltraud an sich vorbeiziehen lassen musste, erklärt sich im Nachhinein durch die Vergiftung. Wie lange es wohl dauert, bis Eisenhut wirkt? Wann wurde das Gift der Trinkflasche beigefügt und wo? An einem der anderen Versorgungsstände entlang der Strecke? Ich muss bei der nächsten Gelegenheit unbedingt die Kim dazu befragen.

Die nächste Aufnahme, auf der meine Freundin zu sehen ist, zeigt sie auf der Straße nach Kleinbottwar, im Hintergrund die Weide, auf der seit ein paar Jahren Wasserbüffel gehalten werden, und darüber die Burg Lichtenberg. Und dann finde ich noch eine mit Waltraud, das hat der BMVÄ kurz vor dem Zieleinlauf gemacht. Der Leibinger ist auf den beiden Fotos natürlich nicht drauf. Aus Neugier klicke ich ein weiteres Mal die gesamte Bilderstrecke in umgekehrter Reihenfolge durch und achte dabei nur auf den Bankchef. Einmal ist er in einer Gruppe von Läufern zwischen Oberstenfeld und Beilstein abgelichtet. Leider nur von hinten, aber ich erkenne ihn an seinem T-Shirt mit dem Volksbank-Logo. Wie es ihm in dem Moment geht, kann ich an seinem Rücken leider nicht ablesen. Dann entdecke ich eine Szene von der ersten Etappe, unmittelbar nach dem Start. Leibinger läuft in einem größeren Pulk mit, von dem sich nur fünf oder sechs Teilnehmer abgesetzt haben. Er sieht noch sehr gut aus und lächelt sogar ein bisschen. Schließlich stoße ich auf ein paar Fotos vom Start, die mich stark an die Wimmelbilder in Kinderbüchern erinnern. Dichtgedrängt stehen Männlein und Weiblein beieinander und warten auf das erlösende Signal. Eine Aufnahme wurde aus einer erhöhten Position gemacht. Als ich sie vergrößere, erkenne ich den Bankchef am Rand des Pulks. Mit einer Hand winkt er in die Menge, mit der anderen hält er seine neongrüne Thermosflasche an den Mund. War des der tödliche Schluck?

Mir wird ganz mulmig, deshalb überfliege ich die restlichen Fotos im Schnelldurchlauf, bis ich zu den ersten Aufnahmen gelange, die der BMVÄ am Morgen auf dem Sportgelände festgehalten hat. Auf einem meine ich den Leibinger auszumachen, doch als ich heranzoome, merke ich, dass ich mich getäuscht habe. Dafür fällt mein Blick auf Connys Transporter, dessen Rückseite am linken Bildrand zu sehen ist. Beide Türflügel stehen offen und der Innenraum ist mit vielen Taschen der Sportler gefüllt. Conny sitzt ganz vorne auf der Ladefläche, auf ihrem Schoß liegt ein Rucksack. Mit ausgestrecktem Arm reicht sie jemandem eine Thermosflasche, wem, kann ich nicht erkennen. Was mir jedoch sofort ins Auge springt, ist die Farbe der Flasche. Sie ist neongrün! Mein Bauchgefühl, meine Kombinationsgabe, meine kriminalistische Intuition, alles springt von einer zur anderen Sekunde auf tausend Prozent! Ich stelle das Foto auf Maximalgröße und entdecke an einem der Schultergurte des Rucksacks auf Connys Schoß das Bändchen mit der Startnummer des Eigentümers. Mit Müh und Not kann ich die letzten drei Zahlen entziffern. Ich renne zum Telefon.

»Du, Emil, ich brauch unbedingt eine Auskunft«, falle ich mit der Tür ins Haus, als Vaters Freund endlich abnimmt.

»Also, wenn ich nicht wüsst, dass du des bisch, Elvira, dät ich sofort wieder auflega. Und überhaupt, andere Leut senn om die Zeit scho im Bett!«

Ich werfe einen Blick auf die Uhr. Kurz nach zehn. Im Fernsehen läuft gerade das *heute journal.* Doch ich habe keine Zeit für Small Talk oder Entschuldigungen.

»Isch jo gut, Emil, aber es pressiert! I brauch unbedingt die Nama von älle Marathonteilnehmer, die in der Startnummern henda die Ziffern 352 oder 852 henn.«

»Des weiß ich doch nicht auswendig!«

»Kasch gugga?«

»Könna scho.«

»Mensch, Emil, stell de net so a. Es geht um Leben und Tod!«

»Wird des jetzt dein Hobby?«

»Emil!«

»Ja, i gugg, aber erscht morga. Die Unterlaga sind im Vereinsheim.«

Bevor ich mein Veto einlegen kann, hat er aufgelegt. Die fünf weiteren Anrufe nimmt er nicht entgegen. Mir kommt der Gedanke, schnell zu ihm zu fahren, aber ich will mich nicht ganz unbeliebt machen. Ich weiß zwar nicht, ob ich ohne die entscheidende Information ein Auge zu machen kann, aber versuchen kann ich es ja mal. Ziemlich aufgewühlt gehe ich ins Bett. Da liegt der BMVÄ tatsächlich schon und schnarcht.

KAPITEL 16

An einem Donnerstag Mitte Oktober

»Super! Hasch was gut bei mir!«

Emil hat mir vier Namen durchgegeben, die zu den zwei möglichen Ziffernfolgen passen. Die ersten beiden sagen mir nichts, den dritten kenne ich flüchtig, aber die Nummer 1352 ist mein Mann! Also nicht der BMVÄ. Es ist die Startnummer von – Leibinger! Eindeutig war es sein Rucksack, der auf Connys Schoß lag, und die neongrüne Thermosflasche in ihrer Hand gehörte ihm ebenfalls todsicher! Ich mache im Archivbüro ein Freudentänzchen, auch wenn das in Anbetracht von Leibingers Tod nicht gerade pietätvoll ist.

Dann rufe ich umgehend den Lauer im Präsidium an, mein Anruf wird allerdings an einen Kollegen weitergeleitet. Der Kommissar sei an einen Tatort in Markgröningen gerufen worden, teilt der mir mit. Macht nichts, ich hab ja jetzt die Handynummer. Die wähl ich sofort, doch der Lauer drückt mich dreimal weg! Des derf doch net wohr sei!

Gut, dann muss es ohne ihn gehen. Und weil ich weiß, wie wichtig der Faktor Zeit ist, beschließe ich, die Conny zum Verhör vorzuladen.

Nägele, bleib uffem Teppich!

Aber ich muss etwas tun, und zwar schnell. Und wenn der Moses nicht zum Berg kommt, kommt der Berg eben zu Moses. Ich werde der Conny heute Nachmittag einfach einen Besuch in ihrem Laden abstatten und ein bisschen mit ihr schwätzen. So von Frau zu Frau. Da sie erst um halb drei öffnet, sitze ich die Zeit bis dahin an meinem Schreibtisch aus.

Als ich kurz nach zwei Uhr am Nachmittag das Archiv verlasse, bin ich immer noch zu früh dran, deshalb hole ich mir beim Bäcker ein belegtes Brötchen und schlendere damit über den Marktplatz. Dort stoße ich auf Erika und Waltraud, die auf einer Bank ebenfalls verspätet Mittag machen und die Herbstsonne genießen.

»Lasset's euch schmecka«, sage ich und setze mich zu ihnen.

Während wir uns unterhalten, sehe ich aus den Augenwinkeln, wie die Rosi »Connys Glamour« verlässt.

Interessant! Ist die wieder zurück? Und hat nach der Nachricht vom Tod ihres Mannes gleich bei Conny Trost gesucht? Nein, das scheint mir nicht nötig, denn sie wirkt alles andere als niedergeschlagen.

»Die lustigen Witwen haben wieder eine konspirative Sitzung beendet.« Waltraud deutet mit dem Kopf vage Richtung Rosi. »Die hocken schon seit elf zusammen und saufen.«

Während ich weiß, dass Waltraud gerne Detektiv spielt, zieht Erika die Augenbrauen fragend nach oben, woraufhin Waltraud ihre bisherigen Ermittlungsergebnisse zusammenfasst. Erika findet diese wiederum nicht weiter aufschlussreich und zuckt nur mit den Achseln. Sie beißt in ihre Laugenstange und schaut Rosi hinterher, die in engen Jeans und einem schicken knallbunten Oberteil zum Parkplatz stolziert.

Und des als frischgebackene Witwe!

»Hat sich die Rosi neu eingekleidet?«, spricht Waltraud das aus, worüber wir alle grübeln. »Ich hab sie schon lange nicht mehr in ihrem weißen Hoodie und der Nobeljogginghose gesehen.« Erika und ich nicken mit vollem Mund.

»Wobei, die Farbe von der Hose hat mir gut gefallen«, fährt Waltraud etwas undeutlich fort, und schluckt den letzten Bissen runter. »Fliederfarbe mag ich sehr!«

Ich runzle die Stirn und versuche, mich an das oft getragene und oft gesehene Ensemble von der Rosi zu erinnern. Vor meinem inneren Auge sehe ich sie auf dem Hoffest mit ihrem Kurschatten turteln, in ihrer All-time-favourite-Edeljogginghose in … Fliederfarbe! Nadierlich! I glaub, i schpenn!

Über Erika hinweg gebe ich Waltraud einen Klaps auf den Hinterkopf. »Käpsele!«, rufe ich und springe auf. »I muss!«

Meinen Plan, Conny zu befragen, vertage ich und spurte stattdessen zu meinem Wagen.

Zu Hause streife ich schnell die Schuhe ab und hänge meine Jacke an die Garderobe. Aus der Gruschtelschublada in der Küche suche ich einen neongrünen Filzstift heraus und stell mich damit vor mein Mindmap, das entgegen allen Protesten vom BMVÄ nach wie vor an der Terrassentür hängt.

Nägele! Konzentration!

Ich schließe die Augen, kombiniere, verwerfe, kombiniere erneut, und wie damals beim HB-Männchen geht schließlich alles wie von selbst. Wie von Geisterhand entstehen neongrüne Verbindungslinien zwischen den Namen auf dem Papier. Und plötzlich hängt die Lösung glasklar vor mir an der Tür. Allerdings gibt es ein klitzekleines Problem: Wie kann ich sie beweisen?

Allein komme ich nicht weiter, das ist mir bewusst, deshalb versuche ich erneut, den Lauer telefonisch zu erreichen, diesmal gleich auf dem Handy. Doch er drückt mich schon wieder weg! Schnell tippe ich eine Nachricht und schicke sie ihm per WhatsApp: »Soll ich zum Tatort in Markgröningen kommen oder kommen Sie heute um 19 Uhr zu mir? Es gibt Linsen mit Spätzle und Saitenwürstle. Gruß Elvira Nägele.«

Es dauert keine dreißig Sekunden, bis die gewünschte Antwort eingeht: »Ich komme!«

War ja klar. Er will nicht, dass ich mich in einen weiteren Fall einmische. Und dass das schwäbische Kultgericht als Lockmittel zieht, war mir klar. Schließlich ist es eine seiner Lieblingsspeisen, wie ich seit unserer letzten Zusammenarbeit weiß. Allerdings stehe ich jetzt ziemlich unter Druck, denn der BMVÄ ist heute Abend außer Haus und kann deshalb nicht kochen. Ich bin zwar anwesend, aber kann halt grundsätzlich nicht kochen. Da bleibt eigentlich nur noch Mutter übrig. Das schließe ich allerdings sofort wieder aus, denn die will dann sicherlich als Anstandswauwau dableiben, solang ein fremder Mann zu Besuch ist. Wobei sie den Kommissar ja kennt, aber ich kenne halt auch meine Mutter. Ich möchte allerdings mit Lauer unbedingt unter vier Augen sprechen. Natürlich aus rein beruflichen Gründen. Interna aus wegweisenden Ermittlungsgesprächen dürfen nicht nach außen dringen, das versteht sich von selbst. Nein, Mutter geht auf gar keinen Fall.

Deshalb mach ich mich konsequenterweise auf den Weg zur Melanie in den Löwen und bestelle vier Portionen Linsen mit Spätzle und Saitenwürstle zum Mitnehmen. Meine Erkenntnisse brennen mir derart unter den Nägeln, dass mir die Wartezeit bis zu Lauers Eintreffen sehr lang vorkommt. Und dann kommt er auch noch eine halbe Stunde zu spät und das Essen ist inzwischen kalt.

»Macht Ihne des was aus?«, erkundige ich mich bei Lauer.

»Scho!«

Am liebsten würde ich ihn auffordern, das Aufwärmen selbst zu übernehmen, aber ich verwerfe den Gedanken. Ich stelle ihm ein Bier auf den Couchtisch und bitte ihn zu warten, bis ich mit dem Essen so weit bin. Da der BMVÄ vehement die Anschaffung einer Mikrowelle abgelehnt hat, werfe ich Linsen, Spätzle und Saitenwürstle in einen Topf. Auf der Herdskala wähle ich die höchste Stufe aus und hab dann etwas Zeit, mich schon mal mit dem Herrn Kommissar zu unterhalten.

Der steht im Wohnzimmer vor der Terrassentür und studiert meine Zeichnung. »Volkshochschule? Abstraktes Zeichnen?«, fragt er und neigt den Kopf hin und her.

»Schule des Lebens. Intuitives Ermitteln«, antworte ich und erkläre die Zusammenhänge innerhalb des Geflechts.

Übersichtlich ist das Ganze nicht mehr, das gebe ich zu, doch ich versuche, ihm die wesentlichen Verbindungspunkte zwischen den Personen zu erklären, und will gerade mein geniales Ermittlungsergebnis offenbaren, als Lauer mich naserümpfend unterbricht: »Irgendwas riecht hier verbrannt.«

Ein Blick in die Küche verrät uns, dass er recht hat. Aus dem Linsentopf steigt Qualm auf. Bevor ich reagieren kann, greift Lauer nach einem Geschirrtuch und zieht damit den Topf von der Kochplatte. Eine Weile starren wir auf das Essen, aber wie wir es mit einem Kochlöffel auch drehen und wenden, da ist nicht mehr viel zu retten. Die Linsen sind eingebrannt, die Spätzle sind in der Auflösung begriffen und die Saitenwürste aufgeplatzt. Es sieht aus wie schon mal gegessen. Der Kommissar legt enttäuscht den Deckel drüber, reißt das Fenster auf und wedelt den restlichen Qualm mit dem Geschirrhandtuch hinaus. Wenigstens ist der Feuermelder nicht angesprungen. Das hätte mir gerade noch gefehlt. Ich drücke Lauer zum Trost ein weiteres Bier in die Hand, und während er sich im Wohnzimmer auf die Couch setzt, bestelle ich bei Giovanni eine Familienpizza Margherita.

Bis die eintrifft, nutze ich die Wartezeit, um erneut meine Ermittlungen aufzugreifen, und ich verkünde stolz deren Ergebnis: »In den Fällen Ranzer und Leibinger sind die Ehefrauen die Mörderinnen.«

»Frau Nägele, Sie müssen noch viel lernen.« Lauer schaut mich nachsichtig an wie einen jungen Hund, der in die Wohnung gepinkelt hat.

Das kann ich gar nicht leiden.

»Worom?«, entgegne ich harsch.

»Beide Frauen haben gesicherte Alibis, das hatte ich Ihnen doch schon mitgeteilt. Frau Ranzer war zur fraglichen Zeit in Hamburg und Frau Leibinger in einem Hotel auf der Alb. Das haben wir alles mehrfach überprüft.«

Gerade als ich etwas dazu sagen will, klingelt der Pizzabote, und Lauer rennt sofort zur Haustür. Anscheinend hat er Hunger. Anstalten, die Lieferung zu zahlen, macht er jedoch nicht. Der Einfachheit halber stelle ich den Karton auf den Couchtisch, damit ich gleich wieder auf mein ausgeklügeltes Mindmap zu sprechen kommen kann. Aber der Kommissar verbittet sich während des Essens jedes Wort zum Thema Mordermittlungen.

Ich staune, wie viel der Mann verdrücken kann. Ich glaube fast, er hat tagelang nichts gegessen. Die Flasche Valpolicella, die Giovanni bei einer Familienpizza mitliefert, lassen wir uns gemeinsam schmecken, und ich merke, wie Lauer sich zunehmend entspannt. Irgendwie ist der Wein schnell weg, und ich hole noch ein Fläschchen Lemberger trocken. Der scheint dem Herrn ebenfalls zu munden. Damit ich zum Einschenken nicht immer um den Tisch herumlaufen muss, setze ich mich neben ihn auf das

Sofa. Eine sehr nette und lockere Unterhaltung kommt zustande, und Lauer erzählt von seiner Kindheit in Marbach am Neckar. Von den unumgänglichen jährlichen Feierlichkeiten zu Friedrich Schillers Geburtstag, der am 10. November 1759 in Marbach geboren wurde. Er schildert das Läuten der Schillerglocke Concordia, den Blumengruß der Grundschüler auf der Treppe vor dem Denkmal am Schiller Nationalmuseum und die Huldigung der Marbacher Vereine am Abend.

»Do hasch du mitmacha müssa, ob du wolltescht oder nicht«, schwäbelt er und schüttelt den Kopf. »Und ich wollte nicht. Die ganz Gedichteaufsagerei! Ich hätt weglaufa könna.«

Zu meinem Angebot, als Wiedergutmachung ein weiteres Fläschchen Lemberger aufzumachen, sagt Lauer nicht nein, und es wird geradezu gemütlich. Er fühlt sich anscheinend wohl, denn er legt hinter mir den Arm lässig auf die Rücklehne des Sofas. Irgendwie habe ich das Gefühl, dass ich ihm noch etwas Wichtiges zu den Mordfällen mitteilen wollte, doch es fällt mir beim besten Willen nicht mehr ein …

Ist ja auch egal jetzt, wo wir es gerade so nett haben. Wir prosten uns zu und blicken uns an. Meine Güte, hat der Ma scheene Auga! Und so lange Wimpern!

Wir schauen eine Weile hin und her und halten unsere Gläser in die Luft.

Dann höre ich meinen Namen: »Elvira?«

Ach, senn mir scho beim Du?

»Egon?«, erwidere ich.

»Noi, i benn's, dei Ma!«

Mir fällt fast der Wein aus der Hand, als ich den BMVÄ in der Wohnzimmertüre stehen sehe. Der Lauer und ich setzen uns schnell kerzengerade hin und stellen die Gläser ab.

»Gibt's a Fescht?«, fragt der BMVÄ, greift sich eines der letzten Stücke Pizza und blickt zwischen mir und dem Kommissar hin und her.

»Besprechung« … »Ermittlung« … »Thesen«, stammeln wir herum.

»Soso«, sagt der BMVÄ nur und greift nach meinem Weinglas. »Prost, Herr Lauer!«

Die beiden stoßen an, und Lauer trinkt sein Glas in einem Zug aus.

»Schon spät«, murmelt er mit ziemlich schwerer Zunge. »Ich geh jetzt mal. Danke für die Bewirtung und die Darlegung Ihrer Thesen, Frau Nägele. Interessant. Äußerst interessant.«

Was schwätzt der denn jetzt so g'schwolla rom?

Der BMVÄ steht auf und will ihn zur Tür begleiten, aber der Lauer winkt ab. »Nicht nötig, ich fahnde raus … äh … finde raus.«

Der BMVÄ setzt sich wieder und schaut mir eindringlich in die Augen. Ich werde rot wie eine überreife Tomate.

Super, Nägele! Peinlicher goht's net!

Aus dem Flur hören wir Rumpeln und mehrmaliges Türenschlagen. Anscheinend ist Lauers Fahndung nach dem Ausgang doch nicht erfolgreich. Der BMVÄ rettet ihn aus der Toilette, führt ihn zurück ins Wohnzimmer und bestellt ihm sicherheitshalber ein Taxi. Solange wir darauf warten, will kein richtiges Gespräch mehr in Gang kommen. Deshalb verabschiede ich mich ins Bett und überlasse die beiden sich selbst. Ich zieh die Decke über den Kopf und habe nur einen Wunsch: Beam me up, Scotty!

KAPITEL 17

An einem Freitag Mitte Oktober

Ich bin zwar früh wach, aber ich bleibe so lange im Bett, bis ich sicher sein kann, dass der BMVÄ das Haus verlassen hat. Ich hab nämlich gar keine Lust, ihm den vorigen Abend zu erklären. Mit einer Tasse Kaffee und einem Gsälzbrot setze ich mich an den Esstisch. Beides schmeckt mir nicht, und ich schiebe Tasse und Teller von mir.

Da sehe ich am Ende des Tisches ein Kuvert liegen und ziehe es heran. »Elvira – vertraulich«, steht darauf, aber kein Absender. Hat mir der BMVÄ etwa einen Beschwerdebrief geschrieben? Oder will er die Scheidung einreichen?

Nägele, mach mol langsam! Warum sollte er das tun? Was war denn? Nichts. Der Lauer und ich haben gegessen, ja, ein bisschen zu viel getrunken, doch ansonsten haben wir polizeiliche Erkenntnisse ausgetauscht, was für die Lösung der Fälle Ranzer und Leibinger unabdingbar ist. Unabdingbar!

Angespannt öffne ich das Kuvert und im nächsten Moment seufze ich vor Erleichterung auf. Emil hat mir endlich die Informationen geschickt, die sein Enkel Alex auf der Bank recherchieren konnte. Aufmerksam lese ich, dass Leibinger fünfzehn Jahre lang monatlich 300 Euro auf das Treuhandkonto eines Rechtsanwalts in Österreich eingezahlt hat. Da sind bisher fast sechzigtausend Euro zusammengekommen. Es folgen Hinweise zur Zinseszinsverzinsung, typisch Bänker halt, für mich jedoch aktuell nicht relevant. Vielmehr interessiert mich, dass das Konto zum

31. März dieses Jahres aufgelöst wurde, weil der Betrag vertragsgemäß an den Begünstigten ausgezahlt wurde. Und der ist – ich muss mich festhalten – der Benni!

»*Der* Benni? Des glaub i net!«

Doch, natürlich glaube ich das, weil mir sofort ein Licht aufgeht. Beim Gespräch mit Leibinger am Benninger See war der junge Mann nicht ahnungslos. Kein Wunder, wenn die Zahlungen an ihn gingen. Allerdings wusste er wohl nicht, wer ihn all die Jahre finanziell unterstützt hat. Bis zu Leibingers Beichte muss er den Öchsle im Visier gehabt haben. Vermutlich hat er sich deswegen auf dem Krauthof einquartiert und hat überall herumgeschnüffelt. Doch, halt, was hat der Leibinger am See gesagt? Er habe das Konto für Marias Kind angelegt, das nach ihrem Tod allein zurückgeblieben ist … Der Benni isch dr Maria ihr Sohn!

Mir fällt es wie Schuppen von den Augen: Die vier High-Society-Kumpels haben Bennis Mutter auf dem Gewissen! Hat der nun ihren Tod gerächt? Dass er den Leibinger vergiftet hat, scheint mir abwegig, denn immerhin hat der Reue gezeigt und der junge Mann schien seine finanzielle Hilfe anzuerkennen. Kommt er allerdings als Mörder vom Gips infrage? Wenn ja, dann hätte er seinen Vater umgebracht … Jessas! Die Maria und der Gips sind dem Benni seine Eltern!

Diese Erkenntnis trifft mich wie ein Schlag. Ebenso wie die Frage, ob der Gips wusste, dass er einen Sohn hat. Und falls ja, ob er wusste, dass es sich dabei um Benni handelt. Aus seinem Verhalten dem jungen Mann gegenüber lässt nichts darauf schließen. Und die Conny, hat die Wind von der Vaterschaft bekommen, entgegen Lauers Vermutung? Ihr unerfüllter Kinderwunsch wäre in dem Fall ein noch stärkeres Motiv und hätte zu Rache geführt, zu Vergeltung, womöglich Bestrafung. Und was ist mit ihrer Freundin, der Rosi? Hat sie schlussendlich herausgekriegt, an wen die Zahlungen ihres Mannes gingen, nachdem sie auf das geheime Konto gestoßen ist? Ist sie wütend geworden, weil der Leibinger dem Bastard seines Freundes finanziell unter die Arme gegriffen hat, aber nicht seiner eigenen Frau? Das alles scheinen mir mehr als deftige Gründe für einen Mord zu sein. Heiligsbimbam, die Hautevolee hat meh Dreck am Stecka, als i denkt hann! Allerdings haben die beiden Frauen hieb- und stichfeste Alibis, wie der Lauer nicht müde wird zu betonen. Aber was wäre, wenn ...

Genau! Auf diesen Gedanken war ich gestern schon gekommen. Und darüber wollte ich mit dem Kommissar sprechen, bevor die Verkündung meines Ermittlungsergebnisses dem Alkohol zum Opfer gefallen ist. Das ärgert mich jetzt. Sehr sogar. Doch ich bin mir auch ohne Lauers Bestätigung sicher, dass ich auf der richtigen Spur bin!

Plötzlich schmeckt mir der Kaffee, und mein Gsälzbrot ist nach ein paar Bissen verschwunden. Ich schiebe einige Löffel Breschlinggsälz ohne Brot hinterher und bin voller Tatendrang.

Nägele, du bisch a Käpsele!

Aufgeregt klappe ich den Laptop auf und recherchiere im Netz über die Wirkung von Eisenhut. Die ganze Pflanze ist hochgiftig. Bereits eine Berührung kann Nesselausschläge hervorrufen, und der Verzehr, insbesondere der frischen Wurzel, führt in der Regel innerhalb einer Stunde zu Herzversagen und Atemstillstand. Ein Gegenmittel gibt es nicht. Jemand muss dem Leibinger demnach einen tödlichen Sud untergeschoben haben, und zwar in seiner Flasche, die er während des Wettkampfs mit sich geführt hat.

Ich gehe nochmals die Fotos vom Marathon durch, die ich allesamt auf meinem Stick abgespeichert habe. Sicher ist sicher! Auf einem war der Leibinger doch mit der Flasche am Mund abgelichtet. Da! Beim Start. Aber das ist zu früh! Selbst ein Spitzenläufer wäre weit vor meinem Versorgungsstand zusammengebrochen, wenn er schon am Anfang der Strecke Aconitum zu sich genommen hätte. Ich ziehe vom Standort meines Standes die Kilometer ab, die Leibinger nach der Vergiftung in angeschlagener Verfassung allerhöchstens bewältigt haben kann, und komme zu dem Schluss, dass der Eisenhut irgendwo zwischen Beilstein und Kleinbottwar in seinen Körper gelangt sein muss. Ich finde sieben Aufnahmen, die an den beiden Verpflegungsständen in Hof und Lembach und Großbottwar gemacht worden sind. Der Leibinger ist darauf nicht zu sehen. Anschließend nehme ich mir die Bilder vor, die der BMVÄ auf der Strecke zwischen Beilstein und Kleinbottwar geschossen hat. Es sind weit über fünfzig, und es dauert ewig, bis ich alle durchgeschaut habe, doch schließlich lande ich einen Treffer. Hab ich's net g'wisst? Doch, hab ich!

Die Schlinge zieht sich enger zu, und eine weitere Dosis Breschlinggsälz hilft mir dabei, einen Plan zu entwickeln. Aber zuerst muss ich ins Archiv, denn ein bisschen arbeiten muss ich neben meiner Tätigkeit als herausragendes Ermittlungsgenie schon auch noch.

Nach Dienstschluss am frühen Nachmittag kann ich es kaum erwarten, mit dem Auto in das Neubaugebiet zu fahren, in dem neben Reihenhäusern einige schicke Einfamilienhäuser errichtet wurden, unter anderem das von den Leibingers. Gleich werde ich wissen, ob ich mit meiner Vermutung recht liege. Ich drücke auf die Klingel und warte. Nichts. Ich versuch es erneut und halte den Knopf lange gedrückt. Nichts. Das darf doch nicht wahr sein! Auch der dritte Anlauf geht ins Leere.

Wohl oder übel beschließe ich, zuerst einkaufen zu gehen und später zurückzukehren. Ich fahre wieder runter ins Ortszentrum, parke auf der Murrinsel und betrete schließlich die Metzgerei Weller.

Mäggi und Mandy arbeiten eine kleine Schlange an Kunden ab, und als ich drankomme, bin ich bei der Chefin an der Reihe. Ich gebe meine Bestellung auf und werde von der Mäggi ausgesprochen freundlich bedient. Sie hat offenbar gute Laune, und das freut mich für sie. Ich erkundige mich, wie es ihr geht und ob sie wieder im Hohenlohischen war. Mit einer knappen Kopfbewegung in Richtung ihrer Angestellten gibt sie mir zu verstehen, dass sie aktuell nicht darüber reden kann. Schließlich jedoch ist Mandys Kunde bedient. Sie verschwindet in der Wurstküche und lässt uns im Verkaufsraum alleine zurück.

»I hab's g'macht!«, raunt mir Mäggi schnell zu.

»Was?«

»Ich hab mich geoutet! Dr Rolf woiß Bescheid!«

Er sei, wie erwartet, ausgeflippt, habe sie wüst beschimpft und sogar gedroht, sie umzubringen. Sie hätte sich vor Angst im Büro eingeschlossen und sei dort schließlich auf dem alten Sofa eingeschlafen. Seither sei er verschwunden.

»Seit wann?«

»Seit vorgestern.«

»Ein Tag, nachdem i mit em Rolf in der Metzgerei g'schwätzt hab«, überlege ich laut.

Mäggi wirkt jetzt leicht verunsichert, vermutet jedoch, dass ihr Mann auf Sauftour gegangen ist. Das sei nicht das erste Mal. Und ihr sei es ganz recht so. Wenn er in ein paar Tagen zurück sei, hätte er sich sicherlich beruhigt. Und bald könne er sie sowieso kreuzweise, denn Ende des Monats ziehe sie zu ihrer Hermine. Sie lächelt mich überglücklich an und legt sogar das Endstück einer Schinkenwurst in meine Tüte, ohne es zu berechnen.

Gut, wenigstens eine aus der High Society hat wohl ihr Glück gefunden und ich bin gespannt, wie der Weller die Metzgerei in Zukunft allein umtreiben wird.

Ein wenig versöhnt mit der Welt, verlasse ich den Laden und überquere den Marktplatz, fest entschlossen, ins Neubaugebiet zurückzufahren. Zu meinem Glück fällt mir in dem Moment die Rosi ins Auge, die in Richtung »Connys Glamour« läuft. Passt! Passt sogar sehr gut, denn sie hat wieder ihre Lieblingsklamotten angezogen.

Bevor sie die Ladentür erreicht, habe ich zu ihr aufgeschlossen. »Hi, Rosi!«

»Elvira?«

»Du, mein herzliches Beileid no.«

»Danke«, erwidert sie kurz angebunden und dreht sich zum Eingang.

Aber ich ergreife sie am Arm, was sie mit einem irritierten Blick quittiert. »A schönes Stöffle«, sage ich, um meine Aktion zu entschuldigen, und betatsche ihren Kapuzenpulli.

Sie wendet sich mir wieder zu, offensichtlich erfreut über das Kompliment.

»Und die Hos erscht! So a außergewöhnliche Farb!«

Obwohl ich die Antwort kenne, frage ich, wo sie die herhat, und solange sie freudestrahlend von ihren Errungenschaften während der Kur erzählt, zupfe ich an der Hose und dreh die Rosi dabei ein bisschen, damit ich das Kleidungsstück von allen Seiten begutachten kann.

»Gugg mol, do hangt a Faser raus, bisch do wo hängablieba?«

»Kann sein«, erwidert sie, tritt schnell einen Schritt zurück und verschwindet in »Connys Glamour«.

Ich schaue ihr kurz hinterher, bevor ich zum Auto spurte, denn jetzt wird's spannend!

Das war eine Fahrerei! Wenn man zur Hauptverkehrszeit aus Stuttgart raus will – der Horror! Autobahn zu, auf der B27 Stoßstange an Stoßstange, und dann hat mich auch noch Mutter dreimal angerufen. Allerdings hab ich sie wegge-drückt. Ich bin derart unter Strom, da wäre ein Gespräch mit ihr gefährlich gewesen.

»Wo warsch denn so lang?«, empfängt mich der BMVÄ, als ich kurz vor den *heute*-Nachrichten um 19 Uhr end-lich zu Hause ankomme.

Oh je, jetzt kommt das Donnerwetter, das ich heute Mor-gen vermeiden wollte.

»In der Stadt«, erwidere ich knapp, dafür beschreibe ich den Stau in epischer Länge, während ich Jacke und Schuhe an der Garderobe deponiere.

Es riecht wunderbar nach Fleischbrühe, und ich werfe einen Blick in den großen Topf auf dem Herd, in den der BMVÄ gerade geschmälzte Zwiebel einrührt.

»Kartoffelschnitz mit Spätzla!«, rufe ich erfreut, gebe ihm einen dicken Kuss, und er lächelt mich an.

Vielleicht wird's doch nicht so schlimm?

Leise summend stellt er den Topf auf den gedeckten Tisch und ruft Simon zum Essen. Es dauert, bis der Junior die Treppe herunterschlurft, und in der Zwischenzeit berichtet der BMVÄ von seinem Tag. Anscheinend ist er richtig gut drauf, was einerseits erfreulich ist und bedeutet, dass eine Strafpredigt wohl ausbleiben wird. Andererseits könnte er für meinen Geschmack schon ein bisschen Eifersucht zei-gen! Oder denkt der etwa, ich hätte bei anderen Männern keine Chancen mehr?

Gerade als ich sein mangelndes Interesse ansprechen will,

kommt Simon mit seinem Laptop herein. »Des missad ihr eich agugga. Total cool!«

Er will das Notebook aufschlagen, doch der BMVÄ wehrt ab. »Jetzt wird erscht mol gässa. Ich hab einen Mordshunger.«

Den habe ich ebenfalls, und da ich Kartoffelschnitz mit Spätzla liebe, schlage ich ordentlich zu. Meine Portion ist allerdings nichts gegen die von Simon.

Schmatzend erzählt er von seinem Hip-Hop-Training, in dem sie an neuen »Moves« gearbeitet und sich ganz schön »gechallenged« haben. Benni habe die Idee gehabt, einen Clip für »Social, also Insta und TikTok, zu producen«, erklärt unser Sohnemann. »Der wird steil viral ganga!«

Meine Güte, wie schwätzet denn die Jonge heid! Wenn ich nicht wüsste, dass Simon auch richtig Schwäbisch kann, würde ich mir ehrlich Sorgen machen.

»Wir henn scho einiges an Material zamma«, brummelt er mit vollem Mund, »und die erschte Sequenza senn scho g'schnitta. Des muss i eich glei zeiga!«

Nachdem das schmutzige Geschirr weggeräumt ist, beginnt er mit der Vorführung. Der Film beginnt mit einem Farbrauschen und wilden Kamerabewegungen wie bei einem Science-Fiction-Streifen. Ich muss mich an der Tischplatte festhalten, damit mir nicht schwindlig wird. Schließlich sind Tänzerinnen und Tänzer solo oder in verschiedenen Formationen zu sehen. Und die Musik ist, positiv ausgedrückt, modern. Und als ich wissen möchte, welche Kostüme sie später bei der Aufführung statt der Trainingshosen und Hoodies tragen werden, verdreht Simon die Augen.

»Mutter! Mir brauchet keine Koschtüme und mir machet au keine Aufführung, sondern eine Performance.«

Der BMVÄ und ich schauen uns nur stumm an und nicken ergeben. Während das Video läuft, zeigt uns Simon einige der »Moves« live in unserem Esszimmer und nennt uns deren ausgefallene Namen. Doch mein Hirn hat keine Kapazitäten, sich die zu merken. Immer wieder werden im Film die Tanzeinlagen von Einblendungen unterbrochen. Einmal ist eine dicht befahrene Straße zu sehen. Die Aufnahme könnte von heute stammen, von der B27, denke ich und seufze laut. Dann rauscht eine Bildserie von Hochhäusern auf dem Monitor vorüber. Mir geht das alles viel zu schnell, und ich möchte gerade die Augen schließen, als eine Nachtszene gezeigt wird, begleitet von einer ruhigeren Musiksequenz.

»Isch des uffem Marktplatz?« Ich setze mich aufrecht hin und ziehe den Laptop zu mir.

»Ja. Super, gell? Hat der Marvin mit seiner Drohne g'macht.«

Aus der Vogelperspektive umkreist die Kamera in großer Höhe mehrmals den Marktbrunnen, an dem einige Leute gut gelaunt zusammenstehen. Im Sturzflug saust sie nach unten und schwebt anschließend über das Kopfsteinpflaster. Gleich darauf steigt sie wieder auf und dreht sich zum Rathaus, das in der nächtlichen Beleuchtung aussieht, wie aus einem Mittelalterfilm. Die Drohne macht einen Rechtsschwenk und fliegt langsam die Badtorstraße entlang Richtung Murrinsel. Zu beiden Seiten sieht man die Fachwerkhäuser und linker Hand erkenne ich sogar Waltrauds Apotheke. Bei den letzten Gebäuden richtet sich die Kamera nach oben in den dunklen Himmel, und nach einem unvermittelten Schnitt folgt wieder eine Tanzszene.

»Des war's bis jetzt.« Simon klappt den Laptop zu. »Und? Was saget ihr?«

Der BMVÄ lobt verschiedene technische Raffinessen, die die jungen Leute eingebaut haben, und gibt einige Tipps, schließlich kennt er sich als Fotograf gut aus. Während die beiden sich unterhalten, lasse ich die letzten Szenen noch mal Revue passieren. Irgendwas habe ich wahrgenommen, das mich beschäftigt, aber nicht fassen kann.

»Wann hat denn der Marvin am Marktbronna g'filmt?«, unterbreche ich das Fachsimpeln der Männer.

»Wo mir em Marvin sein Geburtstag neig'feiert henn.«

»Wo die Erika dorzukomma isch?«

»Ähm, ja.«

»An dem Obend, wo dr Gips ombrocht worda isch?«

»Ja, Mutter!«

»Schnell, lass nommol säh!«

Simon kommt meinem Wunsch nach und ich bitte ihn, die entsprechende Szene langsam abzuspielen. Wir sehen in Zeitlupe das Rathaus, den Rechtsschwenk, die Häuserflucht der Badtorstraße.

»Da! Nommol a Stückle zrigg! Und wenn ich stopp sag, ahalta.«

Rechtsschwenk, Häuserzeile.

»Stopp!«

Hochkonzentriert betrachten wir das Standbild, und dann wissen wir alle drei Bescheid. Mein Verdacht wurde soeben bestätigt.

KAPITEL 18

An einem Samstag Mitte Oktober

»Super! Dank schee, dass des so schnell ganga isch.« Ich lege auf. »Ja, ja, ja!«

Mich zerreißt es fast vor Begeisterung. Jetzt hab ich alles beisammen und kann es kaum erwarten, Lauer die Lösung unter die Nase zu reiben.

»Ruf glei dein Egon a«, hat mich der BMVÄ bereits gestern Abend gedrängt, unmittelbar nachdem wir das entscheidende Puzzleteil gefunden haben, und mich dabei schelmisch angegrinst.

Das habe ich auch gleich versucht, aber ich habe den Kommissar nicht erreicht. Nicht mal auf seiner privaten Nummer! Und heute Morgen ist der Anruf aus Stuttgart zuvorgekommen, und das war gut, denn nun habe ich hundertprozentige Gewissheit.

Ich wähle gleich Lauers Handynummer, denn heute, am Wochenende, werde ich ihn im Präsidium kaum antreffen. Mir bleibt quasi nichts anderes übrig als die Privatnummer. Doch sein Gerät scheint ausgeschaltet, denn sofort geht die Mailbox ran. Ich unternehme mehrere Anläufe, gefolgt von einer WhatsApp-Nachricht. Keine Reaktion. Ich rufe doch noch auf dem Präsidium an, und der nette Kollege vom letzten Mal meldet sich auch diesmal. Der Herr Kommissar sei übers Wochenende bei einer Höhlenerkundung auf der Schwäbischen Alb, erklärt er. Ob er ihm etwas ausrichten solle?

Höhlenerkundung! Und hier brennt die Hütte!

Ich bedanke mich für die Auskunft und hinterlasse keine Nachricht.

»Meine Güte aber au! Ich kann doch nicht des ganze Wochenende rumsitza und abwarta!«

Deshalb vergeude ich meine Zeit nicht damit, eine Strategie zu entwickeln, sondern vertraue auf mein Bauchgefühl und meine kriminalistische Intuition. Und beides sagt mir, dass ich dringend unser Wohnzimmer umdekorieren sollte, und die schönsten Deko-Objekte bekommt man nun mal bei »Connys Glamour«.

Ich stelle das Auto wieder auf dem Parkplatz an der Murrinsel ab, passiere die Apotheke und winke Waltraud zu, die mich durch das Schaufenster entdeckt hat. Sie erwidert den Gruß, bevor sie sich wieder den Kunden zuwendet, die ihr Geschäft bevölkern. Bei Conny im Laden sieht es anders aus. Die Inhaberin sitzt gelangweilt auf einem kleinen Sessel und lackiert sich die Fingernägel.

»Hey, Conny.«

»Hey, Elvira.« Sie blickt flüchtig auf und widmet sich wieder ihrer Maniküre.

Ich schau mich eine Weile um und finde ein Objekt hässlicher als das andere. Mit Deko hab ich es ja grundsätzlich nicht, doch dieses glitzernde Zeug überall. Pailletten hier, Silberfransen da. Sofakissen mit Swarovski-Steinen bestickt, unbequem, aber Hauptsache teuer. Während ich von einem Regal zum anderen schreite, überlege ich, wie ich taktisch klug ein Gespräch beginnen kann. Ich habe reichlich Zeit dazu, denn die Conny hat es nicht eilig mit dem Lackieren. Nachdem sie so lange auf ihren Fingernägeln herumgepustet hat, dass ich schon befürchtet habe, sie bläst die Farbe wieder ab, steht sie endlich auf und kommt zu mir rüber. Sagen tut sie nichts.

Ich warte ebenfalls ab, bis meine Ungeduld mich schließlich doch die Initiative ergreifen lässt. »Woher weisch du,
dass Aconitum tödlich isch?«

Sofort wird mir klar, dass das der falsche Ansatz für eine
gute Konversation ist. Doch warum sollte ich mich mit Her-
umgeplänkel aufhalten, wenn ich ohnehin schon alles weiß!

Conny starrt mich an, zeigt jedoch keine Regung. »Wie
meinsch des?«, fragt sie ziemlich spitz.

»So, wie ich des sag. Du hasch dem Leibinger Gift in sei
Trinkflasche g'füllt!«

Warum diplomatisch, wenn's auch mit dem Bulldozer
geht?

»Schpinnsch du?« Conny lacht hysterisch auf und
möchte wissen, wann sie das gemacht haben solle und
warum überhaupt.

Das kann ich ihr genau darlegen: beim Bottwartal-
Marathon auf dem Streckenabschnitt zwischen Oberstenfeld und dem kleinen Weiler Sauserhof, auf dem Rückweg
nach Steinheim.

Das könne gar nicht sein, verteidigt sie sich. Sie hatte
Rucksackfahrdienst in Steinheim.

»Aber nicht mehr um die Zeit!«, korrigiere ich sie.

Conny versucht es noch mit ein paar Ausflüchten, doch
ich zücke das Beweisfoto. Darauf steht sie neben dem Leibinger, der ihr seine Flasche entgegenstreckt. Der BMVÄ
hat genau in dem Moment abgedrückt, als Conny diese
auffüllt.

»Des war ein isotonisches Getränk«, behauptet sie jetzt.

»Selber gemischt?«

»Worom?«

»Weil du des aus einem Thermobehälter hineingeschüt-
tet hast und nicht aus einer Originalflasche oder Dose.«

»Äh, ja.«

»Was, ja?

»Selber g'mischt.«

»Worom?«

Diese clevere Frage trifft sie unerwartet.

Es folgt eine Gegenfrage: »Und warum soll ich den Jürgen umbrocht hann?«

Das kann ich ihr allerdings umgehend beantworten: weil sie ihrer Freundin Rosi damit einen Gefallen getan hat, damit deren Affäre mit dem schönen Schmalz-Achim nun nichts mehr im Wege steht.

»Schmalz-Achim?« Sie hebt missbilligend die Augenbraue.

Ich zucke mit den Schultern.

»Und was hätt ich davon?«, hakt die Conny nach.

»Ebenfalls einen toten Ehemann.«

In diesem Augenblick löst sich ihre Überheblichkeit in Luft auf. Ich lege den Finger noch tiefer in die Wunde und beschreibe ihr detailliert, wie die Rosi ihr ebenfalls einen Freundschaftsdienst erwiesen und den Gips vom Gerüst in den Tod gestoßen hat.

Das muss die Conny erst mal verdauen. »Des kannsch net beweisa!«, versucht sie schließlich, ihre und Rosis Haut noch zu retten.

Oh doch, das kann ich, und zwar anhand der Faser, die ich der Rosi gestern von ihrer fliederfarbenen Lieblingsjogginghose abgerissen habe. Und auch ich habe Freundinnen, und wie es das Schicksal so will, gehört dazu die Kim von der Spusi, der ich das Beweismittel postwendend nach Stuttgart gebracht habe und die mir heute Morgen bestätigt hat, dass die Faser mit der übereinstimmt, die am Tatort sichergestellt wurde.

»Des will gar nichts heißen!«, ruft Conny und klingt zunehmend hysterisch. »Rosi war vor Kurzem mit mir uff dem G'rüscht, weil ich ihr was zeiga wollt, und vermutlich isch die Rosi do hängablieba.«

»Wo bin ich hängablieba?« Rosi steht im Laden.

Bevor ich ein Wort von mir geben kann, wiederholt Conny meinen Vortrag und ihre Ausrede im Schnelldurchlauf.

»Genau so war's!«, bestätigt die Rosi. »Ich war mit der Conny auf dem Gerüscht, a paar Tage bevor der Matthias runterg'falla isch.«

Heilichsbimbamaberau, ich lasse mich doch nicht an der Nase rumführen! Ich stelle klar, dass der Gips nicht heruntergefallen ist, sondern heruntergestoßen wurde, und rezitiere zur Unterstreichung meiner Kompetenz Kims pathologischen Bericht. Zum besseren Verständnis lege ich zudem dar, dass von berufener Seite ebenfalls ein Suizid aus sechseinhalb Metern Höhe ausgeschlossen werden kann, und bringe als geeignetere Standorte sowohl die Kochertalbrücke als auch das Viadukt in Bietigheim ins Spiel.

Die beiden starren sich ratlos an, und ich kann verstehen, dass derart komplexe kriminalistische Kausalketten für Laien schwierig sind.

Rosi versucht dann auch, sich nichts anmerken zu lassen, und stellt die gleiche Frage wie Conny: »Und warum soll ich den Gips umbrocht hann?«

Geduldig erkläre ich noch mal, wie sich die beiden Frauen gegenseitig aus den Zwängen der Ehe befreit haben, indem sie den Gatten der jeweils anderen aus dem Weg geräumt haben. Natürlich kann jede für den Zeitpunkt des Mordes am eigenen Ehemann ein wasserdichtes Alibi vorweisen, während bei der anderen vordergründig kein Motiv vorliegt. Damit haben sie die Polizei schön an der Nase herumgeführt, aber mich halt net!

»Ach, Elvira«, sagt Rosi hochnäsig. »Die Faser reicht net annähernd als Beweis aus. I kann weiß Gott wann uff dem Gerüscht g'wäsa sei.«

»Ach, Rosi«, erwidere ich im gleichen Tonfall. »Natürlich kann ich beweisa, dass du in der Tatnacht am Tatort warsch, und zwar mit Filmmaterial.«

Lauer wäre stolz auf mich, wenn er von meiner Entdeckung wüsste.

Jetzt wird auch die Rosi nervös. »Wieso Filmmaterial? Wann? Von wem?«, platzen die Fragen aus ihr heraus.

Doch ich kann ebenso schnell die Antworten bieten.

»Die weiß älles!«, ruft Conny schließlich, und ich erhalte verdientermaßen die allerletzte Bestätigung, dass ich erfolgreich ermittelt und zwei Mörderinnen gestellt habe.

Wobei gestellt, das kann ich noch nicht behaupten, denn meiner Aufforderung, mich zur Polizei zu begleiten, wollen sie nicht nachkommen. Überhaupt nicht.

Dabei möchte ich ihnen sogar weitere Umstände ersparen und schlage ihnen den kurzen Weg zum Kälble auf die Polizeistelle im Rathaus vor. »Der Lauer isch sowieso übers Wochenende auf Höhlenerkundung auf der Alb«, erkläre ich.

Aber sie wollen weder zum Kommissar noch zum Kälble. Das merke ich daran, dass die Rosi mich plötzlich an beiden Armen packt. Jetzt versteh ich auch, warum die Rosi ein Fitnessstudio eröffnen wollte. Die hat Kraft wie ein Bodybuilder. Sie ruft der Conny Anweisungen zu, die daraufhin in Windeseile Kabelbinder aus ihrer Thekenschublade kramt und damit meine Hände auf dem Rücken fixiert. Ich zapple und schreie, doch das beeindruckt die beiden nicht im Geringsten. Während die Rosi mich fest im Griff hat, holt Conny ein kleines Seidentuch aus einem Regal, knüllt es zusammen und stopft es mir in den Mund. Dann wickelt sie mir ihren Schal, den sie kunstvoll um ihren Hals drapiert hatte, um Mund und Augen und knotet ihn an meinem Hinterkopf zu. Nur die Nase bleibt frei und dafür bin ich sehr dankbar.

Sie drücken mich auf einen Stuhl, und die Rosi fordert Conny dazu auf, die Tür abzuschließen und alle Lichter zu löschen. Dann diskutieren die beiden aufgeregt, was sie machen sollen.

»Die blöde Kuh!«, keift die Rosi. »Die macht alles kaputt! Am liebschta dät ich se …«

Ich vermute, mit »blöde Kuh« bin ich gemeint, kann mich jedoch umständehalber nicht dazu äußern.

Aus der folgenden Debatte entnehme ich, dass die Conny geplant hat, ihr gewohntes Leben weiterzuleben, halt ohne den Gips. Hier am Ort und mit allen Vorzügen einer reichen Witwe. Und die Rosi hat auf die Lebensversicherung vom Leibinger spekuliert und wollte mit dem Geld neu anfangen, gemeinsam mit ihrem Kurschatten. Nun wird mir auch klar, warum die bei der Modenschau von der Checky genau Bescheid wusste, unter welchen Umständen eine Lebensversicherung ausgeschüttet wird. Und warum konsequenterweise jemand anderes ihren Gatten umbringen musste. Die hat sich offensichtlich gut vorbereitet. Und der Rosi wird wiederum klar, dass es jetzt schwer wird, an die Kohle zu kommen. Und ob der Achim noch was von ihr wissen will, wenn sie als Mörderin angeklagt wird, darf bezweifelt werden.

Dass die Rosi mir daran die Schuld gibt, wird deutlich, als sie mir fluchend und durchaus schmerzhaft gegen mein Schienbein tritt und an meine Schulter boxt. Womöglich kann die eine Kampfsportart, so sportlich wie die ist, fährt es mir durch den Kopf, und der Gedanke beruhigt mich nicht gerade.

Eventuell sollte ich anfangen, darüber nachzudenken, wer mir aus der Klemme helfen könnte. Der Lauer schon mal nicht, denn der hockt ja in irgendeinem Loch auf der Schwäbischen Alb. Der BMVÄ befindet sich bis morgen auf einem Ausflug mit seiner Sportgruppe im Elsass, Tom ist mit seiner Band unterwegs und die Leonie mit Jonas noch fast ein Jahr in London. Was Simon heute treibt, weiß ich gar nicht. Vermutlich liegt der bis mittags im Bett, um den restlichen Tag zu chillen. Und seine Mutter vermisst man in seinem Alter wohl am wenigsten. Meine Eltern schließe ich als potenzielle Retter kategorisch aus, zumal Mutter bei meinem letzten Fall selbst in Gefahr geraten ist, da will ich sie nicht schon wieder mit reinziehen. Dann bleiben nur meine Mädels übrig. Allerdings wird die Erika an einem Samstag einen proppenvollen Salon haben und soviel ich weiß, hat sie sich für den Abend mit diesem Dietmar vom Tanzabend verabredet. Und Waltraud?

Ja, Waltraud! Die steht doch gleich gegenüber hinter ihrer Theke. Sie hat mir zugewinkt. Aber hat sie auch gesehen, dass ich »Connys Glamour« betreten habe? Und wenn ja, würde das was nützen? Vor unserem Mädelsabend am nächsten Freitag wird sie mich kaum vermissen. Net guad! Gar net guad!

»Kommsch du kurzfrischtig an Geld?«, höre ich Rosi fragen und schüttle den Kopf.

»Net du!« Eine Kopfnuss verrät mir, dass nicht ich gemeint war.

»Ja, scho«, antwortet Conny, »aber dazu müsst ich heim und übers Online-Banking a paar Transaktiona macha.«

Rosi will sich ihr direkt anschließen, vermutlich, um zu verhindern, dass sich die Conny aus dem Staub macht. Widerwillig stimmt die zu, allerdings sind die beiden ratlos, was sie mit mir anfangen sollen.

Losbinden und gehen lassen, möchte ich vorschlagen, doch mit einem Knebel im Mund kann man sich nur begrenzt ausdrücken.

An meiner Körperhaltung scheinen sie meinen Wunsch offenbar nicht ablesen zu können, denn sie entschließen sich nach einigem Hin und Her, mich fürs Erste auf dem Speicher von »Connys Glamour« zu deponieren. Von beiden Seiten packen sie mich unter den Achseln und zerren mich über knarzende Stiegen nach oben. Unter dem Dach riecht es muffig, aber das ist wohl im Moment mein kleinstes Problem. Während Conny noch mal nach unten geht, presst mich die Rosi mit dem Rücken an einen Stützpfeiler und befiehlt mir, mich auf den Boden zu setzen. Dann schneidet sie den Kabelbinder auf, und ich bin dankbar, weil mir beide Arme bereits eingeschlafen sind. Allerdings reißt Rosi mir die Gliedmaßen wieder nach hinten und bindet meine Handgelenke mit einem neuen Kabelbinder hinter dem Pfeiler wieder fest aneinander.

Conny ist derweil zurückgekommen und schiebt mir den Schal nach oben. Sofort würge ich den Knebel aus dem Mund.

»Uffmacha!«, befiehlt Conny, drückt mir den Kopf in den Nacken und gießt eine Flüssigkeit in meinen Schlund.

Reflexartig schlucke ich ein paarmal, muss jedoch husten. Conny will mir den Knebel wieder in den Mund stopfen, aber ich werfe den Kopf hin und her.

»I halt se fescht!«, keucht Rosi, umklammert von hinten meinen Schädel und zerrt ihn gegen den Pfeiler, doch ich presse die Zähne fest zusammen.

Jetzt hält mir Conny die Nase zu, aber ich halte die Luft an, so lange es irgend geht. Kurz bevor mir schwarz vor Augen wird, reiße ich den Mund auf und atme hektisch ein. Blitzschnell stopft Conny den Knebel wieder hinein, zieht den Schal über mein Gesicht, und Rosi lässt mich los.

Ohne ein Abschiedswort lassen mich die beiden allein. Ich höre, wie die Tür verriegelt wird, anschließendes Fußgetrappel auf der knarzenden Treppe, und schließlich ist es still. Zumindest im Haus. Vom Marktplatz draußen dringt ab und zu ein Motorengeräusch oder Kindergeschrei zu mir herauf.

Super, Nägele! Wie blöd ka mr denn sei?

Kalter Schweiß tritt mir auf die Stirn, denn mir wird bewusst, dass ich richtig im Schlamassel stecke. Hat mir die Conny vorhin auch Aconitum eingeflößt? Bruchstückhaft kommen mir Krimiszenen in den Sinn, bei denen Ermittler nicht nur Erfolge eingeheimst haben, sondern entführt, gefoltert oder gar getötet worden sind. Werde ich ihr Schicksal teilen? Selbst wenn die beiden Furien nicht die Hand an mich legen – sie brauchen mich hier oben nur zu vergessen. Und irgendwann findet man mich als Mumie.

Ich denke an meine Kinder, an den BMVÄ, meine Eltern und die Mädels. Und kaum ist der erste Schluchzer raus, durchzuckt ein heftiges Zittern meinen gesamten Körper bis ins Mark. Es dauert lange, bis ich mich wieder gefangen habe. Dann überkommt mich eine bleierne Müdigkeit. Ist das Aconitum der Grund? Ich kämpfe eine Weile dagegen an, weil ich es den Schickimicki-Trullas nicht so leicht machen will. Aber schließlich habe ich der Wirkung nichts mehr entgegenzusetzen. Ich schicke noch ein Stoßgebet gen Himmel, dass mir wenigstens Ratten oder Mäuse erspart bleiben. Blutegel schließe ich aus.

»Hättsch halt mehr trainiert!«

Ich will den Turbo zünden, aber mehr als ein Trippeln schaffe ich nicht. Ich wundere mich, warum ich in völliger Dunkelheit laufe, als ich bemerke, dass auch mit meiner Atmung etwas nicht stimmt …

Mein Kopf wird klarer, mir fällt blitzartig ein, was passiert ist, und ich gerate in Panik. Wie eine Kaulquappe zapple ich auf dem kalten, harten Boden herum und versuche zu schreien, aber mit dem Knebel im Mund ist das nicht möglich. Ich reiße und zerre mit Armen und Beinen an den Kabelbindern, woraufhin sie sich nur noch tiefer in meine Haut schneiden.

Ruhig, Nägele, ruhig, denke ich in Dauerschleife, und tatsächlich beruhige ich mich allmählich. Immerhin lebe ich. Ob Conny das beabsichtigt oder sich in der Dosierung geirrt hat?

Wie lange ich weggetreten war, kann ich nicht abschätzen. Meine Schultern schmerzen, weil die Gliedmaßen stramm um den Pfeiler herum nach hinten verdreht sind. Mir ist kalt und ich habe Hunger und Durst und aufs Klo müsste ich auch mal. Um mich herum ist es mucksmäuschenstill. Kein Laut dringt mehr an mein Ohr, nur das alte Gebälk ächzt ab und zu. Meine Kombinationsgabe und Intuition sagen mir, dass es spät nachts sein muss. Zwölf Stunden oder mehr habe ich in dem Fall verschlafen, und die beiden Weiber sind bestimmt schon über alle Berge.

Ich bewege meine Gliedmaßen, so gut es geht, und versuche aufzustehen. Dazu presse ich meinen Rücken an den Balken, winkle die Beine an und drücke mich nach oben. Erst beim vierten Anlauf gelingt es mir, mich aufzurichten, wobei sich einige Spreißel in meine Arme bohren. Mit kleinen Trippelschritten schaffe ich es, den Pfeiler einmal zu umrunden – aber außer etwas Bewegung bringt mir die Anstrengung nichts.

Schließlich lasse ich mich wieder auf den Boden sinken und überlege, wie ich in eine derart blöde Situation kommen konnte. Alles hat mit dem Unfall angefangen, bei dem die Maria ihr Leben gelassen hat. Und obwohl niemand ihren Tod rächen wollte, wurden die vier Verantwortlichen zur Rechenschaft gezogen. Dass ausgerechnet der Öchsle, der damals nicht einmal im Wagen saß, als Erster sterben musste, scheint eine Kapriole des Schicksals. Doch auch wenn er keinem Verbrechen zum Opfer gefallen ist, sollte es womöglich so sein. Für die Bestrafung von Leibinger und Gips haben deren Frauen gesorgt, selbst wenn sie andere Beweggründe hatten, als den Tod von Maria zu rächen. Und als Letzter ist der übrig geblieben, der in jener schicksalhaften Nacht am Steuer saß und den die größte Schuld trifft, der Weller. Zwar kann er rechtlich dafür nicht mehr belangt werden, doch auch er kommt nicht ungestraft davon. Die Mäggi wird ihn verlassen und er, der so bedacht auf seinen Ruf war, dass er sogar ein Menschenleben dafür in Kauf nahm, muss mit dem Geschwätz der Leute klarkommen. Auch seinen Betrieb muss er künftig allein schmeißen. Ob er das in seinem Zustand und mit dem Alkoholproblem hinkriegt, wage ich zu bezweifeln.

Wirklich weiter bringen mich diese Gedanken in der aktuellen Situation allerdings nicht, und der Druck auf meine Blase lässt dadurch nicht nach. Im Gegenteil. Um mich abzulenken, beginne ich, das kleine Einmaleins zu repetieren. Gerade bin ich beim Siebener angelangt, als ich ein Geräusch höre. Gespannt verstumme ich und konzentriere mich darauf. Da! Wieder ein metallisches Kratzen. Aber es kommt nicht hier aus dem Raum. Eventuell im Treppenhaus oder ein Stockwerk tiefer? Sind die mordlustigen Witwen zurück? Bin ich jetzt dran?

Mein Puls schießt nach oben, alle Sinne agieren auf Maximalleistung, gleichzeitig bin ich wie gelähmt. Klar, ich bin ja gefesselt. Im nächsten Augenblick kommen mir Zweifel, dass Rosi und Conny zurückgekehrt sind, denn sie wären schön blöd, wenn sie nicht die Kurve gekratzt hätten. Es muss sich jemand anderes im Haus befinden! Das ist meine Chance!

Ich muss auf mich aufmerksam machen, also lasse ich meine Hacken mehrmals auf die alten Holzdielen knallen. Ich mach eine Pause und spitze die Ohren. Wieder vernehme ich das Geräusch. Sitzend hoppele ich auf dem Allerwertesten ein Stück um den Pfeiler herum, klopfe erneut mit den Füßen und lausche schließlich mit angezogenen Beinen. Höre ich tatsächlich Stimmen oder bin ich bereits im Delirium?

Als ich die Beine ausstrecke, stoße ich gegen einen Gegenstand, der laut scheppert. Gut so, Nägele, nommol! Ich trete, so stark ich kann, gegen das Metall und warte erneut gespannt auf eine Reaktion. Nähern sich etwa Schritte die Treppe herauf?

Wie eine Verrückte bearbeite ich nun das Ding vor mir und versuche, trotz Knebel Laute von mir zu geben. Ich zerre am Kabelbinder und zapple wie ein Fisch auf dem Trockenen. Dann ertönt ein Krachen splitternden Holzes.

»Da schau her ...«, ruft eine Stimme.

Meine Augenbinde wird heruntergerissen, und der Strahl einer Taschenlampe blendet mich. Schnell schließe ich die Augen. Endlich kann ich das Tuch ausspucken und muss erst mal husten. Als ich vorsichtig blinzle und mich bemühe, meinen Blick scharf zu stellen, erkenne ich zwei schemenhafte Gestalten über mir. Die Gesichter kann ich nicht sehen. Womöglich Einbrecher? Ich bin entsetzt angesichts der Tatsache, dass ich vom Regen in die Traufe gekommen bin. Sehnlichst wünsche ich mir eine Ohnmacht herbei.

Doch bevor es so weit ist, bricht einer der Männer in Gelächter aus und wirft sich japsend auf den Boden. »Mei Mutter, ich glaub's nicht!«

Es ist Simon, mein Nesthäkchen, mein Sohn.

KAPITEL 19

An einem Sonntag Mitte Oktober

Ich sitze in Lauers Büro und muss eine ellenlange Strafpredigt über mich ergehen lassen, von wegen eigenmächtigen Handelns in einem Mordfall, Vorgriff polizeilicher Maßnahmen, Leichtsinn, Kompetenzüberschreitung, destruktives Verhalten.

Mit Blick auf den Schemel unter dem Schreibtisch lasse ich den Redeschwall auf mich herunterprasseln und werfe nur ab und an etwas ein: »Nein« … »Ja« … »Ich hab's doch scho g'sagt!« … »Isch jo recht …«

Ich höre nur mit halbem Ohr zu und hoffe, der Kommissar findet bald ein Ende. Als er mir jedoch vorwirft, ich hätte ihn informieren müssen, bevor ich die Sache selbst in die Hand genommen habe, platzt mir der Kragen.

»Wollte ich doch! Aber wer muss denn uff alle viere in einer Höhle romgrabbla und hat sein Handy ausg'schaltet? Außerdem wollt ich Ihnen den Sachverhalt scho beim Pizzaessen erklära, aber Sie henn mich völlig durchananderbrocht … also abg'lenkt … also … egal jetzt! Hättet Sie mich an dem Abend schwätzen lassen, wäre es gar nicht so weit gekommen!«

Bilde ich es mir nur ein oder wird sein Blick milder, als ich unseren Pizzaabend erwähne? Auf alle Fälle setzt er sich jetzt hinter seinen Schreibtisch und rennt nicht mehr wie ein Tiger im Käfig hin und her.

Eine Weile schweigen wir, bevor wir gemeinsam den ganzen Fall in Ruhe durchgehen. Angefangen mit der armen

Maria und dass der Benni ins Visier der Ermittlungen geraten ist, weil er herumgeschnüffelt hat, um die Hintergründe zum Tod seiner Mutter und das Rätsel um seinen Mäzen aufzudecken. Der junge Mann hat Lauer informiert, dass er bei seinen Großeltern aufgewachsen ist. Die alten Leute und er selbst wussten nicht, dass jemand zu seinen Gunsten Geld angelegt hatte, bis der Treuhänder dieses Frühjahr an ihn herangetreten ist, ohne jedoch die Identität und das Motiv seines Auftraggebers preiszugeben. Benni erfuhr lediglich, dass die Zahlungen aus Deutschland erfolgt sind. Zur selben Zeit überreichte ihm die Großmutter eine Briefmappe ihrer Tochter, in der sie den Ausweis und andere Schriftstücke Marias aufbewahrt hat. Darunter befand sich auch eine alte Visitenkarte eines deutschen Weingärtners, nämlich die von Edmund Kraut.

»Vielleicht wollte der Herr Kraut mit der jungen Frau enger in Kontakt treten«, vermutet Lauer.

»Ja, und der Draufgänger Gips hat se dann vor ihm und ohne Visitakarte romkriegt ...«, ergänze ich.

Der Kommissar fährt fort, dass Benni jedenfalls einen Zusammenhang vermutet hat. Er hielt Öchsle für den Geldgeber und quartierte sich bei ihm ein, um sich Klarheit zu verschaffen. Nach dessen Tod konzentrierte er sich auf Jürgen Leibinger, den er vom Marathontraining her kannte und von dem er wusste, dass er mit Öchsle gut befreundet gewesen war.

»Und der Leibinger hat ihm am Benninger See erzählt, dass des Geld von ihm isch und warum. Do war ich persönlich dabei.«

Lauer ignoriert meinen Einwurf. »Der junge Mann hat sich letztlich nichts zuschulden kommen lassen. Er kennt nun alle Fakten, weiß, wie seine Mutter gestorben ist, warum und von wem er das Geld erhalten hat, und hat wider Erwarten sogar seinen leiblichen Vater kennengelernt, auch wenn er Herrn Ranzer nur kurz und als wenig sympathisch erlebt hat. Er wird auf dem Krauthof bleiben, wo er sich wohlfühlt, hat inzwischen sein Studium angefangen, engagiert sich im örtlichen Verein, und womöglich ist er, was die Ranzers angeht, sogar erbberechtigt.«

»Schee für ihn! Also dass Sie den überhaupt verdächtigt henn!«, tadle ich ihn, obwohl ich den Benni selbst im Visier hatte. »Und dann au no meinen Simon …«, kann ich mir nicht verkneifen.

»Ist ja gut, Frau Nägele, ich hab's kapiert!«, murrt der Lauer.

»Jedenfalls freu i mi für den Benni. Der isch arg nett und so hübsch!«

Der Kommissar zieht seine rechte Augenbraue ein kleines Stückchen nach oben.

»Ja, aber er könnt mein Sohn sei, altersmäßig«, ergänze ich schnell und Lauer schaut wieder normal.

Dann kommt er auf die Checky zu sprechen. Die hat sich völlig verrechnet. Statt der stattlichen Summe, die sie sich von der Lebensversicherung ihres Mannes erhofft hat, geht sie leer aus. Aufgrund des geänderten Testaments steht ihr nur der Pflichtteil zu, mit dem sie allerhöchstens eine gewisse Zeit überbrücken kann, bis sie einen neuen Job und für sich und ihre Tochter eine bezahlbare Wohnung findet. Und das wohl kaum im teuren Tutzing!

»Und nun zu den zwei mordenden Witwen. Meine Leute konnten Constanze Weckerle-Ranzer am Flughafen in Stuttgart abfangen. Beim Verhör hat sie zunächst gemauert, doch ich konnte sie weichkochen.« Er wird gleich größer in seinem Bürosessel. »Sie hat zugegeben, dass sie vorhatte, sich ins Ausland abzusetzen. Mit ihrer Komplizin hatte sie sich zu dem Zeitpunkt bereits überworfen, weil ein geplanter Geldtransfer nicht so funktioniert hat, wie sie sich das erhofft haben.«

Mit ein paar Klicks war es offenbar nicht getan, denk ich.

»Roswitha Leibinger bestand auf einen Anteil an Frau Weckerle-Ranzers Vermögen, doch die wollte partout nicht teilen«, ergänzt Lauer. »Ihrer Auffassung nach waren sie quitt. Doch Frau Leibinger wusste, dass sie durch die Beteiligung am Mord ihres Mannes keinen Cent aus dessen Lebensversicherung erhalten würde, daher versuchte sie, Frau Weckerle-Ranzer zu erpressen, und hat damit gedroht, sich ansonsten der Polizei zu stellen.«

»Des war's dann wohl endgültig mit der Frauenfreundschaft!«, murmele ich.

»Frau Weckerle-Ranzer sah sich daraufhin gezwungen zu handeln, so zumindest hat sie es ausgedrückt«, übergeht der Kommissar meinen Kommentar. »Sie hat Frau Leibinger niedergeschlagen, gefesselt und im Keller der Werkstatt ihrer Firma eingesperrt.«

»Worom soll's dem Schindluader besser ganga wie mir!«, werfe ich grimmig ein.

Und zu meinem Erstaunen nickt Lauer und schaut mich mitfühlend an. »Ich habe sofort eine Streife zum Betriebsgelände der Ranzers geschickt. Als die Kollegen eingetroffen sind, war Frau Leibinger bereits von einer Putzkraft entdeckt und befreit worden.«

Gemeinsam kommen der Kommissar und ich zum Schluss, dass sich die zwei Frauen einen ziemlich cleveren Plan zurechtgelegt hatten, mit guten Aussichten auf Erfolg, wenn ...

»Wenn die Frau Nägele nicht so einen guten Riecher und eine grandiose Kombinationsgabe hätte«, vollende ich den Gedankengang, und Lauer verdreht die Augen.

»Aber beides hätte Ihnen nicht im Geringsten genützt,

wenn Sie nicht überlebt hätten«, dämpft er mit scharfem Ton meine Begeisterung. »Bedanken Sie sich bei Ihrem Sohn und dem Benni. Wenn die zwei Sie nicht gefunden hätten …«

Lauer lässt das Ende des Satzes offen, und ich muss ihm zähneknirschend recht geben. Zum Glück hatten Simon, der BMVÄ und ich das Tanz-Video gemeinsam angeschaut. Denn in einer Szene haben wir doch tatsächlich die Rosi auf dem Gerüst entdeckt! Zufällig hatte Marvin die entscheidende Sequenz aufgenommen, kurz bevor sich am Tatabend die letzten Feiernden verabschiedet und das Treffen der Tanzgruppe auf dem Marktplatz ein Ende genommen hatte. Das war gegen halb zwei in der Nacht, also um die Tatzeit herum, die Kim ermittelt hat. Als Simon dem Benni von der Szene erzählt hat, haben sie in ihrem jugendlichen Leichtsinn beschlossen, den Tatort selbst mal in Augenschein zu nehmen.

Ob mei Kend die kriminalistische Begabung seiner Mutter geerbt hat?

Die beiden waren also auf das Gerüst geklettert und hörten glücklicherweise mein Trampeln und Scheppern, woraufhin sie durch ein gekipptes Fenster ins Treppenhaus eingestiegen sind und mich befreit haben. Dafür werde ich ihnen immer dankbar sein, obwohl sie mich absichtlich eine Weile am Pfosten haben zappeln lassen und mich dabei sogar gefilmt haben.

»Wenn dieser Film jemals veröffentlicht wird, wirsch du enterbt! Dass des klar isch!«, habe ich umgehend meinem Junior klargemacht, was der lediglich mit weiterem Gelächter quittiert hat. Erst die Drohung eines Schnitzelentzugs auf Lebenszeit zeigte Wirkung.

»Das Video dieser Hip-Hop-Tanzgruppe hat sich wahrlich als Segen erwiesen«, meint Lauer. »Als wir es Frau Leibinger gezeigt haben, hat sie vollumfänglich gestanden. Wir wissen daher, dass sie sich bereits am frühen Abend des Mordes im Laden eingeschlossen hatte, nachdem ihr Frau Weckerle-Ranzer den Schlüssel überlassen hatte.«

Was Waltraud goldrichtig beobachtet hat. Ich nehme mir vor, meine Freundin beim nächsten Mädelsabend für ihr gutes Observierungsverhalten zu loben, das ich leider als laienhaft abgetan habe. Auch die Auskunft, dass die Rosi und die Checky Landkarten studiert und Bücher gewälzt haben, hätte ich ernstnehmen müssen, denn wie sich inzwischen herausgestellt hat, hat Waltraud unwissentlich gesehen, wie die beiden den Streckenverlaufs des Halbmarathons in die Karten eingezeichnet und eine geeignete Position markiert haben, um dem Leibinger das Gift zu verabreichen. Auf den Eisenhut waren die beiden durch das Studium von Fachbüchern über Giftpflanzen gekommen. Auch das hatte meine Freundin beobachtet.

»Frau Leibinger harrte in dem Laden aus, bis sich die Gruppe Feiernder auf dem Marktplatz weitestgehend aufgelöst hat«, rekapituliert Lauer das Geständnis der Mörderin weiter. »Mit diesem Störfaktor hatte sie natürlich nicht gerechnet. Doch da Frau Weckerle-Ranzer für ihr Alibi nur bis zum nächsten Tag in Hamburg eingebucht war, musste der Mord in dieser Nacht über die Bühne gehen. Als Frau Leibinger weit nach Mitternacht Herrn Ranzer auf dem Handy angerufen hat, war sie selbst erstaunt, dass er direkt bereit war, sie zu treffen. Er meinte, er sei ohnehin schon unterwegs und mit Kollegen etwas trinken. Entsprechend alkoholisiert traf er ein und folgte ihr ohne Weiteres auf das Gerüst.«

Vermutlich hoffte er auf ein abenteuerliches Stelldichein, das wäre dem Schuft zuzutrauen gewesen, fährt es mir durch den Kopf. Mit der Frau seines eigenen Kumpels!

Und dass die Rosi es mit der ehelichen Treue auch nicht genau nimmt, das weiß der ganze Ort spätestens seit dem Fest auf dem Krauthof!

»Als er sich an das Gerüst gelehnt hat, versetzte Frau Leibinger dem Opfer einen kräftigen Stoß gegen die Brust«, schließt Lauer den Bericht. »Beim verzweifelten Versuch, sich irgendwo festzuhalten, brachen seine Fingernägel. Ungebremst stürzte er in die Tiefe, beim Aufschlag auf das Kopfsteinpflaster brach er sich das Genick. Er war sofort tot.«

Dass die Rosi über ausreichend Muskelkraft verfügt, um einen Brocken wie den Gips über das Gerüst zu stoßen, kann ich aus eigener Erfahrung bestätigen. Gips hatte keine Chance. Der Angriff erfolgte unvermittelt. Ein brutales Ende.

Wenn mr bedenkt, was do über die Jahre älles schiefg'laufa isch …

»Gibt's was Neues vom Weller? Wisset ihr, wo der isch?«, frage ich nach einer Weile, doch Lauer verneint.

Allerdings hat sich der Kommissar inzwischen mit den Behörden in Österreich in Verbindung gesetzt. Besser spät als nie, denke ich. Die Kollegen konnten ohnehin nichts Hilfreiches beitragen. Beim Unfall konnten damals keinerlei Spuren festgestellt werden, die auf ein bestimmtes Fahrzeug oder einen Fahrzeugtyp hingedeutet hätten. Untersuchungen im Ort und den umliegenden Gemeinden blieben ergebnislos.

Klar, die Kerle senn jo am Morga glei abg'reist.

Die Fahndung wurde relativ schnell eingestellt. Da hatte das Quartett mehr Glück als Verstand, doch nun wurden sie von der Vergangenheit eingeholt. Selbst der Weller kommt nicht ungeschoren davon. Zwar muss er nicht mehr für seine Tat einsitzen, weil sie verjährt ist. Dafür werden es ihm die

Leute am Ort schwermachen, vor allem wenn das mit der Mäggi bekannt wird. Lauer will auf alle Fälle noch mal mit ihm sprechen, sobald er wieder aufgetaucht ist.

Der Vollständigkeit halber verrate ich dem Kommissar, dass sich Wellers Frau mir gegenüber geoutet hat und dass sie schon zu ihrer Freundin ins Hohenlohische gezogen ist.

»Die Adress kann ich Ihne per Mail schicka.«

Der Kommissar reagiert etwas entnervt, weil ich schon wieder einen Wissensvorsprung habe, doch er sagt nichts dazu. Ich wundere mich, dass das mit Mäggis Umzug jetzt noch schneller gegangen ist als geplant, sage aber meinerseits nichts darüber zu Lauer.

Er steht auf, kommt um den Schreibtisch herum und reicht mir die Hand. »Ade, Frau Nägele, bassed Se uff sich uff«, sagt er im schönsten Schwäbisch und drückt meine Finger länger als nötig. Dann öffnet er die Tür, und als ich an ihm vorbeigehe, fügt er leise hinzu: »I benn arg froh, dass Ihne nix passiert isch!«

Jetzt gugg na ...

EPILOG

An einem Tag Anfang November

Seit meiner Befreiung aus »Connys Glamour« sind drei Wochen vergangen. Meine Familie hat sich wieder beruhigt, meine Mädels bewundern mich und mein Ermittlungserfolg hat sich im Ort herumgesprochen. Olaf Graf vom *Steinheimer Morgen* hat erneut nach einem Exklusivinterview gefragt, was ich sofort abgelehnt habe.

Vergangene Woche habe ich mich noch mal mit Lauer ausgetauscht und unter anderem über den Rolf Weller gesprochen, der nach wie vor verschwunden ist. Dem Kommissar hatte ich Mäggis neue Adresse im Hohenlohischen geschickt, woraufhin er mit ihr Rücksprache gehalten hat, ob sie ihren Mann als vermisst melden will. Wollte sie allerdings nicht, weil sie ihn nicht vermisst. Dennoch hat Lauer veranlasst, dass die Krankenhäuser abgeklappert werden. Da Wellers Auto in der Garage stand, wurden Taxis, Bahn und Flughäfen gecheckt. Ohne Erfolg. Vielleicht braucht der Mann einfach eine Auszeit.

Am letzten Sonntag habe ich mit dem BMVÄ einen kleinen Ausflug nach Schwäbisch Hall unternommen. Und wie es der Zufall so will, kamen wir an Mäggis neuem Zuhause vorbei und die war gerade im Garten. Ich habe durch Winken und Rufen auf uns aufmerksam gemacht, was dem BMVÄ reichlich unangenehm war.

»Wenn mir scho mol do senn!«

Mäggi hat uns dann auch bemerkt und nach anfänglicher Verunsicherung entspannten sich sowohl der BMVÄ als auch die Mäggi und sie stellte uns schließlich ihre Hermine vor. Wir wurden sogar zu Kaffee und Kuchen eingeladen. Wir erfuhren, dass in der Metzgerei auch ohne Rolf Weller alles erfolgreich läuft. Der frisch angestellte Metzger sei eine große Hilfe, und sie hätte sogar eine neue Verkäuferin gefunden, die auch die Mandy anleiten könnte. Sie selbst sei in ihrem neuen Leben rundum glücklich und könne sogar ein Auge auf den elterlichen Betrieb werfen, den sie in Kürze übernehmen wird. Abschließend wurden der BMVÄ und ich auf einem Rundgang über Hermines Hof geführt. Dabei haben wir die Schwäbisch-Hällischen Landschweine zu Gesicht bekommen, die dort mit genügend Auslauf und hochwertigem Futter aufgezogen werden. Hermine erklärte, dass die Tiere im Prinzip Allesfresser sind, sie jedoch auf ihrem Hof hauptsächlich Getreide, Wurzelgemüse, Eicheln und Bucheckern sowie getrocknetes und frisches Heu verfüttert.

Beim Wort »Allesfresser« meldete sich mein Bauchgefühl, und ich habe eine seltsame Assoziation zum Metzger Weller, der wie vom Erdboden verschluckt ist. Vielleicht sollte ich mal mit meiner Freundin Kim darüber sprechen.

Des machsch, Nägele, aber net glei ...

GLOSSAR

Allmachtsbachl, der
Steigerung von Bachl, bezeichnet einen blöden, unbeholfenen Menschen. Vermutlich abgeleitet von Bacchus, dem römischen Gott des Weines, daher als Schimpfwort zur Verwendung in Weinkellern sehr geeignet. Synonyme: Sempl, Dibbl, Dubbl.

Bäsa, der
Ein wichtiges Utensil der schwäbischen Kehrwoche. Er wird vor der Verwendung von Kudderschaufel und Kehrwisch (siehe unten) eingesetzt, um Schmutz »uffem Trottwar« oder »en dr Kandel« zu fegen. Gelegentlich dient ein Bäsa auch als Stütze von Bauhofmitarbeitern zur Entlastung der Wirbelsäule und im weiteren Sinn bezeichnet er im schwäbischen Teil Baden-Württembergs eine zeitweilig geöffnete Schankwirtschaft für Wein.

Bolla, der
Sowohl für Männer als auch für Frauen in der maskulinen Form anwendbar. Bezeichnet eine unförmige, kugelartige Gestalt. Steigerung: fetter Bolla, Jesassbolla (negativ z. B. bei Adipositas, positiv z. B. bei Käse, Wurstspätzla, Schokolade etc.).

Breschlinggsälz, das
Brotaufstrich aus Breschling. In manchen Landesteilen auch

Erdbeeren genannt. Meist hoher Zuckergehalt, deshalb bestens geeignet zur Befriedigung von Gelüsten.

Brochquatt, der
Steigerung des Substantivs Quatt, bezeichnet einen schwerfälligen, dicken, unbeholfenen Menschen. Diminutiv: Quattle – kleiner schwerfälliger Mensch. Verbform: quattla – watscheln, schwerfällig gehen.

Bugsieren
Jemanden oder etwas mit Mühe, manchmal auch mit List oder Geschick von einem Ort zum anderen oder von einer Meinung zur anderen bewegen.

Des isch no net hausa
Hausa ist eine adverbiale Bestimmung des Ortes. Antonym: drenna. »Des isch no net hausa« bezeichnet eine Sachlage, die noch nicht geklärt ist. Seltener einen Gegenstand, der sich noch im Inneren befindet.

Gruschtelschublada, die
Ein in Schwaben unerlässlicher Aufbewahrungsort für kleine Dinge, die nie wieder gebraucht werden, aber zu schade sind, um sie zu entsorgen. Die Gruschtelschublada wird so lange befüllt, bis sie durch Verklemmen des Inhalts nicht mehr geöffnet werden kann und eine zweite Gruschtelschublada eingerichtet werden muss.

Gsälzbrot, das
Mit Aufstrich versehenes Brot, wobei der Aufstrich aus diversen Obstsorten gemischt oder reinsortig hergestellt ist und in der Regel über eine (dicke) Lage Butter aufgebracht wird (siehe auch Breschlinggsälz).

Hee
Kurze und prägnante Entsprechung für hin, hinüber, tot.

Heilichsbimbamaberau
Überaus gebräuchlicher Ausdruck, um spontan Emotionen auszudrücken, in erster Linie Ärger, seltener Erstaunen. Varianten: Heiligsbayerlandaberau, Herrgottsdonnderwetteraberau. Kurzformen: Heiligsbimbam! Himmelherrgott, Heideneiaberau. Kurzform, wenn es pressiert: Heidenei!

Herr, schmeiß Hirn ra
Buchtitel von Gerhard Raff. Hier jedoch flehentliche Bitte des Schwaben an den Allmächtigen, den Mitmenschen ebenfalls den Verstand einzuflößen, den man selbst schon besitzt.

Hieb gäbba
Früher oft ausgesprochene, leider auch oft ausgeführte Drohung gegenüber Kindern im Sinne von »den Hintern versohlen«. Hier Hinweis auf eine Prügelei.

Hindeffeln
Vom Verb deffla, jemanden durchprügeln. Abgeleitet von nadeffla im Sinne von »jemanden irgendwohin prügeln«, also eindeutige Anweisung, irgendwo hinzugehen. Hier ins scheinbar Hochdeutsche übertragen, um den Worten Nachdruck zu verleihen.

Hutsembl, der
Nicht, wie allgemein angenommen, ein dummer Mensch (Simpel), der einen Hut trägt, sondern ein dummer Mensch, der seiner Verantwortung (der Hut) nicht gerecht wird. Bei-

des im aktuellen Zusammenhang jedoch nicht von Belang, weil im Affekt als Schimpfwort benutzt.

Jessaswilla
Ausdruck großen Erstaunens oder Entsetzens. Gerne mit aufgerissenen Augen und exaltierten Gesten untermalt (siehe auch Omderälles).

Kehrwisch und Kudderschaufel, der und die
Unentbehrliche Gerätekombination für die schwäbische Kehrwoche. Zum Aufnehmen von Schmutz aus der Straßenkandel, vom Trottoir oder aus dem Treppenhaus. Der Unrat wird zuvor mit einem Bäsa (siehe oben) zu einem Häufle (kleiner Haufen) zusammengekehrt.

Kirbe, die
Kirchweihe. Schöne traditionelle, wenn auch ihres ursprünglichen Sinnes beraubte Veranstaltung in meist dörflichen Gemeinschaften. Endet häufig mit körperlichen Symptomen wie Kopfschmerzen, Hämatomen und/oder Erbrechen und/oder psychischen Schäden wie Scham, Eifersucht und/oder Reue. Vereinzelt Parallelen zum rheinischen Karneval.

Mensch, das
Feminin! Bezeichnung für eine weibliche Einzelperson. Auch »sauberes Mensch« – schöne Frau oder »bleeds Mensch« – dumme Frau. Teil der Gattung Mensch (der). Imperativ: Mensch! Oft gebraucht zum Ausdruck von Überraschung oder Ärger.

Omderälles
Wird zur mentalen Verarbeitung und als spontane sprach-

liche Reaktion auf unvorhergesehene oder schockierende Informationen gebraucht (siehe Jessaswilla).

Pfui Deifl!

Abgeleitet von Deifl – Teufel. Begriff, um Ekel oder Entsetzen auszudrücken. Hochdeutsches Pendant (annäherungsweise): Igittigitt. Steht im Gegensatz zum positiv besetzten Wort Butzdeifl, der reinlichen schwäbischen Hausfrau.

Ragall, die

Zänkische, böse Weibsperson. Schrecken jedes gutmütigen Schwaben. Wurde nach Ansicht von Frau Nägele vom Schwäbischen ins Französische übernommen. Dort »la racaille«, das Gesindel.

Saure Nier(n)la

Bei manchen Schwaben begehrte Speise aus möglichst sauber geputzten Schweinenieren. Wird üblicherweise in einer sauren Soße mit Bratkartoffeln serviert, von Frau Nägele jedoch kategorisch verweigert.

Schalu

Vom französischen »jaloux«, eifersüchtig, übernommen. Abwandlung »jemanden schalu machen« – den Kopf verdrehen, eifersüchtig machen, aufregen. Wird laut *Enzyklopädie des Schwäbischen* nur als prädikatives Adjektiv verwendet ... Was sonst.

Schendmärra, die

Schimpfwort für eine böse, meist alte Frau. Zusammengesetzt aus Schend von Schinder (Henker) und Märra von Mähre (Stute). Demnach ein Pferd, das schon dem Henker

zum Abdecken übergeben ist. So gesehen ein sehr drasti-
sches Schimpfwort!

Schleckschublada, die
Spezielle Küchenschublade gefüllt mit Süßigkeiten. Unterschied zur Gruschtelschublada: Die Schleckschublada kann
nie überfüllt sein, viel eher droht Leerstand.

Stückle, das
Nicht immer ein kleines Grundstück, auch wenn die Dimi-
nutivendung »le« darauf hindeuten könnte. Meist eine
Obstbaumwiese, die sich seit Generationen in Familien-
besitz befindet, von den nachfolgenden Generationen eher
vernachlässigt oder gar verscherbelt wird.

Was bodda isch
Was los ist, was geboten ist. Vergleichbar mit Ausdrücken
der heutigen Jugendsprache: Was geht ab, Alter? Kurz: Was
geht?

Zum Bossa
Ebenso kurzer wie viel gebrauchter Ausdruck im Sinne von
»jetzt erst recht«. Auch: Äbber äbbes zum Bossa doa. Eine
der Lieblingsbeschäftigungen der Schwaben und besonders
der Schwäbinnen.

DANKSAGUNG

Dass Frau Nägele nun schon den zweiten Kriminalfall lösen durfte, verdankt sie nicht nur ihrer kriminalistischen Spürnase, die sie sich an vielen Abenden vor dem Fernseher und überschwänglicher Krimilektüre im Bett angeeignet hat, sondern auch den vielen positiven Rückmeldungen der Leserinnen und Leser, die sie mit ihrer speziellen, urschwäbischen Art bei ihrem ersten Einsatz begeistern konnte. Die schwäbische Miss Marple zeigt sich nicht zuletzt dank meiner Lektorin Ricarda Dück wieder in Bestform, die wieder Ungereimtheiten aufgespürt, sprachliche Verirrungen geglättet und mich ermutigt hat, meinen geliebten schwäbischen Dialekt hochleben zu lassen. Neben ihr gilt mein Dank allen engagierten Menschen, die beim Gmeiner-Verlag arbeiten, um möglichst vielen Menschen ein möglichst großes Lesevergnügen zu bereiten.

Auch andere liebe Menschen haben zum Gelingen dieses Buches beigetragen. Nennen möchte ich Familie Roth vom Weingut Forsthof in Steinheim, bei der ich nun schon zum zweiten Mal die Buchpremiere feiern und zudem das Coverfoto für diesen Band aufnehmen durfte. Karen Seiter, Polizeioberkommissarin in Ludwigsburg, war meine Informantin in Sachen P2000 von Heckler & Koch. Thomas Weik ist Fachmann in Sachen Verkehrsrecht. Ihm verdanke ich Informationen rund um das Unfallgeschehen, bei dem Maria zu Tode gekommen ist, und Jörg Laibacher hat mich mit seinem Wissen über Lebensversicherungen unterstützt. Dr. Werner Kölle, Arzt und Schwager vom

BMVÄ, steht mir jederzeit mit medizinischen Ratschlägen zur Seite. Vom Zipperlein bis hin zum letalen Schädelbruch – er weiß Bescheid. Meine Freundin Margit Heidinger, die als Pharmareferentin arbeitet, steuerte Tipps zur Wirkung von Eisenhut bei und ihr Mann Jürgen viele Informationen rund um die Organisation des Bottwartal-Marathons. Dieses großartige Sport-Event gibt es tatsächlich, allerdings habe ich den Ablauf und die Streckenführung etwas abgewandelt und meiner Geschichte angepasst. Die Organisatoren mögen es mir verzeihen.

Das Weingut Kraut würde sehr gut in die Höpfigheimer Weinberge passen, in die ich es verortet habe. Aber leider, leider entspringt es, wie auch alle Figuren, allein meiner Fantasie.

Eine große mentale Stütze bei meiner Arbeit als Autorin sind meine Töchter Anne und Kathrin. Anne hat auch das Lektorat akribisch begleitet und mir schon während des Schreibens wichtige Anregungen gegeben.

Und was wäre ich ohne meinen BMVÄ! Geduldig erträgt er viele verplante Wochenenden, die ich als Kabarettistin auf der Bühne oder schreibend am Laptop verbringe. Oft kommt von ihm der entscheidende Tipp, wenn ich in meiner Geschichte nicht weiterkomme, und stressige Arbeitstage bringt er mit seinen Kochkünsten zu einem genüsslichen und entspannten Abschluss. Was soll ich sagen: der BMVÄ halt!

Vielen Dank!

Weitere Titel finden Sie auf den
folgenden Seiten und im Internet:

WWW.GMEINER-VERLAG.DE

Helga Becker
im Gmeiner-Verlag:

Frau Nägele ermittelt:
1. Fall: Scho wägga de Leut!
ISBN 978-3-8392-0506-8

2. Fall: Domm gloffa!
ISBN 978-3-8392-0692-8

GMEINER SPANNUNG

WWW.GMEINER-VERLAG.DE
Wir machen's spannend

Lili Lemberg
Haja oder Hanoi?
Wehrles Detektivmobil
Kriminalroman
288 Seiten, 12,5 x 20,5 cm,
Broschur
ISBN 978-3-8392-0698-0

Tante Ilse ist tot. Während der Trauerfeier erfährt
Nichte Nik von ihrem Erbe: Ilses alter Bulli gehört
nun ihr. Plus eine kleine Geldsumme! Endlich kann
sie sich ihren Lebenstraum erfüllen: eine mobile
Detektei. Sie plant, die schönsten Orte im Ländle
zu besuchen und dabei ihre Dienste anzubieten.
Der erste Auftrag ist inklusive, denn schnell wird
klar: Der Sturz von Ilse Behringer war kein Unfall.
Nik sucht Antworten auf die Frage nach dem Täter
im Tagebuch ihrer Tante. Dann verschwindet Ilses
Mitbewohner Herbert. Während die Fahndung läuft,
stößt Nik auf weitere Verdächtige …

GMEINER SPANNUNG

WWW.GMEINER-VERLAG.DE
Wir machen's spannend

Wildis Streng
Gassenfest
Kriminalroman
320 Seiten, 12,5 x 20,5 cm,
Broschur
ISBN 978-3-8392-0697-3

Lisa und Heiko hatten sich so auf das gemeinsame
Wochenende in Eberbach und das kultige Gassenfest
gefreut – doch dann durchkreuzt ein skrupelloser
Mörder ihre romantischen Pläne. Mitten auf dem
Festivalgelände bricht die Eberbacherin Angelika
Röder leblos zusammen. Das wundert allerdings
keinen – denn die Geli war bekannt dafür, sich mit
den Richtigen und auch mit den Falschen anzulegen.
Statt die Nächte durchzufeiern, stürzt sich das ho-
henlohisch-westfälische Ermittlerteam im Dorf in ein
Dickicht aus toxischen Liebschaften und Intrigen.

GMEINER SPANNUNG

WWW.GMEINER-VERLAG.DE
Wir machen's spannend

Andreas Krohberger
Alte Reben wurzeln tief
Kriminalroman
352 Seiten, 12,5 x 20,5 cm,
Broschur
ISBN 978-3-8392-0671-3

Nicht genug damit, dass ein mit Methanol vergifteter
Toter im Weinberg des Schorndorfer Winzers Conny
Konrad liegt – unter einem aufgelösten Grab auf dem
Friedhof der schwäbischen Kleinstadt tauchen auch
noch Gebeine auf, die genetisch mit Conny verwandt
sind. Als seine Frau und das gemeinsame Kind verschwinden, ahnt Conny, dass die Vorkommnisse
zusammenhängen müssen. Mit dem Lokalredakteur
und Freund Berner sucht er nach den Hintergründen.
Die Spuren führen in den Hochschwarzwald und
weit zurück in eine blutige Vergangenheit.

GMEINER SPANNUNG

WWW.GMEINER-VERLAG.DE
Wir machen's spannend